Oliver Carzon

Bellegarde -sur- Meurtres

Collection « Énigmes historiques »
Le mystère des Origines, Une mort de trop – Tome 1 (épuisé)
Le mystère des Origines, Une mort de trop – Tome 2 (épuisé)
Le mystère des Origines, Le navire du néant – Tome 3 (épuisé)
Le mystère des Origines, Le navire du néant – Tome 4 (épuisé)
Le mystère des Origines, Le secret de l'univers – Tome 5
Le mystère des Origines, Le secret de l'univers – Tome 6
Le mystère des Origines, Le dernier combat – Tome 7

À paraître :
Le mystère des Origines, Le dernier combat – Tome 8
Sainte Vehme

Collection : « Aventure/Action »
La dernière plage, Machinations – Tome 1
La dernière plage, Le dernier Condottiere – Tome 2

À paraître :
La poudrière de Barbatigua

Collection : « Police/Suspense/Thriller »
Folie, douce folie… meurtrière !
La conspiration du Diable, L'attentat – Tome 1
La conspiration du Diable, Le cerveau – Tome 2
Les démons du Vuache
Choc en retour, Naissance d'une vengeance – Tome 1
Choc en retour, Unis à tout jamais – Tome 2
Morts au Salève
La disparue du Mont des Princes

À paraître :
L'otage des rats
Le vagabond des 7 fontaines
Les maudits

Collection : « Mystères et phénomènes inexpliqués »
20 heures pour sauver la Terre !
Crash à Seyssel

À paraître :
L'impossible survivant

Avec l'amicale participation de Jean-Yves Mâchard, Maire de Vanzy, Alain Lambert, Maire de Saint Germain-sur-Rhône et Jean-Louis Magnin, Maire de Franclens.

Avec la sympathique complicité de Dominique Da Prato, chef d'entreprise indépendant (Carrefour Market Valserine), Nathalie Gautron, responsable du Pôle Culture de Carrefour, Gilles Moine, journaliste et rédacteur en chef de « La Tribune Républicaine ».
Ainsi que Jean-Michel, le talentueux restaurateur du « Le Pot a Fu » de Bellegarde-sur-Valserine ainsi que sa souriante épouse, Sylviane.

Merci à Sébastien et Céline Bricourt pour leurs précieux renseignements.

Un grand merci également à Jean-Raymond Escurier, éducateur sportif et 1er Dan de Goshindo, responsable du club « Arts martiaux 74 » de Clarafond.

Merci à Jacques et Marie Proust propriétaires du château de Montanges pour leur précieuse collaboration à ce roman.

Un grand merci à Laurence pour sa patience et sa grande réactivité.

Vous pouvez tromper tout le monde un certain temps ;
vous pouvez tromper quelques personnes tout le temps ;
mais vous ne pouvez tromper tout le monde tout le temps !
(Abraham Lincoln)

Photo et couverture par :
Espace Repro Services
91 avenue de Nice
06800 – Cagnes-sur-Mer
Tél. 04-93-07-14-76
Toute l'actualité d'Oliver Carzon sur
www.olivercarzon.com
Blog : www.carzon.eu

IL EST MORT, LE VOYOU ! ...

Haute-Savoie,
départementale 1508,
intersection de Pralon,18 novembre,
9 h 48

— Oh le con !

— BMO de Seyssel ([1]) à COG ([2]), partons en poursuite d'une Audi A8, noire, AJ 787 JA ! Cent soixante-neuf kilomètres à l'heure !

Les deux motards, planqués à l'intersection de Pralon sur la commune d'Éloise et de la départementale 1508, viennent de mettre leurs bolides en marche et malgré le temps exécrable, les flocons qui tombent doucement et les plaques de neige qui tapissent ici et là la chaussée et les champs environnants, se lancent à pleine vitesse pour rattraper la voiture folle qui vient de leur passer sous le nez à la vitesse d'un missile.

Immédiatement pris en chasse, le conducteur de l'Audi ralentit très vite. Un des motards le double et lui fait signe de se garer sur la droite. Le contrevenant s'exécute et s'arrête non loin du panneau lumineux de signalisation avant l'échangeur d'Éloise. Le motard se

---

1 Brigade motorisée.
2 Centre d'appel.

gare devant lui, son collègue fait de même mais juste derrière.

L'air de rien, le conducteur baisse sa vitre fumée et attend tranquillement.

Sur ses gardes, le Maréchal des logis-chef Fayolle s'avance vers la voiture. Il s'immobilise à la hauteur du chauffeur qu'il découvre avec un sourire goguenard qui l'inquiète immédiatement.

Il se dit qu'il est saoul, mais quelque chose le gêne : ses yeux !

Le gendarme note tout de suite une attitude insolite.

— Vous avez quoi, là ? questionne-t-il, surpris.

— Mon flingue ! Pourquoi ?

Tué net, le maréchal des logis-chef s'effondre comme une marionnette sans fils. Il n'a pas encore touché le sol, que l'Audi A8 D4 ([3]) démarre en trombe, renverse la moto, arrache herbe et terre en projetant des jets de pierrailles impressionnants dans tous les sens.

Le second gendarme ouvre instinctivement le feu, mais l'Audi est déjà loin. Le temps qu'il alerte les renforts et les secours, la berline a pris beaucoup d'avance. Elle efface le croisement avec la sortie d'autoroute du péage d'Éloise et accélère encore. Le motard tente de rattraper le terrain perdu et prend tous les risques, bien décidé à alpaguer l'assassin de son collègue. Le tueur franchit presque tout droit le rond-point de la Semine sous le nez d'un poids lourd sortant du restaurant « le Bœuf Royal ».

Salué par une corne de brume assourdissante, l'assassin n'en accélère pas moins pour entrer, à hauteur du terrain de football de la Semine, dans un immense banc de brume posé littéralement sur la chaussée. On est en novembre et il n'est pas rare d'en trouver. Ils arrivent aussi vite qu'ils repartent. Le motard ne ralentit même pas et fonce à son tour.

---

[3] Audi A8 D4 : fabrication allemande. 12 cylindres en V. Cylindrée : 6300 cm3. Boîte automatique à 8 rapports. Poids : 2.5 tonnes à vide. Puissance maximale : 250 km/h.

Brusquement, un bruit hallucinant de ferrailles broyées immédiatement suivi de terribles coups de frein, le fait ralentir. Il se dit qu'il y a eu forcément un accident. Il se rabat sur la droite et avance pour surgir près d'une sorte de parking non goudronné juste avant le virage amorçant la descente à huit pour cent sur Vanzy. Des gens courent vers les champs. Il passe à côté d'une remorque de poids lourd qui stationne ici, comme souvent il s'en trouve. Il s'arrête alors qu'un monstrueux panache de fumée s'élève devant lui, ouvrant une brèche dans ce ciel moutonné et gris. Il court rejoindre des personnes qui s'agitent en faisant beaucoup de gestes. Le motard les calme et regarde à son tour : en contrebas, loin devant, la carcasse de l'Audi en fuite brûle totalement, d'imposantes flammes s'élèvent faisant se reculer les témoins impuissants.

— On se calme. Que s'est-il passé ? demande-t-il en s'adressant à un groupe de trois hommes.

— Oh ça, un truc absolument dingue. On arrivait pile au sommet de la colline, quand on a vu, là, juste devant nous, une bagnole littéralement sortir de la brume, décoller puis plonger vers le sol à toute vitesse. Le type a dû rater le virage et...

— Non, Jean-Yves. Tu as beau être le Maire de Vanzy et le remarquable et talentueux cuistot du restaurant scolaire de Clarafond, tu n'y vois toujours pas correctement. Faut consulter, mon ami.

— Et vous êtes ? demande le motard.

— Jean-Louis Magnin, Maire de Franclens. Lui, c'est Jean-Yves Mâchard, le Maire de Vanzy.

— Et ben quoi, elle n'a pas décollé cette voiture ? bougonne ce dernier, vexé.

— Si, mais pas du côté de la route. Regarde bien, reprend Alain Lambert, le Maire de Saint Germain-sur-Rhône presque hilare, en lui donnant une grande tape amicale dans le dos.

— Regarder quoi ?

— Aucune barrière métallique n'est brisée. Le type a dû perdre le contrôle de son bolide avant, s'enfiler sur le parking des remorques et ne pouvant plus s'arrêter a littéralement été catapulté dans le vide. Sorti de tes quenelles/coquillettes, hein ! ...

— Pauvre type !

— Ouais, si c'est pas malheureux de voir cramer une bagnole à cent quarante-six mille neuf cents euros ! Si c'est pas malheureux ! ... Ah là là, la vie est vraiment mal faite ! conclut un témoin anonyme.

— Ouais, en tout cas, ça fait fondre la neige ! lui répond en écho un autre poète.

LA CHUTE D'UN CHEF ! ...

Italie, Rome,
Pizzeria « Disco Volante »,
Via Alessandria, 48-50,
19 novembre,
14 h 23

Raphaël Levrat tourne machinalement sa fourchette. Il attend sa commande sans appétit particulier. Il est désenchanté. Le bruit ambiant de la pizzeria est assez conséquent, mais il ne l'entend même pas.

Il est à cent mille lieues de ça, perdu dans un autre monde, perdu dans de sombres et noires pensées. Elles l'envahissent et le broient depuis tant d'années qu'elles font maintenant partie de sa vie. Elles ne l'inquiètent même plus, seule l'absence récurrente de réponses le taraude. Depuis plus de cinq ans, cet enquêteur d'Interpol ([4]) aux manières peu orthodoxes

---

[4] Interpol est une organisation internationale de police créée le 7 septembre 1923 et regroupant actuellement 190 pays. Son véritable nom est OIPC (Organisation Internationale de Police Criminelle). Son siège se trouve en France, à Lyon. Sa devise : « *Relier les polices pour un monde plus sûr* ». Sa mission : « *Prévenir et combattre la criminalité grâce à une coopération policière renforcée* ». Son budget est de plus de 70 millions d'euros. Son

tente de mettre la main sur l'un des plus grands voleurs de ce siècle, un type hallucinant de culot et d'ingéniosité. Insaisissable, invisible, il apparaît toujours là où on ne l'attend pas, inventant mille et une diversions pour leurrer ses adversaires. Ses cibles : les personnes les plus fortunées de la planète. Son palmarès est très vite devenu particulièrement éloquent, ridiculisant presque toutes les polices du monde, au point qu'Interpol a décidé de créer une cellule d'investigation spéciale dont la direction a été confiée à Levrat, flic intègre, rusé, aux états de service éloquents et gonflé à bloc. Seul bémol, ses façons de faire, toujours à la limite des règles, lui ont attiré de solides inimitiés, notamment dans *l'establishment.* Des hommes d'appareil qui ont gagné leurs galons en restant assis derrière des bureaux et totalement ignorants du terrain. Pétris dans le règlement, ils n'ont de cesse de chasser le « contrevenant ». C'est un devoir déontologique et ils s'acharnent de plus en plus dans cette voie qui leur permet ainsi de justifier les mirobolants salaires que leur octroie une administration bienveillante et peu regardante.

Mais depuis plus de trente mois, Levrat n'avance pas, se contentant de comptabiliser les casses tout aussi sidérants que particulièrement audacieux que ce cambrioleur de haut vol, certain de sa totale impunité, laisse dans son sillage. Devant l'absence de résultats tangibles, l'impatience de sa hiérarchie est devenue de plus en plus pressante et visible, lui occasionnant de sévères nuits blanches, et il est vrai qu'à voir ses traits tirés, l'homme, mal rasé et la tignasse en pétard, n'a pas dormi depuis très longtemps.

Son portable posé à sa droite sonne doucement. Il le regarde curieusement pendant de longues secondes, comme s'il se demandait quoi faire. Brusquement, il l'attrape et l'active.

— Ouais !

— *T'es là ?*

---

personnel avoisine les 800 personnes et son président actuel est une Française.

— Non, je suis parti faire un tennis. Bien sûr que je suis là, connard ! Qu'est-ce qu'il se passe encore ? On a du neuf ?

— *Une nouvelle géniale !*

— J'écoute.

— *Il est mort !*

Levrat regarde dans le vide, guère plus avancé et hausse les épaules. Mais où les recrutent-ils, ces nouveaux ?

— Qui ça, le Pape ?

— *Lord « X » !*

Du coup, Levrat s'anime, ouvre grand les yeux et sent son cœur battre la chamade.

— Répète !

— *Lord « X » est mort, et bien mort. Il s'est viandé, hier, dans un accident de voiture alors qu'il était poursuivi par des motards pour excès de vitesse.*

— Tu as vérifié au moins ? demande l'enquêteur qui n'en croit toujours pas ses oreilles.

— *Bien sûr ! Et c'est confirmé. On a retrouvé son cadavre à moitié calciné. Il avait plusieurs passeports avec lui. Un au nom de Brett Sinclair et un autre au nom de...*

— Danny Wilde.

— *Exact ! C'est bien lui ! Y a que lui pour faire des trucs comme ça. D'ailleurs, à l'intérieur on a trouvé ce fameux sigle : un dragon ailé. C'est lui, il n'y a pas de doute.*

Pendant que le subordonné se répand en longues et fastidieuses explications qui ne l'intéressent pas vraiment, ses pensées angoissantes d'il y a quelques minutes se font plus intenses, plus présentes. Son ennemi de toujours qu'il pourchasse depuis tant de temps est mort ! Il n'en revient pas. Et pourtant seul ce mystérieux voleur laissait toujours derrière lui un dragon et ce genre de signature en hommage à la célèbre série anglaise « *Amicalement Vôtre* » ([5]). Mais en parfait professionnel, il sait qu'il ne faut pas s'emballer. Le doute subsiste toujours. L'homme était particulièrement retors et sa diabolique organisation lui permettait presque toutes les audaces. De plus, son ADN n'était que partiellement répertorié, quant à ses empreintes, il n'en avait tout simplement pas. Il ne laissait jamais un indice, jamais rien d'exploitable, ce qui lui avait valu le surnom de Lord « X », puisque son identité était totalement inconnue. Tout ce que l'on savait c'était qu'il était probablement Anglais, et encore. Ce mystérieux voleur était vite devenu une légende mondiale.

Levrat se secoue soudain.

— Ce n'est pas suffisant pour...

— *Je sais, mais c'est ce qu'on a découvert dans le coffre de son Audi qui nous a confirmé son identité.*

— Et ?

— *On a récupéré tous les bijoux de la Comtesse Anastasia Van Berlungrund, ceux du fameux casse de Rotterdam du...*

— Je sais, pas la peine de répéter.

C'était un des plus mauvais souvenirs de Levrat. Il avait misé à fond sur une stratégie contre l'avis de presque tout le monde et avait... perdu ! Le vent du boulet n'était pas passé loin à cette occasion.

---

[5] « *Amicalement Vôtre* » est une série télévisée anglaise de 24 épisodes de 50 minutes chacun, créé par Robert S. Baker. Le premier épisode a été diffusé le 17 septembre 1971 et le dernier en février 1972. La série ne compte qu'une seule saison. La série met en scène deux hommes : un aristocrate Anglais désœuvré : Lord Brett Sinclair (Roger Moore), 15ème du nom, et un homme d'affaires Américain : Danny Wilde (Tony sûrement) issu des bas-fonds de New York. Les 2 hommes passent leur temps comme redresseurs de torts, grâce au juge Fulton qui a des comptes à régler avec la pègre internationale, Le succès a été planétaire.

— *Tu te rends compte, y en avait pour des... des millions et des millions. Le casse le plus fabuleux de ces cinquante dernières...*

— La ferme, Delage ! Il est inutile de retourner le couteau dans la plaie.

L'enquêteur a besoin de réfléchir. L'enthousiasme compréhensible de son subordonné l'agace. Dès que ça brille un peu, on se précipite comme un poisson voyant un appât... un appât ! répète-t-il soudain. Voilà le truc, voilà encore une nouvelle manœuvre de son pire ennemi. Ce ne peut être que ça, ou alors...

— Ce salaud n'est pas plus mort que moi, ajoute-t-il à voix haute, faisant se retourner quelques clients proches de sa table.

— Et où s'est-il tué ?

— *Ben à quelques kilomètres de Bellegarde-sur-Valserine, dans...*

— Je sais où ça se trouve, Delage, merci. Tu as oublié que j'y suis né ?

— *Il s'est viandé en allant sur Vanzy, Frangy... Le mec n'a pas négocié le virage après les établissements Rannard. L'est allé tout droit, le mec, et il a fait le grand plongeon. Un sacré saut ! Et paf, il s'est planté en plein champ. Remarque, avec le temps de merde qu'il y avait - on voyait pas à cinquante mètres - c'est pas étonnant. Fallait voir ce qui restait de la...*

— Je veux des nouvelles vérifications. Les tous derniers renseignements le localisaient, tous, ici, à Rome. Alors je veux qu'on m'explique ce qu'il serait allé foutre à Bellegarde. Ville fort sympathique, certes, mais qui ne peut aucunement rivaliser avec la ville éternelle.

— *Ça va nous obliger à bosser et...*

— Exécution. Et tu me fais ça tout de suite. Où est le « petit » ?

— *Pourquoi ?*

— Parce que je te le demande, connard !

— *Sur le terrain avec Delphine, comme d'habitude. Ils passent de moins en moins de temps au bureau ces derniers temps et...*

— Rappelle-le illico et mettez-vous tout de suite au boulot. Mais il fait quoi avec elle ? Il la saute ?

— *J'en sais rien et je m'en fous. Excuse-moi, mais si un mec comme Lord « X » se casse un cul du feu de Dieu pour voler autant de bijoux, sans se faire chopper, tu crois sincèrement qu'il les aurait laissés dans un vulgaire coffre de bagnole ? Ça n'a absolument aucun sens ! Jamais il ne s'en serait séparé. Non, faudrait vraiment être un gros taré pour les...*

— Justement, Lord « X » est tout sauf un « gros taré ». Je veux qu'on refasse les vérifications. Pour le moment, je reste ici à Rome et je maintiens mon dispositif autour de la Villa Médicis ([6]), ce type va y venir faire son marché, je le sens.

— *Comme tu veux, grand chef, mais fais bien gaffe à sentir dans le bon sens cette fois-ci. Si tu te plantes encore, c'est à coups de pieds dans le cul que tu vas revenir en France... et Levantec n'attend que ça. Sans compter que Chabrier ne te loupera pas non plus. Il en rêve ! Il en salive même !*

— Levantec est un gros trouillard, il suffit qu'on lui crie dessus pour qu'il saigne du nez ! Ce vieux con n'obéit qu'au dernier imbécile qui gueule le plus fort, et l'autre connard je l'emmerde.

— *Comme tu veux ! Mais reviens bredouille et le soir même Chabrier jouera aux billes avec tes couilles... Tu n'aurais jamais dû lui dire qu'il était le chaînon manquant entre Brad Pitt et José Bové !*

— Merci pour ta grande sollicitude. Échange de bons procédés, Delage, je t'en donne un gratuit : va apprendre à parler correctement ! Ton jargon m'écorche les oreilles.

---

[6] La « *Villa Médicis* » est un palais situé sur le Mont Pincio, à Rome. Elle a été construite en 1564 par l'architecte Giovanni Lippi sur commande de l'Évêque Giovanni Ricci di Montepulciano. Le palais est ensuite acquis en 1576 par le Cardinal Ferdinand de Médicis. Depuis 1803, sur ordre de Napoléon Bonaparte, le palais abrite l'Académie de France à Rome.

— Je t'emmerde, Raphaël ! Pour qui te prends-tu ? Toujours à donner des leçons de morale ! De toute manière personne ne trouve grâce à tes yeux. Tu crois tout savoir, tu t'imagines au-dessus de tout et de tous. Fais attention, un jour tu vas dégringoler de ton piédestal et ce jour-là, ça fera un de ces bruits ! Ça te fera tout drôle. Je...

Levrat raccroche violemment au moment où le serveur lui apporte sa pizza. Il la regarde comme s'il découvrait un OVNI. Il n'a plus faim. Il est ailleurs, en train d'essayer de deviner ce que le « petit » et son double, cette Delphine, peuvent bien fabriquer ? Qu'est-ce qu'il lui trouve ? Elle est aussi sexy qu'un Panzer rouillé ! C'est une vraie professionnelle mais c'est aussi une sacrée emmerdeuse. Pourtant, ils suivent toujours les procédures et les ordres, alors ? Levrat attaque quand même sa pizza cuite au feu de bois tout en tentant de résoudre ses problèmes immédiats. Mais il reste perplexe et perturbé.

Lord « X » mort ? C'est à peine croyable ! ... Non, c'est impossible ! On lui aurait volé sa victoire ?

Lyon,
6ème arrondissement, siège d'Interpol,
6 jours plus tard

Le temps est mitigé. On se demande encore s'il va faire beau ou non. Raphaël Levrat, mal rasé, mal habillé, les traits tirés, attend. Il patiente déjà depuis presque une heure et le temps il s'en fout comme de sa première culotte. Il a tiré ses dernières cartouches en attendant en vain la venue de Lord « X » à la villa Médicis.

Contrairement à toutes les prévisions, déjouant tous les pronostics et battant en brèche tous les renseignements qui le donnaient comme bien présent dans la ville éternelle, le cambrioleur ne s'était jamais montré. Alors, ce cadavre trouvé brûlé dans l'incendie de l'Audi serait-il vraiment le sien ? Le policier a du mal à réaliser que son pire ennemi est peut-être mort.

Pourtant, quelque chose en lui persiste à refuser cette évidence. L'instinct ? Son obsession de le voir enfin sous les verrous ? Ou la frustration de n'avoir pas eu l'honneur de le mettre lui-même en taule ? Il tourne et retourne sans cesse ces questions dans sa tête sans réussir à les en sortir.

Il a tout sacrifié pour coincer cet insaisissable truand, sa famille, ses amis, sa santé et qu'a-t-il eu en retour ? Rien, absolument rien. On lui a volé sa victoire, il a cette sensation d'inachevé, il est frustré. Cette route, cette sale route qu'il connaît pourtant parfaitement a eu raison du plus grand criminel que la terre ait porté. Quelle injustice ! Il est furieux, vexé, amer, déçu et sa colère n'a de cesse de grandir. Il sait qu'il est temps pour lui de se ressaisir. Laisser tomber sa maîtresse rencontrée dans ce pub *so british* de cette île anglo-normande, quoiqu'il lui en coûte, et revoir sa femme, ses gosses, essayer de recoller les morceaux et...

— Commissaire Levrat, si vous voulez bien entrer.

Le policier a l'impression de sortir d'un mauvais rêve. Il sait qu'il va passer au tourniquet et qu'une sombre période va s'ouvrir pour lui. Il se lève lourdement, s'approche de la porte et entrevoit les membres du Conseil de discipline chargés de lui annoncer la mauvaise nouvelle. Il voit surtout ce Paul Chabrier de malheur, tout à son affaire, qui se pavane.

Cette outre à Whisky bande littéralement. Chabrier nage dans l'opulence, écrase les autres de sa suffisance et de sa supériorité. Il amuse la galerie avec ses œuvres d'art et se comporte comme un goujat, mais il fait la pluie et le beau temps, alors on la ferme et on attend des jours meilleurs. Il a les yeux qui brillent de joie.

Enfin, ce paperassier le tient à sa merci !

Raphaël Levrat entre, s'approche et s'assoit le plus tranquillement du monde sous le regard amusé d'un Chabrier aux anges. Il se délecte de voir son ennemi enfin à terre et ne va certes pas se priver de l'enfoncer. Les deux hommes se toisent. Levrat a du mal à encaisser. Voir cet opportuniste pur porc qui ne sait s'investir que dans ce qu'il dépossède le rend fou. Chabrier joint ses mains, paume contre paume et pince son nez entre ses pouces, coudes en appui. Cette attitude rare mais typique des carriéristes ressemble à ces fusibles automatiques qu'il suffit de rebrancher quand ils sautent. Levrat s'agace. Chabrier le voit et penche sa tête en arrière en regardant ostensiblement le plafond. Le fait de la relever est la manière de faire de cet opportuniste pour affirmer son impératif besoin de grimper dans la hiérarchie. À vomir !

Un silence pesant ajoute à cette impression d'anxiété et de vengeance rampante. Brusquement, Chabrier prend une profonde inspiration, ouvre un dossier en mettant ses lunettes et fait semblant de le découvrir alors qu'il en connaît chaque ligne, chaque virgule, chaque mot. Il fait durer le calvaire de Levrat qui n'a plus qu'une hâte, maintenant, qu'on en finisse. Quoi qu'il se passe, il se sentira soulagé et pourra se consacrer à sa famille, une famille qu'il a délaissée bien trop longtemps. Il était tellement pris par ses enquêtes. Il se rend compte qu'il s'est laissé bouffer par elles. Margot le lui pardonnera-t-elle ?

— Le Conseil de discipline, vu la requête dirigée contre le Commissaire Raphaël Levrat formée par le Conseil de l'Organisation Internationale de Police Criminelle, présidé par Monsieur Jean-Luc Levantec le 20 novembre dernier et régularisé le 23. Après avoir examiné le dossier, le Conseil a rejeté la demande de procédure à l'amiable proposée par le commissaire aux motifs des trop nombreuses entorses qu'il a délibérément faites au règlement ainsi qu'aux plus élémentaires procédures d'investigation, et des « petits arrangements » qu'il s'est cru autorisé à prendre, comme le démontrera les nombreux témoignages accablants réunis, dont ceux, tout particulièrement argumentés et documentés, du procureur Emmanuel Grondin, éminent serviteur de la Justice.

— Abrège ! ose lâcher Levrat que tout ce simulacre de procès agace soudain au plus haut point.

— Commissaire ! s'insurge Chabrier. Vous n'avez pas la parole. Veuillez avoir l'amabilité de respecter les usages qui font la réputation et la force de notre organisation. Nous ne saurons tolérer d'autres apartés de ce genre. Avez-vous bien compris ?

Levrat hausse les épaules. À quoi bon répondre pour expliquer pour la énième fois que les règles, parfois, quand la situation sur le terrain l'exige, peuvent et doivent être transgressées si l'enjeu en vaut la peine. Mais à ce petit jeu, ne gagnent que ceux qui apportent des résultats et lui en avait aucun. Pire, il avait fait dépenser des sommes astronomiques en filatures, recherches et investigations pour rien ! Sa poursuite de Lord « X » s'était avérée un échec retentissant et comble d'aveuglement, malgré le fait qu'il savait par ses collaborateurs que le criminel était mort, il avait osé persister dans son entêtement et le crier haut et fort. Non seulement, il bafouait les règles mais se rendait inapte à poursuivre d'autres types d'enquêtes. Son maintien dans les cadres actifs ne se justifiait plus.

Levrat savait à quoi s'en tenir. Il allait se retrouver aux archives, au classement, à la photocopieuse, et alors ? Il s'en fout maintenant. Seul compte le fait de retrouver sa femme et ses trois gosses. Recommencer à vivre, recommencer à voir le soleil, se lever chaque matin en jouissant d'une nouvelle journée heureuse.

Levrat se laisse dériver vers ces images apaisantes et réconfortantes. Il glisse un rapide regard sur l'assemblée. Plusieurs membres ont croisés leurs doigts tandis que leurs pouces libres tournent l'un autour de l'autre. Levrat ricane sous cape. Ils s'ennuient et ce n'est pas de leur côté qu'il doit attendre le moindre soutien. D'autres se grattent le genou gauche, attitude typique de ceux qui s'embêtent ferme en cherchant une porte de sortie dans un débat qui ne les intéresse aucunement et dont l'issue est déjà connue depuis de longs mois. Chabrier les a savamment travaillés au corps. Il s'en fout, il le sait depuis longtemps que les jeux sont faits. Chabrier a noyauté tout le monde et désigné dès le début de sa croisade la cible à abattre. Ce qu'il dit, il s'en fiche aussi et totalement. Il le laisse parler. Son ennemi juré parle, parle et parle pendant des heures. À chaque précision, il repousse systématiquement ses lunettes sur le bout de son nez et regarde Levrat par-dessus les montures, ce qui est un signe très révélateur du mépris.

Chabrier se délecte de sa prose en retraçant la carrière du policier sans omettre un seul fait mais tout en attirant l'attention, à chaque fois que cela est possible, sur les entorses et les « magouilles » auxquelles se livrait régulièrement Levrat au nom de l'organisation. À chaque interrogation, qui est plus une constatation malveillante obligeant le policier à dire « oui », Chabrier plante le bout de ses index tendus au bord de ses narines, doigts croisés devant sa bouche. Il n'a vraiment pas beaucoup d'estime pour Levrat. Un observateur averti verrait tout de suite que l'attitude de Chabrier reflète parfaitement la jalousie et le mépris qui l'animent. Il en meurt ! « De tels faits méritent un châtiment exemplaire » vient curieusement résonner aux oreilles du policier, ce qui le ramène quelque peu sur terre.

— Par ces motifs, ajoute Chabrier, devant l'absolue et exceptionnelle gravité des faits, le conseil décide de la destitution du Commissaire Raphaël Levrat, à effet immédiat et sans recours possible. Monsieur Levrat ne pourra plus se prévaloir de son titre de commissaire et doit se considérer maintenant comme libre de tous engagements avec l'organisation. Le conseil lui rappelle néanmoins qu'il a l'obligation de respecter la clause de confidentialité qu'il a signée en toute connaissance de cause. La séance est levée !

Abasourdi, Levrat se redresse lourdement. Il s'attendait à tout sauf à ce genre de sale coup. Viré ! Viré comme un malpropre. Mais comment ?

Alors que les membres restés totalement et étrangement silencieux, qui ont entériné sans surprise cette décision sans lui jeter un seul regard, comme s'il n'existait plus, commencent déjà à quitter la salle, Levrat tourne sur lui-même, comme désemparé. Paul Chabrier, condescendant, ne goûtant pas son plaisir, s'approche de son ennemi enfin à terre. Il se fixe devant lui, goguenard, le scrute longuement des pieds à la tête comme un chasseur venu se repaître de la dépouille de sa proie. Il hoche la tête de satisfaction, le regarde avec un air de triomphe écœurant avant de sourire largement.

— Raphaël, voilà ce qui arrive quand on tire trop longtemps sur la corde. Tu vas enfin pouvoir te livrer à ton sport favori : la levrette !!! ... En souvenir de ton père !

À cette évocation, les yeux de Raphaël se brouillent et l'image fugitive de son père s'impose à lui. Il le revoit lui disant : « Chez les Levrat, dans ce cas-là, ça rentre, ça sort, ça fait ressort ! ». Il sourit vaguement puis il revient très vite sur terre. Outré par ce que ce sagouin aviné se permet de prétendre, il n'arrive plus à se contenir et tente un geste déplacé. Heureusement, Thierry Chabrier fils, surnommé le « petit », l'un de ses rares amis présents en signe de soutien est là qui le bloque au tout dernier moment.

— Arrête ! Ne déconne pas ! Il n'attend que ça pour te crucifier totalement ! murmure l'homme en entraînant Levrat en arrière.

Chabrier dévisage son fils.

— *Tu quoque mi fili !* ([7]) s'exclame théâtralement et hautainement ce dernier en paraphrasant Jules César.

Il fait quelques effets de manches avant de se planter devant Levrat qu'il toise ostensiblement.

— Tsss, tsss, tsss, voilà qui ne va guère arranger tes affaires. Un dernier mot, *looser*, tire-toi d'ici et très vite avant que je ne te fasse expulser. Tu as un quart d'heure pour prendre tes affaires et disparaître... et ne t'avise plus jamais de venir fiche les pieds ici. Ici, on travaille normalement et dans le respect des gens et des lois... Va te raser et bon week-end !

---

[7]*Tu quoque mi fili !* « Toi aussi, mon fils ! » célèbre locution latine attribuée à Jules César lors de son assassinat par Brutus, son fils adoptif, à la curie de Pompée le 15 mars de l'an 44 avant J.-C. S'ensuivit une guerre civile qui vit la prise du pouvoir par Octavien.

LA DÉRIVE ! ...

Ain, Bellegarde-sur-Valserine,
immeuble « Le Jaurès »,
19 rue Jean Jaurès,
appartement de Raphaël Levrat,
samedi 5 décembre,
18 h 12

— Eh ben, heureusement que tu m'avais laissé tes clefs, sinon...

L'ex policier ne répond même pas et fait au nouveau venu un vague signe pour qu'il approche en essayant de se redresser.

— Qu'est-ce que tu viens foutre ici ?

— Ah c'est agréable ! J'ai vu de la lumière alors je suis entré... J'arrive de Craponne ([8]). Margot m'a dit que je te trouverai probablement ici dans ton ancien appartement.

— Casse-toi !

— Ne me dit pas que tu ne veux voir personne ?

---

[8] Craponne est une localité située dans le Rhône, à 10 kilomètres à l'Ouest de Lyon, au pied des Monts du Lyonnais. Sa population est d'environ 11 000 personnes. Son développement a été très rapide en à peine 50 ans, mais l'équilibre entre entreprises et habitations a été scrupuleusement respecté et c'est une localité où il fait bon vivre.

— Je ne veux pas voir personne, je n'ai personne à voir, nuance.

Le nouveau venu ricane.

— Bon et alors ? Tu m'as trouvé et puis quoi ? râle difficilement Levrat.

Thierry Chabrier, l'un des très rares amis qui soit resté fidèle à Levrat, s'avance et renifle une drôle d'odeur. Ça sent le renfermé. Il s'arrête dans le salon, observe le coin bar surchargé de vaisselle sale et de bouteilles vides. La cuisine ouverte sur la pièce juste derrière est dans un triste état. Il y a même des reliefs de repas qui moisissent tranquillement dans l'évier. Manifestement, son ancien patron s'est enfermé : les ordures et l'indescriptible désordre ne le gênent visiblement pas.

— Bon, puisque tu es là, pose ton cul où tu peux, dit d'une voix pâteuse l'ancien policier qui n'en a finalement rien à faire.

Avachi sur son canapé, environné de bouteilles de Whisky et de canettes de bière vides devant une télévision allumée qu'il n'écoute et ne regarde même pas, Levrat, sale, mal rasé et à peine habillé essaie un timide sourire que l'alcool rend difficile.

Son ami cherche un coin libre pour s'asseoir.

— Tu devrais arrêter de picoler, tu sais, ça ne va pas améliorer tes affaires, conseille-t-il en repoussant une pile de linge sale.

— Si tu es venu pour me donner des conseils, tu peux retourner d'où tu viens.

— Raphaël, ne le prends pas comme ça, je suis là pour toi. Si on peut t'aider...

— Si « on » ? éclate de rire le poivrot en herbe. Non ! Parce qu'il y a encore des « on » ? Je croyais que j'étais tout seul ? Moi, le pestiféré, l'homme que tout le monde ignore. Plus personne ne me connaît. Santé !

— Ne joue pas sur les mots, tu comprends très bien ce que je te dis... et arrête de te mettre la tête en trente-six épisodes, c'est ridicule et ça ne changera rien. Reprends-toi.

— Tu m'emmerdes.

Levrat finit sa bière d'un coup, jette la canette et rote bruyamment en direction de son ancien adjoint. Une façon comme une autre de lui faire comprendre qu'il « l'ennuie ».

— Margot, ma Margot m'a envoyé chier ! reprend-t-il en attrapant en tremblant une nouvelle canette. Elle ne veut plus me voir. Je ne mérite pas ça, si ?

— À quoi tu t'attendais ? À ce qu'elle t'accueille à bras ouverts, sourire Colgate aux lèvres et petits plats dans les grands ? Ce n'est pas parce qu'elle est blonde qu'elle n'a pas vu ton petit manège avec ta pouffe. Oh, faut revenir sur Terre !

— Mais tu crois que ? ...

— C'est elle qui m'a dit où je pouvais te trouver. Je lui ai parlé. Tu n'es pas facile à défendre, tu sais, mais enfin. Il y a encore un petit espoir. Ce que je sais, c'est qu'il faut que tu arrêtes ta fuite en avant. Tu es un bon flic, et même un excellent. Ta carrière ne s'arrête pas là. Reprends-toi, merde ! Quoi que tu penses, il te reste encore des amis et des bons au sein de l'organisation, mais ils font profil bas en ce moment. Ce n'est pas indiqué de la ramener. Chabrier a beau avoir une tête à bouffer des chouquettes, c'est lui le patron et il est vent debout contre toutes les dérives, même les plus anodines. Si tu dépenses un stylo de plus que ce qui est indiqué sur le bon de commande tu en prends pour ton grade. Autant te dire que les choses vont bien ! Bonjour l'ambiance ! Il y a une inflation de la connerie en ce moment, tu n'as pas idée ! Chabrier est un homme d'appareil, pas de terrain, il ne peut et ne pourra jamais comprendre notre boulot. Tu as tout fait pour te le mettre à dos, là où il fallait faire des risettes, tu lui es rentré dedans comme un pitbull, et là où il fallait gueuler et foncer dans le tas, tu ne disais rien. Tu t'es fait descendre en flammes et les témoignages de Grondin t'ont achevé.

— Ce salopard ! Si je l'attrape, je le...

— Mais arrête tes délires ! Ce gars est l'archétype de la mécanique qui ne fonctionne qu'au règlement, comment pouvais-tu penser un seul instant qu'il ne te tomberait pas dessus ? Réveille-toi, il est grand temps que tu comprennes que tu en as agacé plus d'un avec ta manie de te croire supérieur aux autres et d'être intouchable. Tu n'as pas la science infuse.

— Et il est où ce tas de merde puante ?

— En quoi ça t'intéresse ? Tu veux faire quoi ? Tu n'en as pas eu assez ?

— Il est où ?

— Probablement muté dans une place en or pour bons et loyaux services, qu'est-ce que tu crois ? Tu diras ce que tu voudras, tu as quand même un léger problème d'ego. Quant à Margot, même si j'ai réussi à la ramener à de meilleurs sentiments, c'est à toi de faire les bons gestes et ça commence d'abord par te montrer humble, accessible, plus proche des autres et d'elle en particulier, et surtout par arrêter la tétine. L'alcool n'a jamais rien résolu.

Chabrier junior s'interrompt et le dévisage en secouant tristement sa tête de bel hidalgo. Le regard d'oiseau mazouté de son ancien patron l'attriste, l'énerve et l'agace en même temps. Quel gâchis !

Il se lève et ajoutant le geste à la parole, il attrape Levrat par le bras et l'arrache à son canapé. Manu militari, il transporte comme il peut le poivrot quasi incapable de faire deux pas normalement et le colle sous la douche qu'il ouvre à fond sur froid, faisant hurler Levrat trempé en deux secondes.

Électrochoc garanti !

— Et frotte dur ! ajoute Chabrier junior en lui jetant une savonnette tout en le maintenant debout contre la paroi carrelée avec vigueur.

Au bout de quelques secondes, Chabrier junior approche son fin visage de Levrat qui souffle comme un bœuf.

— Je peux te lâcher deux secondes ? Ça ira ? Tu vas tenir debout tout seul ?

— Ouais, ouais, ouais... fais pas chier !

Le jeune policier sourit. Son patron invective comme avant, c'est bon signe.

— Je vais faire du café et du très fort, ça t'aidera à retrouver tes esprits.

— Et qui te dit que je les ai perdus ? marmonne Levrat en crachant de l'eau.

— Ce n'est pas très bon, la flotte, hein ? ironise Chabrier junior. Il n'y a qu'à voir ta gueule pour comprendre que tu es en ordre dispersé.

— Va chier !

Thierry Chabrier éclate de rire.

Sept minutes plus tard, sentant bon la lavande, vêtu d'un simple linge de bains, pieds nus et marchant nettement plus droit qu'avant, Levrat fait irruption dans le salon s'accoudant néanmoins avec peine et difficulté au bar qui jouxte le coin cuisine. Son ami le scrute attentivement.

— Ce n'est pas encore ça, mais bon, tu t'améliores. Essaie quand même de te coiffer. Là, tu as l'air d'un pneu Michelin éclaté abandonné sur le bord de la route. Mon pauvre ami !

— Fais chier !

— Change un peu de rengaine, tu deviens lassant, réplique sèchement junior en lui collant de force un bol de café fumant dans les mains.

— Bois ça et... fais pas chier !

Levrat dévisage son adjoint puis le bol avec une moue dubitative. Ce n'est pas du whisky, bien sûr ! Il le sent avec précaution et fait la grimace.

— Tu y as mis toute ma réserve de sel !

Il trempe légèrement le bout de ses lèvres et sirote bruyamment quelques petites gorgées qui lui tirent une nouvelle grimace de dégoût propre à faire fuir une mule borgne.

— Comment va ta femme ? demande-t-il au bout d'un temps infini.

— Génial, elle a encore grossi, j'adore !

Levrat fixe son subordonné avant de poser une autre question.

— Qu'est-ce que tu fous avec moi ?

— Tu n'as pas le monopole de l'indignation.

— Oh, oh, je me trompe ou j'ai cru déceler quelques petites contrariétés ?

— L'amitié est une chose sacrée. On vit dans un monde qui part en couilles et chacun d'entre nous est responsable de cette merde, alors plutôt qu'essayer de ralentir cette course à la mort, c'est devenu la course à chacun pour soi. Moi, j'entends fermement démontrer que seul l'amitié et l'amour peuvent sauver l'humanité.

Levrat pose son bol et ouvre de grands yeux, sidéré. Il fixe junior avant de secouer tristement la tête.

— C'est con, il y a deux secondes, je pensais que je m'étais trompé sur ton compte. Je viens de réaliser que non : tu n'es qu'un petit con de rêveur. Qu'est-ce que tu fiches, ici, avec moi ? Qu'est-ce que tu fous dans la police ? C'est à cause de ton père ?

— Perspicace le commissaire, ironise junior. Ce n'est pas seulement un sale con, c'est aussi un violent, un vicieux et un malsain. Il va finir par mettre tout le monde dans la merde.

Levrat boit encore quelques gorgées, à la fois surpris par la violence des propos de son adjoint et intéressé. Il veut savoir jusqu'où il peut aller. Quel but poursuit-il ?

— Eh ben dis donc, le moins que l'on puisse dire c'est que tu n'as pas beaucoup d'estime pour ton paternel. Qu'est-ce qu'il t'a fait ?

Junior hausse les épaules.

— Justement, il n'a jamais rien fait. Pour lui les choses sont tragiquement simples : il y a lui et ses idées, et le reste du monde. Bien entendu, c'est lui qui a raison contre tous. Alors partant de là, l'équation est des plus banales. Ou tu es comme lui ou tu n'existes pas.

— Et donc toi tu n'existes pas. Je comprends mieux pourquoi tu es là, maintenant.

— J'ai choisi cette voie pour lui démontrer que l'on pouvait faire de l'excellent travail tout en étant différent de lui. Tout en ayant une autre façon de voir les choses, une façon radicale.

— Ça marche ?

— Pas vraiment.

— Quand on voit le résultat, mon petit Thierry, je m'en doutais un peu. Mais rassure-toi, il y a une justice dans ce bas monde de merde. Donne juste du temps au temps. Ton *pater* a passé sa vie à dénoncer les autres, il finira bien un jour par se dénoncer lui-même.

— Celui qui passe son temps à chier sur la tête des autres est un individu qui ne pense qu'avec son anus ([9]).

— Puissamment raisonné. Ça manque de tact et de classe, mais quand même puissamment raisonné. Ceci dit, qu'est-ce que tu es venu faire dans cette galère ? Un métier de merde, un salaire de merde. Tu as un physique à faire tomber des nonnes, et tu es monté comme un taureau, souple comme un chat, endurant comme un Spartiate. Pourquoi tu n'es pas devenu rugbyman ? Ou chanteur ? Ou encore sportif de haut niveau ? Ou homme d'affaires ? Tu te serais fait un max de fric, alors qu'ici...

Junior ne répond pas. Un silence s'installe. Levrat continue à se forcer à boire l'infâme mixture que lui a préparée son adjoint qu'il découvre sous un jour nouveau. Il cache bien son jeu le « petit », se dit-il en l'observant du coin de l'œil. Il le savait très intelligent, mais là... Il grimace longuement. Sa tête tourne encore pas mal et ça tire les cheveux. Il ferme les yeux avec force pour tenter d'échapper à l'infernal étau qui lui broie les tempes.

— Dis donc, fait remarquer Thierry Chabrier en train de farfouiller dans un monceau de papiers étalés ici et là.

— Quoi ?

— Tu as tout le dossier de Lord « X » ici ?

Levrat s'énerve d'un coup.

— Laisse ça ! Qui t'a donné le droit de fouiller mes affaires ?

— Pendant que tu faisais trempette, je commençais tout simplement à ranger ta porcherie quand je suis tombé là-dessus. Qu'est-ce que tu comptes en faire ?

— Très mauvaise idée ! On ne t'a jamais appris la politesse chez toi ?

---

[9] Proverbe très imagé d'origine inconnue.

— Tu as piqué tout ça au bureau. Si jamais « papa » découvre que tu as tout copié, va faire un coup de sang l'ancien. Je te repose la question : qu'est-ce que tu veux en faire de ce dossier ?

— Repose ça tout de suite !

— On se calme. Il n'y a pas le feu au lac.

— Non, mais ça pourrait bien venir. Repose ça tout de suite !

— Oh oooh, l'argument est brûlant, à ce que je vois. Tu as peur de quoi ? Rassure-toi, ce n'est pas moi qui vais aller te dénoncer, je m'en fous, mais un conseil : fais bien gaffe où tu poses tes grands pieds de séminariste endurci.

— J'ai passé l'âge d'avoir une nounou et je sais ce que j'ai à faire.

— En classant ton *big* bordel, je suis tombé sur de curieux billets d'avion de première classe. Qu'est-ce que tu es allé foutre à Londres et à Jersey il y a quelques mois, le 20 juin pour être plus précis ? Tu as vu qui ? Je n'étais pas au courant de ta petite escapade... d'ailleurs personne au bureau ne l'était. Étrange, non ?

— Et alors, je n'ai aucun compte à te rendre. À toi comme aux autres. C'était moi le patron.

— C'est certain, seulement voilà : Lord « X » était probablement anglais...

— Est... probablement anglais !

Chabrier efface la réplique d'un geste désinvolte. Il n'y croit pas.

— On a les pieds sur terre dans ma famille... enfin si ça peut te faire plaisir. Et donc, comme par hasard, toi tu vas te promener en Angleterre en catimini. Avoue que l'on peut s'interroger, non ?

— Où veux-tu en venir ?

— Nulle part. Simple constatation c'est tout. Cache soigneusement ce truc, un enquêteur bas de plafond pourrait en tirer des conclusions hâtives erronées... N'oublie pas que des rumeurs persistantes sur des fuites ont quand même fortement intrigué la hiérarchie pendant de longs mois. Lord « X » avait toujours un coup d'avance sur nous, curieux, non ? De là à penser que...

— Lord « X » ne bosse certainement pas tout seul. Il a nécessairement des hommes et même des femmes sous ses ordres, sinon il ne pourrait pas y arriver. Il doit être extrêmement bien structuré et organisé. Que des très grands professionnels. Avec sa renommée, il n'y a pas un loubard au monde qui ne rêverait de bosser pour lui et gratuitement même. Il a probablement une armée d'indics prêts, pour une poignée de riz, à lui balancer des infos de première bourre sur tous nos faits et gestes. Ce n'est pas trop compliqué avec la technologie d'aujourd'hui. C'est ce que l'enquête interne a démontré du reste.

— Un rapport de police, ça dit beaucoup de choses, rarement l'essentiel.

— Ne tourne pas autour du pot, déballe ce que tu as sur le cœur.

Le « petit » hausse les épaules en effaçant la demande d'un large geste. Il s'amuse et ça agace Levrat.

— Je n'ai rien sur le cœur, je dis simplement qu'il est fort possible qu'il y ait eu un, voire deux informateurs dans nos propres rangs.

— Donc tu me soupçonnes ?

— Grand Dieu, non ! Je dis simplement qu'au vu de certains de tes déplacements plutôt inopinés, on peut se poser la question… Ce n'est qu'une supposition !

— Fais pas chier.

Thierry Chabrier hausse les épaules et continue sans vergogne à fouiller les dossiers récupérés illégalement par son ancien patron.

— Et tu as découvert quelque chose d'intéressant à Londres ou à Jersey ? Laisse-moi deviner, au moins pour Jersey : c'est un paradis fiscal fort discret, donc tu soupçonnes notre Lord « X » de se financer via une société bidon basée là-bas. Je me trompe ?

— Ça ne te regarde pas, rugit Levrat qui se précipite sur Chabrier et lui arrache les papiers des mains.

L'adjoint laisse faire en ricanant.

— Susceptible !

— Prudent !

— Non, mais je dis ça, parce que j'en déduis tout naturellement que si tu as tous les dossiers ici, chez toi, c'est que tu ne crois pas à la mort de Lord « X » et que tu entends bien reprendre cette enquête à ton compte. Je me trompe encore ?

— Tu m'emmerdes avec tes « tout simplement » tes « tout naturellement » et tes « je me trompe ? ». Arrête donc de te croire plus malin que tout le monde. Apprend tout d'abord à raisonner froidement et correctement. Tout ce qui brille n'est pas forcément or. Et ne me fait plus chier... tout simplement.

Levrat se rassoit et continue à boire, observant du coin de l'œil son ancien adjoint, l'air interrogateur, presque gêné d'avoir été percé à jour. Aurait-il découvert quelque chose ? A-t-il un doute ? Aurait-il fait le lien avec ?... Non, impossible, toutes les précautions ont été prises. Pour Londres, ça passe encore, mais pour Jersey, là c'est plus délicat et selon ce que ce petit fouineur sait ça risque même de devenir très préoccupant. Il réfléchit au moyen de se débarrasser de ce gêneur. Il n'a pas encore vraiment décidé de ce qu'il veut en faire de ces dossiers, même s'il a une petite idée bien arrêtée, mais il lui faut du temps et un peu de recul avant de se lancer dans ce genre d'aventure. Ce qui est certain, en revanche, c'est qu'il doit apprendre à ne pas laisser traîner, à l'avenir, ses rapports « sensibles ». Pour un peu, il se giflerait. Une connerie de débutant ! Et maintenant, que va-t-il faire de cet encombrant trublion ? Il le sent à l'affût ! Que sait-il au juste ?

— Je vois. Tu sais qu'un long silence en dit plus qu'une mauvaise réponse. Ne me prends pas pour plus con que je ne suis, tu m'offenserais. Dans cette affaire, on ne sera pas trop de deux.

— « On » ? Parce que tu t'imagines vraiment que je vais me trimbaler un gars comme toi ?

— Tu as besoin de moi et sans vouloir me vanter, je ne suis pas trop manche dans ce registre.

— Qu'est-ce qui te dit que je veux enquêter ?

Thierry Chabrier le dévisage curieusement, les yeux étrangement pétillants et avec aux commissures des lèvres un petit sourire ironique qui ne plaît pas du tout à Levrat.

— Pourquoi poser des questions auxquelles tu as déjà les réponses ? Je viens de te le dire : ne me prends pas pour un con. Ces dossiers, ce n'est sûrement pas pour retapisser ton appartement. Ceci dit, ce serait une idée : ta déco est vraiment à vomir.

Levrat repousse lentement son bol et reconnaît que le « petit » n'a pas complètement tort. De plus, un concours ne peut être qu'un plus dans cette croisade qu'il entend effectivement engager pour retrouver son honneur sali. Il dévisage le « petit » et décidément l'aperçoit vraiment sous un jour nouveau. Très calculateur, se dit-il. Il le soupçonne sous couvert d'aide de vouloir surtout lui voler la vedette le moment venu pour mieux enfoncer son paternel. Suprême calcul ! À moins qu'il ne le soupçonne réellement d'être en cheville avec Lord « X » ? En prétendant lui venir en aide, il aurait ainsi l'occasion de le surveiller de très près pour, le cas échéant, s'attribuer tous les lauriers de la victoire si d'aventure sa théorie se vérifiait. Oui, finalement, ce « petit » est loin, très loin d'être un débutant.

— Certains combats ne peuvent être conduits que seul.

— Ah cesse donc ce baratin philosophique. Ça ne te va pas du tout. Je t'offre surtout mon aide pour t'éviter de sombrer définitivement dans le ridicule.

— Noblesse de cœur en plus. J'en ai rien à foutre de ta sollicitude.

— Mais putain, tu n'as pas encore compris que si tu te fourvoies dans cette quête absurde et inutile - Lord « X » est mort et bien mort - tu seras la risée de tout le monde et jamais plus tu ne pourras réintégrer un poste digne de ton parcours. Tout à l'heure je te parlais d'amitié. Mon aide est dictée par l'amitié sincère que j'ai pour toi et rien d'autre. Évite de sombrer. Et je pourrai même te rencarder ce qui se passe dans la grande maison. Pas mal, non ? ...

— Parce que tu t'imagines que je vais rester les bras croisés à compter les points ?

— Te connaissant, non. D'un autre côté, si tu ne fais rien, il te reste toujours une vie un peu vide mais au moins sans cauchemars.

— C'est ça que tu veux pour moi ?

Chabrier reste muet.

Levrat le dévisage, une sorte de défi, mais sa décision est maintenant prise. Lui aussi va franchir son Rubicon. Le « petit » l'a parfaitement percé à jour et ça l'intrigue. Il ne sait pas trop quoi en penser pour le moment. Dans quel camp est-il ? Ami ou ennemi ? Mieux vaut l'avoir sous la main, on ne sait jamais.

Le policier révoqué observe le va-et-vient de son ancien adjoint. Le jeune homme visite l'appartement comme s'il était chez lui, satisfait, presque goguenard, sûr de lui en tout cas, mais que cache-t-il réellement ? À quel jeu joue-t-il ?

— À propos de jeu, tu fricotes quoi avec Delphine ?

— Ça t'intrigue, hein. Je pourrais te répondre que ça ne regarde personne d'autre que moi, mais je vais être bon prince. Je m'entends parfaitement bien avec elle, c'est comment dire ? ... Une véritable osmose, au niveau purement professionnel, bien sûr.

— Prend-moi pour un jambon. Je ne suis plus un débutant. Quand deux personnes de sexe opposé, bien foutues, passent le plus clair de leur temps ensemble, ce n'est pas uniquement pour les besoins d'une enquête.

Levrat sourit de manière entendue. Il n'est pas dupe.

— Disons qu'elle n'a pas que des mauvais côtés et que durant les longues nuits de planque...

— Ça va j'ai compris.

Chabrier junior ricane et reste en contemplation devant la terrasse côté cour. Il regarde distraitement les toits déprimants des maisons à quelques étages au-dessous et plus loin, il aperçoit une toute petite partie de la rue de la République, l'artère passante de Bellegarde.

— Tu es bien installé, ici, constate-t-il. Quoi que je comprenne aussi ton besoin de picoler.

Le ton est impersonnel. Il s'en fout en réalité.

Levrat tient sa cuillère de sa main gauche mais la tourne dans le sens contraire des aiguilles d'une montre en un geste très révélateur. Chabrier s'en aperçoit, s'immobilise et en pointant un index accusateur lâche, mi-ironique mi-agressif :

— Ha, ha, tu te montres sceptique ! Tu as raison, moi à ta place j'en ferais autant... Alors, on s'y met ?

ANGOISSE ! ...

Ain, Bellegarde-sur-Valserine,
collège Louis Dumont,
rue Joseph Bertola,
mardi 1er mars,
9 h 51

La réunion était exceptionnelle. Par son contenu déjà et surtout par le lieu. En effet, le Collège Louis Dumont avait été sélectionné pour accueillir l'une des trois expositions de diamants prévues. Monsieur le Maire, entouré de son Conseil Municipal, de nombreux experts, des cinq membres du Comité de Pilotage de l'organisation, des plus hautes autorités des forces de police et de gendarmerie ainsi que celles des pompiers, discutait de la mise en place de ces trois futures présentations de pierres précieuses et de bijoux que la ville avait décrochées de haute lutte à la stupéfaction générale. En effet, au départ, peu de monde misait sur sa réussite, mais les infrastructures, le sérieux et les dispositifs de sécurité extrêmement perfectionnés que l'équipe municipale avait proposés aux organisateurs de cette présentation hors du commun, et surtout son aspect financier attrayant, emportèrent les dernières réticences.

De nombreux journalistes étaient présents lors de la conférence de presse. Le spécialiste que le Maire, gonflé de fierté et d'orgueil, avait embauché pour la circonstance, un dénommé Arthur Listernac, un jeune homme particulièrement sportif d'une trentaine d'années arrivé tout droit de l'étranger, allait avoir la primeur de dévoiler l'extraordinaire événement. Ce qu'on appelle une tête bien faite dans un corps bien fait. Fier et tout pimpant, celui-ci expliqua à l'aide de moult schémas et croquis comment allait s'articuler cette exposition inédite dans le monde, une première, et dont le retentissement aurait un impact énorme sur l'économie de la région.

Au bout de deux heures de palabres et de questions réponses, la conférence fut levée et la masse compacte des journalistes se dilua lentement au fur et à mesure qu'elle sortait du collège.

À l'écart, Gilles Levesque, rédacteur en chef de la Tribune Républicaine, hebdomadaire bien connu et aimé de la population pour ses articles et chroniques de la vie locale, marchait l'air sombre et l'esprit inquiet en descendant la rue Bertola. Il s'arrête devant la boucherie Charton & fils et se dit qu'un fabuleux chili con carne ou des paupiettes de veau, deux mets qu'il affectionne tout particulièrement, lui ferait le plus grand bien, mais même la promesse de l'une de ces deux alléchantes recettes n'arrive pas à le dérider. Il laisse tomber et poursuit son chemin plus inquiet que jamais. Allait-il rappeler ? Il avait l'impression de vivre un cauchemar éveillé. Il n'arrivait pas à réaliser que cela tombait sur lui. Des cinglés, il en avait rencontrés lors de ses innombrables enquêtes et reportages, mais là, c'était le pompon. En plus c'est qu'il devenait menaçant, le type ! ... Et il était passé à l'acte !

Machinalement, le journaliste entre à « *La Colonne* », restaurant bien connu des bellegardiens. Comme à son habitude, ce quarantenaire portant encore beau et bien, avec son look de rocker éternel, s'assoit lourdement en posant ses dossiers et son appareil photo sur sa table habituelle.

— Comme toujours ? demande une voix.

Gilles Levesque lève la tête, surpris, puis réalisant que la serveuse derrière le comptoir lui a posé une question, finit par lui sourire en hochant la tête.

— Et un café, un, c'est parti, dit-elle.

Il est presque midi. Le journaliste regarde par la fenêtre le temps gris et bas qui recouvre la région. En hiver, c'est quotidien, ça vous flanque le bourdon, pense-t-il. Il boit silencieusement, lentement, l'esprit ailleurs, tout en observant sans les voir les premiers clients s'attabler dans la salle climatisée adjacente pour le repas de midi. Il n'a pas très envie de retourner à la rédaction. Il sait qu'il n'aura pas la tête à travailler et pourtant les articles ne vont pas s'écrire tout seul. À ce propos, il a dans l'idée d'en consacrer un à ce Listernac que personne ne connaît. D'ailleurs certaines voix s'étaient élevées prétextant qu'il était inutile, en ces temps de restrictions budgétaires, de dépenser des fortunes pour embaucher des « étrangers » alors qu'on avait tout ce qu'il fallait en France et probablement moins cher. Mais la polémique tourna court.

Gilles prend une profonde inspiration et se décide à bouger. Au même moment, Jacqueline, une consœur qu'il n'apprécie que modérément, s'approche et sans attendre s'assoit en face de lui. Gilles la salue et mentalement la remercie d'être là. Bonne excuse pour rester encore un peu.

— Tu n'as pas l'air d'aller bien ? Des soucis ?

Gilles Levesque évacue la question d'un petit geste désabusé. Elle commence déjà à l'agacer.

— Ouais, ça ne va pas, reprend la jeune femme qui pose enfin son barda sur la table et commande un café bien noir.

— Et un café bien noir, un, c'est parti !

— Des soucis de fric ? Tu sais, tout le monde en a, mais c'est vrai qu'à voir ta tête, on a l'impression que c'est la Banque de France qui t'est tombée dessus. Je peux t'aider ?

Gilles sourit largement et lui tapote gentiment la main.

— C'est sympa, Jacqueline, mais ce n'est pas ça du tout. Non, de ce côté ça va même si le fiston nous coûte vraiment très cher à l'école en ce moment. On n'y arrive pas, mais son avenir professionnel en dépend. Je mettrais tout en œuvre pour qu'il ait ce qu'il y a de mieux.

Le journaliste triture mécaniquement un stylo que sa consœur a posé sur la table.

— Ta femme ? ... Excuse-moi, cela ne me regarde pas.

— En effet, ça ne te regarde pas. Mais si tu veux vraiment tout savoir, tout va bien aussi de ce côté.

Le journaliste se retient. Il regrette déjà de l'avoir laissée s'asseoir. Voilà pourquoi il ne l'apprécie que peu. Elle pose toujours des questions qui ne la regardent absolument pas. Il y a des gens comme ça qui gonflent souverainement, mais bon, tout le monde a le droit de vivre... quoique ! pense-t-il juste à cet instant alors qu'une envie de meurtre lui traverse l'esprit. Il est trop inquiet pour se permettre de la supporter plus longtemps. Pas la peine d'aller vers de nouveaux emmerdements.

Il pose le stylo bien en évidence et se lève.

— Faut que j'y aille. Désolé. Une autre fois avec plaisir.

Le journaliste n'attend pas qu'elle réplique. Il lui sourit mécaniquement et s'en va au moment où le café noir arrive.

Une fois dehors, Gilles rajuste sa parka, le froid est mordant et on est presque en pleine journée, qu'est-ce que ça va être ce soir, se dit-il. Il rentre la tête dans les épaules et prend la direction de la rédaction, rue de la République. Il a presque oublié ses soucis quand son téléphone sonne, insistant. Il le sort de sa poche, le regarde et n'ose pas répondre. Il laisse sonner puis agacé, décroche.

— Levesque, j'écoute.

— *Alors, comment il va aujourd'hui, notre brillant journaliste ?*

Le sang de Gilles se glace dans les veines. C'est encore lui.

— Mais vous en avez pas assez d'emmerder les gens, je...

— *Tsss, tsss, tsss ! On se calme, je ne veux que parler.*

— Il y a des médecins pour ça ! Je n'en suis pas un. Faut voir un psy !

L'inconnu explose de rire. Un rire qui fait froid dans le dos, qui glace littéralement Gilles. Le journaliste comprend très vite que le type qui l'appelle est loin d'être fou, très loin même. Mais que veut-il ?

— Écoutez. Dites-moi exactement ce que vous me voulez, je n'ai pas que ça à faire, moi et...

— *Un scoop, ça vous dit ?*

— Un scoop ? ... Quel scoop ?

Levesque ne sait plus quoi penser. Un scoop ? Il a du mal à y croire. Ce type inconnu joue avec lui, mais pourquoi ? Où veut-il en venir ?

— *Ce n'est pas gentil. Vous ne devriez pas traiter cette pauvre Jacqueline comme vous venez de le faire !*

Gilles se fige d'un coup. Statufié sur place ! Une dame d'un certain âge avec un caddie lui rentre dedans, il ne s'en rend même pas compte. Machinalement, angoissé, paniqué, il regarde autour de lui, essaie de distinguer dans la foule pressée qui déambule où se trouve son mystérieux interlocuteur. Il cherche un homme avec un portable. Comment ce type sait qu'il était avec Jacqueline ? Était-il dans le bar ? Comment le voit-il ? Un vent de panique passe, mais Gilles se ressaisit très vite. Ne pas se laisser embarquer, ne pas se laisser déstabiliser.

— Quel scoop ? demande-t-il en s'efforçant de maîtriser sa voix. Vous n'allez pas recommencer comme pour Brigitte !

— *Vous verrez ! Vous serez le premier averti. Et... c'est pour bientôt... Pour très bientôt ! Tic-tac... Tic-tac... Tic-tac ! ...*

L'inconnu a coupé la conversation en rigolant aux éclats, un rire sardonique, malsain, un rire qui vous glace les sangs, tétanisant encore plus le journaliste qui ne sait plus à quel saint se vouer. Il doit en parler, mais à qui ? À la rédaction ? Et que feront-ils de plus les collègues ? À la police ? Ils vont bien rigoler. Déjà qu'ils n'avaient pas pris en compte ses avertissements lors du premier meurtre.

PAUVRE FILLE ! …

Samedi 5 mars,
« Le Grand Lamartine »,
2 bis rue Zéphirin Jeantet,
appartement de Jacqueline Portillo, 10ème étage,
11 h 26

— À quelle heure dites-vous qu'elle est rentrée ?

La concierge se gratte la tête tout en réfléchissant.

Le policier donne quelques signes d'impatience. Il est sur le point de répéter sa question.

— Eh bien… c'était vers les 21 heures… oui, c'est ça, je m'en souviens bien car c'est le moment où commence mon feuilleton.

— Elle était seule ou accompagnée ?

— Seule. Vous savez, pour elle, il n'y avait que son travail qui comptait.

— Elle était journaliste, c'est bien ça ?

— Oui, oui, enfin je crois. Elle travaillait seule, en fraise-lance, comme ils disent maintenant.

— Free-lance, en free-lance.

— Oh moi vous savez les noms étrangers.

Le policier sourit en coin avant de poser une autre question.

— Pas de petits copains ?

— Je ne sais pas, elle avait bien des amis, mais… vous entendez quoi exactement par-là ?

— Un amoureux ou un galant éconduit qui n'aurait pas apprécié d'être mis à la retraite. Vous voyez, ce genre de chose.

— Ah non, ça... enfin moi ce que j'en dis, hein, c'est qu'ici dans l'immeuble elle a toujours été très discrète... même si j'ai vu monter pas mal de messieurs.

Le policier dévisage la concierge qui rigole en coin. Pas dupe, la vieille ! se dit-il.

Il est inquiet en se disant que les criminels n'avaient vraiment plus peur de rien : commettre un assassinat dans l'immeuble du « Grand Lamartine », alors que les locaux de la PAF, de la Douane et des RG se trouvaient au rez-de-chaussée, fallait oser. Quoi que... de nos jours, étant donné que tout le monde faisait ce qu'il voulait sans craindre de représailles, pourquoi s'en étonnait-il encore ?

Il se frotte le bout du nez et griffonne rapidement quelques annotations avant de remercier la concierge qui repart très vite en se signant prestement à plusieurs reprises. Elle ne voulait pas revoir l'abomination qu'elle avait découverte en portant le linge propre de la locataire du dernier étage. Maintenant, comment allait-elle arrondir ses fins de mois ?

— Oh quelle histoire, ça... on va en parler pendant des mois. Ici, dans mon immeuble ! Pauvre fille ! dit-elle en descendant rapidement les escaliers encombrés de policiers et d'urgentistes.

— Patron !

— Ouais !

— J'ai peut-être quelque chose.

Philippe Blachère, en charge de cette enquête qu'il pressent comme longue et difficile, bondit sur son subordonné. À quelques mois de la retraite, cet homme que certains qualifieraient d'idéal, donc parfaitement ennuyeux, est attentionné, intelligent mais carriériste et toujours triste. Il se demande pourquoi il a fallu que ça lui tombe dessus. Pourquoi l'a-t-on nommé ?

— Tu as quoi ?

— Ça !

Le policier montre ostensiblement un stylo qu'il tient délicatement entre deux doigts.

— Des empreintes dessus ?

— Ouais et des belles. C'est curieux d'ailleurs car à part celle de la victime et celles-ci - qui ne lui appartiennent pas - je n'ai rien trouvé d'autre à part le même et énigmatique message.

— Méditez vos fautes !

— Ouais, exactement le même papier. Alors on a : Jacqueline Portillo, cinquante-deux ans, originaire de Lancrans ([10]), célibataire, mais pas mal de soupirants. Elle a été égorgée de la meilleure manière qui soit et probablement dans la matinée. On en saura plus après l'autopsie. Le mec qui a fait ça s'y connaît un minimum. Et pourtant cette sauvagerie est tempérée par le fait qu'il lui a joint les mains en forme de prière, comme s'il tenait à ce qu'elle se repente. Ce doit être un croyant.

— Tu as déjà vu des croyants qui saignent leurs victimes comme ça ?

— L'un n'empêche pas l'autre. Je vois bien ma belle-mère, elle trucide ses moutons et pourtant elle va...

— Fous-moi la paix avec ta belle-mère.

— Tu ne réalises pas le bonheur que c'est de ne pas en avoir. Toi, tu es célibataire...

— Et heureux de l'être. Des traces de violences ?

— Non aucune.

Blachère fait la moue tout en observant le décor. Il s'immobilise et ramasse son portefeuille qu'il examine.

— En tout cas, on ne l'a pas tuée pour son argent. C'est plein de tunes là-dedans.

— Elle gagnait bien sa vie, regarde ses fringues.

Blachère saisit une des chaussures.

— À elle seule, ça vaut cinq cents euros.

— Putain ! Cinq cents euros, mon budget fringues pour une année. Ça sent pas bon cette affaire.

---

[10] Lancrans est une commune de l'Ain d'environ 1 100 habitants faisant partie de l'agglomération de communes de Bellegarde-sur-Valserine. De 1601 à 1760, la commune faisait partie d'une enclave savoyarde entre le Bugey et le pays de Gex. Elle est connue pour les fameuses « *Pertes de la Valserine* » (site classé) et pour les ruines du château de Bellon du 12ème siècle et effondré en 1758.

— Non, pas bon du tout. On a ces empreintes, c'est déjà ça pour commencer. Il est très possible que ce soit celles de l'assassin. Tu t'en occupes en priorité. Fais aussi des recoupements avec les derniers homicides encore non résolus dans la région sur les derniers mois.

— À quoi tu penses ? Un serial killer ? Oh, déconne pas, on en a déjà eu un au Mont des Princes, à Seyssel, faudrait pas que ça devienne une habitude ([11]).

— Et pourquoi pas ? C'est la deuxième nana qu'on retrouve aussi froidement assassinée avec, en guise de signature, cette mise en garde qui sonne comme un avertissement « religieux ». Pire : un glas !

— Ouais, on a trouvé ça aussi dans l'appartement de cette pauvre Brigitte Rousselet, quarante-neuf ans, née à Nantua ([12]). Sauf que pour elle, on n'avait retrouvé strictement aucune empreinte.

— Exactement, sauf qu'il y a comme un petit air de famille avec le crime d'aujourd'hui. Si c'est ça, on est dans la merde avec un grand « M ». Tu imagines le bordel dans la population ?

— Pourquoi tu dis ça ?

— Tu n'as pas remarqué ?

— Remarqué quoi ?

— La Brigitte Rousselet, elle a été assassinée dans l'immeuble de droite, juste à deux cents mètres de là, au 22, l'entrée à côté du vétérinaire, et aussi au... dernier étage.

Le visage de son subordonné se fige.

— Oh putain, mais c'est vrai, je n'avais pas fait le rapprochement.

— Voilà pourquoi tu ne resteras jamais qu'un sous-fifre. Essaie de temps en temps de faire fonctionner tous tes neurones, ça peut t'aider, et comme tu n'en as

---

[11] Voir « *La disparue du Mont des Princes* ».

[12] La ville de Nantua, dans l'Ain (environ 3 500 habitants) s'est développée à compter de 671 autour d'un couvent bénédictin. Au cours de la Seconde Guerre mondiale, la résistance a été très active, s'attirant de nombreuses représailles de la part des Allemands qui déportèrent, en 1943, 150 personnes de 15 à 40 ans. En 1947, le général de Gaulle a décoré la ville de la médaille de la résistance.

que trois, ça ne devrait pas te poser trop de problèmes logistiques.

— Très drôle !

— On a intérêt à le serrer très vite ce cinglé avant que ça ne dégénère.

— Mais il est dingue de revenir !

— Ce mec est cinglé, et les cinglés ne font que des trucs de cinglés, donc... Passe ces empreintes dans la bécane. Avec un peu de chance elles sont répertoriées dans notre base de données. Si c'est le cas, on ira cueillir son heureux propriétaire... et il aura intérêt à avoir de sérieux alibis le coco.

— OK, je m'en occupe tout de suite.

Machinalement, Blachère s'approche de la terrasse qui donne sur la Place Carnot ([13]). Il sort, souffle dans ses mains, sent la morsure du froid qui le surprend, et vérifie que personne ne le regarde avant d'observer la place. Elle est pourtant bondée en ce jour de marché. Il admire le panorama et aperçoit à l'autre bout de la place, le Collège Dumont tout en se perdant en conjectures sur l'identité et les mobiles de ce mystérieux assassin. Cette histoire d'avertissement ne lui plaît pas du tout. Ce petit côté « religieux » ou prêcheur ne lui dit rien qui vaille. D'ici à ce qu'il soit confronté à un de ces mabouls qui prône l'abstinence et la repentance, quitte à dézinguer au nom de n'importe quel Dieu, il n'y a pas loin et il a une sainte horreur des types comme ça parce qu'ils n'agissent jamais de façon rationnelle. Et dans ces cas-là, il n'est pas raisonnable de planifier des actes déraisonnables ! Il n'y a qu'un cinglé pour le faire ! Quelle guigne !

— Il y a une sacrée vue d'ici et...

— Et ?

Le policier s'appuie sur la rambarde de la terrasse et observe attentivement la place et le collège. Il lève la tête. Le ciel est bas et d'un gris à flanquer le cafard au dernier des optimistes.

---

[13] Anciennement « *Place du Champ de Foire* », et/ou « *Place du Marché* ». Au début des années 1900, c'était le lieu de rendez-vous des marchands de bestiaux.

— Rien ! ... ou plutôt si, une idée folle vient de me traverser l'esprit.

— Du genre.

— Du genre que si j'en parle on me foutra dehors.

— Mais encore.

— Ce n'est pas dans le Collège Dumont que va avoir lieu l'une des plus spectaculaires expositions de diamants ?

— Si, pourquoi ? Tu veux acheter ? Mais je t'avertis, c'est très largement au-dessus de tes moyens.

— C'est à cette occasion que notre Ministre de la Culture accompagné du Premier Ministre va venir faire des ronds de jambe et vider les bistrots.

— Oui, et alors ? Pour une fois tu pourras voir de tes propres yeux où passe l'argent de tes impôts. Pas mal, non ? ... Qu'est-ce que tu fais ?

Blachère s'est mis en position de tir et avec lenteur épaule un fusil imaginaire avec ses deux bras.

— Rien ! Je me disais seulement que si j'avais une bonne raison de flinguer Premier Ducon, c'est exactement ici que je me placerais ; ou depuis l'appartement de la Rousselet, rue Parmentier. Des deux positions on a une vue exceptionnelle sur le collège. Donc...

Le subordonné écarquille les yeux.

— Tu n'es pas sérieux, là ?

Blachère fait mine de redresser son arme et éclate de rire.

— Bien sûr que non.

Son adjoint semble rassuré et tout en sautillant sur place reprend :

— Tu sais, des idées folles ont parfois fait avancer l'humanité. Mais pas une comme celle-là. Qu'est-ce qui te fait penser à ça ?

Blachère ricane curieusement avant de se redresser et l'observe comme s'il le voyait pour la première fois.

— Depuis quand tu essaies de philosopher ? Allez, laisse tomber et va me contrôler ces fichues empreintes.

L'homme, frigorifié, file sans en demander plus, suivi presque immédiatement par Blachère qui pourtant s'immobilise en franchissant l'entrée du salon. Il se retourne et contemple une nouvelle fois la place et le collège. Son idée lui trotte dans la tête. Elle n'est pas si folle que ça après tout.

Depuis plusieurs mois des rumeurs d'attentats contre certains membres du gouvernement se multiplient au point que les services de sécurité planchent sérieusement sur divers scénarii et parades. Il est vrai que le mal-vivre est partout présent et qu'une majorité de la population, exaspérée, se sentant autant trahie qu'humiliée par le Président en place, est particulièrement remontée contre tout ce qui représente l'autorité. Donc, pourquoi ne pas envisager qu'un « déséquilibré », au bout du rouleau, décide de franchir le pas. On avait déjà vu ça par le passé ! Pire, de nos jours on voyait ça presque toutes les semaines. Des pauvres types sans boulot, criblés de dettes, n'en pouvant plus, flinguaient femme et enfants avant de se cramer la cervelle. On se tirait dessus même dans les prétoires ! Ouais, après tout, pourquoi pas ?

Il se dit qu'une petite vérification s'impose quand même, comme ça, histoire d'en avoir le cœur net. Au moins, il aura fait son boulot et puis si ça ne suit pas derrière, tant pis...

MAIS IL N'ARRÊTERA DONC JAMAIS ! ...

Suisse, Genève,
avenue des Morgines,
siège de « Mondial Protection »,
mercredi 16 mars,
10 h 41

Un bruit assourdissant alerte presque la totalité de l'étage. Des employés se précipitent vers le bureau de Francis Magenta. Scotchés devant la porte, les bruits qui en émanent ne les encouragent pas vraiment à la pousser.

— Que se passe-t-il ? demande Francis en arrivant à l'instant, surpris par cet attroupement pour le moins inhabituel.

— Eh bien, c'est...

Un long miaulement agressif et terrorisant empêche le comptable de terminer sa phrase. Impossible également de reprendre car le bêlement d'une chèvre explose les tympans, entrecoupé de bruits de verre brisé et de bibelots éclatés au milieu d'une cavalcade effrénée.

Unc voix reconnaissable entre mille retentit alors. Francis soupire en la reconnaissant.

— Encore lui ! marmonne-t-il, visiblement excédé cette fois-ci. Retournez à votre travail, les amis, je m'en occupe.

La petite troupe s'égaille alors que les cris et les hurlements divers continuent de plus belle. Francis ouvre violemment la porte et fait irruption dans son bureau transformé en champ bataille.

Zoupette saute sur tout ce qu'elle peut accrocher, poursuivie par Finette qui bêle à tue-tête en essayant d'attraper la chatte. À droite, les quatre fers en l'air, Stan dégage tant bien que mal sa tête de l'abat-jour du lampadaire qui l'a choisi comme décoration. Francis s'approche et se plante devant son collaborateur et ami.

— Tu te prépares pour halloween ? C'est quoi tout ce boxon ?

À la même seconde, Francis se baisse précipitamment pour laisser passer Zoupette. Il s'écarte tout aussi vite pour abandonner le passage à la chèvre qui fonce droit devant elle.

— Mais vous jouez à quoi ici ? hurle-t-il. Arrête-moi immédiatement ce cirque !

Stan réussit à se remettre sur ses jambes et d'un geste réflexe parvient à maîtriser Finette qui se met à gesticuler comme rarement tout en bêlant comme une damnée. Du coup, Zoupette, agrippée aux rideaux qui cachent la vitre donnant sur la route du pont Butin, regarde avec ravissement la débâcle de son adversaire et saute sur le bureau du patron, l'air de rien.

— Alors ça y est, tu m'as arrêté ce bazar ?

— Mais oui Francis, juste un petit différent entre voisins, rien de bien méchant et...

— Moi, je vois un très gros différent sur ta fiche de paie. Et quand je vois le chantier, je pense même que c'est toi qui me devras des ronds. Tu as vu cette dévastation ? Attila et ses Huns, à côté de tes deux phénomènes à quatre pattes, font figure de simples stagiaires.

— Il n'y a pas mort d'homme, ce ne sont que des objets, tente d'expliquer Stan qui n'arrive plus à retenir la chèvre tant elle rue de partout. Elle finit d'ailleurs par arracher un cri strident à l'enquêteur avant de trottiner toute fière de son coup dans les pièces jaunes, vers son coin dodo sous le regard goguenard de la chatte en train de se lécher les pattes d'un air hautain.

— Cesse donc d'hurler, ahuri, tu vas faire peur aux mouettes.

— Ouais, ce n'est pas toi qui t'en aies pris un dans les coucougnettes.

— Ce n'est pas grave, ça fait circuler le sang, ajoute Francis en ricanant tout en redressant son ami grimaçant, blanc comme un linge avec les deux mains vissées sur son entrejambe.

— Oh putain, ce que ça fait mal !

— La prochaine fois, apprivoise un hamster, ironise Francis en l'aidant à s'asseoir.

Pendant que Stan reprend lentement des couleurs en soufflant comme une forge, Francis commence à ramasser ce qui peut encore être sauvé. Il erre pendant de longues minutes au milieu du désordre puis s'immobilise, fixe quelque chose sur le sol et se baisse pour le ramasser. Il époussette le cadre sans verre et regarde la photo miraculeusement encore intacte. Stan l'observe et il connaît si bien son ami et patron qu'il ressent même ses émotions.

— Tu tiens toujours à elle, n'est-ce pas ? dit-il en esquissant un large sourire.

Francis se retourne, les yeux brillants.

— Oui ! La douleur ne s'en va jamais, on apprend juste à vivre avec. Myriam ([14]) ne peut pas disparaître comme ça, elle est à tout jamais gravée dans ma mémoire, dans mes sens… Je l'ai dans la peau, moi !

— Que veux-tu, à chacun son eczéma !

— Épargne-moi tes jugements à l'emporte-pièce !

— J'essaie seulement de t'ouvrir les yeux.

— Tu aurais dû me laisser plonger dans cet étang de malheur. Je l'aurais sauvé, moi !

— Tu n'aurais sauvé personne dans ce piège puant de flotte et tu serais mort, maintenant !

— Myriam devait vivre ! Je l'aurais sortie de l'eau, je l'aurais ramenée à la vie…

Francis s'interrompt en s'apercevant qu'il glisse dans ses cauchemars et qu'il lui devient de plus en plus

[14] Voir « *Les démons du Vuache* » et le rôle très trouble joué par Myriam.

difficile d'en sortir. Il a soudainement conscience de se montrer en spectacle et il prend une profonde inspiration alors que Finette vient doucement se pelotonner contre lui. Machinalement, l'enquêteur sourit tout en laissant sa main errer sur la chèvre qui bêle doucement.

Zoupette se rappelle à leur bon souvenir et Finette fait demi-tour. Une immense détresse se lit sur le visage de Francis, une impression atroce de vide, de gâchis, quelque chose d'irréversible.

— T'auto-flageller ne sert à rien, mon ami, je te l'ai dit et redit des centaines de fois...

— Et tu pourras le répéter jusqu'à la fin des siècles, que cela ne changerait rien à ma façon de voir les choses. J'aime toujours Myriam... et tu vois, il y a des jours ou je me demande si je suis fait pour le bonheur.

Stan lève les yeux au ciel.

— Oooh putain, y avait longtemps ! Un bon conseil : décide d'être heureux, c'est bien meilleur pour la santé... et c'est de Voltaire ([15]).

Francis ouvre grand les yeux.

— Tu connais Voltaire, toi ?

Stan fanfaronne.

— Qu'est-ce que tu crois ? Tu n'es pas le seul mec instruit, ici.

Francis réfléchit quelques secondes puis finit par sourire.

— Espèce de sagouin ! Tu as lu ça dans l'une des papillotes que Stéphanie a apportées l'autre jour.

Démasqué, Jourdan fait l'offusqué mais sans convaincre un Francis hilare.

— Tu n'en louperas jamais une, toi !

— Ouais, en attendant, ce type savait de quoi il parlait. Vis, bordel de merde, au lieu de te complaire dans ta douleur.

— Elle est en moi et je ne l'oublierai jamais.

— Malgré ce qu'elle t'a fait !

— Elle avait ses raisons, de très solides raisons que même toi, ignorant indécrottable, pourrais comprendre.

---

[15] Authentique.

— Ce n'est pas parce que tu as traversé beaucoup plus d'écoles que moi que cela te donne le droit de m'insulter.

— Oh, loin de moi cette idée, je veux seulement que tu comprennes une bonne fois pour toutes, que lorsqu'on ressent de vrais sentiments pour quelqu'un, tout le reste devient totalement secondaire, voire obsolète. Tu verras quand tu auras trouvé la femme de ta vie.

Stan ricane et hausse les épaules tout en grimaçant en essayant de changer de position.

— La femme de ma vie, je couche avec elle tous les samedis et crois-moi, c'est largement suffisant... pour l'instant ! ... J'ai déjà du mal à me souvenir de son prénom le lendemain matin.

— Un de ces jours, tu vas tomber sur un os et alors là, crois-moi... ce sera une autre histoire.

— En attendant, ma poule, celui qui pleure comme une madeleine en se lamentant sur son sort, c'est toi, pas moi.

Francis hausse les épaules et change de sujet. Il ne tient pas à envenimer la conversation.

— À part ce joyeux bordel, quoi de neuf ?

— Rien et... ah si, le commissaire Mannisi veut te voir ([16]).

— Il me veut quoi le beau sicilien ténébreux ?

— Que tu ailles voir un noyé qu'il a pêché dans le Léman.

— Ah ? Et depuis quand nous occupons-nous des noyades ?

— Depuis que les mecs ont des souliers en béton et un dossier au nom de Mondial Protection dans leurs fringues.

Intrigué, Francis nettoie succinctement un bout de son bureau et pose une fesse sur le rebord.

— Et comment Mannisi l'a trouvé, ce barboteur ?

— Le type avait les pieds entravés à un gros anneau scellé dans un bloc de béton. On ne sait pas encore comment les liens ont lâché. Bref, le fait est que le

[16] Voir « *La conspiration du diable* » Tome 1 et tome 2.

cadavre s'est détaché et est remonté à la surface du côté de Cologny ([17]). Le coin rupin par excellence. Les mouettes n'avaient pas encore fini de s'égosiller autour du macchabée que toute la maréchaussée, Mannisi en tête, était sur les lieux. Forcément, ça fait désordre !

— Tu dis qu'il avait un dossier sur moi ?

— Non, mais sur la société, oui.

Francis claque des doigts.

— Exact. Soyons précis.

— D'après Mannisi, le gars avait une liste très, très étoffée sur toutes les boîtes de sécurité de la région. La nôtre est, paraît-il, en tête de liste. Et encerclée en rouge vif ! La classe !

— Il s'appelle comment ce cadavre ? Je n'ai pas le souvenir d'avoir été contacté dernièrement pour un quelconque travail.

— On n'en sait rien du tout. Le type a dû séjourner au minimum quatre ou cinq mois dans la flotte. Il est difficile à identifier et Mannisi n'a rien trouvé sur lui qui nous donne son identité.

— Pas d'empreintes ?

— Non. On a soigneusement passé tous les doigts à l'acide... post-mortem, heureusement.

Francis fronce les sourcils. Il n'aime pas ça.

— Les mecs qui travaillent à l'acide ne sont pas des amateurs. En général c'est la signature de professionnels sadiques et givrés, mais aguerris et déterminés. Qu'est-ce que c'est encore que cette embrouille ?

— Sûrement un règlement de compte : putes, dettes de jeux ou tout simplement drogue, va savoir.

— Hum, je ne crois pas. Ils se seraient contenté de le balancer à la flotte et c'est tout. Le coup de l'acide cache quelque chose de plus sérieux. Voilà qui n'est pas banal. Mais cette liste, s'il n'y avait rien sur le cadavre, il la sort d'où notre sicilien ?

— Le type l'avait planquée dans ses chaussettes.

---

[17] Quartier très résidentiel de Genève, sur les bords du lac Léman.

— Bien sûr, c'est généralement là qu'on les range, non ? ironise Francis que tout cela commence à interpeller sérieusement.

Il se perd en conjectures tandis que Stan continue son exposé.

— Ça veut surtout dire qu'il y tenait plus que tout. Si on planque à cet endroit un document, liste, photos, puce informatique, c'est en général pour de très bonnes raisons. Des raisons de sécurité et de confidentialité.

— Reste à savoir lesquelles. OK, je vais allez le voir. Cette histoire pue.

— Ah ça c'est sûr... Déjà quand les condés l'ont sorti de l'eau, je te dis pas comme ça devait cocotter et...

— La ferme !

Francis fusille du regard son incorrigible adjoint puis réfléchit quelques courtes secondes avant de se redresser prestement en consultant sa montre.

— Bon, j'ai encore le temps de lui tomber dessus à son bureau.

Stan se lève aussi, tout heureux mais son sourire s'efface d'un coup.

— Non, j'y vais tout seul. Toi, par contre, tu restes ici et tu me nettoies cette porcherie. Je ne veux plus voir un seul débris et encore moins un morceau de paille quand je reviens.

Stan est offusqué et s'apprête à répliquer mais le visage totalement de marbre que pose sur lui son patron le dissuade de toute tentative en ce sens, tout comme l'index figé qu'il pointe dramatiquement sur lui.

— Euh... bon, d'accord !

— C'est bien !

Francis replace délicatement ce qui reste du cadre de Myriam sur son bureau avant d'abandonner Stan à son triste sort de nettoyeur.

UN HOMME AUX ABOIS ! ...

Fin de matinée

Quand Francis Magenta, le patron indiscuté de Mondial Protection, franchit la porte de son bureau, c'est pour y trouver une bonne surprise. Stan, torse nu, est en train de terminer de passer la serpillière. Les deux quadrupèdes l'observent placidement.

— Nom de Zeus ! Eh ben mon coco, en voilà du sacré bon boulot ! s'exclame l'enquêteur admiratif en examinant tout autour de lui le travail effectué.

— Tout est nickel, balbutie Stan soufflant comme un bœuf.

— Pour une fois que tu bosses, ce n'est pas trop mal. Quoi de neuf ?

— Ton ami de « La Tribune Républicaine » ([18]) fait

---

[18] « *La Tribune Républicaine* » est un journal hebdomadaire créé en 1902. Il appartenait à l'imprimerie Michaux. Début 20ème siècle, il rachète « *Le Pays Gessien* » (informations en pays de Gex). Courant 1997, les deux titres sont repris par le groupe « *Presse Alpes-Jura* », devenu par la suite « *Le Messager* ». Lui-même sera repris par le groupe « *La Voix* », basé à Lilles et plus connu sous l'appellation « *La Voix du Nord* ». « *La Tribune Républicaine* » tire en moyenne à 4 200 exemplaires et sort tous les jeudis.

les cent pas dans la salle de réunion. Je lui ai bien dit de repasser, comme je ne savais pas à quelle heure tu allais revenir et…

— Tu sais qu'il existe un truc génial qui s'appelle le « portable », j'imagine ? Pourquoi tu ne m'as pas appelé ?

— Ben tu étais avec Mannisi alors… et comme ça n'avait pas l'air important.

Francis hésite entre colère et passer la main.

— Il insiste lourdement. Il ne partira pas tant qu'il ne t'aura pas parlé.

— Pas important, hein ! Un journaliste qui vient tout exprès de Bellegarde sans prévenir et insiste lourdement pour me voir, ce n'est pas important pour toi ? Mais à quoi tu penses ?

— Je ne peux pas tout savoir… et puis avec ce nettoyage.

— Ça t'a brouillé les méninges. Pauvre biche ! Tu m'étonnes, pour une fois que tu utilises tes neurones. Bref, il t'a dit quoi ?

— Rien, il ne veut parler qu'à toi.

— Comment tu l'as trouvé ?

— Devant la porte et…

— Mais non ahuri. Comment était-il ?

— Ah, ça ! … Ben heu, plutôt agité à la réflexion, mais je…

Stan n'a pas fini sa phrase que Francis fonce déjà vers la salle de réunion en lui criant de venir l'y rejoindre au plus vite.

Salle de réunion

— Gilles, comment vas-tu ? demande Francis en entrant avec un large sourire, main tendue.

Tout en la lui serrant, l'enquêteur examine rapidement son ami. Il le trouve tourmenté, préoccupé et probablement à deux doigts de faire une connerie.

— J'ai des emmerdes.

— Quand on vient me voir, c'est en général pour ça. Il est vrai qu'à voir ta tête, ce doit être des sacrés emmerdements. Assieds-toi et raconte-moi.

Le journaliste se laisse lourdement tomber dans un fauteuil club, visiblement à bout de nerfs.

— Par où commencer ?

— Commence simplement par le début et je ferai le tri. Sois tranquille, on est là ! ... une seconde !

Francis fait le signe « trois » de la main à Stan.

— OK ! répond-il sobrement en se ruant sur le téléphone central.

— Vas-y, dit Francis, je t'écoute.

Levesque prend une profonde inspiration, abattu, les deux mains posées bien à plat sur les cuisses.

— Je suis dans la merde. Les flics me soupçonnent de deux meurtres.

Francis fronce les sourcils alors que Stan raccroche, stupéfait.

— Qui, quand et surtout pourquoi ?

— Francis, c'est une manipulation. Je ne sais pas qui me...

Francis tique et le stoppe de la main.

— Une seconde !

En même temps, l'enquêteur appelle sa centrale de télésurveillance.

— *Mondial Protection, centrale d'alarmes, Mylène, que puis-je pour vous ?* répond une voix féminine à la tonalité chaleureuse.

— Procédure cinq ! En urgence !

Francis raccroche et croise les mains sur le long du bureau de conférences.

— Voilà qui est fait.

— Que se passe-t-il ? questionne le journaliste.

— Rien, tu as prononcé un mot qui a le don de me causer de sérieuses allergies.

— Je ne comprends pas.

— Sans importance. Maintenant, procédons point par point. Le commencement. Vas-y tranquillement.

Les trois hommes restent muets. Francis réfléchit. Stan attend et Gilles Levesque est prostré mais visiblement soulagé de s'être confié. Au bout d'un temps infini, Francis se redresse lentement.

— Pour résumer, toute cette histoire a commencé il y a un petit mois. Tu as reçu soudain un appel téléphonique - non tracé - d'un inconnu qui - je reprends tes termes - te « narguait ouvertement » en te faisant miroiter un « scoop » de première main. Ce type ponctue son appel avec trois fois « tic-tac, tic-tac, tic-tac ! ». Exact ?

— Exact.

— Cette voix, tu l'as reconnue ? Elle te dit quelque chose ?

— Non, elle était manifestement contrefaite.

— Elle ne te dit rien ? Une idée ? Une impression de déjà entendue ?

— Non, non, je viens de te dire que non, c'était une voix métallique, certainement trafiquée.

— Ouais. Deux jours après, une certaine Brigitte Rousselet était retrouvée chez elle, assassinée assez sauvagement. Exact ?

— Exact.

— Puis ce même type t'a contacté une seconde fois, il y quelques jours, et le même cirque a recommencé. Et toujours ce « tic-tac, tic-tac, tic-tac » à la fin de son appel.

— Oui ! Exactement. Et là aussi, deux jours après, Jacqueline Portillo, une consœur, est également retrouvée assassinée.

— Et les flics ont retrouvé des éléments à charge contre toi chez elle. Mais puisque tu es ici, ces éléments ne sont pas suffisants, sinon, tu serais déjà au placard.

— Ce n'est qu'une question de temps, corrige Gilles. Je n'ai pas d'alibi.

— Je sais, tu nous l'as expliqué tout à l'heure, tu étais sur la route de Montréal-la-Cluse pour aller faire un reportage. On t'a vu ? Tu as un ticket d'essence ? Un relevé d'autoroute ? Quelque chose ? Ton reportage, tu as vu des personnes qui peuvent...

— Non, c'était juste pour aller faire des photos du cimetière : il a été vandalisé par une bande de jeunes cons. C'était pour agrémenter une page entière de magazine et...

— Ce ne sont pas des preuves, tu aurais pu les faire n'importe quand. Et pour la seconde victime, tu étais où ?

— J'avais un rendez-vous avec un très sympathique couple d'agriculteurs retraités. Ils sont la mémoire vivante de notre région et...

— Tu les as vus ?

— Non, j'ai poireauté devant chez eux pendant un bon moment, mais comme je n'avais pas que ça à faire, je suis reparti.

— Pourquoi je ne suis pas étonné ? ironise Francis.

— Je suis foutu !

— Ne sois pas si défaitiste. On va tout faire pour te tirer de là. Je te connais mieux que quiconque et je suis certain qu'il y a derrière tout ça autre chose. Question : ces deux femmes, tu les connaissais bien ?

— Pas plus que ça. Je suis déjà allé chez Brigitte deux ou trois fois, c'est tout. Elle donnait des cours de rattrapage à mon fils. Il est un peu court en philo et... Quant à Jacqueline, c'était une simple consœur avec laquelle je n'avais d'ailleurs pas de relations très amicales. On se supportait, sans plus.

— Mais ce flic... comment s'appelle-t-il déjà ? Ah oui : Blachère. Lui a retrouvé un stylo à elle avec tes empreintes dessus sur les lieux mêmes du crime.

— Mais c'est normal, s'insurge le journaliste. Ce stylo je l'ai tripoté quelques jours plus tôt quand elle s'est assisse à ma table. Je buvais un café à « *La Colonne* » et...

— Ce qui veut dire que ton inconnu suit tes faits et gestes de très près. Facile ensuite de piquer le stylo et de monter toute une mise en scène pour t'incriminer. En tout cas, c'est gênant pour toi.

— Ouais. Et en plus notre inimitié était de notoriété publique. De là à imaginer que...

— Que tu sois assez con pour l'assassiner et pour laisser tes empreintes chez elle me paraît totalement saugrenu. Tu n'avais aucun intérêt à l'éliminer, tu n'y gagnes strictement rien.

— C'est certain, mais on parle vite en ville. Tu sais comment sont les gens. Il suffit d'un rien et tu es cloué au pilori du jour au lendemain. On te regarde de travers, on te soupçonne des pires saloperies. On m'attribue même des crimes vieux de plusieurs dizaines d'années et jamais élucidés, bien sûr.

— Laisse faire. Les gens ont besoin d'exorciser leurs peurs et ceux qui s'ennuient de se raconter des histoires. C'est malheureusement tristement humain.

— Heureusement que ma famille et le journal me soutiennent à fond, sinon... ça deviendrait tout simplement invivable. Même Jean-Noël Guinet, un confrère qui travaille au Dauphiné Libéré, remue ciel et terre pour prouver mon innocence. Et Sorgia FM ([19]), par la voix de son chroniqueur vedette, Guy Cattelan, lui a emboîté le pas. Mais il y a déjà des commerçants qui me font clairement comprendre que je ferais mieux d'aller faire mes courses ailleurs. Tu imagines ? C'est mauvais pour leur commerce, paraît-il. Il faut que ça s'arrête !

— Si on flingue toutes les personnes avec lesquelles on est en froid, va pas rester grand monde en ville. Remarque, ça fera plus de place dans les parkings, ajoute Stan, toujours aussi délicat. Faut voir le bon côté des choses !

---

[19] Sorgia FM est née au moment de la liberté accordée aux Radios Libres en décembre 1982 sous le vocable « expression et informations locales ». Elle a connu 9 présidents dont Robert Blanc qui en a été la cheville ouvrière. Depuis 2000 son Président est Guy Cattelan. Ses programmes (culturels, sportifs, etc.) sont diffusés 24h/24h. Elle compte 2 salariés : Robert Medina, journaliste professionnel et Stéphanie Germain, secrétaire. Tous les autres membres sont bénévoles y compris le président. Son fonctionnement est assuré à 20% par la publicité et le reste par une subvention accordée par le Ministère de la Culture et par d'autres accordées par les communes et les Communautés de Communes ainsi que des dons anonymes.

— Pour tuer, il faut un bon mobile et tu n'en as aucun. Que ce soit pour cette Brigitte ou pour cette Jacqueline. Si tu es encore dehors, c'est uniquement pour cette raison et un peu aussi parce que tu es une personne connue dans la région. Mais ne nous leurrons pas, ce Blachère va te pourrir la vie jusqu'à ce qu'il trouve quelque chose de vraiment probant contre toi. Tes alibis sont peu fiables, mais ne peuvent pas être écartés en totalité - pour le moment. Il a une pression d'enfer sur les épaules et il est à deux doigts de la retraite, je ne te fais donc pas de dessins. Il lui faut très vite des résultats. Alors il va creuser, n'importe où et n'importe comment.

— Ça, c'est plus que certain. Déjà qu'il ne m'apprécie pas en tant que journaliste. Il n'aime pas mon look. On n'est pas du même bord, si tu vois ce que je veux dire. Il est nul, tout petit, tout pourri et...

— Calme-toi, ça ne sert à rien de s'énerver.

— Il sort d'où cet apôtre ? demande Stan.

— Je connais un peu son parcours, répond Francis : c'est un pantouflard de carrière, un planqué de la société. J'imagine qu'ils l'ont sorti de la naphtaline parce qu'ils n'avaient plus personne dans les tiroirs. Tout le monde est obnubilé par la préparation d'un gros truc qui doit avoir lieu cet été.

Francis sourit ensuite à l'attention du journaliste.

— Question look, il est vrai que ta dégaine peut en froisser certains, mais on s'en fout. Moi je sais ce que tu vaux. Ce qui est certain en revanche, c'est qu'avec une vision des choses et des gens aussi étriquée, tu es mal barré avec ce type. Sa perception du monde ne se fait qu'au travers des habits de ses semblables et suivant un canevas de formation policière totalement désuet. Très efficace pour se planter !

— Et puis dès le premier appel, je les ai avertis de ce qui pouvait arriver.

— Pour les flics, ce n'est pas une preuve. Tu as très bien pu monter toute cette histoire pour te dédouaner. C'est classique.

— Tu ne me crois pas ? s'insurge à nouveau Gilles qui est à bout de nerfs.

— Calme-toi, je n'ai pas dit ça. J'essaie simplement de t'expliquer quelle est la situation, et surtout la tienne. Tu es sur une corde raide.

Levesque repousse vivement l'air devant lui, dépité.

— Excuse-moi, je te fais des reproches alors que tu essaies de m'aider. Je ne sais plus où j'en suis. Je suis à cran.

Francis lui sourit se voulant rassurant.

— On est là, courage ! On va s'en occuper. Attends-toi cependant à avoir Blachère et ses hommes à tes basques jour et nuit. Seulement nous, on a un avantage sur lui : on sait que tu es innocent et que c'est un coup monté, on va donc foncer dans cette direction. Maintenant, il faut découvrir pourquoi… et très vite ! On va commencer par un point qui me paraît particulièrement important : tu es sûr et certain que ce type te file en permanence ?

— Absolument certain. Quand il m'a appelé, il savait exactement ce qui s'était passé entre Jacqueline et moi. Il devait obligatoirement être dans le café ou pas très loin.

L'enquêteur hoche longuement la tête, visiblement satisfait de la réponse.

— Tu as repéré quelqu'un ? N'y a-t-il pas un type qui t'a semblé bizarre ? Un gars un peu trop intéressé par ce que tu faisais ?

— Non, non et non. Rien d'inhabituel. La salle était comme tous les jours avec les mêmes habitués. Et puis j'avais l'esprit concentré sur mes articles, surtout sur le *staff* chargé de la protection des trois expositions.

— Pas vu un type nouveau ? Un gars que tu voyais pour la première fois ?

— Non, je viens de te le dire.

— OK !

Francis Magenta marque une pause tout en jouant machinalement avec un crayon à papier. Une vieille habitude qui faisait toujours rigoler Stan. Les paris sur le moment où il allait le rompre allaient d'ailleurs bon train.

— Qu'est-ce que tu en déduis ? demande Gilles, fébrile.

— Ça signifie que c'est quelqu'un d'extrêmement organisé qui suit un schéma très particulier et qui ne va pas en dévier une seule seconde.

— Mais enfin pourquoi ? C'est insensé ! Qu'ai-je à voir avec ce malade ?

— Il est très loin d'être malade, parce qu'il suit un plan parfaitement élaboré et qu'il n'a aucunement l'intention d'y déroger. Ça explique pourquoi il te marque à la culotte comme ça : il tient à tout avoir sous contrôle. Ça élimine déjà pas mal de profils. C'est probablement quelqu'un que tu connais ou que tu as dû, à un moment où à un autre, froisser ou mécontenter. Que sais-je ? Dans ton métier, ce n'est pas rare de tomber sur des dingues, ou à tout le moins, sur des « originaux ». De là à penser que l'un de ceux-ci t'a pris en grippe et a cogité une « vengeance » quelconque, il n'y a qu'un pas. Même si cela me paraît tiré par les cheveux, pour l'instant, on ne peut écarter aucune hypothèse. Tu me dresseras la liste de toutes les personnes avec lesquelles tu as eu des problèmes ou même avec lesquelles tu aurais pu, à ton avis, en avoir.

— Pourquoi tu penses que...

— Parce qu'il y a derrière tout ça une intelligence hors du commun qui met tout en œuvre pour te pourrir la vie. Quand on agit comme ça, ce n'est jamais gratuit : ça cache sûrement autre chose, quelque chose de diabolique. Rapporte-moi tout ce que tu as noté d'inhabituel, disons... sur les trois dernières semaines.

— Tu rigoles là ?

— Je sais que c'est plus facile à dire qu'à faire, mais je t'en supplie fais un effort. C'est très important. Ah, aussi, as-tu remarqué des mouvements inhabituels ces derniers temps autour de chez toi ou quelque chose d'anormal dans le comportement des gens que tu vois tous les jours ? Avec qui tu travailles ? Pas aperçu de voitures suiveuses ? Pas de type louche derrière toi dans la rue ? Pas rencontré d'individu que tu as croisé, curieusement, plusieurs fois dans la même journée ?

Gilles a le regard dans le vide, il semble atterré par l'immensité de la tâche que lui demande Francis. Il apparaît totalement perdu. L'enquêteur le rassure et lui tape amicalement sur l'épaule.

— Prends ton temps. Mais ne tarde pas trop. Plus j'aurai ces renseignements tôt, plus vite je pourrai me concentrer sur une ou plusieurs pistes. Donc... Essaie également de me dresser la liste de tout ce qui peut être de nature à « révolutionner » la vie paisible des Bellegardiens dans les mois à venir et...

— Ah pour ça oui, il y a bien un quelque chose qui va les passionner si ce n'est chambouler leurs habitudes pendant une paire de jours.

— Quoi donc ?

— Le gros truc dont tu parlais à l'instant pour cet été, c'est le Premier Ministre et le Ministre de la Culture qui vont venir quelques jours.

— Qu'est-ce qu'ils viennent fabriquer à Bellegarde ? s'étonne Francis.

— Tu n'es pas au courant ?

Magenta hausse les épaules, guère passionné pour savoir ce que font ceux qui se targuent de gouverner le pays en excellant dans l'immobilisme et la magouille.

— Tu sais, moi, les pérégrinations de ces guignols endimanchés aussi incompétents qu'inutiles, ça me laisse totalement froid. Ils ne savent pas ce que c'est que de se lever le matin pour aller gagner sa croûte, alors... Et ils viennent pour quoi au fait ? Ne me dit pas qu'on leur a vanté le farniente bellegardien, son climat et ses douces soirées au clair de lune ?

— Ils viennent exceptionnellement pour inaugurer une triple exposition de bijoux et de pierres précieuses qui va se tenir dans la ville. Un évènement retentissant qui va amener du monde et créer des emplois. On ne trouve déjà plus une seule chambre d'hôtel de libre pour ces dates.

Francis jauge l'impact de cette manifestation, guère emballé.

— Et ça va avoir lieu où exactement cette sauterie ?

— Au Collège Louis Dumont, au château de Montanges et au quinzième et dernier étage de la Tour « A » de la Place Henri Dunant. Si ça t'intéresse, j'y ai mes petites entrées à cause ou grâce à...

Francis lève le bras, une moue de scepticisme sur le visage car il ne voit aucun rapport avec ces deux sordides crimes.

— Ne nous écartons pas de notre sujet. Fais-moi cette liste, Gilles.

— D'accord, je vais essayer de faire ça au plus vite.

— Non ! N'essaie pas ! Fais-le ! corrige Francis en se levant, immédiatement suivi par Stan qui déjà se frotte les mains. À l'idée de déguster l'une de ces fameuses pizzas *Diavola* ([20]) cuites au feu de bois, il sait que la journée sera bonne, mais il hésite encore entre la pizza d'abord et ses *lasagnes al forno*, dont il raffole, ensuite ou le contraire ? ... Et pourquoi pas les deux ?

Cruel dilemme !

— On va où ? demande le journaliste.

— C'est midi passé, j'ai réservé une table à Onex, à « *la Ferme* ». C'est à recommander et il est hors de question que tu retournes chez toi l'estomac creux. On a encore un paquet de questions à te poser... mais par écrit... tout comme tes réponses.

— Par... écrit ! ... Mais ?

Stan lui tapote gentiment la main.

— Faites confiance à Francis, il sait ce qu'il fait.

En même temps, celui-ci lui colle vigoureusement son chapeau, un Stetson Vitaflet qui ne le quitte jamais, sur le crâne.

— Allez mauvaise graine !

Francis s'arrête et contemple le journaliste avant d'émettre un sifflement admiratif.

— Tu as une de ces allures avec ce superbe chapeau et ta queue de cheval ! Un vrai rocker de ZZ TOP ([21]). Manque plus que la barbe.

---

[20] Littéralement « *à la Diable* ». Pizza à la tomate, mozzarella, piment et saucisson piquant. À ne jamais oublier.

[21] ZZ TOP est un groupe de rock américain, originaire de Houston au Texas. C'est un trio. Il a connu une très grande renommée en 1970 – 1980. Avec 15 albums en presque 40 ans de scène, le trio a vendu plus de 50 millions d'albums à travers le monde.

Un quart d'heure plus tard, les trois hommes sont attablés dans la salle panoramique qui donne sur la route de Chancy. Dehors une lourde BMW s'est arrêtée devant la boulangerie-pâtisserie tea-room d'Onex. Le conducteur observe attentivement le trio et grâce à une antenne parabolique enregistre toutes leurs conversations. L'homme est tellement absorbé par ses écoutes qu'il ne fait pas attention à une seconde voiture, une Saab 9-3 2.8 turbo V6 XWD, qui vient lentement se garer à quelques mètres derrière la sienne. La personne au volant ne descend pas.

MAIS QUI EST QUI ? ...

Vers 14 h 40, Gilles Levesque, rassuré et remotivé, quitte les locaux de Mondial Protection pour regagner Bellegarde, bien décidé à faire front à la vindicte qui se dessine insidieusement devant lui. Francis et Stan, par sécurité, l'ont raccompagné à sa voiture. Ils sortent maintenant de l'ascenseur pour regagner le bureau. Stan a ramené des morceaux de pizzas pour Finette et Zoupette, ce qui a fait visiblement mourir de rire les deux standardistes de l'accueil.

Une fois installé, Francis donne ses ordres et entend bien qu'ils soient suivis à la lettre. Tout en nourrissant la chèvre et la chatte avec une joie non dissimulée, Stan hoche la tête et répond par des borborygmes inconnus. Francis a depuis longtemps abdiqué et a fini par se faire aux manies pour le moins curieuses de son remuant ami.

— Pendant que tu nourris ta ménagerie, je fais un saut à la centrale : je veux savoir si mon intuition a été payante.

Vingt minutes plus tard, l'enquêteur est de retour, un sourire de conquérant sur le visage. Il lève bien haut un CD d'enregistrement.

— Payante les prises de vues des caméras 7 et 9 ?

— Et comment !

Aussitôt, Stan s'interrompt et rejoint Francis en train de s'asseoir tout en glissant le CD dans son lecteur.

— Mylène a laissé des consignes très strictes à la relève. Jean-Georges a pris la suite et voilà ce qu'il a dégotté. Regarde.

Sur l'écran, on aperçoit l'avenue des Morgines et son habituel va-et-vient de véhicules. En haut de l'écran, des chiffres se déroulent en continu : heures, minutes et secondes des prises de vue.

— Là ! s'exclame Francis en appuyant sur « pause » puis il appuie sur la touche « image par image ».

Stan se tord la tête et aperçoit la vieille Golf de Gilles Levesque se garer à quelques dizaines de mètres de l'entrée du complexe de sécurité de Francis Magenta. Dix secondes plus tard, une BMW noire aux vitres teintées se gare à trois voitures derrière. Le conducteur n'en descend pas. Francis fait signe du doigt à son ami d'être attentif tout en activant la touche « pause ».

— Qu'est-ce que tu en penses ?

— Pas grand-chose, ça peut être tout et n'importe quoi. Il y a beaucoup de passage sur cette avenue.

— OK ! D'accord avec toi Stan, mais regarde bien maintenant.

Le défilement reprend quelques minutes.

— Là ! hurle presque Francis en pointant son index sur l'écran.

— Pas la peine de me rendre sourd, je ne suis pas aveugle.

— Regarde bien. On sort du parking souterrain, je prends à gauche sur la rue des Morgines et…

— Avenue ! … C'est une avenue, alors arrête de dire « rue ». On a d'ailleurs une charmante voisine habitant en face, au 43, pour être tout à fait précis, qui vient de nous adresser un courrier en ce sens. Parfait le courrier, mais clair et net.

Francis dévisage son ami. Il n'en revient pas.

— Tu ne crois pas qu'on a autre chose à faire en ce moment que de s'occuper de ce « détail » ? … Je continue : je me dirige tranquillement vers le croisement avec la route de Chancy pour rejoindre le restaurant et… Là !

— Ouais, je la vois : la BMW nous colle au train. À peine une poignée de secondes après que nous ayons pris la route.

— J'ai du mal à croire à une coïncidence.

— Moi aussi.

— L'affaire Berlamt ([22]) m'a convaincu de prendre des dispositions particulières. C'est le meilleur moyen pour savoir ce qui se passe dehors dès qu'on me parle de « manipulation ». Et là... à mon avis... On y a droit.

— Ton intuition est toujours aussi bonne. D'avoir créé cette « procédure cinq » est une pure idée de génie, je n'aurais pas fait mieux moi-même.

— Toujours aussi modeste. Bon, je te laisse, j'ai un paquet de choses à vérifier et en premier lieu, je veux prendre des dispositions pour qu'on nous fiche la paix sur cette affaire, je ne veux pas avoir les pandores dans les jambes. Toi, trouve-moi tout ce que tu peux sur cette BMW, même si je doute qu'elle nous apporte grand-chose, mais on ne sait jamais. En tout cas, cela prouve à l'évidence qu'il y a quelqu'un, quelque part, qui se donne beaucoup de mal pour faire incriminer mon ami Gilles, au point de l'avoir placé sous étroite surveillance.

— Une idée toute bête, comme ça.

— Il n'y a pas de questions idiotes, il n'y a que de sottes gens.

— Et si c'était les flics ?

— Oui, en effet, c'est une question idiote. Tu as déjà vu des flics suivre un suspect en Suisse à bord d'une BMW à trente plaques ? Quoi qu'il en soit, tu vérifieras quand même, mais discrètement, j'insiste sur ce point.

— Ce serait effectivement une première, mais fallait bien qu'on la pose, non ?

Francis sourit avant de reprendre :

— Reste plus qu'à savoir qui est à la manœuvre et surtout pourquoi. Je veux ça pour...

— Hier, oui je sais ! ironise Stan tout en faisant le mariole, immédiatement imité par la chèvre.

---

[22] Voir « *Les démons du Vuache* ».

Francis sourit tout en rangeant quelques dossiers sur son bureau. Il s'apprête à en étudier un en essayant de faire abstraction du barouf que fait la chèvre.

— Je peux en poser une autre ?

— Si elle est sensée, oui.

— Une idée comme ça, et si « on » le file uniquement pour ses facilités à aller et venir au milieu de l'organisation de cette triple exposition pour richards patentés ? Son entrée vaut de l'or pour des voyous !

Francis réfléchit et finit par hocher la tête.

— En effet, ce n'est pas impossible, mais pourquoi alors le mouiller dans une série de crimes puisque cela lui ferait automatiquement retirer ses accréditations ?

— Pour lui mettre le marché en main. Il est en taule, « je » me pointe et contre sa promesse de me faire entrer dans les locaux de l'exposition, je le fais libérer. Bien cogité, non ?

Francis est circonspect. Ce n'est en effet pas idiot. Il va falloir sérieusement y penser.

Stan en profite.

— Heu, au fait, et du côté du barboteur, tu en sais plus ?

Francis se redresse en croisant ses mains sous sa nuque.

— Ah oui, notre noyé. Avec cette histoire j'ai oublié de t'en parler.

— Alors ? Tu as appris quelque chose ?

Francis hausse les épaules.

— Pas vraiment. On n'a aucune idée de l'identité de ce type. Il n'avait absolument aucun document sur lui. Pour l'instant c'est un total inconnu. C'est un blanc, probablement dans une petite quarantaine. Grand, un beau gabarit, sportif, soigné. Un joli spécimen de roux. Certainement pas un manuel. Si je m'en tiens uniquement à ses traits, il est probablement originaire d'un pays nordique, mais sans aucune certitude.

— Et la liste ?

— Ah la liste ! Eh bien Mannisi l'a faite expertiser et elle comporte effectivement le nom de toutes les grosses boîtes de sécurité de l'arc lémanique. Maintenant, savoir ce qu'il comptait en faire, ça... J'ai l'impression qu'il faisait un repérage, probablement pour ensuite, j'imagine, lancer un appel d'offres pour un job quelconque à venir, un travail sûrement très délicat si je me base sur le fait que sa liste était effectivement planquée dans ses chaussettes.

— Tu n'as rien pu en tirer ?

— Non, rien. Mannisi a seulement pu individualiser un sigle : BV.

— BV ! Mais qu'est-ce que ça veut dire ?

— Dans l'immédiat, je n'en sais rien du tout. La première idée qui m'est venue à l'esprit, c'est que BV, c'est l'équivalent Néerlandais de SA en France.

— Et pourquoi tu as pensé à ça ?

— Parce que le macchabée est certainement un scandinave ou un nordique comme je viens de te dire. Je sais c'est idiot de faire un parallèle de ce genre, mais ça a au moins le mérite d'être un minimum logique.

— Alors on aurait affaire à un représentant d'une grosse boîte hollandaise ?

— Pourquoi pas ? Ce n'est pas impossible et tant qu'on n'en saura pas plus, on se contentera de cette explication. Mannisi m'a promis de me tenir au courant. Il va faire procéder à d'autres analyses. Peut-être en apprendrons-nous plus ? En attendant, le cas de ce noyé est secondaire. Il y a nettement plus urgent : on se focalise essentiellement sur Gilles. Il va falloir mettre les bouchées doubles.

— Tu veux savoir un truc ? fait Stan avec son air habituel de ce celui qui va en sortir une bien bonne.

— Dis toujours, répond Francis, lassé, qui s'attend à tout de sa part maintenant, même et surtout au pire.

— Ton Levesque, il n'est pas catholique du tout ! Ouaaaaaaf ! Ouaaaaaaf ! Ouaaaaaaf !

Francis est atterré. Il a beau être habitué aux facéties plus ou moins lourdingues de son ami, il est à chaque fois surpris.

— Tu sais que ton rire est un subtil mélange entre le barrissement de l'éléphant et le rire de la hyène.

— Gage d'intelligence, ma poule !

Francis est plus sceptique.

— Tu savais que les éléphants sont capables de reconnaître les leurs au travers d'une centaine de barrissements différents ? ([23]). C'est pas de l'intelligence, ça ?

Francis ne sait pas quoi répondre. Que répondre d'ailleurs ?

— Et je vais te dire un truc, ma poule, un rire comme le mien, on l'aurait eu en 1940, on gagnait la guerre deux ans plus tôt, l'ennui c'est qu'il était interdit par la Convention de Genève ! ... Ouaaaaaaf ! Ouaaaaaaf ! Ouaaaaaaf !

Soupir et désarroi !

2 heures plus tard

— Quoi ? Tu en es certain ?

— *Absolument. Je n'ai jamais vu ça de ma vie. Je te l'envoie immédiatement. Ordre de Mannisi !*

Stan entre à ce moment dans le bureau, un sourire niais sur le visage, un cornet chocolat-menthe à la main. Il a encore promis mille et une merveilles aux deux standardistes de l'accueil maintenant habituées à ses facéties permanentes. Son sourire disparaît en voyant la tête de Francis. Quelque chose ne va pas.

— Que se passe-t-il ? demande-t-il en s'asseyant en face de lui en savourant sa glace.

L'enquêteur raccroche lentement, les yeux dans le vide, sidéré mais surtout très intrigué.

— Le légiste a découvert quelque chose de vraiment pas banal en faisant l'autopsie du cadavre.

— Celle du noyé ?

— On n'en a pas d'autre depuis, que je sache.

— Il a trouvé quoi ?

— Une figurine en métal !

Le cornet à peine entamé lui échappe des mains et il n'a pas le temps de toucher le sol que Finette est déjà dessus, queue frétillante.

Hop là, nettoyé !

---

[23] Parfaitement authentique.

— Merde alors ! finit par dire Stan.

17 minutes plus tard

Francis a annulé tous ses rendez-vous. Intrigué par cette trouvaille hors du commun, il entend bien essayer, maintenant, d'en savoir plus sur cet énigmatique noyé. Le moins que l'on puisse dire, c'est qu'il réserve de bien curieuses surprises. Les deux privés sont assis face à face. Francis manipule avec soin et lenteur la figurine que vient de lui apporter un messager spécial.

— C'est quoi ?

— Plutôt qui, répond Francis en portant la figurine à hauteur de ses yeux. C'est un *piper !*

— Un quoi ?

— *Pipe*, en anglais, ça veut dire cornemuse, et *piper*, c'est... un joueur de cornemuse. Tu imprimes ? ... et pas de jeux de mots vaseux comme tu les aimes.

Jourdan ouvre grand les yeux.

— Tu connais ma délicatesse, ne peut-il s'empêcher de lâcher.

— Justement.

Stan redevient sérieux.

— Et notre buveur de flotte avait ça dans le ventre ? Je connais un tas de types qui bouffent de la merde tous les jours, mais je n'avais encore jamais vu un gars manger des figurines en métal. On innove ! Génial ! L'être humain ne cessera jamais de m'étonner.

— On trouve les *pipers* en Écosse !

— C'est donc un Écossais ?

— Pas de conclusion hâtive. N'oublie jamais que l'apparence est l'ennemie de la vérité, et tu sais très bien que je ne juge jamais sur les apparences, surtout quand celles-ci sonnent justes, donc...

— Il serait tombé sur des Anglais franchement anti-indépendantistes ? ([24])

---

[24] Les Écossais, le 18 septembre 2014, ont fait un référendum pour décider de leur avenir hors du giron Britannique. Il s'en ait fallu de peu qu'ils ne réussissent. Le célèbre romancier Écossais Lewis

— Cesse donc de plaisanter et fait fonctionner tes neurones. Ça te changera pour une fois.

Stan fait la grimace tout en regardant Finette. Il lui tire la langue, vexé car elle lui a raflé son cornet préféré.

Francis a pris sa règle graduée et mesure avec précaution l'intrigante figurine.

— Quatre centimètres. C'est tout petit, mais pour l'avaler, c'est franchement très grand. Faut vraiment avoir envie. Sacré pilule.

— Mais quelle idée de dingue lui est passée par la tête à ce zigue pour bouffer un truc pareil ?

— Voilà une bonne question. Tu t'améliores, ça fait plaisir.

Francis réfléchit alors que Stan prend à son tour le minuscule *piper* et l'observe attentivement, n'en revenant toujours pas.

— Une liste dans les chaussettes, cette figurine dans l'estomac et dans le... « machin » on n'a rien trouvé ? Non, je dis ça parce que comme j'ai égaré mon vélo l'année dernière, ce serait...

— Stan, un peu de décence ! Tu parles d'un mort. Je te rassure, il ne faisait que de s'en servir pour s'asseoir.

— Ah bon, ça me soulage.

Francis fusille son adjoint du regard. Parfois, il a des réparties pour le moins fort discutables. Il tente à chaque fois de lui expliquer qu'à la longue cela peut lui jouer des tours. Stan répond invariablement que cela fait partie de son « charme » irrésistible. Question de point de vue.

Francis se calme, prend une profonde inspiration avant de reprendre.

— Bon, on sait déjà que ce type ne s'est pas noyé accidentellement. J'en déduis donc que la présence de cette figurine dans son estomac n'est pas anodine.

— Son ou ses assassins la lui aurait fait bouffer de force ?

Grassic Gibbon, en 1934, craignait que l'indépendance de l'Écosse ne la transforme en un état fasciste. Mais paradoxalement, il se déclarait favorable à l'indépendance de son pays.

— Quel intérêt ? Non, c'est certainement tout autre chose, quelque chose qui nous donne certains éléments intéressants pour cerner la personnalité de notre noyé. Récapitulons : d'abord il s'intéresse aux sociétés de sécurité. C'est donc un gars du métier ou très proche. Qui dit « sécurité », dit job délicat ou à risque. On l'a retrouvé les pieds dans le béton, ça signifie que ce qu'il faisait ou voulait faire était hautement important ou extrêmement sensible, en tout cas suffisamment « chaud » pour que quelqu'un éprouve l'impératif besoin de l'éliminer. Comme on a retrouvé la liste bien cachée dans ses chaussettes, j'en conclus qu'il faut chercher dans cette direction, sinon pourquoi l'aurait-il mise à cet endroit ? Enfin, la figurine. Je crois que c'est un signe, un indice.

— Un indice ? Comment ça ?

— Fort logiquement, je pense que ce type a dû être victime d'un kidnapping, probablement pour le forcer à révéler quelque chose sûrement en rapport avec la liste. Sachant sa dernière venue, il a dû attraper le premier objet qui lui passait sous la main et l'a avalé pour donner aux enquêteurs qui, éventuellement, le retrouveraient, un indice les menant à son ou ses meurtriers.

— Pourquoi ?

— Parce que c'est le seul endroit que l'assassin ou ses meurtriers ne pouvaient pas fouiller. Le rapport de Mannisi en ce sens est très clair. Le noyé a été méticuleusement fouillé, ce qui veut dire que ses agresseurs ne voulaient pas qu'il soit identifié. Et de fait, on n'a strictement aucun élément permettant de découvrir quelque chose sur lui. Rien ! Mais ça va plus loin : d'abord totalement fouillé, puis les doigts passés à l'acide et ensuite immergé dans le lac avec un bloc de béton, ses assassins ne voulaient vraiment pas qu'on le retrouve. CQFD : ce qu'il est, ce qu'il représente ou ce qu'il savait ou détenait doit être terriblement important, énormément juteux ou fort préjudiciable, - ou les trois en même temps - pour quelqu'un. C'est l'évidence même. Par contre, tout ce qui peut nous indiquer une piste à suivre se trouve caché sur le cadavre : la liste dans les chaussettes et la figurine dans l'estomac. Ce type n'est pas un simple quidam, loin de là. Le citoyen lambda aurait tout tenté pour s'échapper, il aurait surtout paniqué et réagi maladroitement, mais jamais il n'aurait eu l'idée d'ingérer un truc en métal. Ce noyé a agi avec un sang-froid remarquable. C'est très révélateur d'un professionnel.

— Alors c'est un flic infiltré ou un truc de ce genre ?

— Pourquoi pas ! C'est dans ce sens qu'on va devoir chercher. Il nous a donné tous les indices nécessaires, à nous d'être innovants et ingénieux.

— Tu veux dire qu'on va s'occuper de cette histoire merdique ?

— Oui.

— Et on y gagne quoi ? Enfin, quoi, merde, c'est toujours sur moi que ça tombe, ces affaires débiles !

— D'abord parce que Mondial Protection est en tête sur la liste du noyé, c'est une raison suffisante. Je n'aime pas voir ma société impliquée dans un meurtre sans savoir pourquoi. Et si ça ne te suffit pas, pour rendre hommage à ce pauvre type qui doit certainement avoir quelque part une famille dans la peine, et une épouse qui vit dans l'angoisse. On se doit de découvrir la vérité.

— T'emballe pas non plus. Pour finir dans le Léman avec une paire de pompes en ciment, tu peux aussi envisager que ce soit un truand.

— Je ne t'ai pas dit que je n'avais pas aussi envisagé cette hypothèse.

— Et Gilles ?

— L'un n'empêche pas l'autre...

Francis s'interrompt. Stan le dévisage se demandant qu'est-ce qu'il a encore derrière la tête.

— Tu as vu un os ?

— Et de taille. Nous venons de faire une brillante démonstration, sauf que...

D'un geste sec du menton, l'enquêteur interroge Stan. Celui-ci fronce les sourcils, puis :

— Qu'est-ce qui cloche ? Le lac Léman, c'est ça ?

— Exactement. Si c'était un flic infiltré en mission en Écosse, c'est là-bas qu'on aurait dû retrouver son cadavre, pas ici, en Suisse.

— Et ça nous amène à quoi ?

— À ceci : en tant que flic, il a dû découvrir une arnaque d'enfer qu'il ne s'est pas senti capable d'affronter seul.

— Si c'est le cas, il n'avait qu'à tout de suite alerter ses supérieurs et...

— Laisse-moi terminer, tu veux bien. La figurine doit être un élément capital pour identifier l'organisateur de cette possible arnaque. Il la prend comme preuve de ce qu'il a découvert et saute dans le premier avion pour Genève...

Stan commence à sourire largement en le coupant.

— Pour venir voir Francis Magenta, le patron de Mondial Protection, à qui il sait pouvoir refiler le bébé. Ce qui expliquerait la présence de la liste dans ses chaussettes.

— Pas du tout impossible, mais il y a un bémol. Il n'a pas pu avaler la figurine en Écosse. Entre les temps d'attentes aux différents aéroports et les durées de vols, il courait le risque de l'évacuer par les voies normales et il n'en était pas question. De plus, il aurait été aussi ridicule que gratuit de l'avaler simplement pour voyager. Donc, cela signifie qu'il l'a ingérée ici, en Suisse, juste avant d'être éliminé.

— Ça voudrait dire que ses meurtriers l'ont suivi depuis l'Écosse jusqu'ici pour le flinguer. Ils ont la dent dure, les mecs. Plutôt rancuniers !

— Ou bien plutôt qu'ils tiennent par-dessus tout à protéger leur secret. Ce qui expliquerait le luxe de précautions prises pour l'empêcher à jamais d'être découvert.

— Heureusement que les liens ont lâchés.

— Oui et ça peut aussi expliquer que les meurtriers ont agi dans la précipitation. Avec des pros ce genre de « détail » n'existe pas, sauf que là... La précipitation est toujours mauvaise. Ils ont dû lui tomber dessus à peine débarqués à Genève. Ils ont agi dans l'urgence absolue.

Ce qu'il cachait doit donc être d'une importance capitale pour ces tueurs. À nous de le trouver.

— Ça se tient, ça se tient même très bien. Francis tu es un génie !

L'enquêteur lève les bras en signe d'arrêt.

— N'en rajoute pas je t'en prie. Il n'y a encore rien de fait. D'abord, s'il cherchait à me joindre, c'est que ce doit être un privé, sinon il aurait averti ses supérieurs comme tu l'as si bien souligné.

— Tu crois qu'il nous connaissait ? Un gars avec qui on aurait déjà bossé ?

Francis hausse les épaules.

— Notre réputation n'est plus à faire. Mais je crois plutôt qu'il a dû nous trouver dans les pages jaunes ou avoir entendu parler de nous.

— Ou alors ce qu'il a découvert aurait un rapport avec nous ou l'une de nos enquêtes ?

— Possible, mais cela m'étonnerait beaucoup. Ne nous perdons pas dans des hypothèses qui n'ont, pour le moment, pas lieu d'être. D'abord il faut l'identifier.

— Il a pu découvrir la figurine ici, à Genève ?

— Non je n'y crois pas trop.

— Alors ?

— Alors, en se basant sur la durée d'immersion du cadavre, tu vas m'éplucher les listes des passagers en provenance d'Angleterre entre juin et octobre. Concentre-toi sur les hommes seuls entre trente et quarante ans d'origine nordique. Ensuite, tu me fais des recoupements et tu essaies de savoir ce qu'ils sont devenus. Tu devrais logiquement tomber sur un gars qui n'est jamais rentré chez lui ou qui est porté disparu. Au boulot ! Je veux en premier lieu tout savoir sur cette figurine. D'où elle vient ? Qui la fabrique ? Où est-elle distribuée ? Où est-elle vendue ? Les distributeurs, les intermédiaires. Tout ! Apporte-la au laboratoire. Priorité absolue. Je veux que nos techniciens l'examinent sous toutes les coutures. Pour que ce pauvre type ait pris tant de risques pour la ramener, c'est qu'elle doit cacher quelque chose de très compromettant. On ne tue pas de cette façon pour récupérer un simple souvenir. Qu'ils cherchent s'il n'y a pas des microfilms dissimulés à l'intérieur ou un truc dans ce genre. Ensuite, il faut approfondir cette histoire de BV, le SA des entreprises françaises. Dans les listes des passagers entre la trentaine et la quarantaine en provenance d'Écosse, cible principalement les ressortissants Hollandais, puis cherche si l'un d'eux ne travaille pas dans une société de sécurité ou d'enquêtes privées. Tu devrais logiquement y trouver notre noyé. Essaie surtout d'établir s'il y a un lien avec cette figurine. Je veux aussi connaître l'identité exacte de ce noyé, savoir si ce type a vraiment séjourné en Écosse et si oui, quand et avec qui, ou pour le compte de qui.

— Oh, doucement, doucement, doucement. Si ça se trouve, il a juste acheté un souvenir et...

— Souvenir ou pas, cette petite figurine se trouvait obligatoirement sur les lieux de son meurtre. Il n'a pu l'avaler qu'à cet endroit, au dernier moment. Donc, d'une façon ou d'une autre, elle nous indiquera, au pire, le lieu où il a été séquestré, et au mieux, l'identité de son propriétaire, donc son meurtrier. On remontera ainsi la piste. Tout part de ce *piper*. Ça et le sigle BV, on devrait arriver à retracer les faits et gestes des dernières semaines de ce pauvre type.

— Tu n'as peur de rien, toi !

— Tu charges notre duo infernal : Jean-Georges et Stéphanie du dossier du noyé. Toi, la BMW et les deux homicides de Bellegarde.

— Rien que ça ? Tu réalises que tu vas nous faire bosser - enfin quand je dis « nous », c'est surtout « moi » - sur un hypothétique voyage en Écosse d'un mec, dont on ignore absolument tout, uniquement parce qu'on a trouvé dans son estomac une figurine représentant un joueur de cornemuse qu'il a probablement dû trouver dans un paquet de farces et attrapes ?

— Oui et alors ? Ça te pose un problème ?

Francis le dévisage avec un sourire radieux. Il se délecte du moment présent.

— C'est juste une intuition, rajoute-t-il comme pour rassurer son bouillant ami.

— C'est bien ça qui m'inquiète, moi. Plus elles sont tordues, tes foutues intuitions, plus elles sont vraies et à chaque fois on doit défourailler comme des malades. C'est Alamo à chaque enquête ! Si on était payé au poids du plomb, je serai milliardaire.

— Mon pauvre garçon ! Tu m'en vois absolument désolé ! ironise l'enquêteur.

— C'est ça, et tu te fiches de moi en plus ?

— Oui et alors ? Ça te pose un problème ? répète à l'identique Francis presque hilare.

Stan hésite entre répliquer ou sortir. Finalement, il préfère quitter les lieux en maugréant.

— Mais qu'est-ce que j'ai fait au bon Dieu, moi !

HISTOIRE DE SE RASSURER ! ...

Au même moment, à Bellegarde-sur-Valserine.

— Je peux ?

Blachère a passé sa tête dans l'entrebâillement de la porte du bureau de son collègue chargé de la protection de la triple exposition prévue pour l'été.

— Ouais, que puis-je pour toi ?

Le policier entre l'air ennuyé ne sachant pas trop comment entamer la conversation. De plus, son collègue est un teigneux doté d'une réserve de patience assez limitée, donc...

— Je n'ai pas que ça à faire, accouche !

— J'ai un problème.

— Et alors ? Moi aussi, j'ai un problème, tout le monde a des problèmes, le monde n'est pas parfait, ça t'a échappé ou tu viens seulement de le découvrir ?

— J'ai un problème avec ta triple exposition.

Guetat s'immobilise, bloque son téléphone dans le creux de son épaule et dévisage son collègue, intéressé cette fois.

— François, je te rappelle ! dit-il en raccrochant sèchement.

— Explique-toi ! demande-t-il en croisant les bras, ce qui n'incite guère à poursuivre plus loin. Guetat est en état de blocage. Il croit sûrement que Blachère est venu pour lui faire des reproches sur son organisation.

— J'ai deux cadavres à exactement quelques mètres de distance.

Guetat hausse les épaules, agacé maintenant.

— Et alors, j'en suis désolé pour toi, mais qu'est-ce que j'y peux ?

— Ils habitaient tous les deux au dernier étage des deux immeubles qui surplombent parfaitement le Collège Dumont, là où tu dois assurer la protection du Premier Ministre, si je ne m'abuse.

Guetat se détend, de nouveau intéressé.

— C'est quoi ton idée ?

— Notre Premier Ministre doit y faire un discours novateur d'après ce que je sais. As-tu pensé qu'un ou deux tireurs déterminés et bien placés pourraient faire un carton parfait depuis les balcons de tous les appartements aux alentours ?

— Tu enfonces des portes ouvertes. Qu'est-ce que tu crois ? Qu'on n'y a pas pensé ? Les services de Matignon me cassent les pieds avec ça depuis des mois, alors...

Guetat s'interrompt et sentant que cela ne suffit pas à rassurer son collègue, reprend.

— Toi, tu as une idée derrière la tête.

— Je sais que toutes les précautions pour assurer la protection du Premier Ministre et de toute sa bande est assurée au mieux, mais moi, quand je vois deux assassinats aussi proches, je ne peux m'empêcher de me poser la question : pourquoi ? Mes deux macchabées n'ont aucun rapport l'un avec l'autre. Ils ne se connaissaient même pas. Moi, les crimes gratuits je n'aime pas ça. Ils cachent toujours quelque chose. Donc, j'en conclus que c'est une diversion et que quelqu'un pourrait avoir dans l'idée d'en profiter pour commettre un assassinat politique ! Sa cible, son objectif, son vrai but, c'est le Premier Ministre !

Guetat fait machinalement tourner une agrafeuse dans ses mains soupesant l'explication de Blachère.

— Continue.

— Je sais que tous les lieux « sensibles » comme les appartements des derniers étages vont être surveillés, mais comme on ne peut pas tout surveiller en temps réel, il sera très facile à un ou deux agresseurs de...

— Je t'arrête toute de suite. Je te remercie d'avoir pris sur ton précieux temps pour être venu m'avertir, mais je connais mon boulot et je peux t'assurer que tout a été particulièrement et minutieusement préparé. Personne ne pourra tirer des toits environnants la Place Carnot.

— Je ne te parle pas des toits, Franck, mais de ces deux appartements sous scellés.

Guetat hésite mais se reprend aussitôt.

— C'est pareil.

Philippe Blachère fait la moue, guère convaincu par l'assurance de son collègue qui se vexe dès qu'on ose remettre en cause son travail. Il s'avance en levant les deux mains en avant en signe d'apaisement.

— Je ne suis pas là pour t'apprendre ton métier, je veux juste te faire part de mon idée. Elle est peut-être folle, sûrement même, mais vu l'enjeu elle pourrait tout aussi bien être juste. Prends seulement quelques précautions supplémentaires, c'est tout ce que je te demande.

Le policier est visiblement ébranlé par ce que vient de lui dire Blachère. Il hésite, soupèse les choses. Il réfléchit, reste silencieux puis sourit soudain.

— Écoute, Philippe je te remercie beaucoup pour ton aide, mais tu peux être rassuré, toutes les précautions sont prises : il n'arrivera rien. Même Arthur Listernac s'en est préoccupé, alors tu vois bien que...

— Ce Listernac, il sort d'où ? Il est peut-être calé dans son job, mais on ne sait rien sur lui.

— Le Maire, tout son conseil ainsi que les membres du Comité de Pilotage l'ont spécialement choisi. Il a une réputation mondiale d'organisateur hors pair de ce genre d'exposition. Ses références sont impeccables. Il sait de quoi il parle et il n'est pas tout seul, je te signale, il a fait venir l'un de ses meilleurs collaborateurs. Une pointure également dans le monde très fermé de la protection de bijoux et des objets d'arts.

— Qui ça ? Ce grand dadais que j'ai croisé quelques fois ?

— Lui-même. Et il a un nom à tirer sur tout ce qui bouge : Herr doctor Harrald Van Rickshammerschein. On l'a surnommé le Viking, c'est plus simple.

— C'est un Danois ?

— Oui, pur beurre. Avec un nom pareil, ce n'est pas un Périgourdin. Mais tu peux me croire, il en connaît un sacré rayon question sécurité.

— Raconte !

— Je n'ai pas vraiment le temps et...

Devant le visage aussi triste qu'implorant de son collègue, Guetat, finalement, sourit. Ses rapports peuvent bien attendre un peu.

— Soit, alors ouvre bien tes oreilles, il n'y aura pas de session de rattrapage.

Ravi, Blachère attrape une chaise et se cale dessus. Guetat commence alors son exposé.

— Comme tu le sais, il y a trois lieux prévus pour les expositions. Le premier se trouve au quinzième et dernier étage de la Tour « A » de la Place Henri Dunant. Les trois derniers étages ont été rachetés par la mairie et totalement transformés pour l'occasion. Une société de sécurité privée, la Balmar & Cie - très réputée sur le marché - est en charge de la protection des émeraudes et de tous les bijoux que vont nous confier les joailliers. À toi, je peux bien le dire, les mesures de sécurité sont exceptionnelles. Tu vas pouvoir en juger par toi-même : aux trois étages, un circuit fermé de caméras vidéo à infrarouges allié à un système de détection thermique sera activé jour et nuit. Le PC de sécurité est en train d'être installé au premier étage racheté. Il est à l'épreuve des balles. Circuit d'air et d'eau en autarcie. Douze agents de sécurité y stationneront en permanence, prêts à intervenir. Ils seront également munis de gilets pare-balle et de masques à gaz, au cas où...

— Et à l'étage de l'exposition ? Au dernier étage ?

— Mais pareil. De plus, on est en train de refaire l'intégralité des fenêtres.

— On est quand même au quinzième étage ?

— Justement, on ne sait jamais. Toutes les fenêtres vont être changées. Verre blindé et incassable, de plus, des barres d'acier vont être scellées juste devant avec un maillage si fin qu'aucun homme ne pourra passer à travers.

— Et une femme ?

Perplexe, Guetat fixe son collègue, limite agacé.

— Ce n'est pas parce que tu es un vieux célibataire qu'il faut voir le mal partout.

— Je ne fais que proposer une éventualité, et si je suis célibataire, je n'en suis pas à mon troisième mariage, moi.

— Tu cherches quoi ?

— Rien.

Guetat se demande s'il va répondre ou l'envoyer paître, puis :

— Ne me prends pas pour un débile ! Bien sûr que cette éventualité a été prise en compte, jamais une femme n'ira se fourvoyer dans un projet aussi fou. Il faut être sacrement athlétique pour jouer à l'acrobate aussi haut.

Blachère est à deux doigts de le traiter de misogyne, mais préfère se retenir. Pas la peine d'envenimer le débat.

— Et dans l'éventualité où un voleur, homme ou femme, aurait réussi à briser l'une des vitres. Mieux, le cambrioleur ne pourrait pas scier les barres sans immédiatement faire sonner l'alarme et déclencher le blocage immédiat des ascenseurs et des escaliers. De plus, on a prévu de placer plusieurs voitures dans les rues autour munies de très puissants projecteurs qui illumineront immédiatement la cime de l'immeuble. Alors, qu'en penses-tu ?

Blachère hoche la tête, visiblement impressionné par le luxe de précautions décidées.

— Je vais me faire l'avocat du diable. Et si malgré toutes ces mesures de sécurité, le voleur arrivait quand même jusqu'au présentoir chargé d'émeraudes et de diamants, pourrait-il ?...

— Noooon, bien sûr, Tu imagines bien que là aussi tout a été minutieusement prévu. C'est le Viking lui-même qui les a inventées.

— Et ?

— Les émeraudes et les diamants sont enfermés dans un présentoir aux vitres blindées mais une fois qu'il est posé sur son piédestal, lui-même scellé au sol, il se ferme hermétiquement et il n'existe aucune clé pour l'ouvrir. Il faudrait alors forcer l'ouverture pour s'emparer des bijoux et là aussi une alarme se déclencherait automatiquement, mobilisant tous les agents de sécurité. Non, personne ne pourra s'en emparer. Ce plan est proprement génial.

— Ouais ça va quand même coûter un bras.

— Tu m'emmerdes. Rien n'est trop beau pour notre ville. Faut réveiller l'activité et quitte à balancer du fric, autant que ce soit pour une bonne cause. D'ailleurs, les investissements prévus pour ces trois étages sont compensés par le restaurant panoramique que la mairie a décidé d'installer juste au-dessus, au seizième.

— Quoi ? Il va y a voir un restaurant au-dessus !

— Oui, et alors ? Ça va donner du boulot et les Bellegardiens pourront voir leur ville comme jamais ils ne l'ont encore vue. Un truc panoramique d'enfer.

— Ça peut surtout permettre à un voleur audacieux de s'introduire dans la salle d'exposition par les toits.

— Je te vois venir. Rassure-toi, là aussi tout a été prévu dans les moindres détails.

Blachère dévisage son collègue, interrogateur, et sans pouvoir se départir de ce sentiment d'inquiétude qui le taraude depuis le début.

— Et pour les deux autres salles d'exposition, c'est pareil ? demande-t-il.

— Bien sûr ! Ça coûte un max de pognon, mais ça les vaut.

— Pas sûr que les contribuables apprécient, mais bon... C'est où les deux autres lieux d'exposition ?

— Mais tu le sais bien. Le Collège Louis Dumont ([25])

---

[25] Louis Dumont est né à Vouvry, dans le Valais Suisse le 31 juillet 1840. Il est décédé à Lunel (Hérault) le 9 avril 1908. En 1882, il a obtenu l'autorisation de construire un barrage à Bellegarde pour utiliser la force de l'eau permettant la production d'électricité. En 1884, Bellegarde a été l'une des premières villes bénéficiant de l'éclairage public. En 1984, pour la célébration du centenaire de

et le château de Montanges ([26]). Cela dit au passage, toutes ses salles ou presque. Va être drôlement moderne, le truc, les gosses vont pouvoir se régaler. Jamais ils n'auront bossé dans des conditions aussi parfaites.

— Ouais, laisse tomber Blachère sur un ton neutre.

Son interlocuteur fronce durement les sourcils. Il est aussi agacé qu'étonné, il ne comprend pas le peu d'engouement de son collègue. Il est même vexé.

— Tu en fais une tête ? Ça ne te suffit pas ? Qu'est-ce que tu veux de plus ? Qu'on mette un flic derrière chaque citoyen ?

— Ce qu'un homme a fait, un autre homme peut le défaire.

Furieux maintenant, Guetat hausse les épaules.

— Mais tu veux quoi, à la fin, bordel ?

— Oh, rien, juste savoir qui a assassiné ces deux pauvres femmes, parce que ce n'est sûrement pas pour le plaisir. On va avoir droit à quelque chose de terrible, j'en ai la conviction.

— Décidément, tu es un vrai obsédé.

---

l'éclairage à « Bellegarde, Ville-Lumière », une plaque commémorative a été apposée sur l'un des piliers de la télémécanique.

[26] Le château de Montanges, à quelques kilomètres de Bellegarde-sur-Valserine, est d'origine très ancienne. Sa construction date de 1160. C'était une « Maison Forte » appartenant au Prieur de Nantua, Humbert de Mareste. Elle servait de garnison à des « gens d'armes » chargés de défendre les paysans contre les pillards de Chézery afin qu'ils travaillent en paix dans les champs. Pas par philanthropie mais pour qu'ils puissent, ensuite, « bien » payer leurs impôts. Tout au long de son existence, ce lieu connut toutes les vicissitudes liées aux guerres et autres pillages. Plusieurs fois incendié et pillé, à chaque fois il renaît de ses cendres en s'agrandissant régulièrement. Actuellement, rénové et réhabilité dans le plus pur style d'époque, avec soin, opiniâtreté et goût par la famille Proust, il vous accueille en chambres d'hôtes et ravira les plus exigeants au cœur de son parc verdoyant et envoûtant.

— La sécurité du Premier Ministre ne peut pas être assurée à cent pour cent. Jamais. Alors quand je découvre deux assassinats tout proches du lieu où il prononcera son putain de discours, pardonne-moi, mais j'ai des raisons d'être inquiet. Fais-le déplacer ou annuler.

— Tu rigoles ou quoi !?

NOUVEAUX ÉLÉMENTS ! ...

Genève,
Siège de « Mondial Protection »

Stan est perplexe. Immobile devant ses écrans de contrôle, il se demande si ce qu'il pense avoir découvert va l'entraîner dans une histoire de dingues comme son ami et patron a la mauvaise habitude d'attirer, ou s'il s'est tout simplement fait un film, une saloperie de très mauvais film. Il se frotte les yeux, s'approche à nouveau de l'écran et se repasse pour la énième fois l'enregistrement qui l'inquiète. Après un temps infini, il se redresse lentement tout en changeant de séquence. Il oscille entre joie et peur panique. Il lève la tête, regarde le plafond, songeur, puis joint ses mains en forme de prière et implore le ciel qu'il se soit trompé.

— Alors, du neuf ? claironne Francis en entrant, flanquant la trouille à son adjoint qui redescend sur terre à la vitesse de la lumière.

— Heu, je ne sais pas trop.

— Comment ça ? Tu as quelque chose de concret ou non ?

— *Ja* !

— À voir ta tête, il me semble que cela te tracasse quand même pas mal, non ? On dirait que tu as vu le diable ?

— Tu vois tout, toi. J'ai planché sur la BMW comme tu me l'avais demandé...

— Et ?

— Pas de doute : on a bien été suivis. Par acquis de conscience, j'ai visionné les vidéos des caméras de surveillance de la route de Chancy. Eh bien, tu avais raison, cette BMW était bien là pour nous. Quand tu as tourné à droite pour aller au restaurant, elle a fait pareil. Ce type n'en est pas à son coup d'essai : c'est un professionnel. Au pire, il pouvait s'agir encore d'une coïncidence, mais elle s'est arrêtée à quelques mètres de la salle panoramique où on a mangé avec ton ami Gilles, et là le doute n'est plus permis : ce mec était bien là pour nous. D'ailleurs personne n'est descendu durant toute la durée de notre repas. La BMW n'est repartie que lorsque nous sommes sortis.

— J'en étais sûr ! Il y a donc bien une machination ourdie contre Gilles. Ça va le rassurer de savoir ça.

— C'est fâcheux. Ça a un air de déjà vu et ça ne me plaît pas du tout. J'ai une sainte horreur des remakes de ce genre. Ça finit toujours par calibrer tous azimuts.

— Pas d'autres voitures suiveuses ?

Stan observe un temps d'arrêt.

— Heu, non ! ... Pourquoi ?

— Comment ça « pourquoi » ? Parce que c'est une éventualité à ne pas écarter, tiens donc. Alors ?

— Ben non, je viens de te le dire.

Francis fronce les sourcils, pas convaincu.

— Ton « non » m'a l'air bien timide. Tu as vu autre chose sur cette vidéo ?

— Non, non, rassure-toi, à part cette BMW noire, il n'y avait rien d'autre d'intéressant.

— Sûr ?

— Sûr de chez sûr !

— C'est marrant, je te sens troublé. Tu as quelque chose à me dire ?

— Que je t'aime, mais ça tu le sais déjà.

L'enquêteur ricane quelques instants avant de fixer durement son ami, essayant de découvrir sur ses traits le petit indice révélateur du contraire, mais Stan fait le mariole. Finette arrive d'ailleurs tout de suite. Francis, soupire et tout en caressant machinalement la chèvre qui fait des mamours à Stan, essaie de comprendre ce qui se passe dans cette tête de caboche.

— Parfait ! reprend-t-il. Et durant tout le temps du repas, tu as pu voir le type qui était au volant ? Il a ouvert sa fenêtre ?

Stan Jourdan s'agite sur son fauteuil en essayant de se défaire de l'encombrant animal.

— Oui, on a eu du bol, à un moment, il l'a ouverte pour jeter son mégot de cigarette. Encore un malpropre ! Il a pris l'air quelques secondes, suffisamment en tout cas pour que je puisse distinguer sur son poignet un tatouage peu banal.

— Quoi donc ?

— Un dragon !

— Tiens donc, de mieux en mieux. Tu as pu faire des recherches dessus ?

— Je commence seulement. Mais comme ce dessin me rappelle quelque chose, je vais très vite trouver.

— C'est peut-être une piste intéressante, colle-toi dessus et tiens-moi au courant au plus vite. Rien d'autre ?

— Heu, non... rien pour le moment.

— Parfait ! C'est du bon boulot. Je te laisse, j'ai une de ces ennuyeuses réunions avec les comptables. Tu sais ce que c'est.

— Ils te veulent quoi cette fois ? On gagne du fric, pourtant ?

— Les branches vidéo et télésurveillance fonctionnent parfaitement, même mieux que prévu d'après eux. Les secteurs contre-espionnage industriel commercial et numérique également, et je ne te parle pas de la domotique qui démarre en flèche...

— Alors qu'est-ce qu'ils ont à chier dans la colle ?

— La branche protection VIP serait légèrement déficitaire, donc...

— Ouais, et ben... bon courage, répond Stan sans enthousiasme.

Francis fait demi-tour, mais s'arrête soudain et se retourne, intrigué par le comportement inhabituel de son ami.

— On fait la grève de la connerie, aujourd'hui ? Pas une petite blagounette débile ? Pas un de ces « bons mots » qui ne font rire que toi ?

Stan esquisse un vague sourire. Francis attend une réponse qui ne vient pas.

— Toi, tu as encore trop mangé ! Combien de fois je te l'ai dit. Allez, je file, sinon j'en ai jusqu'à plus de minuit. Si Jean-Georges et Stéphanie ont progressé, même de pas grand-chose, cale-moi une réunion pour demain après-midi. Envoie-moi un SMS pour m'avertir, je ne repasserai pas au bureau aujourd'hui.

— OK !

Stan lève la main en guise de salut en attendant que Francis soit sorti pour se recoller à ses écrans. Il remet en marche le lecteur d'un geste lent. Les images défilent à nouveau. Il appuie alors sur « pause » et avance une nouvelle fois son visage sur une séquence en particulier dont il essaie de définir au maximum la résolution afin de tenter de discerner le visage du conducteur qu'il a entr'aperçu. Il veut être sûr. Cette Saab 9-3 2.8 turbo V6 XWD l'inquiète. Pire, elle le terrorise !

Doit-il se confier à Francis ?

Il actionne de nouveau le lecteur. La BMW part et presque immédiatement la Saab en fait de même et suit à bonne distance la berline allemande. Alors elle serait là pour ce type tatoué ? Ça semble logique, pourtant il ne peut se départir d'un sentiment de malaise. Et où serait le rapport entre les deux conducteurs ? Qui est après qui et pourquoi ? Et que vient faire Gilles Levesque au milieu de ce cirque ? Est-il la cible des deux conducteurs ou seulement d'un seul ? En toute logique, le conducteur s'intéresse aux agissements du type en BMW. Serait-il un ami du journaliste ? Ou bien la réalité est-elle bien pire ? Il doit approfondir mais d'abord prendre quelques précautions élémentaires.

— Je lc connais mon Francis, il va fourrer son nez là-dedans et alors...

Stan sait qu'il n'a jamais pu lui résister - il lit en lui comme dans un livre ouvert - il lui faut donc très vite trouver une solution, car Francis est doué d'une redoutable intuition et il va rapidement lui mettre une pression infernale qu'il aura beaucoup de mal à gérer.

En effet, rares sont ceux qui lui échappent. Quand il a décidé de découvrir quelque chose, Francis ne s'arrête que quand il y est parvenu, quoiqu'il puisse lui en coûter.

— Putain, quelle merde !

RÉUNION INSTRUCTIVE ! ...

Le lendemain après-midi, 17 mars, autour de la grande table de conférences, les quatre enquêteurs confrontent les résultats de leurs investigations. Comme à son habitude, Francis agite machinalement son crayon à papier. Plus il l'agite, plus il trahit son énervement. Stan lance déjà les paris grâce à quelques gestes bien précis. Combien de temps ce pauvre crayon va-t-il résister avant de rompre ? Francis anime les débats.

— Stan, au lieu de faire le pitre, tu as quoi sur les deux homicides de Bellegarde ?

Surpris, il se trémousse sur son fauteuil manquant de se renverser en arrière. Stéphanie et Jean-Georges rient sous cape.

— Euh... voilà !

— Traces biologiques ? Résidus éventuels de tir ? matériaux indiciaires ? Débris organiques ? Traces instrumentales ? Traces de pneumatiques ? Traces individuelles ? Tu en es où ? J'attends !

— Une seconde, que j'ouvre le bon dossier.

Francis lève les yeux au ciel tandis que les deux autres privés, goguenards, font mine de rien. Stan farfouille ses rapports à toute vitesse.

— Ah, voilà !

— J'aimerais, à l'avenir, que tu sois beaucoup plus réactif, camarade, suggère Francis en s'avançant le visage fermé.

Il ne plaisante pas. D'ailleurs, en réunion, il ne plaisantait jamais. Ou si peu !

— J'ai les rapports détaillés des deux mortes. Que ce soit la Rousselet ou la Portillo, il n'y a aucun résidu de tir, ce qui aurait été étonnant. On n'a relevé aucune particule microscopique résultat d'un tir quelconque. Concernant les matériaux indiciaires, terre, boue, sable, plâtre ou textiles comme morceau de tissu, vêtement, corde ou ficelle, les résultats sont là aussi décevants.

— Peinture, mastic, crème de nuit, rouge à lèvres ? Rien non plus ? Et les débris métalliques ou de bois, quelque chose ?

Stan secoue la tête.

— Strictement rien, c'est comme si l'assassin… n'existait pas. Les gars de la technique étaient proprement sidérés, ils n'ont jamais vu une scène de crime aussi « propre ».

— Nettoyée sciemment ou ils ont pu louper quelque chose ?

— Ah ça, c'est toujours une possibilité, mais très franchement, ils connaissent leur boulot et…

— Et l'assassin le connaît a priori nettement mieux qu'eux. Pas de débris organiques, tels que poils, cheveux, pilosité axillaire ou pubienne ? Enfin merde ce type doit nécessairement avoir laissé quelque chose : un fragment de chair, une rognure d'ongle, d'épiderme.

— Malheureusement strictement rien non plus. Et c'est valable aussi pour les traces biologiques. Pas de trace de sperme, pas d'empreinte, aucunes sécrétions externes telle mucus, salive, sueur ou même urine. Non, rien du tout, les gars ont méticuleusement tout passé au crible.

— Ce n'est pas possible, il doit obligatoirement y en avoir, même minuscules. Elles ont été toutes les deux soigneusement égorgées, ça laisse nécessairement des indices. N'importe quel agresseur laisse des traces individuelles : traces de pas, dentaires, traces d'ongle, une griffure même anodine, traces papillaires ou palmaires ?

— Non, là aussi, rien, sauf ces belles empreintes sur le stylo de la victime qui appartiennent à Gilles.

— Empreintes pour le moins sujettes à caution, s'empresse de préciser Francis.

— Ce type est un génie du crime, ajoute Stéphanie, la belle Angevine qui se perd en conjectures. Il n'a strictement rien laissé au hasard. Tout a été savamment prémédité.

Francis réfléchit.

— Ça dédouane Gilles Levesque, car ça prouve à l'évidence que le type qui a fait ça est drôlement bien organisé. Ça conforte ta théorie de la machination, conclut Jean-Georges, le rugueux Gascon avec son éternel accent du Sud-Ouest.

— De le savoir, ça ne nous avance pas à grand-chose. Enfin, zut, ce type n'est pas un fantôme quand même, ça n'existe pas !

Stan fait une moue bizarre, fugitive, mais pas assez pour Francis.

— Quelque chose à ajouter ? Tu fais une drôle de tête.

— Heu, non, non, non, rien... Quant aux traces de pneumatiques, que dalle, dans la rue il y en a des centaines, donc rien de probant à ce niveau. Et idem pour les traces instrumentales : pas de traces de cisailles, de pince monseigneur ou de tournevis. Il n'y a pas eu effraction. Les deux femmes ont donc ouvert la porte à leur agresseur en toute confiance.

— Ce qui veut dire qu'elles le connaissaient, ajoute Stéphanie.

— Pas forcément, rectifie Francis. On a vu du côté des employés du gaz, électricité, une livraison, facteur, et autres ? On ouvre assez facilement à ce genre d'employés, il est possible que le tueur se soit présenté sous un tel déguisement.

— Bien sûr, mais là aussi, rien de probant. Tout a été vérifié par les hommes de Blachère. Rien ! Zéro sur toute la lignc.

— Enquête de voisinage ?

— Ils la recommencent, car comme nous, Blachère s'arrache les cheveux. Il met la pression sur l'unique suspect qu'il a dans sa manche : Gilles. Alors au lieu de chercher des pistes, il s'évertue à démonter ses alibis. Si on n'agit pas très vite, il va y arriver. En tout cas, la seule chose dont on soit sûr pour l'instant, c'est que ces deux femmes n'avaient strictement rien du tout en commun. On a affaire à un dingue qui tape au hasard.

Francis sourit énigmatiquement.

— Non, au contraire, et c'est là le trait de génie, ce qu'elles ont en commun c'est justement qu'elles n'ont rien en commun !

— On n'a donc pas affaire à un psychopathe, un dingue qui choisit ses victimes au hasard ? Tout serait vraiment planifié ?

— J'en suis persuadé. D'abord parce que Gilles est incapable de faire du mal à la moindre mouche, ensuite parce qu'il n'a absolument aucun intérêt à supprimer ces deux pauvres femmes. Ça ne peut être qu'une machination. Ce type se contrefout de ce qu'elles sont en réalité. Il sait que cela va entraîner la police dans des recherches tous azimuts et c'est le but recherché car pendant ce temps...

— Pendant ce temps, on ne regarde pas ailleurs.

Francis pointe son index sur Jean-Georges.

— Parfaitement exact, car le seul lien éventuel entre ces deux femmes, c'est qu'elles habitaient toutes les deux sur la Place Carnot et toutes les deux au dernier étage d'un immeuble voisin. On va creuser de ce côté, je suis sûr que c'est l'unique intérêt de ces meurtres. Notre assassin ne vise que les appartements.

— Pourquoi ?

— Parce qu'ils dominent la place.

Francis se lève et se dirige vers la carte murale.

— Regardez bien. Ici, rue Zéphirin Jeantet, vous avez l'immeuble où habitait Jacqueline Portillo : au dernier étage et pile en face du Collège Louis Dumont. Et là, à sa droite, rue Parmentier, habitait, au dernier étage aussi, Brigitte Rousselet. De chez elle, on a tout le collège en enfilade.

— Tu penses à un assassinat ! Un truc style Dallas comme en 1963 ! ([27])

— Gilles nous a bien parlé de la visite du Premier Ministre et de l'autre guignol de la Culture, non ? Alors ? ...

Un silence s'installe, lourd, très lourd à peine interrompu par le bruit du crayon à papier touchant le bois de la table comme un métronome mal réglé.

— On n'avance pas, reprend soudain Francis. Il faut intensifier les recherches sur ces deux pauvres femmes et poursuivre en priorité dans la voie du complot. Autre chose, maintenant : du côté du noyé, vous avez avancé ?

Jean-Georges ouvre son dossier.

— Ce sera vite fait. On n'a rien de bien nouveau. Ce type est toujours un parfait inconnu. Seule certitude, il vient bien de l'étranger. Anglais ou Écossais, effectivement. L'analyse microscopique de ses vêtements, enfin de ce qu'il en restait, le confirme. Ce type portait des vêtements coûteux et recherchés. En fait, c'est grâce à leur qualité qu'on a pu le découvrir. Ses habits venaient d'Edinburgh. On enquête là-bas maintenant.

— Bon, au moins sur ce dossier, on avance un tout petit peu. C'est donc un gars fortuné et soucieux de son apparence vestimentaire. C'est déjà ça. Et pour la figurine ?

— J'ai ! s'exclame Stéphanie sur un ton victorieux.

— On t'écoute.

---

[27] John Fitzgerald Kennedy, 35ème Président des États-Unis, assassiné le 22 novembre 1963 par Lee Harvey Oswald, selon la version officielle. On sait aujourd'hui avec certitude qu'il y avait 2 voire 3 tireurs. Plusieurs balles ont touché le Président, dont une venue de face. Or il était matériellement impossible à Oswald qu'il ait pu la tirer car sa position de tir était à l'opposé. C'était le pigeon idéal.

— Elle a été fabriquée il y a une vingtaine d'années par la firme Westair Reproductions Ltd, 1298 Warwick Road. Acocks Green, Birmingham. On les a contactés. Elle faisait probablement partie d'une petite boîte-présentoir de cinq figurines intitulée « Scottish Military Figures », tu sais le genre de truc que les touristes... Bon, et elle provient d'un lot vendu à un détaillant dans le Nord de l'Écosse. Ils vont nous envoyer la liste de tous leurs revendeurs dans le coin.

— Parfait, dès que tu l'as, tu files là-bas et tu fais le tour de toutes ces boutiques, essaie d'avoir la liste de leurs clients. Élargis ton cercle de recherches à toutes les autres villes principales : Perth, Edinburgh, Glasgow, Inverness. Avec un peu de chance, on devrait trouver un début de piste. Au niveau du laboratoire, ils en sont où ?

Stéphanie hausse lentement les épaules.

— Hélas, nulle part, ils...

Le téléphone l'interrompt. Francis stoppe Stéphanie de la main et décroche immédiatement.

— Oui ! C'est important ? Je suis en réunion...

Francis sourit, pose la main sur le combiné et dit à son entourage.

— Quand on parle du loup !

— *On a fini par découvrir un minuscule sigle gravé à l'intérieur de la jambe droite du piper. C'est si petit qu'on a failli le louper d'ailleurs...*

— Qu'est-ce qu'il dit ?

— *Alors ça, c'est un vrai mystère.*

— Laisse-moi décider si cela en est un ou non. Je t'écoute.

— *Ce sont quatre lettres : DMCC !*

— DMCC ? répète Francis les yeux dans le vide. C'est du bon boulot. Bravo !

L'enquêteur raccroche, perplexe.

— Putain ! Encore une saloperie de rébus, se plaint Stan. Décidément on est abonné uniquement à ces trucs à la mords-moi-le-nœud.

Les yeux plissés, Francis, d'un simple geste, lui intime l'ordre de la fermer. Il réfléchit et entend bien le faire en silence.

— Voilà un élément du puzzle en plus. Stéphanie, avec ces quatre lettres tu vas pouvoir resserrer sensiblement ton cercle de recherches.

— On aurait buté ce pauvre type rien que pour ça ? s'exclame le Gascon.

— On tue pour des raisons encore bien plus futiles, répond Francis. En tout cas, si c'est pour ces quatre lettres qu'il a été assassiné, cela signifie qu'elles doivent avoir une extrême importance. Qui sait, peut-être un nom ou une raison sociale. Tu chercheras essentiellement dans ce sens, ma belle Angevine. Tu passeras au labo prendre la figurine et les tirages. Vous autres, une idée sur leurs significations ?

Jean-Georges fait la moue tout en secouant la tête, quant à Stan, fidèle à lui-même :

— Moi des sigles en CC, je n'en connais qu'un mais un bon : AC/DC.

— Tu commences à m'agacer, Stan, lâche Francis en dardant un regard de feu sur lui.

Jourdan, le regard niais, se tortille dans son fauteuil avant de demander :

— À propos d'Écosse… heu… je peux y aller aussi ? demande-t-il, implorant.

Francis sourit curieusement et prend le temps de le regarder fixement. Il croise lentement les mains sur la table en acajou, ce qui ne présage rien de bon. Il connaît la propension de son ami pour la bonne bière.

— Toi, je te vois venir. Je ne suis pas Rothschild, tu restes ici et de toute façon, tu dois me retrouver cette BMW. À ce propos, tu as quelque chose ?

Stan bougonne comme un gamin vexé. Il sort son regard de cocker battu, certain de l'emporter, mais devant l'impassibilité de Francis, se racle la gorge avant de reprendre.

— Bon, alors oui, j'ai quelque chose. Par acquis de consciencc, j'ai vérifié la plaque et bien, tu vas rigoler… Non, je vois que tu ne rigoles pas.

— Eh non, il n'y a pas lieu de rigoler d'ailleurs. Au fait !

— Eh bien figure-toi que la plaque est la bonne. Tu parles d'une surprise ! En fait, la bagnole a été volée à la ZAC de la Croisée à Chêne-en-Semine. Elle appartient à un certain Jean-Raymond Escurier. Il a d'ailleurs déposé plainte pour vol.

— C'est qui ce gars ? Tu t'es renseigné ?

Stan dévisage Jean-Georges avec l'air de dire « pour qui tu me prends ? ».

— Bien sûr ! Il habite à Girod, tout petit hameau de Chêne-en-Semine. C'est un professeur de self-défense, spécialiste du Lao-Dong-Lao ([28]). Il n'a rien d'un tueur ni d'un comploteur. Il m'enseigne ce sublime art et en plus on est devenus copains, je vais de temps en temps chez lui.

— Tu fais du self-défense, toi ? s'étonne Stéphanie. Je croyais que tu savais tout ? Tu nous le répètes pourtant assez sur tous les tons.

Stan gonfle le buste et fanfaronne.

— Pour l'avenir de la gente féminine, je me dois d'entretenir cette puissante mécanique parfaitement huilée qui fait ma...

— La ferme ! On est là pour bosser ! Ai-je besoin de te le rappeler à chaque fois ? Tu m'exaspères, Stan. Je te conseille vivement de réfléchir à ce que tu fais et, accessoirement, à ce que tu comptes faire dans les prochains mois, c'est clair ? Alors, en attendant, continue ton exposé.

Stan se racle la gorge, conscient qu'il est peut-être allé un peu trop loin. Ce gaffeur impénitent risque bien de se retrouver au placard.

— Estimé par tous. C'est un gars qui a l'intelligence du cœur et c'est suffisamment rare pour que cela soit dit et souligné.

Francis et ses deux autres collaborateurs se dévisagent, surpris.

— Non ! Ma parole, mais tu es amoureux ou quoi ? ironise Jean-Georges.

---

[28] Le Lao Dong Lao (Voie du dragon antique) est un art de self-défense vietnamien.

Stan hausse les épaules et reprend.

— Il n'a rien à se reprocher. D'ailleurs au moment du vol, il était avec Peggy, sa femme, et leur comptable pour contrôler les comptes de leur association implantée à Clarafond-Arcine. Quand je l'ai appelé, il croyait que j'avais retrouvé sa caisse.

— Donc, la plaque n'a pas été modifiée, reprend Francis sourcils froncés. Cela veut dire que ce mystérieux conducteur a agi, soit dans la précipitation, soit parce qu'il savait qu'il ne garderait pas la BMW suffisamment longtemps pour être inquiété. Il n'a dû la voler que pour cette filature. Amateur ou professionnel ? Qu'en pensez-vous ?

— Professionnel ! s'écrient presque en chœur les trois enquêteurs.

— Parfait et pourquoi ?

— À cause du dragon ! répond Stan, fier comme un paon. Il a une idée derrière la tête.

— Développe !

— Le dragon est un animal mystique qui a réussi à traverser les temps en faisant toujours fantasmer les hommes. Il a plusieurs symboliques bien différentes en fonction des civilisations. Dans la tradition asiatique, il est bénéfique. Pour les Chinois, il est le Yang. Image de chaleur. Il est assimilé au soleil. Il est masculin et reflète le côté positif. Il est aussi le côté Yin, symbole de l'eau dans laquelle il se retire. Il est en opposition avec le feu et les flammes qu'il crache dans la tradition occidentale. C'est aussi le symbole du pouvoir et les généraux chinois en portaient toujours un sur leurs tenues. Seul l'empereur en portait neuf, symbole de pouvoir absolu et de l'harmonie suprême. Il est apparenté aux chasseurs de démons contrairement à la tradition chrétienne qui voit le dragon, comme justement un démon. Pour les occidentaux, il est néfaste. C'est la représentation de Lucifer, le démon qui crache des flammes, il est le symbole du désordre qui ne peut être terrassé que par l'homme. Souviens-toi du tableau du peintre Paolo Uccello ([29]). C'est lui qui a peint la fameuse toile représentant Saint Georges terrassant le dragon.

— Où veux-tu en venir ?

— Tu te rappelles, je t'ai parlé de ce symbole qui me disait quelque chose.

— Oui, et alors ?

— Et c'est l'emblème d'une redoutable organisation criminelle dirigée par un type totalement insaisissable dont on ne sait strictement rien du tout. Il écume les cinq continents et vole les grandes fortunes avec un goût très prononcé pour les bijoux, les émeraudes et les diamants.

— Un Robin des Bois moderne ?

— Pas franchement, parce qu'il ne rend rien aux pauvres et nargue impunément toutes les polices du monde. Il a des antennes partout.

— Arsène Lupin alors ?

— Non plus. La seule chose qui l'intéresse c'est lui. Le reste est totalement secondaire et les femmes qu'il dépossède, il s'en contrefiche totalement. On ne sait même pas si c'est un homme ou une femme du reste. Un vrai génie. Tu comprends mieux sa symbolique maintenant ?

— Et parce que tu as vu ce tatouage sur le bras du conducteur de la BMW, tu en déduis qu'il est l'un des hommes de cette mystérieuse organisation ? Tu as un sens du raccourci pour le moins très développé. Des tatouages comme ça, il y en a des millions. Même dans les pubs pour les voitures ([30]), alors... C'est un peu mince comme élément. Mais comment tu sais tout ça ?

— Grâce à un de mes super copains à Interpol. En fait, c'est un truc tellement gigantesque que la couverture média est totalement HS. Tu m'étonnes, ces types mettent en échec toutes les polices du monde, pas

---

[29] Paolo Uccello, peintre italien né en 1397 et mort en 1475. Il a peint de nombreux tableaux représentant Saint Georges terrassant le dragon. Le tableau le plus ancien se trouve à Paris, au musée Jacquemart-André.

[30] Par exemple pour la nouvelle Peugeot 208.

étonnant que les autorités fassent le gros dos ! Ça fait mauvais effet ! Les médias sont complètement verrouillés à ce propos.

— Ton contact a une idée de qui la dirige ?

— Non, absolument aucune.

— Quel serait le rapport avec mon ami Gilles ? Si pour autant il y en a un, ce que j'ai du mal à admettre. Enfin, qu'est-ce qu'un criminel aussi insaisissable que celui-là, pour autant qu'il existe vraiment, viendrait faire ici, dans la région ? Pourquoi perdrait-il du temps à suivre un journaliste local ? Ça n'a pas de sens.

— Peut-être que ça en a un pour quelqu'un, corrige Jean-Georges.

— Une idée lumineuse ? Tu penses à quelque chose en particulier ? demande Francis en le regardant avec curiosité.

— C'est pas impossible. Il y cette triple exposition à Bellegarde-sur-Valserine... alors d'ici à ce qu'elle intéresse ce mystérieux voleur, il n'y a qu'un pas. Il y en a pour du pognon et du lourd, ça ferait même saliver le plus nul des cambrioleurs. D'ailleurs les plus grands acheteurs vont venir s'y bousculer. Ils viennent des quatre coins du monde uniquement pour ça.

Francis réfléchit à l'hypothèse. Elle tient la route.

— Pas bête ce que tu dis, cependant ça n'explique toujours pas la filature de Gilles.

Stan va pour ouvrir la bouche quand son portable sonne.

— Excusez-moi, dit-il en décrochant vivement.

— Ouais !

Francis et les deux autres enquêteurs le dévisagent, intrigués soudain, car à voir son visage se décomposer ils comprennent qu'il y a du nouveau et du sévère.

Stan hoche la tête comme un métronome. Francis agite de plus en plus vite son crayon.

— Où ça ? s'exclame Stan d'une voix de stentor, surprenant tout le monde.

— Que se passe-t-il ? questionne Francis.

Stan se laisse tomber lourdement dans son fauteuil tout en coupant lentement son portable, les yeux dans le vide, sidéré.

— Que se passe-t-il ? demande à nouveau Francis d'une voix plus forte.

— Les gendarmes ont retrouvé la BMW !

— Et alors, c'est ça qui te met dans cet état ? On dirait que tu as vu le diable !

Francis fixe Stan qui ne réagit pas. Ça l'agace et l'intrigue en même temps. Qu'a-t-il en tête ? Qu'est-ce qui le perturbe au point qu'il se comporte comme un parfait débile ? Cherche-t-il à se faire virer ?

— Rappelle ton contact, dis-lui qu'on arrive tout de suite, ordonne l'enquêteur. C'est où ?

— Dans le Bois des Roches !

Le crayon casse net. Personne ne rit.

Francis s'immobilise d'un coup puis tourne très lentement son visage sur celui de son ami. Il se dit qu'il a mal compris.

— Quel bois tu as dit ?

— Celui des Roches !

— À Saint Germain-sur-Rhône ?

— Y en a pas d'autre à ma connaissance... et... heureusement d'ailleurs.

Francis fixe son adjoint pendant quelques secondes. L'annonce de l'endroit le propulse dans un passé qu'il souhaitait plus que tout ne jamais revivre ([31]).

Au bout d'interminables secondes, Francis se secoue.

— On y va ! Vous venez aussi ! commande-t-il sur un ton très dur.

En descendant au parking. Jean-Georges et Stéphanie suivent leur patron qui marche d'un pas décidé et pressé sans se retourner. Ils ne comprennent pas vraiment son soudain changement d'attitude. Stéphanie se rapproche de Stan, sombre et préoccupé.

— Tu peux m'expliquer ? murmure-t-elle.

Stan la regarde curieusement, hésitant visiblement sur la suite à donner. Il est embarrassé.

---

[31] Voir « *Les démons du Vuache* ».

— En deux mots, alors ! Le Bois des Roches a été le théâtre d'apparitions de moines d'un autre siècle. On était sur l'affaire et on a découvert qu'il y avait...

— Silence derrière !

— On arrive, on arrive, crie Stan pour donner le change

— Dépêchez-vous ! ordonne Francis.

Il ne s'est pas retourné. Il est pressé.

— Et alors ? demande Stéphanie en chuchotant.

— C'est là que Francis a rencontré une certaine Myriam et... tu imagines la suite.

— Très bien, mais je...

— C'était manifestement la femme de sa vie, mais elle est morte noyée dans les étangs qui se trouvent justement là où on va.

Stéphanie s'immobilise, tout comme Jean-Georges qui s'était rapproché pour suivre la conversation.

— Ah, je comprends mieux, maintenant et...

— La ferme ! Tout le monde en voiture ! Bougez vos fesses ! crie Francis en se retournant cette fois. Et finies les messes basses. Compris ?

La Vanquish déboule sur l'avenue des Morgines au mépris des plus élémentaires règles de sécurité.

LE BOIS DES ROCHES ! ...

Trente minutes plus tard, les quatre enquêteurs quittent la route de Frenay et s'engagent dans le chemin forestier dit des « Berlets » où a été retrouvée la BMW. Ils s'enfoncent profondément, puis Francis accélère légèrement en distinguant droit devant lui, les lumières tournantes de plusieurs gyrophares. À peine stoppé, il s'éjecte du véhicule et marche d'un pas rapide vers un gendarme qui le reconnaît tout de suite : c'est le même gradé qu'il avait rencontré sur les lieux de la fusillade à Challonges et au domicile du sculpteur Combloux, trouvé pendu ([32]).

— Pourquoi ne suis-je pas étonné de vous voir ? ironise le gendarme, main tendue.

— On a quoi ? se contente de dire Francis sans sourire ni serrer la main.

Le gradé est quelque peu surpris mais Stan, en arrière de quelques mètres, lui fait comprendre de laisser courir.

— On m'a expressément recommandé de vous laisser l'affaire, reprend le gendarme, vexé cette fois. Vous avez le bras long, vous ! Vous savez que vous n'en avez pas le droit ?

— Vous découvrirez très vite que j'ai tous les droits, lâche Francis, qui n'accepte pas la contradiction, surtout en cet instant précis.

---

[32] Voir « *La disparue du Mont des Princes* ».

Stan se perd en remerciements et sourires de mise avant de rejoindre Francis qui est déjà sur la BMW et l'examine avec précaution. Au siège conducteur, un homme d'une trentaine d'années est affalé sur le volant. Une balle entre les deux yeux.

Une exécution.

— C'est ce type ? questionne Francis en se tournant sur Stan.

— Il a le même tatouage, mais pour t'en dire plus...

— Ça va, j'ai compris et...

— Francis, viens voir, vite ! crie Jean-Georges debout devant le coffre ouvert.

— Trouvé quelque chose ?

— Pas quelque chose, quelqu'un !

Francis et Stan, perplexes, rejoignent rapidement le duo et découvrent un second cadavre recroquevillé dans le coffre.

— Il a une gueule de forfait téléphonique, ironise Stan pour essayer de détendre l'atmosphère.

— Il s'est fait avoir aussi ! lâche Stéphanie.

— Ouais et malgré son troisième œil sur le front, il n'a rien vu venir, ajoute-t-il.

— Avec une balle dans le front et plié en huit dans la malle arrière, j'ai du mal à croire qu'il est mort d'un simple fou-rire, s'autorise à dire Jean-Georges, conforté par l'attitude désinvolte de Jourdan.

Francis le foudroie du regard, puis s'adresse à Stan.

— C'est lui ?

— Pas impossible. Pourtant je n'ai pas remarqué d'autres types dans la BMW l'autre jour. Bon, faut dire qu'avec les vitres teintées, ça aide pas.

L'enquêteur dévisage Stan, perplexe, puis s'éloigne en réfléchissant. Les trois autres privés se regardent indécis.

— Vous, commencez vite les investigations : débris divers, empreintes, résidus de tir, magnez-vous. On va forcément trouver quelque chose. Moi je vais voir l'autre.

Stan fait demi-tour et rejoint rapidement Francis qui est seul le long du chemin. Il le sent ailleurs, comme perdu, se laissant dériver. Cela lui fait de la peine. Il sent son nez le picoter, il n'aime pas voir Francis comme ça. À cet instant précis, il ressent une profonde injustice. Et c'est bien ça qui lui fait peur. Il ne veut pas le revoir tomber dans sa déprime. Il avait eu assez de problèmes et de mal pour s'en sortir. Stan sent la rage le saisir. Il en veut à tout le monde, à la terre entière. Il en veut à Myriam de s'être noyée, ici, à quelques centaines de mètres, dans les étangs des ruines de l'abbaye d'Aubrac. Puis il s'interrompt et sent un frisson lui parcourir le dos. Quelque chose le gêne considérablement.

Il s'approche de Francis, le prend chaleureusement par l'épaule.

— N'y pense pas, ça ne sert à rien.

Francis tourne un visage défait sur son ami.

— Je n'y arrive pas, je n'y arriverai pas. Elle hante mes nuits, mes jours.

— Une bonne bière et ça passe. Si tu veux, on va s'en prendre une bien sérieuse comme quand on était jeunes et beaux, quoi que moi, je le sois toujours. Quant à toi, fais voir ta tronche ?

Bêtement Francis le dévisage. Stan fait la moue.

— Ouais, ben c'est pas avec cette tête que tu vas...

— Laisse tomber.

— Je connais un super bistrot avec une de ces bières, à Bellegarde justement, « *Couleur Bière* », ça s'appelle, tu m'en diras des nouvelles, et après on va se taper la cloche au « *Pot a Fu* », rue Lafayette. Jean-Michel te concoctera une de ces entrecôtes Montbéliarde dont tu me diras des nouvelles. Rien que de la regarder, tu meurs ! Pas moins de trois cents grammes, la bête. Rien que d'y penser, j'en ai les papilles qui jouent des castagnettes. À moins que ton petit estomac délicat ne préfère un filet de sandre ou une blanquette de veau ? Et je ne te parle pas du vin : le nectar des Dieux ! Il a un de ces petits rouges de la vallée du Rhône... reprend Stan ignorant ostensiblement la remarque de son ami sans toutefois le perdre une seconde de vue, pressentant le pire.

— Rien que le nom évoque le soleil, les plages, les femmes aux sourires ensorcelants qui n'attendent que ton bon vouloir et...

Il s'interrompt, l'examine et comprend qu'il doit le secouer. Francis se laisse partir. Sa douleur est tellement vive et si profonde.

— Arrête de vivre avec le passé, ce n'est jamais bon pour ton moral... et accessoirement pour le mien, parce qu'il me faut te supporter tous les jours et crois-moi... Alors concentre-toi sur cette putain de BMW... Fais-moi plaisir, ma biche !

Francis dévisage Stan outrageusement implorant et semble alors sortir petit à petit d'un ténébreux et lugubre tunnel. Il lui sourit doucement.

— Qu'est-ce que je ferais sans toi ?

— Ah si tu savais !

— Tu plaisantes toujours, toi. Comment fais-tu ?

— J'évite de me compliquer la vie. Il y a assez de connards qui s'en chargent au quotidien.

— Sans toi, je...

— Tu ferais certainement la même chose et même mieux, tu n'as pas besoin de moi pour t'en sortir, mais quand même j'y suis un peu pour quelque chose et je t'en veux parce que tu ne me le dis jamais assez !

Francis éclate de rire et secoue la tignasse plus ou moins coiffée de son ami.

— Toi alors... Allons nous occuper de cette bagnole. Ce qui me gêne ce sont ces deux macchabées. Si on part du principe qu'ils nous pistaient avec Gilles l'autre jour, pourquoi nous les faire retrouver morts de façon aussi voyante quelques jours après ? Ça ne t'a pas effleuré l'esprit, ça ?

— Si tu savais tout ce qui m'effleure, mon pauvre ami...

— Sois un peu sérieux.

— Ouais, justement, c'est ce que je me suis dit en arrivant. Si des types veulent piéger ton ami Gilles, ils ont tout intérêt à se fondre dans le paysage, à devenir totalement transparents. Alors effectivement, deux cadavres aussi voyants, ça veut peut-être dire deux choses.

— Tu m'intéresses.

— En premier, on les laisse bien en évidence en guise d'avertissement.

— Ouais, pourquoi pas, mais à l'attention de qui ?

— C'est bien ça le problème, même si j'ai une petite idée qui rejoindrait d'ailleurs ma seconde version, celle que je préfère.

— Deux dans la journée, tu te surpasses, ironise Francis qui fait des efforts surhumains pour se concentrer sur cette affaire.

— Je trouve beaucoup plus logique de penser que cette filature était une initiative isolée, c'est-à-dire « non autorisée » par leur patron et...

— Et il aurait présenté la facture en les liquidant.

— Exactement. Il montre qu'il est le patron, le chef incontesté. Avertissement ! Quant aux empreintes, je suis presque certain, dans cette hypothèse, qu'on n'en trouvera aucune. Celui qui est derrière tout ça...

— Toi, tu penses toujours qu'il s'agit du mystérieux patron de cette organisation criminelle.

— Ouais, d'ailleurs les deux cadavres portent le tatouage du dragon, son symbole. Et c'est une réalité, donc...

— Donc, ce criminel n'hésite pas à dézinguer ses propres hommes s'ils ont fait une connerie. Pas commode le copain, mais c'est avec une discipline de fer qu'on dirige ses troupes.

— Exact ! Ça se tient, non ?

— Très bien même. On aurait donc affaire à une organisation criminelle de très grande envergure qui voudrait réaliser un triple casse à Bellegarde. Jusque-là, c'est parfaitement logique, mais que vient faire là-dedans Gilles ?

— Leurre, diversion. C'est le dindon de la farce. On ne le mouille que pour le plaisir d'embrouiller les pistes parce c'est une figure dans le coin : il est connu, d'où inquiétude, stupeur et doute. Les gens vont se focaliser sur lui, s'interroger, mais du même coup, ils n'iront pas voir plus loin. L'astuce est là ! Je t'en ficherais mon billet !

Francis s'immobilise et regarde tout autour de lui. Le temps est bouché, les arbres sont squelettiques et déploient leurs branches pratiquement nues sans vergogne, presque avec fierté. Ils savent que bientôt elles refleuriront.

— Si ce n'est pas malheureux. Quand je pense que je venais souvent ici pour cueillir les champignons avec mon parrain...

Un voile passe soudain devant les yeux de Francis mais cette fois-ci, il se reprend presque tout de suite, faisant quand même craindre le pire à Stan l'espace de ces quelques secondes.

— Et en ces temps bénis, tu y venais pour pique-niquer aussi, alors ma poule, garde ce souvenir... et uniquement celui-là. Le reste, grande littérature ! renchérit-il. Il tient à enfoncer le clou.

— Dis donc, mais ce n'est pas par ici que les flics ont découvert deux cadavres carbonisés, il n'y a pas longtemps ? En octobre, si j'ai bonne mémoire ? ([33])

— Si, tout à fait exact. Ce coin va devenir la Mecque des cadavres, le cimetière des truands, Pas mal, non ? Tu devrais d'ailleurs suggérer à ton pote le Maire, Alain Lambert, de monter une attraction : un tour opérateur pour visiter le « cramatorium » à ciel ouvert des méchants de Saint Germain-sur-Rhône, je suis sûr qu'il ferait du pognon avec ça. Qu'en penses-tu ?

— Que tu es bon pour voir un psychiatre. L'ennui, c'est qu'une fois que tu l'auras consulté, c'est lui qu'il faudra interner. Bref ! Mais par contre, pourquoi les ont-ils laissés ici ? ... À quelques dizaines de mètres de là où on a retrouvé les deux voyous carbonisés. Regarde on peut encore distinguer les traces de l'incendie sur le bord du chemin.

— Qui ? Les deux cramés ou nos deux cyclopes ?

— Nos cyclopes. Le coin est désert, ça explique cela, mais ce mystérieux criminel aurait tout aussi bien pu les laisser ailleurs. Aussi malin soit-il, il a pris un risque

---

[33] Le 12 octobre 2015, les policiers ont découvert 2 personnes carbonisées dans un fourgon non dissimulé dans ce même Bois des Roches. Les enquêteurs privilégient la piste criminelle. Un règlement de comptes lié à 2 frères connus pour leurs liens étroits avec le milieu de la drogue.

terrible en faisant cela. Il y a quelque chose qui m'échappe, ce n'est pas normal.

— Ça marque les esprits, ça doit certainement faire partie de sa mise en scène et ça peut aussi induire en erreur les policiers qui enquêtent sur la mort des deux trafiquants de drogue.

— Possible, mais pas certain. Je reste sur mon quant-à-moi. Il y a quelque chose de pas net dans cette trouvaille. Si des malfrats concoctent un coup contre cette triple exposition, ils n'ont aucun intérêt à se faire repérer en laissant deux des leurs abattus ici, c'est aussi illogique qu'insensé. Il y a autre chose derrière, mais quoi ?

— Ben faut croire que non.

Francis fixe intensément Stan.

— Et moi je te répète qu'il y forcément autre chose derrière cette mise en scène. « On » a voulu, à dessein, nous faire trouver ces deux types, mais dans quel but ? Pourquoi ici dans un coin aussi désert ?

Les deux enquêteurs se rapprochent de la BMW sur laquelle travaillent leurs amis. Les gendarmes sont partis depuis peu, il ne reste qu'eux quatre sur les lieux du crime. Francis ne peut se départir d'une sensation de malaise qui semble grandir soudain à toute vitesse. Il ressent comme une menace rampante qui s'approche d'eux, quelque chose d'insidieux, quelque chose de dangereux. Il le sent, il le craint et sans savoir trop pourquoi il laisse descendre sa main jusqu'à son arme. Il s'immobilise, semble humer l'air, mal à l'aise, inquiet.

Brusquement il dégaine et hurle à ses amis de se planquer en se jetant lui-même au sol. Il n'a pas fini sa phrase qu'une longue rafale d'arme automatique griffe le sol, zèbre la carrosserie et manque de peu d'envoyer Jean-Georges aux urgences, dans le meilleur des cas.

Francis finit son roulé-boulé contre une pile de bois assez imposante. Il s'y colle et ouvre le feu au jugé sur les endroits d'où viennent les coups de feu. Ils sont deux et semblent avoir une provision de munitions inépuisable. En effet les tirs nourris se concentrent sur Francis. Des morceaux de bois giclent tout autour de lui. Il se recroqueville du mieux qu'il peut. Stan, voyant son patron en difficultés, se redresse et, Beretta 92 ([34]) en main, au mépris des balles qui sifflent à ses oreilles, traverse le chemin pour se ranger à ses côtés en ouvrant un feu d'enfer sur les flingueurs invisibles. Les tirs se concentrent maintenant sur la BMW. Les pneus sont crevés et émettent un sifflement lugubre alors que la lourde carrosserie s'affaisse quelque peu. Stéphanie se tasse contre elle alors que tout autour les balles matraquent dans un bruit assourdissant les tôles. Les vitres explosent projetant des myriades de petits bouts de verre qui se transforment immédiatement en autant de projectiles mortels. Le feu est tellement intense qu'elle n'arrive même pas à riposter. Soudain elle pousse un cri et une longue traînée de sang perle de son crâne.

— Rien de grave, hurle-t-elle, simplement le cuir chevelu.

— Faut dégager d'ici ! crie Jean-Georges dont la position n'est pas meilleure. Je te couvre, tire-toi !

Le tir adverse ne ralentit pas une seconde.

Brusquement, le Gascon se redresse et ouvre un feu d'enfer devant lui, faisant baisser d'intensité celui des agresseurs. Stéphanie en profite. Elle se redresse et se jette quelques mètres plus loin dans le fossé qui longe le chemin. Les balles sifflent à ses oreilles et des petits geysers, à quelques centimètres derrière elle, la suivent au niveau du sol.

Le feu reprend avec une vigueur inaccoutumée, se focalisant sur ce qui reste de la BMW. Des morceaux de tôles volent dans tous les sens. La lunette arrière explose se répandant sur le Gascon qui n'arrive qu'à invectiver ses agresseurs invisibles.

— Ces salauds ne font pas semblant. Et ils ont du lourd ! lâche-t-il les deux mains sur la tête.

---

[34] Le Beretta 92 est un pistolet semi-automatique de fabrication italienne. Issu des usines Beretta. Sa première version date de 1951. Il a été amélioré en 1976. Il est relativement lourd et volumineux par rapport aux différents modèles de Glock. Son *design* est éprouvé. Il se caractérise par un chargeur à 15 coups de calibre 9 mm Parabellum et par une grande fiabilité.

Soudain, un « pschitt » lui fait relever la tête et une odeur reconnaissable entre mille emplit l'air d'essence !

Le Gascon se penche et voit un filet d'hydrocarbure couler au sol. Une balle a crevé le réservoir.

— Dégagez immédiatement ! hurle Francis qui a vu le danger.

— On vous couvre ! ajoute Stan.

Les deux amis ouvrent un feu d'enfer de plus en plus précis sur les attaquants, au point que le leur faiblit sans toutefois s'arrêter.

— Go !

Jean-Georges se redresse et d'un puissant élan se propulse en arrière, environné de balles et de morceaux de tôles. L'un d'eux le touche au sommet du crâne, mais heureusement, il se jette dans le fossé salvateur à quelques mètres de la carcasse criblée. Brusquement une petite flammèche en sort juste dessous.

— Tirez-vous, ça va exploser ! a juste le temps de crier Francis en se redressant légèrement.

La BMW vient d'exploser, ouvrant le ciel sur une tornade de flammes jaunes et rouges. Un bruit terrifiant accompagne le feu qui se repaît du véhicule et des deux cadavres qui sont dedans avec une avidité insoupçonnée.

Dans leur fossé, l'Angevine et le Gascon rampent comme ils le peuvent pour s'éloigner au maximum de la scène hallucinante qui se déroule à quelques mètres d'eux. Heureusement, la déclivité du fossé les a protégés de l'onde de chaleur mais ils l'ont quand même bien sentie passer. Les premiers arbres sont plongés dans une danse macabre et manquent de peu de se casser en deux.

Tout à coup, les tirs cessent totalement. Le silence est effroyable. Il est assourdissant. Il est seulement interrompu par le terrifiant bruit des flammes qui rongent la carcasse maintenant presque invisible.

— Francis ! Merde, Francis, ça va ? Oh ! demande, inquiet, Stan en secouant son ami et patron.

L'enquêteur est seulement sonné. Un morceau de tôle l'a bien touché au bras et un autre au visage.

Rassuré par son état, Stan respire et fait signe aux autres que tout est « OK » avant de se reconcentrer sur la lisière des bois en face d'où les tireurs ont cessé le feu. Il ne comprend pas. Pourquoi, ne tirent-ils plus ?

— Là ! hurle Stéphanie les yeux au ras du chemin.

À quelques dizaines de mètres d'elle, deux types lourdement armés, viennent de sortir de la lisière et, tranquillement, comme au stand, marchent vers les enquêteurs en rafalant sans discontinuer, les obligeant à faire corps avec le sol.

— Mais qu'est-ce qu'ils foutent ? dit Stan qui ne comprend pas leur manœuvre. Ces mecs tirent comme des fous et ne touchent personne.

— Foutez-moi ça par terre ! hurle-t-il soudain, fou furieux maintenant. Y en a marre de faire joujou !

Le Gascon et Stéphanie se redressent et tous les trois, dans un ensemble parfait, arrosent copieusement le chemin sur lequel déambulent les deux flingueurs, fusil-mitrailleur à la hanche. Mais au lieu de riposter, ils détalent en zigzag pour éviter les balles meurtrières des enquêteurs.

Stan constate que Francis reprend des couleurs. Il se redresse sur un coude.

— Oh, ma poule, ça roule ? Oh ! s'inquiète Stan en s'agenouillant près de lui.

— Ouais, c'est bon ! Rattrapez-moi ces mecs, il faut en coincer un, vite !

Stan se redresse et se met à courir à toutes jambes vers les fuyards, imité par Stéphanie et Jean-Georges.

Stan tire sur celui qui court à sa droite. Sa gueule ne lui revient pas. Il le veut ! Mais en même temps, quelque chose le dérange. Ces mecs ouvrent un feu d'enfer sur eux sans regarder à la dépense et dès qu'à leur tour ils les ajustent avec leurs misérables pétoires, ils détalent sans riposter. Ça le dérange, ce n'est pas normal.

— Nom de Dieu, continuez, vous deux ! hurle-t-il en s'immobilisant.

Il se retourne vivement et comprend alors tout de suite pourquoi ces deux tireurs ont détalé aussi vite. Cent mètres devant lui, vers le tas de bois, Francis est à genoux, toujours
groggy, mains sur la tête. Derrière lui, deux types sont en train de l'ajuster avec leurs fusils d'assaut.
Ils vont l'abattre !

Non, l'exécuter !

Stan sent son cœur battre à tout rompre et se lance dans une course effrénée pour sauver son ami. Il tire sans discontinuer sans vraiment viser, puis son Beretta cogne à sec. Culasse en arrière : plus de munitions. Il le jette au sol et court à en perdre haleine.
Brusquement, deux coups de feu, coup pour coup, retentissent presque en même temps, mais les sons sont différents. Stan, craignant le pire, s'immobilise et voit avec stupeur les deux flingueurs, prêts à exécuter Francis, qui s'effondrent alors en avant : morts !

Qui a tiré ?

Les sirènes de la gendarmerie retentissent au même moment. Stan, fébrile, ramasse son arme et se précipite vers Francis, visiblement très choqué. Il s'agenouille près de lui et l'aide à se redresser.
— Je n'ai jamais été aussi content de voir se pointer des uniformes ([35]), moi, lâche-t-il entre deux hoquets de respiration, à la fois heureux pour son ami et terriblement angoissé par ce à quoi il vient d'assister.
En se redressant, il scrute attentivement la lisière d'où sont partis les deux coups de feu. Il ne voit rien, mais il sait qu'il y a quelqu'un, quelqu'un qui a tiré, quelqu'un qui sait parfaitement bien tirer, la répétition des deux coups de feu dans un laps de temps aussi dramatiquement court est la marque absolue d'un tireur d'élite de tout premier ordre, et il doit être en train de

[35] Surnom péjoratif donné aux gendarmes et aux policiers en uniforme pour les différencier de leurs collègues en civil.

l'observer. Il ne le voit pas, mais il le sent. Si ça se trouve il est à quelques mètres de lui, habilement camouflé : un professionnel sûrement. Mais qui est-il ? Que veut-il ? Stan est fébrile, jamais de sa vie il n'a eu à affronter situation similaire. Ça le déconcerte, l'intrigue et lui fait peur en même temps, même s'il sait que Francis lui doit la vie. Putain, mais qui est-ce ? se demande-t-il. Il va pour lui ordonner de sortir des bois quand Francis le prend par l'épaule alors que Stéphanie et Jean-Georges arrivent en courant tout en rechargeant. Le Gascon court en crabe et pivote souvent sur lui-même, prêt à tout.

— Sans vous, j'y passais, merci du fond du cœur.

— Pas de quoi, mais...

Stan s'interrompt. Quelque chose le prévient qu'il est trop tôt pour lui dire ce qu'il s'est réellement passé. Il ne sait pas pourquoi, mais au même instant, une idée folle, comme seul Francis peut en avoir, vient de lui traverser l'esprit. Il prend son ami par les épaules et éclate de rire en le serrant fortement.

— Tu déteins sur moi, hurle-t-il en lui tapant fermement et sans s'arrêter sur les épaules.

— Pourquoi ? s'étonne l'enquêteur encore sonné.

— Plus tard, répond Stan.

Il veut d'abord vérifier sa théorie et part en courant vers la lisière mystérieuse.

— Où tu vas ? hurle Stéphanie.

— Aux fraises ! J'arrive ! Juste un truc à vérifier !

Les gendarmes sont là et sécurisent le périmètre. Francis est pressé de questions. Un toubib l'ausculte rapidement alors que des secouristes se hâtent vers la BMW en flammes que les pompiers tentent d'éteindre.

Saint Germain-sur-Rhône,
Les Crêts,
maison de Francis Magenta,
74 minutes plus tard

— Alors, tu as trouvé quoi ? demande Francis en donnant un verre à Stan affalé dans le canapé face au piano.

Jourdan le prend en regardant son ami comme s'il ne comprenait pas la question. Francis sourit et s'avance légèrement avant de reprendre doucement :

— Pas avec moi, mon ami. Groggy ne rend pas sourd et j'ai clairement entendu les deux détonations. Suffisamment en tout cas pour comprendre qu'elles ne proviennent d'aucune de nos armes. Qui était ce tireur ? Tu en as une idée ?

Stan secoue la tête tout en reconnaissant que son patron est quand même loin d'être la moitié d'un demeuré et ça le fait sourire tout en le rassurant.

— Pourquoi avoir feint de...

— Pour donner le change. Les gendarmes étaient là et la situation est assez confuse comme ça sans leur donner du grain à moudre en supplément, ça ne ferait qu'ajouter à la confusion. Alors ?

— Ben, alors j'en sais rien. Ce qui est acquis, c'est que le type qui était en embuscade et t'a sauvé la mise est un as de la gâchette, une pointure. L'empereur du calibre ! Deux coups de feu aussi rapprochés et avec la même efficacité, ce type est loin d'être un tireur de baraque de foire. C'est un tireur exceptionnel.

— C'est donc un professionnel qui, visiblement, nous protège. Il serait à mettre dans le camp des « gentils ». C'est déjà ça, mais ça ne m'explique pas ses motivations.

Francis se fait silencieux tout en lorgnant sur Stan qui se trémousse sur le canapé, mal à l'aise.

— Qu'est-ce que tu me caches ? demande-t-il.

Stan hésite puis se jette à l'eau.

— J'ai retrouvé des traces de pneus toutes fraîches loin derrière la lisière. Notre tireur était certainement garé là mais ne nous a pas attendus pour se présenter. Il tient à garder l'anonymat...

— Mais ? ...Toi tu sais quelque chose, quelque chose en rapport avec la filature, je me trompe ? Précise ton raisonnement.

— Tu devines toujours tout, toi !

— Pas difficile. Il m'a suffi de voir ta tête quand je t'ai questionné sur la vidéo de la filature pour comprendre que tu avais trouvé quelque chose de dérangeant et qui t'agace. À l'avenir, si tu veux cacher tes émotions, arbore un autre masque. Et puis, tu n'as jamais su me mentir.

Stan se donne une contenance en frottant fortement le bout de son nez avant de s'avouer battu. Il se sent penaud comme un collégien pris en flagrant délit de bêtise et s'en veut même de faire des cachotteries à Francis.

— Au restaurant, j'ai regardé partir la BMW et, ô surprise, juste après, une Saab inconnue l'a prise en filature.

— Heureusement qu'il n'y avait pas d'autres voitures suiveuses ! s'exclame Francis en croisant les bras. Un conseil, Stan, ne me ment plus jamais, sinon ça ne le fera pas. La réussite d'une équipe se base sur la confiance réciproque. *Clear* ?

Stan hoche rapidement la tête et affiche un air de chien battu. Le ton employé par Francis ne laisse aucune place au doute, même raisonnable. Il ne fera pas de sentiment si cela se reproduit. Le voilà averti.

— Ensuite.

— J'en ai déduit que son conducteur devait surveiller ce tatoué qui en veut à Gilles.

— Tu t'améliores. Continue.

— Après la fusillade, j'ai eu l'idée de vérifier si je ne trouvais pas des traces de pneus identiques à celles du modèle sur la vidéo.

— Et ?

— Et ça demande encore quelques vérifications, mais a priori j'ai retrouvé les mêmes. Je sais c'est mince, même très mince, mais…

— Mais tu fais un parallèle entre le mystérieux conducteur de cette Saab et ce non moins mystérieux tireur. Ce serait la même personne d'après toi.

— *Jawohl !*

— Voilà qui est intéressant. Nous avons tout à coup un allié de circonstance. Si tu as vu juste, ce type est « contre » tes tatoués, ce qui signifie que tout ce qu'ils pourront tenter contre nous à l'avenir sera, logiquement, enrayé par ce tireur inconnu. S'il les pourchasse, soit c'est un justicier solitaire, soit il fait partie d'une bande adverse qui a le même objectif, toujours dans l'hypothèse où ces tatoués feraient bien partie de cette mystérieuse organisation criminelle qui vise la triple exposition. Par contre, il va falloir ouvrir l'œil : allié de circonstance ne veut pas dire ami. Dès que nos intérêts ne coïncideront plus avec les siens, il n'aura aucun état d'âme et si nous nous trouvons en travers de son chemin, il n'hésitera pas une seule seconde pour nous éliminer. C'est réjouissant, mais mieux vaut avoir ce paramètre en permanence à l'esprit.

Francis marque une pause alors que Jean-Georges et Stéphanie reviennent dans le salon.

— On a tout vérifié, tout est OK.

— Servez-vous à boire, vous l'avez bien mérité.

Francis se met à marcher de long en large. Stan le voit se creuser les méninges et indique d'un geste discret de la main au duo de ne pas l'interrompre.

Brusquement, Francis s'immobilise et se retourne. Il claque des doigts.

— Voilà pourquoi « on » nous a fait trouver ces deux pauvres types ici. En réalité, c'était un piège.

— Un piège ?

— Oui, Jean-Georges. Un piège vieux comme le monde. « On » nous a attirés ici pour nous flinguer et moi en particulier.

— Comment ça ? s'étonne Stéphanie.

— Réfléchissez ! Toujours en partant de l'idée que défend Stan, à savoir qu'une organisation criminelle mondiale a décidé de s'attaquer à la triple exposition de Bellegarde, son chef n'aurait eu aucun intérêt à créer des remous en laissant deux de ses hommes morts en évidence, ça tombe sous le sens, sauf... sauf si leur mort servait à nous attirer dans un piège pour nous éliminer ce qui voudrait dire... que nous les gênons et que nous sommes donc bien sur la bonne voie. L'entretien que j'aie eu avec Gilles a dû mettre le feu aux poudres. Au moins, on peut leur reconnaître cette qualité : ils sont diablement réactifs !

— Tu as raison, ajoute Stan. D'ailleurs l'attitude pour le moins bizarre des agresseurs qui ont détalé lorsque nous avons riposté avec nos armes de poings alors qu'ils avaient une nette supériorité sur nous, en est la preuve éclatante. Nous inciter à les poursuivre permettait à leurs deux complices restés en arrière d'exécuter Francis en toute tranquillité... Machiavélique !

— Mais ça n'a pas marché. Qui a tiré alors si ce n'est pas l'un de nous trois ? s'exclame Stéphanie, vraiment inquiète maintenant. Mais il y a pire, si c'est la bonne explication, il est alors à craindre qu'ils ne remettent le couvert. Va falloir se protéger de tous les côtés.

— Tout à fait exact, ma chère Angevine, approuve Francis, soucieux.

— Cette affaire débute à peine qu'elle commence déjà à me déplaire souverainement, conclut Jean-Georges, contrarié, qui se resserre immédiatement un solide verre de Rhum Neisson.

Francis observe ses adjoints l'un après l'autre en s'attardant tout particulièrement sur Stan. Son attitude l'inquiète. Il hésite. Doit-il lui « rentrer » dedans comme il en meurt d'envie ou attendre et voir venir ?

Avec l'impression qu'il peut lire sur son visage comme dans un livre ouvert, Stan lui sourit timidement tout en clignotant rapidement des paupières en se pinçant les lèvres.

Francis s'avance.

— À quoi penses-tu ?

— À ce que tu viens de dire il y a un petit instant à propos de ces truands : « Ils sont drôlement réactifs ».

Francis se redresse, perplexe et met ses mains sur les hanches.

— Où veux-tu en venir ?

Le Gascon et l'Angevine se sont automatiquement rapprochés, intéressés aussi.

Stan lève son visage sur ses amis qui le dévisagent comme s'ils attendaient de lui la parole divine. Il gratte longuement sa tignasse jamais vraiment peignée.

— Ça n'a probablement, et certainement, aucun rapport, mais quand tu as dit cette phrase, ça m'a immédiatement fait penser aux meurtriers de notre noyé inconnu.

Francis le regarde avec de grands yeux, étonné et dérouté. Où veut-il en venir ?

— J'ai peur de comprendre, laisse-t-il tomber tout en prenant une chaise qu'il retourne vivement pour s'asseoir à califourchon dessus.

Stan efface sa remarque d'un geste ample tout en souriant.

— Ah, laissez courir, les gars, ce n'est qu'une idée stupide.

— Non, non, au contraire, c'est même loin d'être idiot, le contrecarre Francis. Si je te comprends bien, tu fais un rapprochement avec les assassins de notre noyé venu d'Écosse et ceux qui viennent d'essayer de nous plomber.

— Mais ce n'est qu'une idée. Enfin, je veux dire que la réaction est identique dans les deux cas, mais ça ne veut pas dire pour autant qu'il y a un lien. C'est même normal pour des truands de réagir rapidement, sinon ce sont des petits joueurs... Et il faudrait être drôlement taré pour trouver un rapport entre...

Le soudain sourire de Francis lui fait craindre le pire.

— Tu ne vas quand même pas ? ... implore-t-il.

ET DE TROIS ! ...

— *C'est pour très bientôt ! ... Tic-tac, tic-tac, tic-tac !*
— Mais arrêtez ce jeu macabre ! Que cherchez-vous ?
Le mystérieux interlocuteur a déjà raccroché.

Gilles Levesque est anéanti. Il a du mal à contrôler sa respiration. Bénédicte, une collègue, s'en aperçoit :
— Oh là, ça n'a pas l'air d'aller très fort ? Que se passe-t-il ?
— Il a... il a... ce taré a encore appelé...
— Qui ? Ton barjot ?
— Faut que j'appelle les flics !

Arlod,
2 jours plus tard,
domicile de Philippe Blachère,
mercredi 30 mars,
6 h 25

La sonnerie se fait particulièrement insistante. Philippe Blachère accourt en rouspétant. Quel con peut venir à une heure pareille frapper à sa porte ?
— Voilà, voilà, nom de Dieu, y a pas le feu au lac ! crie-t-il en ouvrant.
Son subordonné, essoufflé, s'encadre tout de suite.
— Venez, vite !
— Pourquoi ?
— On en a une troisième !

Place Carnot,
appartement de Magali Colberti,
19 rue Lamartine,
au-dessus de l'institut de beauté Cannelle

— On a quoi ?

— Magali Colberti, quarante-six ans, originaire de Thenay ([36]), près d'Argenton-sur-Creuse ([37]), divorcée, deux garçons, Baptiste le cadet, quinze ans, et Léo, l'aîné, dix-sept ans. Elle était responsable du rayon culture à Carrefour Valserine. C'est son patron qui va être content. Va être obligé d'embaucher. Tu crois que je peux lui recommander ma belle-sœur ? Elle cherche du...

— Mode opératoire ?

— Comme pour les deux autres. Identique !

— Quelle heure ?

— Entre deux heures et trois heures du matin. On ne pourra pas être plus précis avant que le...

— Ouais, je sais. Les gosses ?

— Chez leur père. Garde alternée. L'aîné est en Terminale et...

— Et alors ?

— Euh... alors rien, faudrait pas qu'il soit perturbé ça risque de lui faire rater ses examens et...

— On s'en fout. Des indices ?

— Que dalle, comme d'habitude, sauf que cette fois-ci on a quand même trouvé un chapeau. Un Stetson.

— Et alors, il dit quoi ?

— Alors, il y a des poils à l'intérieur et...

---

[36] Commune d'environ 900 habitants dans l'Indre dans la région Centre-Val de Loire, à quelques kilomètres d'Argenton-sur-Creuse.

[37] Argenton-sur-Creuse se trouve dans le centre de la France, dans l'Indre, dans l'arrondissement de Châteauroux. Elle compte environ 5 100 habitants. Elle a succédé à la ville gallo-romaine d'Argentomagus. Au Moyen Âge, c'est une place fortifiée battant monnaie. En 751 Pépin le Bref en fait la conquête. En juin 1944, un détachement de la division SS Das Reich assassine lâchement 67 personnes. Elle est aussi appelée « *La Venise du Berry* ».

— Des cheveux, ce sont des cheveux, pas des poils. Toi et l'anatomie, hein, ça fera toujours quatre ! Et il est à qui ce galurin ? Ne me dit pas que...

— On vérifie, mais je ne serais pas étonné si...

— S'il appartenait à Gilles Levesque. J'avais compris. On n'attend pas plus longtemps : qu'une équipe aille le cueillir où qu'il soit. Si c'est vraiment lui, je ne tiens pas à lui courir après, j'ai passé l'âge et je préfère l'avoir déjà sous la main.

— J'ai quand même du mal à croire que c'est lui. Il n'a aucun mobile sérieux et il m'est sympathique ce type.

— Ce n'est pas parce qu'on a l'air sympathique qu'on dit la vérité.

— On a aussi retrouvé la même phrase : « Méditez vos fautes ! ». Mais je te parie que comme pour les deux autres victimes, elle n'avait strictement rien à se reprocher.

— Par acquis de conscience, tu vas me convoquer à nouveau tous les tarés de prêcheurs à la manque et autres annonciateurs d'apocalypse de mon cul qui sillonnent la région, on n'est jamais trop prudent. Je veux leurs alibis et tu me mets sous cloche le moindre crétin qui ne sait pas épeler son nom correctement. Dès que tu m'auras mis Levesque sous les verrous, je vais t'organiser une perquisition façon Attila, moi ! Ça ne va pas traîner.

— Tu crois...

— Il y a bien longtemps que je ne crois plus en rien. Mais au moins, on saura pour de bon où on en est avec ce type... parce quelque chose me dit qu'il est mouillé jusqu'au cou dans cette embrouille. On ne me la fait pas, à moi. Je veux tout, tu m'entends ! Tout ! Domicile et bureaux !

— Ça va gueuler.

— Ça, c'est le cadet de mes soucis... et tu peux les verbaliser pour obstruction à une enquête policière, s'ils nous les brisent !

Blachère s'immobilise et regarde la façade de l'immeuble sur lequel les pinceaux lumineux des gyrophares décrivent éternellement les mêmes dessins.

— Magali Colberti habitait juste au-dessus de l'institut de beauté Cannelle, précise son subordonné.

— Là où il y a le balcon ?

— Non juste au-dessus. En fait, c'est un petit truc juste sous les toits.

Blachère contemple encore la façade et se tord le cou pour essayer d'apercevoir la petite fenêtre.

— Elle habitait là avec deux mômes ? s'exclame-t-il, trouvant l'endroit vraiment petit, même vu de la rue.

— Non, en fait, d'après ce qu'on a trouvé, ce serait plutôt son petit coin secret. Elle avait repris ses études et travaillait là pour avoir la paix.

— Elle habite où alors, en réalité ?

— Chêne-en-Semine. Dans le lotissement des... Cardinaux... heu non... des Cardinats.

Blachère dévisage son subordonné avec une mine attristée.

— Mon pauvre garçon, tu ne connais même pas ta région.

— Eh oh, moi je suis de l'Ain, là-bas, c'est la Haute-Savoie.

— Et alors ? Est-ce que tu sais que c'est avec des raisonnements simplistes de ce genre qu'on a déclenché des guerres ? Ah elle est belle l'Europe !

— Ouais eh ben pour le moment c'est comme ça.

Blachère n'écoute plus. Il réfléchit.

— Je comprends mieux. L'assassin avait plus de chance de passer inaperçu ici que dans le lotissement. Entre les gosses et les voisins, trop risqué pour lui.

— C'est un malin.

Le policier n'est pas surpris. Il n'aime pas ça, il n'aime pas du tout ce qui se passe.

— On monte ! déclare-t-il en joignant le geste à la parole.

Une fois dans l'exigu appartement, Philippe Blachère constate que la vue sur le collège est imprenable, ce qui renforce sa conviction que quelque chose se trame. Puis il inspecte l'endroit. Ce n'est pas le grand luxe, deux ou trois petites choses essentielles, un coin de lit pour dormir vite fait et surtout une grande table recouverte de livres et de classeurs. Elle s'investissait la Magali, se dit-il. Machinalement, il consulte les nombreux livres que la victime étudiait. Il se rend compte que l'une de ses passions était l'environnement. Une écolo ? Non, mais une personne intelligemment investie dans la sauvegarde de la faune, oui. Il hausse les épaules sans comprendre qu'il est essentiel de maintenir l'équilibre de la nature intact. Ça le dépasse totalement !

— Une rupture de cet équilibre est c'est le début du chaos.

Blachère sursaute et découvre son adjoint penché sur son épaule en train de lire, lui aussi, le résumé du livre qu'il tient en main.

— Tu n'as rien d'autre à foutre ?

— J'y vais, j'y vais… n'empêche que…

— Au boulot !

Philippe Blachère observe son adjoint. Il ne le voyait pas comme un adapte de l'environnement. Comme quoi…

Il hausse à nouveau les épaules et reprend son raisonnement.

Pourquoi l'assassiner ? Ça n'a aucun sens. Un peu plus loin, il prend un grand cadre qu'il regarde avec attention : elle, souriante, entourée de ses deux garçons avec dessous la mention manuscrite « À Léo et Baptiste, mes loustics, mes deux amours ! ».

Voilà pourquoi elle bossait aussi dur. Une vie fauchée pour rien.

Son appréhension le tenaille à nouveau et la découverte de ce troisième cadavre ne l'incite pas à l'optimisme, loin de là. Il tourne sur lui-même en observant lentement la place et constate que les appartements des trois victimes se trouvent tous au dernier étage de leur immeuble respectif, et chacun à un angle opposé de la Place Carnot, mais avec une vue imprenable sur toute sa surface et en particulier sur le Collège Dumont. Un parfait triangle. Le schéma idéal pour placer des tireurs embusqués. La Place ne mesure que centre-trente mètres de long sur quatre-vingts au niveau de la rue Zéphirin Jeantet et à peine quarante-quatre mètres face au collège. Du vrai cousu main.

Cette fois, il en est sûr, un attentat est en préparation contre le Premier Ministre.

Trois assassinats à quelques centaines de mètres les uns des autres et dans le même périmètre où va précisément être prononcé le discours du second personnage le plus important de l'État, il faudrait être complètement débile ou totalement aveugle pour ne pas faire le rapprochement. Et ce journaliste, avec sa queue de cheval et sa gueule de soixante-huitard sur le retour, est sûrement dans le coup. D'ailleurs, il ne l'a jamais vraiment apprécié. Pour lui, ce soit être un gauchiste et même un gauchiste radical. Un de ces fouteurs de merde qui crache dans la soupe de la démocratie.

Le policier ricane, il va vite la boucler cette enquête et il partira tout auréolé de sa belle victoire : il s'imagine déjà en photo en train de parader aux côtés du Premier Ministre avec la légende : « L'homme qui a sauvé le Premier Ministre ! ». Son ricanement se poursuit et il se voit même avec une belle légion d'honneur au revers de sa veste. Il deviendrait le troisième homme le plus important de l'État : Presse, télévision, et pourquoi pas faire un livre ? Il y en a qui vont saliver ! Ah quelle magnifique fin de carrière !

Blachère est content de lui, sa théorie le satisfait et il la trouve aussi hautement intelligente que très futée. L'étude attentive du passé de Levesque concernant ses relations et ses contacts, et surtout de ses besoins financiers actuels, apportera certainement des éléments de réponses intéressants. Que ne ferait-on pas pour de l'argent ? N'a-t-il pas des soucis avec le financement des études de son fils ? De plus, il a ses entrées dans le *staff* d'organisation de la triple exposition, ce qui peut être très utile si on envisage un « coup ». Faut-il y voir un lien ? Ça vaut la peine d'être examiné de près.

Dans le doute... Et s'il se plante, on ne pourra pas venir lui reprocher d'avoir négligé quelque chose. Il ne tient pas à partir taquiner la truite l'esprit contrarié.

D'abord avertir Guetat pour qu'il prenne tout de suite les dispositions qui s'imposent, ensuite... Au moins, il aura fait son boulot, et puis si ça ne suit pas derrière, tant pis...

Blachère adore cette phrase qu'il affectionne tout particulièrement. Elle a ce don incroyable de faire en sorte que sa conscience ne vienne plus se rappeler à son bon souvenir. Jamais la maxime : « Ouvrir le parapluie ! » n'a aussi bien porté son nom.

Vingt minutes plus tard, il est à Carrefour Valserine pour annoncer la mauvaise nouvelle à Monsieur Da Prato, le patron de Magali Colberti.

Atterré, accusant visiblement le choc, l'homme pourtant habitué à diriger de main de maître son entreprise, semble se ratatiner sur lui-même. Sous ses aspects de boxeur et de fonceur, il sait être à l'écoute de ses employés et s'intéresse à eux. Il est touché.

— S'occuper des morts nous fait penser que nous sommes mortels, dit-il, les yeux dans le vide, comme si l'assassinat de sa collaboratrice venait de réveiller quelque chose en lui.

— Je pense à ma mort tous les jours réplique Blachère tout en le regardant en caressant le cuir du fauteuil club noir dans lequel il est assis.

En réalité, il s'en fout complètement. Tout ce qu'il voit c'est qu'il est dans un bureau surchauffé à écouter se lamenter un chef d'entreprise qui s'est fait tout seul, ce qu'il est à dix mille lieux de comprendre. Il a la sensation de perdre son temps alors qu'il a un assassin à arrêter au plus vite.

— Alors commencez par penser à la vie ! conseille sèchement Dominique Da Prato en pointant un index accusateur sur le torse du policier. Sa désinvolture et son apparent détachement de tout l'agacent. Il n'a jamais supporté les ronds de cuir qui se sont laissés porter par la vie aux frais des autres.

— Vous êtes certain que c'est bien Gilles Levesque le coupable ?

— Aussi certain que la terre tourne sur elle-même.

Dominique Da Prato réfléchit, pas convaincu, avant de répliquer :

— Vous savez qu'avant toute chose il faut savoir écouter pour comprendre.

— Il n'y a rien à comprendre là où tout est limpide.

— Vous êtes bien catégorique.
— Question d'expérience.
Da Prato sourit. L'expérience ! Il sait ce que c'est, lui, contrairement au fonctionnaire qui parade devant son bureau.
— Trouvez-moi vite l'ordure qui l'a tuée, ajoute-t-il en se levant, lui signifiant qu'il est temps de partir.
— Sans vouloir vous commander, ajoute-t-il dans un sourire de mise que Blachère ne perçoit même pas. Il est dans son monde.

Une fois le policier parti, Dominique Da Prato respire mieux et se laisse tomber dans son haut fauteuil noir. Il est abasourdi et révolté. Comment peut-on tuer de cette manière des femmes qui ne faisaient de mal à personne ? Elle ne vivait et ne travaillait que pour donner tout ce dont avaient besoin ses deux enfants pour qu'ils partent dans la vie le mieux armé possible.
— C'est insensé murmure-t-il.
Il se redresse lentement puis prend une profonde inspiration. Il a commencé à bosser à l'âge de quatorze ans, et à coups de pied dans le cul, et s'il a retenu quelque chose de cette expérience aussi instructive qu'harassante, aussi ingrate qu'enrichissante, c'est que la vie continue et qu'il faut malgré tout aller de l'avant, quoiqu'il en coûte.
Il prend vivement son téléphone. On décroche très vite.
— Nathalie ! Venez me voir tout de suite s'il vous plaît !
Quelques instants plus tard, Nathalie Gautron, l'une de ses principales collaboratrices entre et referme la porte.
— Asseyez-vous, Nathalie ! Vous savez ce qui est malheureusement arrivé à Magali, n'est-ce pas ?
— Oui, c'est effroyable. Nous sommes tous sous le choc.
— C'est le mot en effet. Nous allons nous occuper de ses enfants. On ne la laissera pas tomber. Mais comme moi vous savez que l'on ne peut pas s'arrêter et

que l'entreprise doit tourner, pour sa pérennité et pour la sauvegarde des emplois.

— Oui, bien sûr !

— Alors, sans aucunement oublier Magali, vous reprenez son poste avec effet immédiat. Vous êtes la plus qualifiée pour cela et vous avez toute ma confiance. À vous le Pôle culture.

40 minutes plus tard

Le policier pavoise. Il tient sa proie. Menotté et plutôt rudement malmené, le journaliste Gilles Levesque est introduit dans les locaux de la police et plus précisément dans le bureau du futur retraité qui l'accueille avec un large sourire de contentement aux lèvres.

— Vous m'embarquez ? Ce sera long ?

— Entre deux heures et trente ans !

TROIS CADAVRES POUR QUOI ? ...

Siège de « Mondial Protection »,
avenue des Morgines,
accueil,
lundi 4 avril

Stan est presque avachi sur la banque d'accueil de la réception du bureau. Jouant les irrésistibles *latin lover*, se montrant plus mielleux que jamais, il espère éternellement épater Solange et Liliane, les deux fidèles standardistes qui supportent vaillamment ses pitreries depuis des années.

— Hum, exquis et délicieux accessoires de comptoir, je reviens de Cointrin et moi, voir tous ces avions décoller pour gagner le bout du monde, là où les eaux sont perpétuellement turquoises et les plages de sable fin et chaud accueillantes et pleine de promesses, où le soleil vous ensorcelle tout en enveloppant délicatement nos petits corps huilés et musclés... Hum !!!! susurre-t-il les yeux fermés.

Puis en les rouvrant et en s'efforçant de faire le beau.

— Alors, la « Cave Valaisanne », ce soir, vingt heures, trois couverts ? Le royaume des sens sera nôtre jusqu'au petit matin. D'accord mes...

— Oh le poète ! Tu comptes bosser un jour ou tu es juste là pour enchaîner des inepties ?

Stan, comme électrisé, se retourne vivement pour voir Francis, poings sur les hanches, qui le fixe durement. Les deux standardistes rient sous cape.

— Amène-toi, on a du nouveau !

— Il arrive parfois aux gens d'avoir une vie privée, tu sais ?

— La connerie étant le seul truc qui ne soit malheureusement pas biodégradable, je m'efforce, pour ta santé mentale, de maintenir en permanence ton intelligence en éveil. Tu devrais me remercier, au contraire. Amène-toi !

Stan est faussement dépité. Il laisse ostensiblement tomber sa tête sur son torse et se retourne vers les deux jeunes femmes avec un air de chien battu qui ferait fondre la pire des portes d'acier.

— Je ne suis pas fait pour le monde réel, laisse-t-il tomber, implorant, avec des trémolos dans la voix.

— Tu arrives, ou il faut que je te prenne par la peau du dos ? ... En restant poli.

Stan s'exécute tout en se disant que c'est une journée de merde.

Les deux hommes remontent les escaliers d'un pas décidé.

— On aurait pu prendre l'asc...

— On aurait pu, en effet, mais ça ne nous fera pas de mal de dérouiller nos gambettes et j'espère que ça aérera aussi ton cerveau atrophié.

Francis s'immobilise et se retourne d'un coup, surprenant Stan.

— Tu cherches quoi en jouant au con comme tu le fait depuis quelques jours ?

Francis pose un regard perçant sur son ami qui, comme à son habitude, fait le pitre pour se sortir d'une situation qu'il pressent mal engagée.

L'enquêteur soupire longuement.

— Une dernière chose : fiche la paix à ces deux filles. Elles bossent, elles, et ont autre chose à faire qu'à écouter tes sempiternelles âneries. Et, accessoirement, cesse de ne penser qu'à la chose ridicule que tu as entre les jambes.

— Si tu permets, ce n'est pas parce que tu es au régime sec et que la tienne est en berne que tout le monde doit aussi s'y coller, j'ai une vie sexuelle débridée qui ne demande qu'à s'épanouir et il me faut bien l'assouvir.

— La ferme ! Ne pousse pas trop loin le bouchon. Je veux bien être coulant, mais il y a des limites, essaie de ne pas les franchir.

— Bon !

Stan comprend que Francis n'a nullement envie de plaisanter plus longtemps. Que se passe-t-il ?

Francis reprend son chemin, Stan sur ses talons. Ils ne parlent pas, mais Stan comprend que son ami est en train de réfléchir à s'en faire péter les neurones. Quand il est comme ça, il doit s'attendre à tout. Du nouveau ? Qu'est-ce que ça doit être ?

Devant le bureau, Francis ouvre la porte et fait passer Stan en premier ce qui le surprend. Il y a quelque de chose de « pas clair », se dit-il en se mettant sur ses gardes.

— Assis-toi, ordonne l'enquêteur en lui désignant un fauteuil en particulier.

Stan s'exécute, sur la défensive. Même Finette qui s'est interrompue en voyant le micmac des deux hommes, a flairé qu'il valait mieux ne pas venir se faire caresser. Quant à Zoupette, si elle avait pu s'enfouir dans le canapé, elle l'aurait fait.

— L'autre jour, devant les autres, je n'ai pas voulu insister mais je voudrais te poser une question.

— Tu m'as dit qu'il y avait du nouveau et...

— Ne change pas de sujet et réponds-moi d'abord.

— Bon !

— Pourquoi tu n'as pas jugé utile de me parler de cette Saab quand je t'ai demandé ce que tu avais découvert sur les vidéos ?

Francis s'approche tout près de son ami et s'appuie lentement sur les deux accoudoirs. Stan se rapetisse instinctivement. Oui, c'est bien une journée de merde, se dit-il.

— Je t'écoute ! l'encourage Francis sur un ton ferme.

Finette a fait demi-tour et regagne vivement son canapé.

Manifestement la perplexité et l'embarras qu'il lit sur le visage de Stan, mal à l'aise, l'agacent souverainement.

— Tu la connais, cette voiture ? Oui ou non ? Tu sais à qui elle appartient ? Je l'ai visionnée cette vidéo et je n'y ai rien trouvé d'intéressant. Qu'est-ce que tu as bien pu y voir ? Pour que tu aies décidé de faire l'impasse dessus en me taisant délibérément cet élément, c'est parce que tu sais quelque chose à son propos que tu ne veux pas que je connaisse, c'est quoi ?

— Moi ? Mais non, c'est juste un oubli et...

— Je viens de te dire : « délibérément ». Tu n'écoutes pas en plus quand je te parle ? Ce genre d'oubli n'est pas de toi, tu n'en fais jamais, sauf quand ça t'arrange, alors je veux savoir ce que c'est. Et surtout, je veux savoir comment tu en es arrivé à la conclusion que conducteur et tireur d'élite étaient la même personne, ça m'intéresse beaucoup.

Stan se tasse sur son fauteuil cherchant une échappatoire qu'il sait ne pas trouver. Devant l'insistance de Francis et surtout sa perspicacité, il n'a jamais su adopter la bonne distance. Sauf qu'aujourd'hui, il est bien décidé à garder pour lui ce qu'il croit avoir découvert. Il n'en démordra pas.

— Eh bien je pourrais te parler de la Convention de Genève, ou de l'égalité de traitement du prisonnier politique mais...

— Tu veux jouer à ça ? grince Francis dont les yeux deviennent deux fentes.

Soudain, le prenant totalement au dépourvu, Stan s'éjecte de son fauteuil, se surprenant lui-même d'avoir une telle audace.

Finette s'est précipitée derrière le canapé. Zoupette est invisible.

Stan pose un index accusateur sur le torse de son ami qui le fait battre en retraite précipitamment et, yeux dans les yeux, alors que Stan sent son cœur cogner à tout rompre comme il ne l'aurait jamais cru, lui dit :

— Je n'ai rien d'autre à te dire à ce sujet, c'est un simple oubli ma part.

Francis se ressaisit très vite. Il prend une profonde inspiration tout en scrutant attentivement son ami, cherchant à comprendre son attitude. Que cache-t-il ? Qu'est-ce qu'il y a de si important pour qu'il ne veuille pas le lui dire ? L'enquêteur pèse le pour et le contre. Stan est rarement comme cela, mais il sait que quand c'est le cas, il devient aussi hermétique qu'un banc d'huîtres et tenter de poursuivre serait une pure perte de temps. D'autant qu'ils risquent de se quereller inutilement et ça, Francis ne le veut à aucun prix.

— Soit, je prends note de ton refus de me répondre, mais sache bien que ce n'est que partie remise.

Francis darde un regard foudroyant sur Stan qui le soutient de justesse.

— Amène-toi, j'ai à te parler de notre affaire, commande Francis en prenant son adjoint par le bras.

Une fois assis, Stan semble reprendre une respiration normale tout en comprenant qu'il vient de passer très près du tourniquet. Le voilà averti : Francis ne le lâchera pas. Il observe son patron qui agit comme si rien ne s'était passé. Il est en train de faire un bref résumé de la situation dont lui se fout éperdument. Dans l'immédiat, il se demande si sa décision de la fermer a été la bonne ou non. Cruel dilemme. Jamais il ne s'est senti aussi démuni. Ça l'agace car il ne sait pas quoi faire et en même temps, il s'en veut terriblement par rapport à Francis : il ne se sent pas le droit de lui faire un coup pareil. D'un autre côté, l'inverse serait encore bien pire pour lui. Nom de Dieu, mais quelle merde !

— Tu m'écoutes, oui ou non ?

— ... L'enquête en Écosse permettra de démontrer... oui, je t'écoute ! Satisfait ?

Francis dévisage son ami, tentant de deviner s'il la lui fait au flanc ou si sous ses allures de perpétuel dilettante patenté, il est toujours aussi efficace.

— Ça va, tes deux cerveaux fonctionnent, ironise Francis pour détendre l'ambiance tout en prenant son habituel crayon ce qui fait sourire Stan en coin.

Francis sait qu'il faut, pour le moment, passer l'éponge. Et puis il y a d'autres priorités.

— Notre duo infernal est bien parti ? demande-t-il.

— Affirmatif ! Heathrow, puis Edinburgh. De là notre Gascon et notre belle Angevine pourront enquêter sur cette figurine et son mystérieux DMCC.

— Tu leur as bien donné toutes les adresses des revendeurs ?

— Oui ! Edinburgh, Perth, Inverness. Elles y sont toutes.

— La photo retouchée de notre noyé ?

— Aussi, oui, ne t'inquiète pas, ils connaissent leur job.

— Les relevés des deux macchabées dans la BMW, quelque chose ?

— Ça suit son cours. Faut un peu de temps pour...

— Trop long ! Je veux des résultats ! Et les listings passagers, tu en es où ?

— Nulle part, c'est un travail de titans que tu m'as demandé. Faut le temps comme je viens de te le dire !

— On n'en a pas. Fais accélérer les recoupements, que tout le monde s'y colle. Concernant BV, quelque chose ?

— Non, pas encore.

— Ça lambine, ça lambine, je n'aime pas ça !

— OK, OK, OK, pas la peine de t'énerver, je vais faire accélérer le mouvement.

— Même plus.

— En tout cas, après ce qu'il s'est passé dans le Bois des Roches, tu as raison de faire accompagner Stéphanie, on ne sait jamais. Ça n'a certainement aucun rapport, mais, bon... Mieux vaut être deux en ce moment. Toi, tu m'as dit que tu avais du...

— Oui, et il va falloir aviser, et vite. Cette fois-ci Gilles vient d'être interpellé pour un troisième meurtre.

— Oh merde !

— Comme tu dis, et comble de malchance, cette andouille de Blachère a pris le déplacement inopiné de Gilles pour couvrir une actualité pour une tentative de fuite, tu imagines ?

— Quel con ? Égorgée aussi, comme les autres ?

— Exactement, et trouvée également avec les mains jointes en forme de prière.

— À quelle heure a-t-elle été assassinée ?
— En pleine nuit.
— Et Gilles, il faisait quoi à ce moment ?
— Ce que tout homme normalement constitué fait à cet instant : il dormait. Enfin, plus exactement, il était allongé sur le dos, mains sous la nuque et il contemplait son plafond en faisant le bilan de sa vie.
— Passionnant !
— Plus j'y pense et moins je vois Gilles égorger ces pauvres femmes. Il est tellement maladroit qu'il se couperait la main rien qu'en essayant d'ouvrir une huître déjà ouverte.
— Et le flic, qu'est-ce qu'il a trouvé cette fois-ci ?
— Un chapeau avec des cheveux dedans qui sont, après examen, et sans l'ombre d'une contestation possible, ceux de Gilles. Bien sûr.
— C'est n'importe quoi.
— Sans compter qu'il connaissait aussi la victime. Normal, c'est elle qui s'occupait de tout ce qui est journaux et presse à Carrefour. Logique qu'elle ait eu des contacts avec lui. Y a pas de quoi se lever la nuit ! Mais pour Blachère, si ! ... Ce qui m'étonne et m'inquiète en même temps. Je ne voudrais pas que...
— Que quoi ?
Francis dévisage son ami sans vraiment le voir. Il est perdu dans son raisonnement, puis tout d'un coup, il efface l'air devant lui d'un geste ample.
— Rien, dit-il.
Stan l'observe, pas convaincu. Il le connaît suffisamment pour savoir qu'il est en train d'échafauder mille et une théories. Il toussote avant de reprendre.
— Gilles aurait sciemment dézinguer ces trois pauvres filles, sans aucun mobile, en prenant tous les risques, et aurait « oublié » chez deux d'entre elles un objet lui appartenant. C'est grotesque !
— En tout cas ça a suffi à Columbo pour le mettre au placard. Cet ahuri se voit déjà à la retraite avec un meurtrier au trou. Il occulte toutes les autres possibilités tellement il veut finir en beauté et peinard. J'ai immédiatement averti notre avocat, il va faire le

nécessaire pour le sortir de là. Je me fous de ce que ça coûtera : on ne laisse pas un copain dans la panade.

— Il est où en ce moment ?

— Au placard à la gendarmerie.

— À St Christophe, Chatillon-en-Michaille ?

— Affirmatif. Au moins pour quarante-huit heures. Ensuite, après son audition, en fonction de ce que décidera le procureur, il sera transféré à la prison de Bourg-en-Bresse ([38]).

— Va pas rigoler là-bas. C'est plein de loulous pas tendres. Y a même eu une mutinerie au mois de mai dernier. Plus de soixante-dix détenus ont refusé de regagner leurs cellules ([39]). Ça fait vilain. Faudrait pas que ça recommence avec Gilles au milieu.

— C'est pourquoi on va le faire sortir très vite. J'ai déjà alerté Guy Cattelan et Robert Médina, les piliers de Sorgia FM. Ils m'ont assuré de leur plein et total soutien. Ils vont en parler sur les ondes de façon à créer un vaste mouvement de solidarité. L'injustice les gave ! Jean-Noël Guinet, du Dauphiné Libéré, s'est joint au groupe.

— Espérons que ça fasse bouger les choses. C'est qui le procureur ?

— Un nouveau. Il a été récemment promu à Bourg. Un certain Emmanuel Grondin. Si c'est celui auquel je pense, c'est mal parti. On le surnomme déjà « Mr. Propre ».

— Ce n'est pas franchement encourageant. Tu as d'autres précisions ?

— Oui, répond Francis en ouvrant un épais dossier. Il s'agit d'une certaine Magali Colberti, quarante-six ans, divorcée avec deux garçons. Elle partageait la garde avec son ex-mari, une chance pour les mômes, d'ailleurs. Elle était responsable du rayon culture au Carrefour Valserine, celui à côté du Bricomarché. Absolument aucun lien avec les deux autres victimes, sauf... je te le donne en mille !

---

[38] Le centre pénitentiaire de Bourg-en-Bresse se trouve au 21 du chemin de la Providence, nom très évocateur.

[39] Authentique.

— Qu'elle habitait elle aussi sur la Place Carnot.

— Exact. Ce qui maintenant est la preuve évidente que ce sont les appartements qui sont la cible privilégiée du type qui prend tous ces risques. Si quelqu'un les prend, ce n'est certainement pas pour piquer de simples paquets de cigarettes, c'est pour quelque chose de beaucoup plus gros. Blachère pense à un attentat contre le Premier Ministre à l'occasion de son discours pour la triple exposition auquel serait mêlé Gilles. Je ne suis pas loin de lui donner raison.

— Pourquoi pas, au moins Premier Ducon remonterait dans les sondages, l'ennui c'est que quand tu es mort, tu es mort et...

— La ferme ! Tout ça c'est du grand n'importe quoi. De la poudre aux yeux.

— D'accord avec toi. L'objectif principal c'est et a toujours été, la triple exposition, je ne changerai pas d'idée, c'est tellement évident... enfin pour moi.

— Totalement d'accord avec toi. Seulement j'y ajouterai autre chose. Il est fort possible qu'il y ait réellement un attentat.

Stan fronce les sourcils alors que Finette, tendant timidement sa tête par-dessus le dossier du canapé, vérifie prudemment si le temps a viré à l'accalmie. Zoupette est même réapparue.

— Précise.

— Il se peut que ce possible attentat soit même en liaison avec le casse, très probable, de la triple exposition. L'attentat flanquerait une telle pagaille que cela faciliterait grandement un vol en parfaite synchronisation. Là où il y a confusion, un homme ou une petite équipe bien déterminée, passerait aisément inaperçu. Pas con, comme stratagème, mais pour le faire il faut une organisation sans faille, des moyens illimités et des hommes aguerris et expérimentés qui n'aient pas froid aux yeux. Je ne connais pas beaucoup de candidats qui aient tout ça en stock en ce moment. Ceci dit, nul n'est tenu à l'impossible.

— Le gang du Dragon, on en revient encore à lui.

Francis observe Stan. Finalement, il se pourrait que ce guignol ait raison, se dit-il en reprenant son crayon à papier qu'il manipule comme à son habitude quand il réfléchit.

— Qu'est-ce que tu fais ? demande-t-il.

— J'ouvre les paris.

— Tu n'arrêteras jamais, toi.

— Pourquoi ? Je me fais un max. à chaque fois que tu exploses un de tes crayons. N'achète surtout jamais de stylos.

Francis secoue la tête et revient vite à son problème majeur. Il est maintenant quasiment persuadé que le journaliste n'est qu'un lampiste, car c'est beaucoup trop simple de toujours faire retomber les soupçons sur lui, ensuite parce qu'aussi malin soit-il, ce n'est pas non plus Superman. L'enquêteur connaît suffisamment les hommes pour se rendre compte que Gilles n'a pas l'envergure nécessaire pour tuer trois fois de suite sans sourciller et aussi facilement. Puis reste en suspens une question de taille, voire essentielle : le mobile. Il n'en a absolument aucun. Certes on peut tuer pour le plaisir, mais dans un tel rayon géographique aussi concentré, cette hypothèse ne tient plus la route. Alors ?

Mais l'enquêteur a encore un vieux doute qui le tracasse : il se demande à quoi tout cela rime. Dans la mesure où c'est tellement évident, il ne voit pas l'avantage que pourrait en retirer l'éventuel organisateur d'une telle mise en scène. En général, quand on fait ce genre de manœuvre, elle est bien rôdée, bien préparée, bien huilée et surtout bien dissimulée pour qu'elle fasse accuser avec certitude quelqu'un d'autre. Mais là, faire incriminer le journaliste de façon aussi voyante au point que n'importe quel policier comme Blachère, ou même un débutant, finirait par comprendre qu'il y a anguille sous roche, ça ne tient pas la route parce que personne ne va y croire.

— Qu'est-ce que tu en penses ? C'est là-dessus que je coince, je ne vois pas l'utilité de ce cirque. Du moins d'un cirque aussi voyant. Blachère ne pourra pas le garder en détention très longtemps, il n'a rien. Le crayon : posé sur une table, n'importe qui aurait pu le voler. Le chapeau : il est très facile d'acheter le même et d'y placer des cheveux de Gilles. Avec sa tignasse et sa queue de cheval, un simple éternuement et il en laisse de partout, assez pour faire un oreiller. Devant un jury, ça ne tient pas deux minutes. Il n'y a que pour cette Brigitte Rousselet qu'on n'a strictement rien. Ce n'est pas normal. Je ne voudrais pas que cette enquête soit à tiroirs.

— À tiroirs ?

— Oui, que quelque chose nous pète à la figure en cours de route, quelque chose susceptible de tout remettre en question. Un « truc » millimétré au quart de poil pour apparaître pile au moment où tout le monde pense avoir enfin la solution. Tu vois ?

— Je vois. Y a qu'un cinglé pour faire un truc pareil.

— Blachère a probablement dû arriver à la même conclusion, alors pourquoi s'évertue-t-il à accuser Gilles qui est très loin d'en être un ? Un gosse de dix ans s'en apercevrait. Le mode opératoire est particulièrement élaboré, on n'a absolument aucun indice, sauf, à chaque fois, des indices grossiers qui ont été visiblement placés là, bien en évidence. On a un type qui prend des risques dingues pour assassiner trois pauvres femmes mais qui se fout éperdument de sa stratégie. À quoi ça rime ?

— C'est peut-être plus subtil que ça ?

Francis claque des doigts et repose bruyamment son crayon, ce qui exaspère Stan qui voit son pari lui filer sous le nez.

— Ce que tu dis est loin d'être idiot, c'est même très sensé.

Stan ouvre la bouche, surpris et flatté.

— Serais-je plus intelligent que je n'y parais, glousse-t-il en bombant le torse de fierté. Il s'embrasse le poing avec vigueur et le tend à Francis alors que Finette bêle de contentement pour congratuler son maître.

— Tiens, tu en veux ?

— Ne rêve pas trop. Un arbre n'a jamais fait une forêt. Par contre, tu viens de me donner une idée.

— Ça mérite une prime, alors !

— Tout ce qui brille n'est pas or. En poussant le raisonnement, cette mascarade cache probablement quelque chose de nettement plus subtil, comme tu viens de dire à juste raison. On ne prend jamais de risques pour rien. L'enjeu de tout cela doit être beaucoup plus subtil, beaucoup plus pernicieux. Si c'était de faire croire qu'il est le cocu de service pour qu'on n'y croie pas, justement ? Et pourquoi pas, cela aurait le mérite de le disculper complètement, ce qui le laisserait libre de faire autre chose de façon fort discrète sans être nullement inquiété. Hé, hé, hé ! Pourquoi pas ?

— Eh, doucement. Tu insinues que ton ami aurait partie liée avec le gang du Dragon ? C'est grave comme accusation.

— Ce n'est pas toi qui parlait de « lui mettre le marché en main », il y quelques jours ? Voilà qui conforte ta petite idée. Et même drôlement bien. Ça prendrait tout son sens.

— Alors je ne suis pas si mauvais que ça ! claironne Stan.

— Ne t'emballe pas. Nous ne faisons qu'analyser des théories. Je connais parfaitement Gilles, il ne sacrifierait jamais son honneur pour de l'argent, mais tout homme peut changer et il a des problèmes de fric...

— Comme quatre-vingt-dix-neuf pour cent des Français. Ce n'est pas un scoop et ça ne fait pas de lui un criminel pour autant, sinon la moitié de la France flinguerait l'autre.

— Non, certainement, mais si l'argent ne fait pas le bonheur, il permet de choisir la misère que l'on préfère. Ce qui fait qu'on ne peut pas rejeter entièrement aussi cette probabilité, même si je suis intimement persuadé qu'il est totalement *clean.* Mais notre boulot est de mettre de côté nos émotions pour ne retenir que les faits et uniquement les faits. Rassembler les éléments à charge et à décharge. À nous après de faire la part des choses en examinant et non en imaginant. Mais pour l'heure, nous ne pouvons que faire des supputations. Qui sait, en suivant ton raisonnement il est peut-être victime d'un chantage ?

— Il ne t'aurait rien dit ? s'exclame dubitatif Stan en s'accompagnant d'une moue très explicite. Tu fais fausse route.

— C'est certain mais aussi repoussante et saugrenue que soit cette idée, je ne peux pourtant pas totalement l'ignorer, cependant je...

Francis s'interrompt et attrape tout à coup le téléphone.

— Qu'est-ce que tu fais ?

— On va bien voir, répond l'enquêteur en composant un numéro.

Stan ne comprend pas ce qui se passe et se tord la tête pour écouter ce que dit l'interlocuteur à son patron. À part quelques mots, il ne perçoit rien de leur conversation et ça l'irrite. Francis raccroche, souriant de satisfaction.

— Voilà !

— Voilà quoi ?

— J'ai demandé à notre avocat de prendre tout son temps. En partant de ton hypothèse, je veux voir si quelqu'un entre en scène pour dédouaner Gilles. Si c'est effectivement le cas, on aura la preuve indiscutable que tu avais raison.

Stan gonfle ses pectoraux.

— *I am the King !*

— N'en rajoute pas trop, je t'en prie, et tu vas tout de suite... Pourquoi tu ricanes ?

— Parce que tu es un vrai professionnel. Voilà pourquoi on t'aime. Tu envisages toujours tout, toi, et ça c'est la marque de génie du très grand professionnel de classe internationale que tu es. Chapeau bas !

— Tu as quelque chose à me demander ?

— Pourquoi ?

— Arrête ton cirque, je te connais comme si je t'avais fait. Tu as besoin de combien ? Quand tu passes de la pommade comme ça, c'est que tu as besoin d'argent... et la proportion de pommade est toujours en fonction de la somme demandée. Je m'attends donc au pire.

— Ce que tu peux être médisant. J'aurais besoin d'une toute petite avance sur salaire, pas grand-chose, dit-il d'une petite voix tout en se tapotant nerveusement le bout des doigts.

— Combien ?

— Quatre-vingts pour cent !

— Et tu appelles ça une « petite » avance sur salaire ! C'est presque un mois complet ! Mais tu en fais quoi de ton argent ?

— Si je te le disais... La « Cave Valaisanne », tu...

— Stop ! Je ne veux pas en savoir plus. OK, mais c'est la dernière fois.

— Mille mercis mon prince !

— Je te disais donc avant d'être grossièrement interrompu pour tes histoires de fric, de me mettre immédiatement une équipe discrète en place autour des locaux des flics. Mission : surveiller toutes les allées et venues suspectes en rapport avec Gilles Levesque. Je veux des clichés de toutes les personnes qui entrent et demandent à rencontrer le journaliste. Si un candidat leur paraît suffisamment intéressant : filature, enquête approfondies. Rapport toutes les heures. Tu ne me mets que des « moustachus » ([40]) sur ce coup. Ensuite...

Stan se précipite déjà vers la porte de service.

— Je n'ai pas fini, triple buse ! Ce mois-ci essaie de le mériter ton salaire et prend l'habitude d'écouter un *briefing* jusqu'au bout. Occupe-toi aussi et au plus vite des résultats des relevés que vous avez effectués sur les deux cadavres trouvés dans la BMW. Je veux tout savoir sur eux. En général les morts ont le dos large, c'est même une de leur spécificité, alors tu sais ce qu'il te reste à faire. Cet Escurier, comme tu sembles très bien le connaître, va le voir et essaie d'en savoir plus sur sa BMW : a-t-il aperçu des gars pas catholiques qui traînaient dans la ZAC de la Croisée, s'est-il senti suivi, etc. Ensuite, essaie d'en savoir plus sur ce Blachère : être con à ce point ça tient du miracle et moi, les miracles, je n'y crois pas. Pour qu'il s'évertue à désigner sans aucune preuve tangible notre ami Gilles, il doit avoir une bonne raison. Soit c'est un parfait con, soit il y a autre chose. Fouille ! Ah tant que j'y pense, dis à

[40] Argot qui signifie « des types chevronnés ».

Genetelli ([41]) qu'il risque de voir ses jours de vacances annulés.

— Va pas aimer !

— J'en ai rien à faire. Mon analyste financier aura bien le temps de les prendre plus tard. Je doublerai la mise, même, s'il le souhaite.

— Qu'est-ce que tu lui veux ? Enfin, je veux dire qu'est-ce qu'il vient faire dans cet imbroglio ?

— Quelque chose me dit qu'on n'a pas fini de tomber sur des surprises, et mieux vaut tout prévoir. Donc je prévois.

— Bon, c'est OK.

— Après, débrouille-toi pour me prendre rendez-vous au plus vite avec le responsable de l'organisation de la sécurité autour des trois expositions, je veux le rencontrer. D'abord parce que je suis étonné qu'un événement pareil se passe à Bellegarde-sur-Valserine. Je n'ai rien contre cette ville, bien au contraire, mais il me semble que cela aurait été plus approprié et plus logique que ça se passe à Genève, Paris, Rome ou même Londres. Pourquoi Bellegarde ? Je m'interroge. Ensuite, je veux vérifier son dispositif. S'il doit faire l'objet d'un casse, autant essayer de le prévenir avant qu'il n'arrive quelque chose. Cela nous permettra aussi de voir ce qu'il a dans le ventre.

— Pourquoi ?

— Parce que comme je le pressens, il y a bel et bien un projet de très grande envergure contre la triple exposition. Il n'est pas déraisonnable d'imaginer qu'une ou plusieurs personnes de l'intérieur y soient mêlées. C'est le b.a.-ba d'un cambriolage : avoir des complicités internes... À cet effet, contacte également les organisateurs de cette grand-messe du diamant. Je veux aussi les voir pour me faire une idée, on ne peut rien négliger.

— D'où ton interrogation à propos de Gilles, je comprends mieux, maintenant. Et Blachère, là-dedans ?

---

[41] Analyste financier de grande qualité qui a aidé Francis à comprendre le piège diabolique du magnat international dans « *La conspiration du diable* » Tomes 1 et 2.

À te voir ruminer depuis dix minutes, j'imagine que tu as une petite idée sur son rôle exact dans cette histoire.

Francis sourit mais ne dit rien d'autre que :

— Fouille et on verra bien ce qu'il en ressortira. Mais fouille profond et très large !

Stan est aux anges et exulte. Quand Francis a ce sourire malicieux qu'il adore, c'est qu'il suit une piste que personne ne pourrait imaginer. Il retrouve là le grand professionnel qu'il admire tant et se sent automatiquement rassuré. Quand il est comme ça, c'est signe que Francis a toujours une longueur d'avance, voire plusieurs sur tout le monde. Lui seul est capable de se projeter loin devant et de cogiter les pires scénarios. Plus ils sont impossibles, plus la réalité démontre très souvent le contraire.

— Partons du principe que tout est possible, c'est la meilleure solution pour ne pas avoir de mauvaises surprises. Question d'expérience. Allez, mauvaise graine ! Exécution !

— Tu veux que je te dise un truc ?

— J'écoute.

— À la vitesse à laquelle les cadavres pleuvent par ici en ce moment, ils vont être obligés de rebaptiser la ville Bellegarde-sur-Meurtres. L'assassinat semble devenir l'activité industrielle principale dans la région.

— N'exagère pas tout de même, il n'y a que trois victimes, malheureusement.

— Erreur ma poule, on en est à neuf !

— Neuf ?

— Les trois filles, les quatre voyous du Bois des Roches et les deux cascadeurs d'avant Noël.

Francis fronce les sourcils, interrogateur.

— Qu'est-ce que c'est que cette histoire de cascadeurs ?

— Tu étais en déplacement aux States. Pendant ton absence, il y a un type qui n'a rien trouvé de mieux à faire que de buter un motard de la gendarmerie avant de s'envoler. Sauf qu'il avait oublié que sa bagnole ne volait pas, elle.

— Et quel rapport avec notre affaire ?

— Aucun. C'est juste que j'aime bien tenir les comptes du grand banditisme à jour. C'est tout ! Et vu le nombre de cadavres, Bellegarde va devenir un coin à la mode.

LEVRAT AVANCE ! ...

Ain, Bellegarde-sur-Valserine,
immeuble « Le Jaurès »,
19 rue Jean Jaurès,
appartement de Raphaël Levrat,
samedi 16 avril,
21 h 12

Il n'y a pas beaucoup de lumière, mais suffisamment pour permettre aux trois personnes assises autour de la table surchargée de dossiers et de rapports d'y voir clair.

— Tu as quoi ? demande Raphaël Levrat, pas rasé et en bras de chemise.

Delphine Ginet-Bouquet, la maîtresse de Thierry Chabrier sourit largement. Cette ravissante blonde qui n'a strictement rien à voir avec un Panzer rouillé - simple question d'appréciation - se dandine sur sa chaise, faisant bouger sa magnifique queue de cheval et fait durer le plaisir, ce qui énerve Levrat, totalement pris par ses envies pressantes de revanche.

— J'ai toute l'organisation de l'exposition qui se tiendra au château de Montanges le samedi 28 et le dimanche 29 mai. Ce sera même le coup d'envoi de la semaine des expositions.

Levrat est aussi étonné que perplexe.

— Vous sortez ça d'où ? Ce sont des documents hyper confidentiels. Il faut montrer patte blanche pour les obtenir.

— Ah ah ! ironise Chabrier. Nous avons tous nos petits secrets. Il n'y a pas que toi, tu sais.

Allusion à peine voilée à son séjour en Angleterre sur lequel il ne pipe pas un seul mot.

Les deux hommes s'affrontent du regard. Levrat note tout de suite que le jeune Chabrier a garrotté ses aines avec ses deux mains. Attitude typique de la confrontation. Que cherche-t-il ? L'affrontement ? Pourquoi ? Qu'a-t-il à y gagner ? L'ancien flic préfère laisser tomber, il n'a pour l'instant pas assez d'éléments de réponse et peut avoir prochainement besoin de ses compétences. Son tour viendra bien, se dit-il. Il change de sujet.

— Et ça nous avance à quoi ? Je te rappelle que c'est Lord « X » que je pourchasse, alors les détails de cette exposition sont secondaires, je ne vois pas vraiment...

— L'intérêt, l'interrompt Chabrier, hautain, est de pouvoir justement nous mettre dans la peau de Lord « X » ... pour autant que ce soit bien lui.

— C'est lui ! hurle Levrat en s'éjectant de son siège.

— Calme-toi. Je suis prudent, moi, c'est tout. Je te rappelle que nous avons la preuve formelle qu'il est bien mort.

— Il n'est pas mort ! réplique l'ancien flic, furieux.

Chabrier le dévisage longuement puis préfère laisser tomber et reprend.

— Donc je disais, dans l'hypothèse où c'est bien lui, on pourra ainsi deviner comment il va s'y prendre et tenter de trouver la parade qui le fera tomber dans le piège que nous allons lui tendre à cette occasion. Pigé ? Delphine chérie, à toi.

Levrat se rassoit en foudroyant du regard son ancien adjoint. Il commence à singulièrement l'énerver en se prenant de plus en plus pour le patron de cette enquête. Il réussit à se maîtriser en se concentrant sur l'urgence du moment, mais Levrat se fait fort de lui rappeler l'élémentaire politesse et surtout le respect de la hiérarchie. Il attrape un morceau de pizza et mord avec avidité dedans, ça le calmera toujours un peu.

Delphine commence le fastidieux énoncé des mesures draconiennes prises par le *staff* d'organisation présidé par Arthur Listernac et dirigé par ce Harrald Van Rickshammerschein. Le moins que l'on puisse dire de lui, c'est que le Viking connaît son affaire et a parfaitement réussi à faire taire ses détracteurs.

— Les salles d'exposition, toutes au rez-de-chaussée, sont au nombre de trois pour les diamants et pour les perles, en particulier une perle exceptionnelle de la dimension d'une noix. Elle n'a pas de prix. Elle est appelée « *Perle d'Espoir* ». C'est la plus célèbre et la plus grosse perle fine d'eau de mer jamais découverte ([42]). Elle pèse pas moins de quatre cent cinquante carats, est parfaitement ronde et mesure près de sept centimètres ce qui est un véritable exploit pour une perle d'eau de mer. Sa couleur vert-or teinté de blanc cassé en fait une perle prodigieuse et unique au monde.

— Et dans les autres salles ?

— Dans le prolongement des trois premières salles, il y en a une quatrième dédiée uniquement à l'exposition de deux vases en or massif incrustés de pierres précieuses grosses comme des noisettes en provenance du Sultanat d'Aceh ([43]). Des pièces rarissimes et, bien entendu, dont la valeur inestimable se compte par un alignement de zéros aussi long qu'hallucinant. Ça tient à peine sur un chèque. Ils sont évalués à plus de cinq milliards d'euros.

---

[42] Authentique.

[43] Sultanat situé dans le Nord de l'île de Sumatra. Essentiellement Indonésien et Musulman (présence de l'Islam depuis le 13ème siècle), ce sultanat est fort d'environ 4 millions d'habitants. Aceh signifie « *Serambi Mekah* » (Littéralement : Antichambre de La Mecque). Il a été longtemps le théâtre de sanglants combats entre l'armée Indonésienne et les séparatistes du *Gerakan Aceh Merdeka* (Mouvement pour un Aceh Libre, créé en 1976). La capitale est Banda Aceh (Forteresse des Rois). La ville est tristement célèbre pour avoir été le point le plus proche de l'épicentre du tremblement de terre de 2004 qui fut suivi d'un terrible tsunami.

— On s'en fout, grogne Levrat dont les doigts qui tambourinent en permanence sur la table traduisent son impatience.

— On le sait que toutes ces pièces sont uniques et inestimables, alors va à l'essentiel.

Delphine rajoute à l'agacement de Levrat en consultant son amant pour savoir si elle doit continuer. Chabrier, d'un simple battement des paupières, l'incite à poursuivre.

— Les deux vases sont enfermés dans un présentoir en cristal dont les vitres sont totalement incassables, même à l'épreuve des balles. En outre, cette salle, comme les trois autres d'ailleurs, sera condamnée par des grilles coulissantes en acier trempé. Dans chacune des barres un réseau de fils électriques transmettra automatiquement une alarme à la moindre tentative d'effraction. Et pour finir, pour les ouvrir, le commissaire de l'exposition ne pourra jamais le faire seul. Ce qui revient à dire qu'ils seront obligatoirement deux à posséder une clé différente pour ouvrir les grilles. Cerise sur la gâteau : seule l'ouverture des grilles désactive les alarmes et débloque automatiquement les vitrines des présentoirs. Tu ajoutes à ça que les désactivations ne sont pas reliées entre toutes les grilles et bien malin qui pourrait cambrioler les trois salles en même temps.

— Qui est le second détenteur ?

— Secret absolu, mais je me suis laissé dire que Le Viking aura en permanence cette seconde clé sur lui.

— Le PC de sécurité ?

— Dans le jardin, par dix mètres de profondeur. Aucun accès possible sauf par l'entrée totalement isolée dans le château, aux sous-sols auxquels on accède par un escalier à vis. C'est encore mieux défendu que l'entrée de Fort Knox. Dans le PC, il y a une dizaine d'hommes prêts à intervenir au moindre signe suspect. Gilet pare-balles et masque à gaz sont au programme. C'est de cette pièce souterraine que tous les systèmes d'alarmes seront activés dès les derniers visiteurs sortis. Devant portes et fenêtres, se tendra, parfaitement invisible, un réseau de cellules photoélectriques si fin qu'une souris ne pourrait pas passer sans automatiquement déclencher l'alarme.

— Quelqu'un pourrait-il brouiller les signaux ?

— Négatif, Raphaël. Tout a été pensé dans les moindres détails.

Levrat réfléchit, cherchant la faille, alors que Chabrier étale un plan du château.

— Regarde, en plus de tous ces systèmes très sophistiqués et quasiment inviolables, le Viking a fait refaire tous les sols. Ainsi personne, si tant est que quiconque puisse déjà s'introduire dans les sous-sols hyper sécurisés du château, n'arriverait à les percer même avec une lance thermique. Sans compter que cela lui prendrait des heures et des heures, donc totalement impossible.

— Tu as des photos des salles ?

— Bien sûr, répond Delphine en les sortant de son porte-cartes.

Levrat les prend d'une main nerveuse et les observe longuement.

— Tu vois quoi ? Il y a quelque chose qui t'intrigue ? demande Chabrier, étonné par le subit intérêt de son ex supérieur.

— Quand l'accès est impossible, Lord « X » a toujours une astuce pour entrer par la fenêtre. Tu n'as toujours pas compris ça ? Donc s'il ne peut pas entrer par la grande porte, il y a fort à parier qu'il le fera par un autre moyen.

— Et tu cherches quoi ?

— Je te le dirais quand je l'aurais trouvé, réplique Levrat, le nez sur les photos. Sans cesser de regarder, il prend à tâtons la loupe qui trône au milieu des restes de pizzas et des cannettes vides.

— Trouvé ?

Levrat ne répond pas. Il observe longuement chaque coin et recoin des salles en s'attardant plus longuement sur celle dédiée aux deux vases en or massif. Un long silence s'installe avant d'être interrompu par l'ancien policier qui souffle de dépit en se redressant.

— Il n'y a rien de suspect.

Il le regrette presque.

Chabrier prend la photo à son tour : elle ne montre qu'une pièce au haut plafond, vide de tout meuble à part en son centre un immense présentoir scellé au sol et brillamment éclairé par un lustre en verre qui a été spécialement installé juste au-dessus.

Brusquement, Levrat arrache la photo des mains de son ancien adjoint.

— Pourquoi ce lustre ? aboie-t-il.

Delphine farfouille dans son dossier.

— Exigence de sécurité. Il y en a un dans chaque salle. De plus, ils ont une luminosité idéale pour rendre tous les diamants et surtout les deux vases encore plus beaux qu'ils ne le sont. Ça doit en fiche plein la vue. Les visiteurs doivent en avoir pour leur argent.

— Et cette grosse boule qui pendouille du lustre juste au-dessus du présentoir, elle sert à quoi ?

— À rien, simple *design*. En réalité c'est une sphère en quartz pur. Quand tu vois la taille du lustre, elle va même très bien avec, je trouve, répond la jeune femme.

— Ouais, bon. Qui les a installés ?

— La maison César. On a déjà enquêté sur eux, ils sont parfaitement *clean* et n'ont absolument rien à se reprocher. Sans compter qu'ils font toujours un travail hors normes. Jamais personne ne s'est plaint d'eux. C'est d'ailleurs pour ça que le Viking l'a choisie.

Levrat regarde à nouveau les clichés avant de les laisser tomber sur la table, dépité. Il prend une profonde inspiration et reprend le tas de photos. Il les trie et en garde une pile. Delphine, en pointant son doigt dessus, tient à préciser qu'il s'agit de celles prises dans les trois autres salles.

— Je vois, merci quand même, répond de façon sèche l'ancien flic.

— Eh bien régale-toi, réplique la jeune femme, vexée.

Levrat les observe attentivement une à une. Les salles sont presque toutes identiques. Murs en pierre de taille, tentures et ou voilures de prix. Très peu de meubles. Décoration succincte pour que le regard du visiteur ne puisse pas être distrait par autre chose que les longues files de présentoirs. Levrat reprend sa loupe et inspecte les clichés qu'il juge les plus intéressants en se concentrant sur les meubles en eux-mêmes.

— Ils ont été spécialement construits sur les plans du Viking en personne, précise Chabrier.

— Ici, dans la région ?

— Bien sûr. Priorité a été donnée aux entreprises locales, en particulier la Menuiserie Artisanale du Grand Crêt d'Eau. Une idée de monsieur le Maire.

Levrat sourit.

— Il soigne sa popularité ! C'est de bonne guerre.

— Tous les présentoirs sont en bois épais renforcés de feuilles de métal. Les vitres sont incassables et fixées si fortement au cadre métallique que personne ne peut les forcer. Les pieds sont en acier massif et cylindrique et chacun a un mini projecteur incrusté dedans pour apporter le maximum de lumière aux pierres précieuses et en particulier à cette perle grosse comme une noix qui va trôner d'ailleurs toute seule dans un présentoir.

— Ils sont amovibles à ce que je vois, remarque Levrat.

— Ça t'inquiète ?

— Disons que ça ne me rassure pas.

Delphine éclate de rire.

— Alors tu n'as pas à t'inquiéter. Ils sont tous repérables par GPS et puis pour les voler, faudrait être un sacré costaud parce qu'ils pèsent leur poids. Il faudrait plusieurs hommes pour les déplacer. Un truc impossible quand tu dois faire ton casse en express.

— Bon, tout a l'air parfait. On a quoi d'autre ?

— Pour le château de Montanges, c'est tout. Inutile de te préciser que des patrouilles de Police et de Gendarmerie sillonneront les axes principaux et secondaires durant toute la durée de l'exposition et ceci de jour comme de nuit. Sans compter l'hélicoptère qui survolera en permanence le périmètre. Lord « X », ou n'importe qui d'autre, ne viendra jamais, c'est impossible. Il faudrait être fou pour se risquer à cambrioler ce château, c'est infaisable.

Levrat en est moins convaincu.

— C'est ce qu'on disait aussi pour le salon de Rotterdam. On s'y est quand même bien fait baiser.

— « Tu » t'y es bien fait baiser, nuance, précise Chabrier avec un sourire en coin qui déplait à l'ancien flic. Et tu sais pourquoi ?

— Je suis impatient de le savoir !

— Parce que tu ne joues qu'avec les cartes qu'on te donne. Moi, je joue avec celles que je me donne.

— Tu cherches quoi ?

— Mais rien, j'aime la précision, c'est tout.

Les deux hommes s'affrontent du regard. Delphine qui ne tient pas à assister à un ridicule pugilat verbal entre deux types shootés à la testostérone, prend vite la parole.

— Sinon, on a la confirmation que les deux types cramés dans la BMW à Saint Germain-sur-Rhône, sont bien des membres du gang du Dragon. Ils avaient tous les deux le tatouage rituel...

— Ce qui signifie que j'ai raison sur toute la ligne : Lord « X » n'est pas mort. Il est bien encore en action ! La présence de ses hommes en est la preuve flagrante.

Chabrier secoue tristement la tête.

— Désolé de doucher ton bel optimisme. Ce n'est pas parce que l'on a trouvé deux types de son organisation cramés dans une voiture que cela signifie avec certitude que Lord « X » est toujours vivant. Je regrette, mais tu sembles avoir oublié qu'il avait aussi deux lieutenants particulièrement doués et efficaces. Ils peuvent très bien avoir repris le flambeau.

— Non !

La tension entre les deux rivaux monte d'un coup. Levrat sourit et regarde la jeune femme.

— J'ai raison, j'ai encore une fois raison.

— Et quand bien même ! Ça ne fera pas revenir le père Chabrier en arrière, s'emporte son fils.

— Je sais, Thierry, c'est pour ça que je dois le piéger seul et lui apporter sa tête sur un plateau, il n'y a que de cette façon que j'arriverai à lui faire entendre raison et retrouver mon honneur.

— Tu y tiens vraiment. C'est plus fort que toi.

— Tout ça c'est bien joli, reprend Delphine, mais comment tu comptes le coincer ? On ne sait même pas quelle tête il a et on ignore tout de son vrai nom... et comme dit très justement Thierry, il est peut-être et même certainement mort. Tu vas courir après un fantôme.

Levrat ne répond pas et dévisage curieusement la jeune femme.

Chabrier, soudain intrigué, fronce les sourcils en constatant que son ancien patron a tout à coup scotché ses deux mains bien à plat sur la table. Un signe qui ne trompe pas car il signifie que Levrat cache quelque chose. C'est un des gestes révélateurs de la dissimulation.

— Qu'est-ce que tu sais que nous ignorons ?

Levrat se contente de sourire énigmatiquement, goûtant son plaisir de faire enrager le « petit » dont il commence singulièrement à se méfier. Il se redresse lentement tout en continuant à sourire, marque une pause avant de reprendre la parole comme si de rien n'était :

— Et sur ces privés qui se sont fait tirer dessus, on a quoi ? D'où sortent-ils ?

Thierry Chabrier fixe Delphine, visiblement vexé de s'être fait renvoyer dans ses vingt-deux mètres. Il hésite tellement il est désireux de relancer la conversation. Le sourire de Levrat le gêne terriblement mais il sait que s'il insiste, il va déclencher une véritable petite guerre et ce n'est pas le moment... pas encore !

— Ils étaient quatre. Francis Magenta, le patron de « Mondial Protection » et ses principaux collaborateurs.

— Qu'est-ce qu'on a sur cette société ?

— Une des leaders dans le monde de la sécurité. Aussi bien dans la protection des VIP, que dans le domaine de la lutte contre l'espionnage industriel, commercial et numérique. C'est une grosse affaire avec des agences un peu partout dans le monde. C'est du lourd.

— Comment sont-ils sur le coup ?

— Magenta a pour excellent ami Gilles Levesque, le journaliste impliqué dans les...

— Je sais qui il est, le coupe avec un plaisir évident Levrat.

— Levesque a demandé son aide pour le tirer de ce merdier.

— Il serait innocent, alors ? s'étonne Delphine.

— Et pourquoi pas ? répond Levrat.

— Enfin tous les indices sont contre lui, réplique la jeune femme en écartant les bras. D'ailleurs, il a été transféré à la prison de Bourg-en-Bresse, le procureur, lui, n'a pas tergiversé. C'est lui, ça ne fait aucun doute. Pourquoi demander l'aide de ces privés. Il est fou ?

— Non, il est manipulé !

— Tu as l'air bien sûr de toi, constate Chabrier qui d'un geste discret commande à sa maîtresse de ne pas rentrer dans la polémique.

Levrat darde un regard de défi sur son ancien adjoint. Il avance lentement la tête.

— J'ai ma petite idée, lâche-t-il en appuyant bien sur les mots.

— Que tu ne nous dévoileras pas, n'est-ce pas ?

Pour toute réponse, l'ex policier affiche un sourire goguenard particulièrement appuyé.

UN COIN DU VOILE SE LÈVERAIT-IL ? …

Écosse, Inverness,
"Annya's Café",
10/12 Market Arcade,
jeudi 14 avril,
10 h 46

Jean-Georges est agréablement installé à une table ronde de ce café réputé d'Inverness. Sa situation en plein milieu de la galerie couverte « Victorian Market » ([44]), du plus pur style Victorien, lui confère une ambiance toute particulière que le Gascon savoure à l'extrême, tout comme il se délecte de son café à toutes petites gorgées.

Machinalement, il consulte sa montre en se demandant où en est Stéphanie. Elle est en retard. Mécaniquement, il scrute le va-et-vient des touristes par

---

[44] *Victorian Market* est une galerie commerçante couverte construite dans les années 1870 par la ville d'Inverness dans le plus pur style victorien. Suite à un incendie qui n'a laissé de visible, côté Academy Street, que la robuste entrée en grès (3 arcs en plein cintre surmontés d'une tête de taureau. Juste au-dessus, 2 petites arches en tête de bélier), la ville l'a reconstruite en 1891. On y trouve une quarantaine de commerces qui vendent des produits sans commune mesure avec les autres magasins de la ville. Son horloge centrale vaut le déplacement.

la grande fenêtre et se démonte la tête pour admirer le toit en fonte décorée et en bois d'où pendent d'imposants lustres. La lumière qui entre largement est très agréable.

Il se concocte une énième tartine de pain avec du beurre de premier choix, bien moelleux. Il apprécie tout particulièrement ce qu'il mange et est même étonné que chez les « Rosbifs » la nourriture y soit aussi bonne. Il sourit en secouant tristement la tête. Erreur, ce sont des Écossais et ça n'a rien à voir avec les « Rosbifs ». Machinalement il regarde à droite et à gauche comme s'il avait peur que quelqu'un ait pu deviner « l'injure » qu'il venait de prononcer, l'antagonisme entre Anglais et Écossais n'est pas une légende, surtout par ici. À côté d'Inverness, il y a le célèbre site de la bataille de Culloden ([45]) qui vit s'affronter guerriers Écossais des Highlands et soldats Hanovriens, fidèles à la couronne anglaise.

Il boit à nouveau à toutes petites gorgées tout en se remémorant ce qu'ils viennent de faire durant ces derniers jours. Edinburgh, Perth et maintenant Inverness. Visiter tous ces points de vente presque au pas de course leur avait donné la nausée, mais c'est le boulot. On ne peut pas avoir que les bons côtés. Il se redresse, pose sa tasse et soupire en espérant que Stéphanie aura eu plus de chance que lui. Il consulte à nouveau sa montre et commence vraiment à s'inquiéter.

Au même moment, la belle Angevine pousse la porte de l'établissement et tout sourire se rue sur son ami.

---

[45] La bataille de Culloden eut lieu le 16 avril 1746 au Nord d'Inverness et opposa les tenants de la royauté anglaise composés d'un fort contingent d'Allemands, quelques Écossais des Lowlands, contre les Écossais des Highlands, quelques Anglais et un fort contingent de Français. Fidèles à leur réputation, après avoir brillamment montré leurs fesses aux Hanovriens, les Écossais foncèrent sur l'ennemi mais, pour la première fois, ils furent battus par les troupes du duc de Cumberland. Il y eut 52 morts du côté Hanovriens et environ 2 000 du côté Écossais. La répression fut impitoyable avec une forte pression contre le mode de vie des Écossais (jusqu'à la suppression de la cornemuse).

— Ça y est ! Je l'ai !

— Non ? Où ça ?

— Pas loin d'ici. Pendant que tu commençais par l'autre bout de la galerie, moi je suis arrivée pratiquement tout de suite dessus. Francis va être content.

— Et ?

— C'est bien ici que la figurine a été vendue.

— Enfin ! Tu as le nom de l'acheteur ?

— Et comment ! DMCC, ça veut dire : Darius Mac Corkindale !

— Qui ? Darius Mac Corkindale, répète à plusieurs reprises Jean-Georges. Quel drôle de nom ! Il fait quoi ce type ?

Stéphanie hausse les épaules.

— Le vendeur ne le connaît pas en particulier, mais c'est un excellent client qui paye toujours rubis sur l'ongle et... en liquide. D'une gentillesse hors-pair et d'une amabilité rare. Il vient toujours chez lui. C'est un original blindé aux as, paraît-il, passionné de figurines écossaises. Il en a, à ce qu'il m'a raconté, des rayons entiers. Il y fait systématiquement graver ses initiales dessus.

— Mais comment diable l'une de ces figurines a-t-elle pu se retrouver dans l'estomac de ce pauvre type ?

— Ça, on verra bien. En tout cas, si ce dingo est mêlé d'une quelconque façon à un meurtre, va falloir se méfier un tantinet.

— Tu m'étonnes ! Tu as autre chose sur lui ?

— Non, d'après le vendeur, c'est un excentrique qui passe le plus clair de son temps à voyager.

— Le bienheureux chanceux ! laisse tomber Jean-Georges. C'est tout ?

Avec fierté, Stéphanie, radieuse, sort un papier plié en deux de sa poche et l'agite au-dessus d'elle.

— On a son adresse !

— Génial ! C'est ici ?

— Non, c'est à Crianlarich, sur l'A.85, après Fort William, sa propriété s'appelle « Ewich House ». C'est de l'autre côté du Loch Ness, quasiment sur la côte ouest.

— Oh merde ! On va encore devoir faire des bornes et ils roulent tous à gauche ici, ces malades.

— C'est normal, on est en Écosse. Cette fois, c'est moi qui conduis. Tu as un peu trop tendance à te croire chez nous.

— Oh, ça va, hein ! Tu oublies le proverbe qui dit « Femme au volant, c'est la mort au tournant ».

— Misogyne !

— Ouais, passons. Et la photo de notre noyé, tu lui as fait voir ?

— Bien sûr, comme à tous les autres boutiquiers. Malheureusement le patron ne l'a jamais vu.

— Merde ! Encore raté. Mais qui c'est ce type à la fin ? Qu'est-ce qu'il a bien pu découvrir ?

— On aura peut-être plus de chance en la montrant à ce Darius Mac Corkindale. Allez, en route !

— Une petite seconde. On va d'abord se rencarder sur lui. Si ce type, aussi blindé et aussi aimable soit-il, est en réalité un véritable flingueur, je ne tiens pas à me pointer chez lui, les mains dans les poches. On ne va jamais à l'abattoir à poil chez moi !

Genève,
Siège de « Mondial Protection »,
au même moment

— Je peux t'aider ? Qu'est-ce que tu cherches ? demande bien innocemment l'un des techniciens du laboratoire.

Stan examine les restes de trois balles.

— Eh, mais celle-là sort des archives et…

Jourdan tourne lentement son visage sur le joyeux arrivant avant d'afficher un sourire narquois qui fait disparaître brusquement celui du jeune homme. Il comprend qu'il aurait mieux valu qu'il ne demande rien.

— Si on te pose la question, tu diras que tu n'en sais rien et que tu n'as rien vu ! Clair ?

— Euh… clair !

— Alors va t'occuper de tes varices.

Désappointé, le jeune technicien retourne d'où il est venu. Stan vérifie qu'il se replonge bien dans son travail avant de continuer à examiner les restes des balles. Ils sont abîmés mais il sait pouvoir encore en tirer des enseignements utiles. Au bout de quelques secondes, il les prend, les fait sauter dans sa main avec un regard fermé. Il sert le poing et les enfouit dans un sachet plastique souple qu'il referme vivement avant de le glisser dans sa poche, puis fait de même avec la troisième balle.

Stan fait la moue, comme s'il n'était pas certain de sa démarche, ou plutôt... comme s'il avait peur de découvrir une vérité embarrassante.

Il se secoue et prend une petite boîte en plastique rigide et transparente. À l'intérieur : des copeaux de bois et un bout de papier chiffonné avec l'en-tête d'une menuiserie. Il porte la boîte à ses yeux et observe longuement les éléments.

Qu'est-ce que cela pouvait bien faire dans la poche d'un des deux tatoués morts dans la BMW ?

LISTERNAC ET LE VIKING ! ...

Ain, Bellegarde-sur-Valserine,
A.40 reliant Mâcon à Milan,
mardi 19 avril,
9 h 26

— Qu'est-ce que tu me fais ?

— Ben rien !

— Stan, je t'avais bien dit de sortir à l'échangeur d'Éloise. On arrive sur le viaduc autoroutier de Bellegarde maintenant, tu nous obliges à sortir à Chatillon-en-Michaille.

— Eh ben admire la vue !

Francis dévisage curieusement son adjoint tentant de le comprendre.

— Qu'est-ce qui t'arrive ? Depuis plusieurs jours tu es dans la lune. Ce n'est pas toi, ça. Tu as des soucis ? Je veux dire outre que tes habituels emmerdements d'argent ?

Stan jette un regard furtif et gêné sur Francis. Il tente un sourire rassurant qui ne fait qu'attiser le mécontentement de son patron tout en excitant sa curiosité. Il a horreur d'être pris pour une buse.

— Vas-tu me dire, oui ou non, ce qui se passe ?

— Mais rien, rien du tout, je t'assure.

Stan accélère franchement et franchit les mille cinquante-cinq mètres de bitume du viaduc à une vitesse record, doublant tout à une vitesse folle. Avec cent trente mètres de largeur, il y a la place !

— Tu as vu, ils ont changé la manche à air ! Elle est toute neuve. Elle est chouette, hein !

— Stan, arrête tes pitreries. Que se passe-t-il ? C'est en rapport avec cette Saab, n'est-ce pas ? Que sais-tu à son sujet ? Pourquoi refuses-tu toujours de m'en parler ?

Accélérant encore plus, frisant de peu les deux cents kilomètres heure, Stan attaque la pente sur le versant Ain du plateau du Retord et arrive bien évidemment à trop grande vitesse sur l'échangeur de Chatillon. Cela l'oblige à prendre la bretelle en faisant dangereusement crisser les pneus, ce qui lui attire les récriminations de son patron qui, pour le coup, est cette fois-ci furieux.

— Tu me refais un coup pareil et je te vire sur l'heure, c'est clair pour toi ? Il serait peut-être temps que tu deviennes responsable !

— Ben quoi, on sera à l'heure pour ton rendez-vous...

— Ton ? Depuis quand tu t'exclus d'une enquête en cours ?

Stan hausse les épaules, se sentant comme pris en faute. Il gesticule et se montre volubile.

— Mais c'est toi, quoi, merde, à force de chercher des poux là où il n'y en a pas, tu me fais disjoncter et...

— Toi, disjoncter ! Même bourré, tu arrives encore à tirer mieux que John Wayne, alors arrête de me la jouer de cette façon et accouche ! Tu cherches à te faire virer ou quoi ? Qu'est-ce qui t'arrive ? Tu n'arrêtes pas de déconner ces derniers temps !

Route de Vouvray, tout en conduisant rapidement et tout aussi dangereusement, ce qui lui attire plusieurs appels de phares d'automobilistes fâchés et effrayés, Stan essaie de résister au regard meurtrier que lui décoche Francis assis côté passager.

Il efface le rond-point des Lades à une vitesse folle, coupant la route à tout le monde et manquant de s'encastrer un camion qui est obligé de piler à mort, obligeant la voiture suiveuse à bifurquer en catastrophe à droite pour venir s'échouer sur le parking de la boulangerie Chevallier.

— Tu arrêtes tes conneries, maintenant, qu'est-ce que tu cherches à faire ? À nous tuer ? Tu es fou ?

— Oui, mais ça je le sais, ce n'est pas nouveau.

Le rond-point de la route de Vouvray et des rues de l'Industrie, Lafayette et de la République, est franchi de la même manière.

— Tu t'arrêtes ! Maintenant ! hurle Francis, fou furieux.

Stan tourne aussitôt à droite, rue Hector Berlioz et s'engage sur les chapeaux de roues dans la rue de la Filature pour venir s'arrêter entre deux voitures en face d'un immeuble.

Stan Jourdan stoppe le véhicule et arbore un sourire goguenard de parfait débile en ajoutant.

— En plus on pourra faire le plein en repartant.

Du bras, il montre la station-service de Carrefour.

— Elle est pas belle la vie ?

Hors de lui, Francis s'éjecte de la Vanquish et la contourne vivement pour attraper Stan par le col de son blouson. Sans aucun ménagement, il le soulève de terre et se retrouve visage contre visage.

— Toi ! Tu ne me refais plus jamais un coup comme ça, plus jamais, ou alors il t'en coûtera tellement que tu n'auras pas assez de toute ta vie pour regretter le jour où tu es né. Ne me force pas à opter pour l'impardonnable. Je ne peux pas passer dessus. Alors pour commencer, après notre rendez-vous, je te conseille fortement de prendre quelques jours de vacances, histoire de faire le point sur ce que tu comptes faire dans les prochains mois... et dans autre chose que la sécurité ! Et ce n'est pas négociable !

Le regard de Francis est de braise, à un tel point que Stan s'aperçoit qu'il risque vraiment, ce coup-ci, de détruire leur amitié pour longtemps. Il baisse les yeux, ne sachant pas résister au regard de feu de son patron. Il sent la respiration sifflante de Francis sur ses joues et attend que ça se passe. L'enquêteur déploie des trésors de patience pour éviter de lui casser la tête. Au bout d'un temps infini, alors que des badauds regardent la scène, Francis le repose au sol brusquement et le pousse violemment. Stan manque de tomber à la renverse. Il pose une main par terre et se redresse prestement. Il avise deux femmes âgées qui le dévisagent avec une mimique évidente de stupeur. Il se frotte les mains, leur sourit et dit :

— Et ben alors quoi, z'avez jamais vu une querelle d'amoureux, les mémères ?

Offusquées, les deux mamies s'éloignent vivement. Stan rigole et rejoint en courant Francis qui est déjà parti d'un pas décidé pour gagner la mairie, mais en optant pour un repli stratégique évident. Il reste prudemment à plusieurs mètres derrière lui.

Hôtel de Ville,
32 rue de la République,
bureau du Herr Dr. Harrald Van Rickshammerschein,
9 h 57

— On y est ! dit simplement Francis en s'arrêtant à l'angle de la rue face à l'Hôtel de Ville ([46]) qu'il contemple, mains sur les hanches.

— Qu'est-ce que tu en penses ? demande-t-il sans se retourner.

Francis se retourne vivement, énervé par l'absence de réponse de son ami. Il sent la colère monter d'un cran en le trouvant en train de lorgner la devanture de la boucherie-charcuterie Blondel.

— J'y crois pas !

L'enquêteur râle en faisant un pas en avant pour attraper rudement son adjoint par le col.

— C'est ici que ça se passe. Tu as décidé de me faire tourner en bourrique aujourd'hui, eh bien c'est gagné.

---

[46] Construit dans les années 1930 dans le plus pur style Art Déco, le bâtiment se trouve à l'angle de la rue de la République et de la rue Joseph Bertola qui, en tant que Maire, en fit l'inauguration en 1932.

Stan s'excuse platement en forçant le trait tout en osant encore la ramener.

— Y a même un restaurant en face : « *La Colonne* » ! murmure-t-il à l'oreille de son patron.

Ce dernier se retourne et le fusille du regard.

— Il faut que je te la fasse en couleur ? Tu n'as pas encore compris ?

— On est là pour bosser, mais enfin, bon, on peut bien quand même penser à becqueter, non ?

— Non !

— Bon !

Francis consulte sa montre.

— On est à l'heure. Amène-toi.

— À mon avis...

— Je ne voudrais pas te faire de la peine, mais ton opinion, franchement, qui s'en soucie ?

L'enquêteur traverse rapidement la chaussée suivi par un Stan nullement affecté par les piques que lui envoie son ami et patron. À quoi pense-t-il ?

Francis gravit les escaliers et pousse la porte. Un homme athlétique, bien de sa personne, élégamment vêtu et au visage avenant et lisse vient à sa rencontre avec un large sourire. Il tend une main que Francis saisit. La poignée est franche et chaleureuse.

— Monsieur Magenta, n'est-ce pas ? Je suis Arthur Listernac, en charge de l'organisation de la sécurité de la triple exposition qui doit se tenir à fin mai début juin dans notre belle ville. Je remplace les membres du Comité de Pilotage, malheureusement, ils n'ont pas pu accéder à votre requête de les rencontrer. Ils ont des obligations incontournables en ce moment.

L'enquêteur, sur ses gardes, sourit intérieurement : « notre belle ville », tu parles, lui qui est étranger. Mécaniquement, sans même le regarder, Listernac serre la main de Stan alors qu'il parle à Francis.

— Par ici, suivez-moi, je vais vous présenter mes principaux collaborateurs. Nous nous faisons une joie de vous montrer notre réalisation. Votre réputation n'est plus à faire et c'est un très grand honneur pour nous de vous recevoir.

Le laissant se délecter de belles paroles, Francis le dissèque en se disant qu'il en fait trop. Sa belle chevelure légèrement ondulée, ses yeux en amandes, sa barbe courte et soignée lui confèrent un charme et une dignité qu'il promène sans ostentation avec l'assurance des hommes qui savent parfaitement ce qu'ils veulent. Son regard est vif mais froid, calculateur mais enjôleur. Un homme qui sait certainement se montrer sous différentes facettes pourvu qu'elles lui permettent d'atteindre le but qu'il s'est fixé. Un vrai « politique » probablement plus soucieux de soigner son image et surtout son avenir professionnel. Francis sent que cette réunion va être longue et fastidieuse. Il a toujours eu horreur de ses calculateurs qui sourient à tort et à travers avec l'air de ne jamais s'émouvoir ou s'étonner de rien. Des anguilles qui ont toujours une idée très égoïste de leur avenir bien arrêtée derrière la tête. Plus ils sourient, moins ils t'apprécient.

Quelques instants plus tard, Listernac fait entrer ses deux visiteurs dans un grand bureau bien éclairé et richement agencé. Le moins que l'on puisse dire, c'est que la mairie n'a pas lésiné sur les moyens. Ça sent la peinture fraîche et une légère odeur de café flotte dans l'air. Ici et là des dossiers s'empilent les uns sur les autres. Là de grandes cartes sont étalées sur de longues tables. Ailleurs, des cartons débordent de papiers et de brochures diverses. L'activité est visiblement très soutenue. Trois personnes attendent presque au garde-à-vous. Listernac referme la porte et toujours aussi souriant fait les présentations :

— Le Dr. Harrald Van Rickshammerschein, mon collaborateur principal... et mon ami depuis plus de dix ans. Il est incollable en matière de sécurité. Il a lui-même dessiné les plans de tous les présentoirs qui permettront à nos administrés de contempler les plus belles pièces de joaillerie du monde. Il est aussi à l'origine de tous les systèmes électroniques. C'est un maître en la matière. Un orfèvre.

Listernac s'interrompt et se penche légèrement vers Francis.

— Tout le monde l'appelle le « Viking », murmure-t-il, vous comprenez aisément pourquoi.

Listernac laisse échapper un petit rire rapidement maîtrisé.

Francis Magenta serre machinalement la main du « Viking ». Ce dernier est presque la copie conforme de Listernac sauf que sa poignée de main ressemble plus à une broyeuse qu'à autre chose et son regard clair est d'une froideur inquiétante.

— Voici nos deux meilleurs collaborateurs : Ingrid Hizbrunnen et Hubertus Knuth.

Vingt-cinq minutes plus tard, fier et sûr de lui, Listernac a exposé au patron de Mondial Protection son organisation qui, loin d'étonner Francis, prouve à l'évidence que le bonhomme connaît parfaitement son affaire sans toutefois le rassurer totalement. L'homme est trop confiant et par expérience, il sait qu'il y a toujours quelque chose qui pêche dans une organisation aussi brillante soit-elle.

— Cher monsieur, c'est pourquoi, lorsque vous me parlez d'un possible cambriolage, je comprends parfaitement votre motivation qui, je vous l'assure, est aussi la mienne. Ma réputation est en jeu et je ne la laisserai jamais compromettre par ce genre d'action. Mon passé et mon expérience plaident en ma faveur. Je me permettrais aussi d'ajouter que la sécurité est ma première préoccupation. On ne peut pas regrouper autant de merveilles en un même endroit sans automatiquement susciter des jalousies sérieuses, mais j'ai l'avantage d'avoir l'habitude. Le monde est mal fait, il est tellement rempli d'envieux... si vous saviez.

— Il y a des salauds de partout, au moins, comme ça, on n'est jamais surpris par l'espèce humaine.

— Vous m'enlevez les mots de la bouche.

— On ne peut jamais assurer cent pour cent de la sécurité, il y a toujours un grain de sable quelque part, un fait anodin soudain qui n'a pas été envisagé parce que jugé impossible ou tout simplement parce qu'on n'y a pas pensé.

— Je ne suis pas un débutant, monsieur Magenta. Sur la foi de quels éléments pensez-vous que ma triple exposition court le risque d'être dévalisée ? Qu'on s'attaque à l'une d'elle me semble raisonnable et parfaitement envisageable, même si cela implique un luxe de moyens que de très rares personnes possèdent, mais s'attaquer aux trois… voyons, soyons sérieux.

— Ce n'est pas parce que ça n'a jamais été tenté que ça ne peut pas l'être.

— Soit, j'en conviens, j'en conviens, mais avouez qu'avec toutes les mesures que je viens de vous exposer…

— Quand on ne peut pas rentrer par la porte, on cherche toujours le moyen d'entrer par la fenêtre. Le cheval de Troie, vous connaissez ?

— Bien sûr et c'est toujours la première manœuvre qui me vient à l'esprit. Je trouve toujours la parade. Vous voyez, je suis paré.

Francis ne répond pas. Il se dit que l'Arthur est en train de lui bourrer le mou.

— Quant à ce journaliste, Gilles Levesque, c'est ça ? Eh bien, d'après mes fiches, il possédait toutes les accréditations nécessaires pour circuler sur les trois sites afin de faire ses reportages. Mais depuis qu'il a été incarcéré, elles ont bien évidemment été suspendues. Quelle histoire, n'est-ce pas ? Un tragique fait divers aussi sordide que lamentable. Bien sûr, pour répondre à votre précédente question, elles seront immédiatement réactivées si des faits nouveaux venaient à le laver des accusations de meurtres qui pèsent sur lui en ce moment. Quand je vous disais que le monde est mal fait.

Sur les ordres de son patron, Stan est resté dans l'autre bureau. Il s'y promène de long en large et tout en faisant mine de s'interesser au travail des deux adjoints qui ne tarissent pas d'éloges sur leur façon de procéder et se décarcassent pour lui fournir toutes les précisions qu'il veut connaître, mémorise certains documents qui l'intéressent tout particulièrement.

— Actuellement, poursuit Arthur Listernac, nous travaillons sur les derniers détails relatifs à l'exposition de diamants qui doit se tenir dans l'aile gauche du Collège Louis Dumont. Regardez !

Ajoutant le geste à la parole, Listernac déploie sa grande carcasse et montre du bras une carte murale. Francis l'imite et s'approche à son tour.

— Voilà une très belle photo du collège prise depuis la Place Carnot. Vous saviez que dans le temps c'était la mairie et l'école ?

— Les temps changent.

— Eh oui. Ici, vous voyez au centre l'endroit où va se dresser le chapiteau qui accueillera le Premier Ministre et ses collaborateurs. Je peux vous assurer que le cordon de sécurité est totalement infranchissable. Il prononcera son discours depuis cette tribune.

Francis s'avance très près et examine le dispositif clairement indiqué par des couleurs vives très différentes. Il finit par hocher la tête n'y voyant rien à redire. Il se recule et regarde l'immense plan du collège fixé juste à côté.

— La partie gauche du collège que vous examinez est entièrement dévolue à l'exposition. Tout a été reconstruit à l'intérieur et l'aile bénéficie des tout derniers développements en matière de sécurité électronique.

— Où seront rangés et stockés les diamants après les visites ?

Listernac sort une sorte de stylo de sa poche et à l'aide d'un trait lumineux entraîne le regard de l'enquêteur vers les coins et recoins du plan.

— Tout le sous-sol a été spécialement agrandi en profondeur. Un escalier ultra protégé mène à une nouvelle salle construite en bêton armé et totalement infranchissable. Les murs sont même parcourus par des réseaux de câbles électriques pour empêcher toute reconnaissance électronique des codes d'accès à distance. En bas de l'escalier, nous avons fait installer une immense chambre forte. Un coffre-fort géant si vous me permettez cette image.

Listernac se fend d'un rire léger.

— Je vois.

— Il n'y a absolument aucune issue autre que cette porte blindée. Personne ne peut y accéder et elle est hermétiquement fermée par code depuis le PC de sécurité qui se trouve à plusieurs dizaines de mètres de là. Inutile de vous dire que des hommes armés y sont cantonnés jour et nuit et prêts à intervenir au moindre signe de danger. Voyez-vous, monsieur Magenta, pour qu'un cambrioleur puisse s'introduire dans la chambre forte, il faudrait déjà qu'il puisse franchir les dispositifs installés dans l'aile gauche et dans l'escalier d'accès. Le sol est recouvert de détecteurs thermiques et de détecteurs de poids. Ils sont si sensibles que même une plume d'oiseau les fait se déclencher. Nous avons essayé à plusieurs reprises. Si jamais cela arrivait, des rideaux métalliques bloqueraient immédiatement toutes les issues, fenêtres comme portes y compris jusqu'au toit. Vous voyez, comment un individu ou même une équipe de voleurs pourrait s'introduire dans la chambre forte ? Et quand bien même, une fois devant la porte, comment ferait-il pour l'ouvrir ? Contrôlée à distance, et outre de connaître les codes qui changent trois fois par jour, il faudrait qu'il ait accès au PC et cela est totalement impossible.

— Ça c'est quoi ? demande Francis intrigué par un grillage en hauteur dans un angle de la chambre forte.

— L'aération. Si cela n'avait tenu qu'à moi, je n'en aurais pas installé, mais la réglementation dans ce pays est telle que... enfin, ça n'a que peu d'incidence.

Listernac est soudain secoué par un petit rire.

— Je vois où vous voulez en venir. Je vous rassure, personne ne peut s'introduire par là. Le tuyau d'air n'a pas plus de vingt-cinq centimètres de diamètre. Aucune personne au monde ne peut s'y glisser.

— Et il est raccordé où ?

— Ici, dans cette pièce spécialement aménagée dans le sous-sol de la partie droite du collège. Il est également impossible d'y entrer sans montrer patte blanche. À l'intérieur, il y a un puissant moteur qui permet de réguler le débit d'air tout en le renouvelant. Satisfait ?

— Donc le tuyau traverse toute la zone d'une aile à l'autre ?

— Affirmatif ! Mais rassurez-vous, personne ne peut pirater le tuyau. À la profondeur où il se trouve il faudrait creuser des jours et des jours et cela est parfaitement impossible. De plus, il est équipé de détecteurs de coups au cas où...

Francis se tourne vers Listernac qui semble attendre son approbation.

— Tout cela est parfait, dit Francis.

UN ÉVÉNEMENT MONDIAL ! ...

Listernac sourit de contentement.

— L'avis d'un expert tel que vous est très important pour moi.

— Vous me donnez trop d'importance.

— Non, non, se défend l'organisateur en prenant l'enquêteur par l'épaule comme s'ils étaient de vieux amis.

Francis s'immobilise et regarde fixement son interlocuteur.

— Permettez-moi une question d'ordre général.

— Je vous en prie.

— Comment se fait-il que ce soit Bellegarde-sur-Valserine qui ait été choisie pour accueillir une telle manifestation ? Elle va attirer un monde fou. Faut savoir gérer un tel afflux de visiteurs qui sont habitués à être servis.

Listernac sourit tout en se remettant à marcher.

— La ville a tout mis en œuvre pour que ce soit une fête des yeux pour tout le monde. C'est justement cet aspect - permettez-moi l'expression - « rural », par opposition à « citadin », qui a séduit les décideurs. Les membres du Comité de Pilotage avaient dans l'idée de créer la surprise en prenant le contrepied des dispositions habituellement prises pour ce genre de manifestation, et je dois avouer qu'ils ont parfaitement réussi leur coup.

— Qui sont-ils, ces membres innovateurs ?

Listernac sourit à nouveau. Francis a l'impression qu'il ne sait que sourire. L'homme se retourne, cherche quelque chose des yeux, et fait soudain « Ah » en prenant un document sur une étagère.

— Tenez, voilà une brochure élaborée spécialement à cet effet. Vous y trouverez toutes les réponses à vos questions. Vous verrez : que des hommes d'exception.

Francis le remercie et prend la plaquette en papier glacé et richement colorée que lui tend l'organisateur de la sécurité, sûr de son fait. Il la consulte rapidement en se promettant de l'étudier attentivement dès que possible. Francis tient à en savoir plus, beaucoup plus. Il constate que l'argent coule à flot. La plaquette a dû coûter une petite fortune.

Listernac s'est remis à marcher en se frottant les mains.

— Sans négliger aucunement la sécurité qui reste, bien entendu, leur préoccupation première, ils tenaient à ce que ce soit une ville « neuve » qui accueille cette exposition pour ouvrir une ère nouvelle dans ce genre de manifestation. Parce qu'en donnant un grand coup de balai sur des habitudes depuis trop longtemps ancrées dans les esprits, cela ne peut que redynamiser un territoire qui en a bien besoin. N'oublions surtout pas qu'économiquement parlant, ce sont les petits ruisseaux qui créent les grands fleuves. Plus une économie locale montera en puissance, plus les retombées locales puis régionales et enfin nationales seront importantes. Simple effet domino, et c'est la population entière d'un pays qui en profitera au final. Sans compter que cela redorera le blason quelque peu terni de ce genre d'exposition. Les gens veulent du neuf, veulent de la surprise, ils veulent vibrer, voir des nouveautés. De plus, les retombées financières seront incalculables et cela ne pourra que profiter aux habitants, comme je viens de le souligner - j'y tiens tout particulièrement - créant ainsi un appel d'air absolument nécessaire à l'économie locale. Cet évènement marquant, une première mondiale, va servir de déclencheur pour entraîner un effet de masse profitable à tout un chacun. Une fois la machine lancée, plus rien ne l'arrêtera et l'économie prendra petit à petit un nouvel élan. Vous voyez, tout a été pensé dans les moindres détails et pas uniquement en raison de sordides questions bassement matérielles.

— Je vois. Justement, à propos d'enjeux bassement matériels, financer une exposition telle que la vôtre ne doit pas être donné ?

— En effet. L'investissement est colossal, mais les retombées le seront encore bien plus. D'ailleurs tout le monde a été emballé par le projet et tous les principaux acteurs économiques de la région ont joué le jeu. Les banques, Carrefour Valserine, le Sidefage pour ne citer qu'eux, et bien d'autres. Même des petites entreprises se sont senties impliquées dans le projet. Le Petit Chézery par exemple, et de nombreux autres chefs d'entreprises. C'est près de quatre-vingt-dix pour cent du monde entrepreneurial de la région qui participe à cet événement mondial. Vous voyez, un tel engouement ne peut être que couronné de succès.

— Vraiment très impressionnant. Je suppose que pour susciter autant de ferveur et d'adhésion autour de votre projet, les collections que vous allez exposer sont à la hauteur. Elles valent des fortunes, j'imagine.

— Pire ! C'est incalculable !

Comme soudainement emballé, totalement possédé par son sujet, Listernac fait demi-tour et se rue sur une table surchargée de documents. Il en retire un imposant catalogue.

— Regardez, monsieur Magenta ! Regardez-moi ces merveilles que nous allons faire découvrir au monde entier ! Concernant les diamants, nous avons rassemblé les plus belles pièces qui existent au monde. Nous avons le diamant *Allnatt* : un diamant taillé en coussin de presque cent deux carats ([47]). Sa pureté est unique au monde sans parler de sa couleur « *Vancy Vivid Yellow* ». Ensuite nous avons le *Moussaieff Red Diamond.*

---

[47] Le diamant *Allnat*, du nom de son acquéreur, Alfred Ernest Allnat, un homme d'affaires Anglais, est l'un des plus magnifiques diamants (101,29 carats) du monde. Découvert en 1880 en Afrique du Sud. En 1996, il a été vendu à Genève pour la somme de 3 043 496 dollars.

Découvert au Brésil, c'est le plus gros diamant rouge taillé au monde ([48]). Et toujours par ordre croissant nous allons dévoiler une autre merveille de la nature : le *Heart of Eternity* ([49]). Il est d'une pureté incroyable et sa couleur d'un bleu si intense en a fait sa renommée. Poursuivons avec le *Wittelsbach Diamond* ([50]). Taillé en forme ovale, il a trente-cinq carats cinquante-six. Sa pureté et son incomparable couleur bleu déplace les foules. Et voici maintenant - regardez bien la photo, allez-y, regardez - le *Steinmetz Pink* ([51]). Taillé en forme ovale, sa couleur est unique au monde, et pour la petite histoire n'est pas sans rappeler la fameuse Panthère Rose incarnée au cinéma pour l'éternité par le regretté Peter Sellers.

Listernac s'interrompt et semble basculer dans un autre monde. Francis le dévisage et découvre soudain un autre homme. Un homme totalement subjugué par sa passion, son métier. Il le trouve touchant et vraiment crédible. Un pur, un vrai ! C'est si rare de nos jours que l'enquêteur hoche vigoureusement la tête en approuvant la situation.

Brusquement, Arthur Listernac reprend pied avec la réalité. Il se tourne vers l'enquêteur.

— Désirez-vous boire quelque chose ?

Francis Magenta est surpris, se donne le temps de la réflexion et, en souriant devant l'attitude aussi sympathique que presque comique de son interlocuteur, décline poliment l'offre.

---

[48] Authentique. C'est un diamant brillant taillé en triangle. Il est exposé au *Smithsonian Institute* de Washington. Il est estimé à 7 millions de dollars.

[49] *The Heart Of Eternity* est un diamant brillant taillé en forme de cœur. Il a 27,64 carats. Il a été vendu au groupe de Beers (spécialiste du diamant) pour la somme de 16 millions de dollars.

[50] *The Wittelsbach Diamond* a longtemps fait partie de la Couronne Bavaroise. En 1964 il a été vendu à un collectionneur privé pour la somme de 16,4 millions de dollars.

[51] *The Steinmetz Pink* est un diamant de 59,60 carats. Il a été découvert en Afrique du Sud et a été vendu à 25 millions de dollars.

— Tant pis pour vous. Tout cela m'a donné une de ces soifs, excusez-moi, reprend Listernac en se dirigeant vers une fontaine à eau qu'il actionne longuement sous le regard amusé de Francis.

Le téléphone rompt le charme. Listernac pose rapidement son gobelet, fait un léger signe d'excuse à l'attention de Francis et décroche. L'enquêteur en profite pour se faire une idée du reste des collections et au fur et à mesure qu'il découvre la suite, il ne peut cacher son émerveillement.

Plus fort que ce que vient de lui préciser Listernac, il apprend que Le *De Beers Centenary Diamond* ([52]). Le troisième diamant incolore le plus gros au monde découvert en Afrique du Sud et estimé à cent millions de dollars, sera bien présenté, tout comme le *diamant Hope* ([53]) de quarante-cinq carats cinquante-deux. Il est estimé à trois cent cinquante millions de dollars. Le *Cullinan* ([54]), diamant taillé en forme de poire avec cinq cent trente carats vingt et un. Prix estimé : quatre cents millions de dollars.

Francis arrive en fin de chapitre et découvre le *Sancy Diamond* ([55]). Ce diamant jaune pâle absolument merveilleux est taillé en forme d'écu. Il est habituellement exposé au musée du Louvres, à Paris.

---

[52] Authentique. Ce diamant a 273,85 carats. La qualité de couleur pour ce diamant incolore est la plus parfaite qui soit dans cette catégorie.

[53] Le diamant *Hope*, ou diamant bleu, a été découvert en Inde au 18ème siècle par un aventurier français dont on ne sait pas beaucoup de choses. Il a la réputation d'avoir causé la mort de façon violente de ses 35 propriétaires - ce qui est authentique - à commencer par Marie-Antoinette. La légende veut qu'il soit maudit. Il est un fait que son dernier propriétaire l'a renvoyé au *Smithsonian Institute* de peur de finir comme ses malheureux prédécesseurs. Sa couleur est fantastique.

[54] Authentique. C'est le plus gros diamant au monde de gemme brut trouvé en Afrique du Sud. Il est incolore.

[55] Le *Sancy Diamond* a une valeur inestimable. Sa qualité est si irréprochable qu'il ne peut être chiffré.

Francis est admiratif et se demande si dans le palmarès il ne va pas tomber sur le nec plus ultra des diamants. Il tourne délicatement la dernière page avec une certaine appréhension, et...

Stupéfaction !

Le diamant le plus incroyable, le plus magnifique au monde est là, sous ses yeux, et sera bien présenté à l'occasion de la triple exposition. Francis est circonspect et se demande comment diable les organisateurs ont réussi le tour de force de faire sortir de la Tour de Londres, le légendaire *Koh-I-Noor !* ([56]).

Francis a beau s'attendre à tout, jamais il n'aurait imaginé que les organisateurs de cette triple exposition aient eu l'audace, le culot et surtout les moyens pour réunir autant de trésors inestimables en un seul endroit géographique. Autant de fortunes lui fait tourner la tête. En cas de vol ! ...

L'enquêteur se frotte le nez, les yeux dans le vague tout en se répétant mentalement cette phrase : « En un seul endroit géographique ! ... ».

Il en est sûr maintenant, tout cela cache une énorme arnaque ou un casse absolument fabuleux, mais qui, comment et avec quels moyens ?

Machinalement, il feuillette la plaquette dévolue à ce comité de pilotage. Qui en sont les membres ? D'où viennent-ils ? Comment ont-ils pu obtenir toutes ces collections ? Certaines sont enfermées à vie dans des tours comme celle de Londres ou se trouvent au musée du Louvre. Alors ? Réseau ? Amitiés diverses ? Argent ? Promesses ?

Il jette un dernier coup d'œil sur son interlocuteur visiblement très accaparé au téléphone par son correspondant. A priori, ça ne se passe pas comme il l'espère. Francis en profite pour étudier de plus près la brochette de professionnels qui orne la page de garde.

---

[56] Diamant taillé en ovale rond de 106 carats pour près de 22 grammes. Son nom signifie « *Montagne de Lumière* ». Il a été trouvé en Inde. C'est l'un des plus gros diamants au monde. Il orne aujourd'hui la couronne de la Reine Mère et il est absolument impossible de lui fixer un prix tellement sa valeur est colossale.

Cinq photos, cinq visages, cinq *curriculum vitae* courts mais précis et particulièrement éloquents :

- Stéphane Rinck : diplômé d'études supérieures de commerce, spécialiste en transactions diamantaires, expert mondialement reconnu.
- Louis Montbellant, ingénieur en sécurité appliquée et spécialiste des manifestations internationales, conseiller spécial de l'ancien Président de la République,
- Hervé Chaumontet, industriel spécialisé dans la fabrication de présentoirs et philanthrope avisé et reconnu dans le monde de la joaillerie,
- Guillaume Pouchard, négociant mondialement réputé dans le domaine des pierres précieuses, conseiller spécial du Ministre des finances et du Ministre des affaires étrangères,
- Alban Bavarien, ancien ministre de l'Intérieur reconverti dans le « *consulting* » et le « *coaching* » en négociations commerciales internationales, député, ancien président du conseil départemental de l'Ain, mécène et organisateur de manifestations mondialement reconnues.

Pour le coup, Francis se rend compte que les choses ont été particulièrement bien amenées et conduites. Que des pointures et des hommes très introduits dans les coulisses des différents gouvernements ! Droite/gauche confondues, dès qu'il s'agit de faire du fric, les étiquettes disparaissent très vite.

Et vive le billet vert !

Il réfléchit, essaie de se faire une idée d'ensemble puis fronce les sourcils et vérifie ce qu'il vient de lire et qui a retenu toute son attention : l'organisation de la triple exposition est sur les rails depuis presque quatre ans ! Le moins que l'on puisse dire, c'est que ces cinq hommes ont de la suite dans les idées.

— Quand on y croit ! murmure-t-il.

— Maintenant, et j'y tiens, laissez-moi vous exposer les dispositifs de surveillance et de protection que nous avons imaginés pour le château de Montanges et la Tour « A » de la Place Henri Dunant où doivent se tenir les deux autres expositions.

Francis sursaute. Il revient sur terre et découvre le visage rayonnant d'Arthur Listernac qui le regarde avec une joie à peine dissimulée.

— Suivez-moi, monsieur Magenta. Vous allez être épaté !

Francis lui sourit fort aimablement. Quant à être épaté, il y a longtemps que c'est déjà fait !

RIEN NE VA PLUS ! ...

Cinquante-sept minutes plus tard, après l'incontournable échange de cartes de visite, munis de plaquettes publicitaires flambant neuves, les deux privés quittent l'Hôtel de Ville.

— Alors, tu arrives ou quoi ? grogne Francis en s'apercevant que Stan est de nouveau en train de reluquer la vitrine de la charcuterie Blondel.

— Nom de Dieu, ce n'est pas un cerveau que tu as, toi, c'est un garde-manger. Tu ne penses donc qu'à ça ?

Stan sourit bêtement et arrive en trottinant.

— Alors qu'en penses-tu ? demande Francis, l'esprit en ébullition.

— Le Viking mérite bien son surnom. Lui manque plus que la hache et le drakkar. Quant à Hibernatus...

— Hubertus.

— Oui, si tu veux. Il a le look d'un hamburger bien cuit, la tête à bouffer du Bollito ([57]) et si j'avais sa gueule je la mettrais vite au frigo. Sinon, il m'a l'air passablement doué pour ce qu'il fait. J'ai pu le surveiller discrètement, il est calé. C'est un gars qui s'y connaît en électronique et en système de détection. Probablement une pointure.

— Et la fille ?

— La Ingrid Chauvin... heu, non, c'est comment déjà ?

— Hizbrunnen. Ingrid Hizbrunnen.

---

[57] Recette italienne de viandes mixtes bouillies. Excellent !

— Voilà, c'est ça. Elle a un nom à coucher dehors avec un ticket de logement. On tue pour moins que ça. Remarque se trimbaler avec un blase pareil, ça éveille obligatoirement des pulsions de meurtres ! Ils ont voulu la punir ses parents, ou quoi ? En tout cas, elle m'a l'air d'une terreur même si elle est épaisse comme un haricot vert extra fin. Je ne l'aime pas. Elle me regardait avec de drôles d'yeux.

— C'est tout ?

— Non, ce qui m'a tout de suite frappé, c'est qu'ils sont tous en parfaite condition physique.

— Et alors ? Ça n'a rien d'étonnant, il me semble. Rien d'autre ?

Stan hausse les épaules.

— Là, comme ça, dans l'immédiat, non, rien de particulier.

— Tu ne les as pas sentis très sûrs d'eux ?

— Ah ça oui.

— Une fois au bureau, tu chargeras Mylène de se renseigner au maximum sur ce trio. Ce trop-plein de certitudes me dérange.

— Tu suspectes quoi ?

— Rien pour l'instant, je tiens seulement à vérifier à qui j'ai affaire.

— Et moi ? Je fais...

Francis s'immobilise, se retourne et fixe son ami droit dans les yeux.

— Toi, je t'ai dit de prendre des vacances.

Contrairement à ce qu'il attendait, Francis constate que Stan fait mine d'être offusqué. Mieux, il rigole comme s'il plaisantait. Quel coup fourré prépare-t-il ?

— On va manger ?

— Non, on va visiter !

— Bon !

Dix minutes plus tard, Francis et Stan, munis de toutes les accréditations nécessaires aimablement fournies par Listernac, se garaient non loin de la Place Henri Dunant pour visiter le chantier de la Tour « A ». Un imposant dispositif de protection protège les ouvriers et il faut montrer patte blanche pour circuler. Francis et son adjoint observent attentivement les ballets des plaquistes et autres électriciens quand tout à coup :

— Eeeeeh Bruno, fais gaffe à pas trop te faire voir, conseil gentiment un des vigiles à un trentenaire à l'allure vraiment douteuse dans une salopette passablement défraichie.

Le jeune SDF hoche vigoureusement la tête tout en demandant :

— T'as pas un clope ?

Le vigile sourit, regarde vite fait autour d'eux et lui laisse même son paquet.

— Tu sais qu'il va y avoir pas mal de monde dans le coin, bientôt, alors vaudrait mieux que...

— Ouais, j'sais, un crevard comme moi ça fait bien désordre dans le décor. J'te signale simplement que tout ce beau monde va monter au seizième et quinzième étage, alors que moi j'crèche dans les sous-sols. Qui qu'est qu'ti va y venir en bas, hein ? Alors...

Francis observe le SDF faire demi-tour et s'éloigner rapidement vers le centre-ville pour essayer de trouver quelque chose à manger.

— On vit dans un drôle de monde quand même, laisse-t-il tomber.

— Il n'a qu'à bosser, réplique Stan.

— Pour ça faudrait peut-être qu'il y ait du travail pour tout le monde dans ce pays.

Stan va pour répondre puis balaie l'air devant lui.

— Laisse tomber.

— Tu as raison, on a mieux à faire en ce moment, conclut Francis en pénétrant dans l'immeuble où il croise une charmante vieille dame.

— Bonjour madame Duval, dit le vigile de l'entrée avec un large sourire. Belle journée n'est-ce-pas ?

— Bonjour jeune homme, répond-t-elle d'une voix fluette. Oui, je vais chez mon fils. Il y a trop de bruit là-haut.

— Comme je vous comprends. Faites attention à vous !

Francis sourit. Attendrissante cette vieille dame.

Les travaux sont quasiment terminés et l'enquêteur peut se rendre compte par lui-même que Listernac n'a pas menti. Les mesures de protection sont phénoménales.

— Balmar & Cie. Tu connais ? demande Stan.

— Ouais. Excellente réputation. Très chère mais fait en général dans le très efficace. Listernac a raison. Il faudrait être fou pour s'attaquer à l'une des trois expositions, alors trois d'un coup...

Stan rigole.

— Qu'est-ce qui te fait rire ?

— Les cinglés, ça nous connaît, non ?

L'enquêteur dévisage curieusement son adjoint, cherchant à comprendre pourquoi il agit avec autant de légèreté. Que cherche-t-il ?

Plus tard, l'Aston Vanquish, conduite cette fois par Francis qui avait toujours un œil sur Stan, après avoir traversé Lancrans et Confort, arrivait au château de Montanges avec une certaine appréhension. Malgré toutes les mesures exceptionnelles prises par Listernac et ses collaborateurs, il ne parvenait toujours pas à se départir d'un sentiment de danger imminent. Son intuition lui indiquait que tous les éléments n'étaient pas rassemblés pour avoir une vue d'ensemble correcte et compréhensible. Que manquait-il encore ?

D'un pas assuré, les deux hommes se dirigent vers l'entrée, côté levant.

— Regarde, il y a des poules ! fait remarquer Stan.

— Et alors ? On est à la campagne !

— Ça fait désordre.

— C'est toi qui fais désordre dans ce décor.

Francis montre patte blanche à un trio de vigiles à l'œil soupçonneux avant de franchir l'entrée principale.

Même si elle est large et majestueuse, l'enquêteur ne peut se départir d'un sentiment d'étroitesse.

— S'il y a foule, je me demande comment elle va faire pour se croiser.

— Il y a un service d'ordre. Sont payés pour ça, ces mecs, non ?

Francis ne répond pas. Il observe les lieux. Tout de suite en entrant sur sa droite, il voit un splendide et imposant escalier à vis. Immédiatement à droite, il descend vers les sous-sols, tandis que l'autre côté donne accès aux étages.

Presque en vis-à-vis, à gauche, il découvre une salle de repos dont la cheminée géante soutenue par une traverse de marbre de cinq mètres de long datant de 1584, distille une chaleur réconfortante ([58]).

Guère satisfait, l'enquêteur poursuit son chemin et pénètre dans le grand salon. Rapidement, il consulte le guide que lui a laissé Listernac : la pièce mesure huit mètres cinquante par six mètres cinquante. Belles proportions ! ([59]) Elle est envahie d'ouvriers en train d'installer les présentoirs destinés aux plus beaux diamants du monde. Des techniciens ajustent les lumières placées contre les admirables plafonds en bois d'époque. À l'entrée, il regarde avec attention les essais de fermeture et d'ouverture des grilles en fer forgé qui doivent servir d'ultime défense en cas de cambriolage. À l'évidence, elles impressionnent par leur solidité et Francis se dit qu'il faudrait être drôlement fou ou totalement inconscient pour s'y attaquer. Tous les essais sont dirigés par onde radio et bien malin qui pourrait les pirater. En observant les techniciens, il constate que les opérateurs qui testent le fonctionnement des grilles sont invisibles et probablement cachés dans les sous-sols du château.

Soucieux d'en savoir plus, Francis relit le dossier que lui a aimablement fourni Listernac. Le PC sécurité est bien installé aux sous-sols. Personne ne peut s'en approcher sans montrer patte blanche. Les grilles en fer forgé se peuvent s'ouvrir que grâce à deux clés qui doivent être tournées en même temps, ce qui implique deux personnes et une parfaite synchronisation.

En parfait connaisseur, Francis acquiesce longuement de la tête.

---

[58] Authentique.

[59] Authentique.

— Alors ? ... Heureux ? raille Stan, mains dans les poches, qui montre visiblement son parfait désintérêt de la visite.

Francis ne répond même pas, plus occupé par son inspection des lieux. Il s'approche des portes-fenêtres qui donnent côté couchant sur le parc en pente douce qui s'étire jusqu'à une lisière de conifères. Le parc fait quatre hectares.

— Qu'est-ce que tu cherches ?

— Je te le dirai quand je l'aurai trouvé. Mais mettre autant de trésors dans un rez-de-chaussée me paraît assez risqué, même très risqué.

— D'après ce que prétend le guide, les fenêtres sont hermétiquement scellées, impossibles à ouvrir. Les grilles d'un côté, les fenêtres barricadées de l'autre, que veux-tu qu'il arrive ? Une attaque au bazooka depuis le parc ? Clown !

— Je m'attends à tout, justement !

Stan hausse les épaules et fait demi-tour.

Les deux hommes déambulent encore quelques temps de pièces en pièces en évitant de trop se croiser.

En sortant, Stan semble pourtant revenir sur terre. Près d'une benne, il se baisse et ramasse des copeaux qui l'intriguent.

— Qu'est-ce qu'il y a encore ?

Francis est agacé. Tourner en rond a toujours été sa bête noire, si en plus il doit supporter les âneries de Stan...

— Ça !

L'enquêteur regarde lentement et avec méfiance ce que son ami tient dans la main et lui montre.

— Des copeaux de bois, et alors ?

Rapidement, Stan sort ceux qu'il a sur lui dans la petite boite en plastique dure.

— Ce sont les mêmes.

— D'où sors-tu ceux-là ? Ne me dis pas que...

— Je n'ai pas eu le temps de t'en parler.

— Tu n'as pas eu le temps de m'en parler ! s'énerve Francis. Mais nom de Dieu, qu'est-ce qui te passe par la tête en ce moment, bougre d'imbécile ?

— On a trouvé ces copeaux sous la chaussure de l'une des deux merguez du Bois des Roches.

— Et c'est maintenant que tu me le dis ?

— Je ne le sais que depuis peu. Et puis ce matin, tu faisais une telle gueule de bouledogue que j'ai remis à plus tard ce...

— C'est moi qui décide de ce qui doit être remis à plus tard ou non. Tu en as d'autres comme celle-là ?

— Heu, non... enfin, peut-être...

— Accouche ou je te pile sur place ! rugit Francis dont les yeux ne sont plus que deux fentes. Il a de plus en plus de mal à se contenir et sent qu'il a atteint les limites de l'acceptable.

— On a identifié les deux types de la BMW. Vittorio Buonamici et Pascal Letourneur. Deux Légionnaires en fin de contrat.

— Comment ?

— Jean-Georges a eu la très bonne idée de prendre leurs empreintes dentaires avant que ça crame.

— Lui au moins, il réfléchit. Et quoi d'autre ?

— Ben, il y a comme un gros bemol.

— Je t'écoute !

— Ils sont morts tous les deux depuis cinq ans ! Mais ça n'a pas d'importance, on s'en fout !

Francis ne répond pas. Reste bouche bée. Son visage passe de l'énervement à la surprise puis à la colère noire.

Brusquement, il saisit Stan par la manche et le tire vigoureusement.

— On rentre ! Et toi, tu as intérêt à me donner des explications qui tiennent la route. Ce n'est pas faute de te le demander depuis des jours.

Arrivé devant la voiture, l'enquêteur le propulse de toutes ses forces contre la carrosserie. Stan valdingue contre la portière et glisse au sol faisant déguerpir quatre poules. Francis met déjà en marche et c'est à peine s'il laisse le temps à son adjoint de s'asseoir. Il démarre en trombe en faisant crisser les pneus sous les regards désabusés et amusés des ouvriers et des agents de sécurité.

Tout en roulant vivement, le ton entre les deux hommes monte progressivement au point qu'une fois traversé le Pont des Pierres ([60]) et à peine entré dans Confort, arrivé à la hauteur du « *Tram-Bar* », un sympathique restaurant rue de la Valserine, Francis braque à droite et plante la Vanquish au beau milieu du parking. Il s'éjecte littéralement du véhicule suivi immédiatement par Stan fou furieux.

— La coupe est pleine, hurle Francis. Je veux bien tout entendre, tout comprendre, mais que tu te foutes de ton travail comme tu es en train de le faire, ça, jamais je ne l'accepterai. Tu crois que je n'ai pas assez d'emmerdements en ce moment ? Il y a des limites à ne pas dépasser et j'ai été plus que patient avec tes pitreries et ta légèreté d'être. Jusqu'à cette conduite aujourd'hui qui est inqualifiable. Tu te prends pour qui ? Pour Mel Gibson ? Je t'avertis, je ne suis pas Roger Murtaugh et nous ne sommes pas dans « l'Arme Fatale ». Même si cela me coûte, c'est mon rôle de chef d'entreprise de te le dire, je ne peux plus tolérer tes écarts. Ils nuisent non seulement à la bonne marche de cette enquête dont tu te fous éperdument, mais ils mettent aussi en danger tes équipiers.

— Tu as raison. J'en ai maaaaarre de faire le toutou derrière toi. Marre de te servir d'exutoire, marre de devoir à chaque fois écouter tes sempiternelles jérémiades à propos de tout et de rien. J'en ai assez de t'entendre te plaindre à longueur de journée sur ton triste sort. Si tu n'es pas capable de te prendre en main, c'est ton problème, moi je ne suis pas ton larbin et je n'ai pas à en faire les frais. Si tu ne comprends pas qu'on puisse avoir des hauts et des bas, tant pis pour

---

[60] Le *Pont des Pierres* enjambe la Valserine entre Montanges et Confort. Il a été construit en 1910 pour permettre le passage du tram qui reliait Bellegarde à Chézery. Au moment de sa réalisation, c'était le plus haut pont au monde en maçonnerie traditionnelle avec 65 mètres sous sa voûte. Sa hauteur est de 80 mètres. Il est devenu pont routier en 1937 après la disparition du tram. Dynamité en 1944 et reconstruit en 1954.

toi, mais tu veux que je te dise un truc : continue comme ça et tu vas rester seul... et tu en crèveras !

— Eh bien je ne te retiens pas, tu n'as qu'à passer à la comptabilité en rentrant et tu auras ton chèque, mais écoute bien quelque chose, écoute bien car je ne le répéterai pas deux fois : une fois que tu auras franchi la porte du bureau, n'essaie jamais plus d'y revenir. *Clear* ? Tu n'existeras plus pour moi ! Tu es un charmant garçon, malheureusement tu es affligé d'une tare congénitale : tu es atteint d'idiotie chronique.

Stan sent un frisson le parcourir. Tout va s'arrêter là, comme ça ? Sur cette route de merde ? Non, il connaît assez son Francis pour savoir comment l'amadouer quand ce sera le moment. Il décide alors de... ne pas décider et fait le fanfaron, ça, Francis ne le supporte pas. Mais il est obligé !

Les deux hommes se font face, prêts à en découdre. La respiration courte, Stan ne cesse de crisper ses mains alors que Francis frappe régulièrement son poing droit dans la paume de sa main gauche. Il a la tête qui tourne, n'arrivant pas encore à comprendre qu'il en soit arrivé à ce point mais c'est plus fort que lui. Cette fois, Stan a vraiment franchi les bornes. Mais comment en est-il arrivé là ?

— À voir ta tronche, tu es en train de te demander comment j'en suis arrivé là, dit Stan en pointant un index accusateur sur Francis. Mais jamais tu ne te poseras la question de savoir comment toi, tu en es arrivé là !

La remarque oblige l'enquêteur à réfléchir. Francis se force au calme, craignant plus que tout de dire des choses qu'il regretterait amèrement par la suite. Il sent déjà que la cote d'alerte a été allègrement franchie mais que ce n'est pas encore irrémédiable.

— Stan, bordel de merde, mais bon Dieu, qu'est-ce qui t'arrive ? Qu'est-ce que tu cherches en essayant systématiquement de me faire sortir de mes gonds ?

Stan se ferme comme une huître et Francis le sent mal à l'aise. Manifestement, il a touché un point sensible.

— Quel est ton problème ? Tu me connais, merde, alors laisse-moi t'aider. Agir comme ça n'est pas de toi et je te connais suffisamment pour savoir que tu es face à un cruel dilemme.

— Que dalle !

— Arrête de faire le bouffon ! Tu crois que je n'ai pas compris où tu veux en venir ? Tu crois que tu vas t'en tirer avec cette ridicule mascarade ? Ah oui, pour m'avoir énervé, ça, tu y as parfaitement réussi. Mais quand on est face à un problème que l'on sait ne pas pouvoir résoudre, ce n'est pas en l'occultant et en fuyant comme tu essayes de faire que tu vas y arriver. Il faut l'affronter et je t'ai toujours vu faire face, alors bordel de merde, qu'est-ce que c'est ? Je suis là pour t'aider, ne complique pas encore plus les choses qu'elles ne le sont déjà. Prends quelques jours pour faire le point, appelle-moi si tu changes d'avis mais de grâce ne reste pas comme ça. Parler peut soulager parfois.

Stan ne répond pas, se contente de se dandiner d'une jambe sur l'autre en donnant l'impression d'attendre que ça se passe. Francis sent la moutarde lui monter à nouveau au nez, mais parvient à se contenir.

— Je prends les vacances.

Excédé, furieux et à deux doigts d'exploser devant l'obstination de son ami, Francis va pour répondre quand le téléphone de la voiture résonne.

Sauvé par le gong ! se dit Stan en levant les yeux au ciel. Mécaniquement, il croise ses index et majeurs dans son dos. Il sait qu'il n'aurait pas résisté plus longtemps. Francis s'y entend pour mettre la pression et il est impitoyable à ce moment !

Magenta hésite, dévisage Stan goguenard qu'il sent pourtant à deux doigts de fléchir puis se rue sur la voiture et décroche violemment le combiné.

— Ouais ? hurle-t-il.

— *Patron, c'est Michel. On vient de vous pêcher un truc intéressant devant la prison de Bourg-en-Bresse. Une gonzesse s'est pointée pour voir son « client ».*

Soudain intéressé, Francis s'assoit lentement et écoute attentivement. Stan s'approche doucement tout en restant quand même à bonne distance.

— Vous avez réussi à la prendre en photo ?

— *Bien sûr, Jacques est en train de vous l'envoyer sur votre portable. On l'a suivie. Elle est allée ensuite rendre visite au flic qui à encrister votre ami, ce Blachère.*

— Ça, c'est logique. Quoi d'autre ?

— *Rien d'intéressant pour le moment. On la colle de tellement près que je pourrais casser un crayon à papier rien qu'en serrant les fesses ! Rien ne nous échappera.*

Francis sourit largement.

— Parfait les gars. C'est de l'excellent travail. Vous restez en planque et vous continuez à surveiller. Suivez-là, je veux savoir où elle habite. Vérifiez si elle est y réside seule. Dans la négative, prenez toutes les mesures nécessaires, je ne veux pas de surprises. Si besoin est, établissez une souricière autour de son logis, on ne sait jamais. Surveillance permanente ! Vous avez son nom à cette avocate tombée du ciel ?

— *Affirmatif, patron ! C'est une certaine Angélique Lardenois-Briard du cabinet Young, Stanford et Baxter.*

— D'où sont-ils ? Lyon ? Paris ?

— *Pas du tout. Ils sont de Dover !*

— Douvres !

— *Non, Dover, dans le... Delaware ! (61)*

Le Delaware, répète mécaniquement l'enquêteur, les yeux dans le vide, stupéfait. Machinalement, il coupe la conversation, l'esprit en ébullition. Francis repose lentement le combiné et sort son portable. Une photo apparaît. Stan a posé son coude sur le toit du véhicule et se penche en avant pour regarder.

— Trop maquillée, pas assez vêtue. Qu'est-ce que tu en penses ? demande Francis sans relever la tête.

---

[61] Le Delaware est un État des États-Unis coincé entre le Maryland, la Pennsylvanie, le New Jersey et l'océan Atlantique. Cet État est surtout connu pour être un paradis fiscal. Il est même réputé par certains comme le paradis fiscal par excellence devant la Suisse, les Îles Caïman, l'Irlande et bien d'autres. Son nom vient du fleuve Delaware baptisé ainsi en l'honneur de Sir Thomas West, 3ème baron De la Warr et gouverneur de la colonie anglaise de Jamestown en Virginie, en 1610.

— D'abord que je voudrais bien savoir pourquoi les avocats ont la détestable habitude d'avoir des noms à rallonge. Ensuite, que si cette jolie poupée est avocate, alors moi je suis le roi du cornet à piston ! Sûr qu'elle doit avoir un petit mètre carré de trottoir bien à elle quelque part. Je suis certain que quand elle se met à genoux ce n'est certainement pas pour prier ! En tout cas, avec une chute de reins pareil, ça droit drôlement aider dans un prétoire.

Francis scrute le visage fin qui remplit tout son écran. Qui est-elle ? Pour qui travaille-t-elle ? D'où vient-elle ? Est-elle réellement avocate ?

Brusquement, l'enquêteur sort de la Vanquish faisant reculer précipitamment Stan. Il s'arrête devant lui :

— Une fois revenus au bureau, je te donne vingt-quatre heures pour mettre tes dossiers à jour. Je veux te voir, avec eux, après-demain matin, à 8 heures, et sois à l'heure pour une fois. Après tu iras où tu voudras.

Les deux hommes se dévisagent. Francis attend une réaction, un signe, un geste, mais Stan le regarde bêtement et il a presque l'impression qu'il est content de cette situation. Après tout, c'est bien ce qu'il cherchait, non ? Reste cependant une interrogation de taille : pourquoi préfère-t-il fuir qu'affronter ce qui l'a mis dans un tel état de malaise ?

— Apprends qu'avec moi on ne saute pas d'un train en marche. Allez on rentre, ordonne Francis.

— On ne mange pas ? On est juste devant un très chouette restaurant et… c'est justement un wagon de…

— Non !

— Bon.

EWICH HOUSE, STRATHFILLAN ! ...

Écosse, partie ouest,
résidence « Ewich House »,
Strathfillan,
non loin de Crianlarich,
mercredi 20 avril

Stéphanie a conduit tandis que Jean-Georges, écœuré par la façon de conduire des « anglais », a préféré regarder le Loch Ness ([62]) durant tout le trajet sur cette Nationale A82. Secrètement, comme des milliers de touristes, il espérait certainement apercevoir la fameuse Nessie qui nargue le monde depuis tant d'années ([63]).

---

[62] Le *Loch Ness* est un lac d'eau douce qui relie la côte Est de l'Écosse à la côte Ouest tout le long de ce qu'on appelle « le canal calédonien ». Il est long de 39 kilomètres sur 1,5 kilomètre de large. Sa profondeur varie entre 250 et 280 mètres. Il s'étend sur 54 km². Il est principalement connu pour recéler la trop fameuse *Nessie* dont on signale déjà la présence depuis le VIème siècle.

[63] N.D.A. Ayant passé quelque temps à Inverness, l'auteur a eu la chance de sympathiser avec un médecin à la retraite qui lui a confié, alors qu'il était en activité, avoir vu la trop célèbre *Nessie*. Pour éviter des ennuis bien compréhensibles et surtout préserver sa carrière de médecin, il n'en a jamais parlé. Pour information, nombreux sont les riverains qui ont aperçu *Nessie*, dont une dame

— On est où là ?
— Au château Urquhart ([64]).

Une heure et vingt-cinq minutes plus tard, sous une pluie fine et un temps bouché à rendre neurasthénique le plus optimiste des hommes, les deux privés arrivent à Ewich House ([65]). Ils ont la surprise de constater que c'est une chambre d'hôtes. Accueillis par Ian et Debbie, ils apprennent ainsi que Darius Mac Corkindale est le seigneur et maître des lieux. Que c'est un Lord, qu'on lui dit « Sir » et qu'il habite un château non loin du Loch Lomond près du Trossachs National Park.

— On y va ! dit Jean-Georges, pressé de voir enfin son bonhomme de visu.

Debbie s'interpose en informant le Gascon que Sir Mac Corkindale est absent pour une durée inconnue.

Désappointés, les deux privés décident de prendre une chambre et d'attendre le retour de cet énigmatique collectionneur de figurines. Peut-être auront-ils la chance d'en savoir un peu plus sur lui entretemps en questionnant habilement les deux responsables et les personnes des environs.

La chance leur sourit dans l'après-midi. Un métayer vint spontanément leur parler lorsqu'il apprit qu'ils étaient français. Après avoir vérifié qu'ils ne portaient pas vraiment les Anglais dans leur cœur, le métayer s'offrit volontiers au petit jeu des questions/réponses.

---

qui l'a vue 13 fois. Détail intéressant : aucune de ces personnes ne se connaissait et toutes leurs descriptions sont identiques.

64 *Urquhart Castle*. Construit en 1230. Il a été démoli en 1692 pour éviter qu'il serve de place forte aux Écossais, surnommés à l'époque les « Jacobites ». Il ne reste que la *Grant Tower* d'où l'on peut apercevoir le cachot où fut enfermé le poète gaélique Domhnall Donn. En 1970, Billy Wilder y tourna des scènes de son film « *La vie privée de Sherlock Holmes* ».

65 Cette ancienne maison fermière, entièrement construite dans le plus pur style Victorien en 1811, est située le long de la fameuse « *West Highland Way* ». Le parc est fabuleux, les chambres vous plongent dans le passé et il y a à quelques kilomètres un inoubliable restaurant.

Au bout de nombreuses pintes de bière qu'il descendait à la vitesse d'un torrent en furie, Jean-Georges et Stéphanie apprirent que Lord Mac Corkindale était un homme excentrique d'une soixantaine d'années, légèrement ventripotent, mais avec un indéniable port de tête et une élégance toute britannique qui ne laissait aucun doute sur ses origines. On le disait même affilié par de lointains cousins à la famille royale. Train de vie en conséquence, déplacements en hélicoptère ou en jet privé en fonction des destinations. Quant à son hobby concernant les figurines, c'était devenu une source de potins et de petites histoires dans la région. Tout le monde le savait un peu original et cela ne choquait plus personne. D'après le métayer, il en avait des salles pleines.

Tard le soir, la tête plus ou moins en compteur, le Gascon fait le point avec sa compagne.

— Cette histoire nous a coûté une petite fortune, et on a quand même appris pas mal de choses intéressantes.

— Oui, mais ce que je retiens de tout cela, c'est que je vois mal ce Darius Mac Corkindale en tueur sans pitié. Faire encore le zèbre à son âge et diriger une organisation mafieuse, soit il est très fort, soit...

— Soit, c'est quelqu'un de son entourage qui agit dans l'ombre en se servant de sa notoriété et surtout de ses immenses moyens.

— Exact ! Reste seulement à déterminer si c'est avec son accord ou à son insu.

— Prévenons Francis, il saura quoi faire.

LA PISTE AMÉRICAINE ! ...

Suisse, Genève,
siège de « Mondial Protection »,
jeudi 21 avril,
8 h 03

Bras croisés, Francis a sa tête des mauvais jours. Il laisse Stan poser ses dossiers côte à côte avec pour chacun un petit commentaire, ce qui agace l'enquêteur puisqu'il voit parfaitement les noms de chaque dossier inscrit dessus.

Stan, content et semblant aussi détendu que serein, recule de quelques pas en disant :

— Voilà, tout est là, j'ai fait aussi vite que possible. Y a le dossier « Blachère », « BMW », « Bellegarde », rapport aux trois meurtres non élucidés, « Noyé », « Gang du Dragon » et...

— Écosse, oui je sais, je sais lire, figure-toi.

Stan ricane bêtement en se reculant encore un peu. Il donne l'impression de s'éloigner d'un pétard qui ne va pas tarder à exploser. Francis s'interroge et ne comprend pas où il veut en venir, même s'il sait exactement ce qui le motive.

— Tu vas encore jouer au con longtemps ? lâche-t-il sur un ton péremptoire.

— Moi ? s'indigne Stan en se frappant fortement le torse, comme surpris.

— Qui d'autre, abruti ! Il n'y a que nous deux dans la pièce.

— Et y a Finette, ajoute Stan en levant l'index bien haut. Ne l'oublions pas.

— Je ne l'oublie pas non plus ta ménagerie. Estime-toi heureux que je ne te demande pas de l'embarquer.

Francis fait le tour de son bureau et, mains croisés dans le dos, vient se planter bien en face de son ami.

— Rien à me dire ?

Stan semble chercher sans comprendre, puis secoue négativement la tête.

— Ben non !

Francis a envie de lui taper dessus.

— Quand cesseras-tu de te bloquer ? Je...

Le téléphone direct de Francis interrompt le début d'une discussion que Stan sentait particulièrement mal engagée.

Magenta hésite puis décroche.

— Oui ?

— *C'est nous !*

Francis sourit et s'assoit sur le bord de son bureau.

— Où en êtes-vous ? Du nouveau ?

— *Du lourd ! DMCC, ce sont les initiales de Darius Mac Corkindale, richissime Lord habitant les Highlands. Soixantaine alerte et passablement excentrique. Collectionne les... figurines écossaises.*

— Génial ! Que sais-tu de plus sur lui ?

— *Pas grand-chose. Sauf qu'il m'apparaît de plus en plus impossible qu'il soit à la tête d'une éventuelle organisation mafieuse. Ce type est un poil ravagé du cerveau, mais il a une cour assez impressionnante. Entre avocats, fondés de pouvoir, hommes à tout faire et j'en passe, il n'est pas impossible que ce soit parmi eux que se trouve notre assassin. En tout cas, il ne fait aucun doute que la figurine retrouvée dans l'estomac de notre noyé vient de chez lui, ça c'est une certitude absolue.*

— C'est déjà un bon point de départ. On va devoir passer au peigne fin les affaires de ce type et surtout le passé et les activités de ses collaborateurs. Je vais charger Genetelli de me faire un topo sur la situation financière, économique et patrimoniale de ce Lord. Envoie-moi tout ce que tu as pu glaner sur lui.

— *OK ! Je te mail ça tout de suite.*

— Bien ! Côté noyé, du neuf ?

— *Pour l'instant rien, mais on ne désespère pas de trouver quelques informations, notamment dans les alentours. Si ce type a pris la figurine ici, ce serait bien le diable si on n'arrivait pas à trouver un indice. Quelqu'un doit forcément se souvenir de son passage.*

— Faites très attention, si on a vu juste, vous avez probablement affaire à des génies du crime, alors méfiez-vous. S'ils peuvent tuer une fois, ils n'hésiteront pas à remettre le couvert. Ils n'ont rien à perdre.

— *Ne t'inquiète pas.*

— Bonne chasse !

Francis raccroche en souriant. Les choses avancent. Il réfléchit longuement, immobile, puis contourne son bureau et se laisse choir dans son fauteuil de cuir.

— Darius Mac Corkindale, Darius Mac Corkindale, répète-t-il à plusieurs reprises. Qui es-tu ?

— Moi j'en connais un !

— Tu es encore là, toi ? s'étonne l'enquêteur en voyant son ami s'approcher timidement. Il avait oublié sa présence.

— Darius Moreno, c'est le gars qui a chanté « *Oh mon bateau* » et...

— Stop !!!! N'en dis pas plus ou on va vraiment finir par se fâcher. Si tu avais fréquenté les écoles au lieu de passer ton temps dans des bistrots et des salles de billard, tu saurais tout ça. D'abord, ce n'est pas Darius Moreno, c'est Dario Moreno ([66]). Et une de ses chansons phare c'est « *Si tu vas à Rio* ». Quant à la chanson « *Oh*

---

[66] David Arugete est un chanteur et acteur Turc né le 3 avril 1921 à Aydin, près d'Izmir. Il est plus connu sous le nom de Dario Moreno. L'un de ses plus grands succès a été « *Si tu vas à Rio* ». Il a connu une grande notoriété en Amérique du Sud ainsi qu'en France. Il est décédé à Istanbul le 1er décembre 1968.

mon bateau », elle a été chantée par Éric Morena ([67]), en 1987. Ton éducation laisse sérieusement à désirer. En ce qui concerne Darius, c'est le nom d'un roi de Perse ([68]) battu à plates coutures par Alexandre le Grand ([69])...

— Tu veux dire Michel Legrand.

Abasourdi par autant d'ignorance, Francis sent la moutarde lui monter au nez. Il commence à en avoir par-dessus la tête tout en se demandant s'il ne le fait pas exprès.

— Michel Legrand ([70]) est un grand compositeur de musique, inculte !

— Oh, le père ou le fils, quelle importance ?

— Hors de ma vue tout de suite ! hurle Francis en montrant ostensiblement la direction de la porte.

Zoupette et Finette filent se cacher en un temps record.

— Ça va, ça va, je m'en vais.

---

[67] Éric Morena est un chanteur lyrique Français né le 27 octobre 1951 à Saint-Omer. Il s'est fait connaître en 1987 avec son succès : « *Oh mon, bateau !* ».

[68] Darius III Codoman. Né en 380 avant J.-C. et mort en 330 avant J.-C. Il accède au trône en 336, mais c'est le dernier roi de l'empire Achéménide. Il a été vaincu en 333 par Alexandre le Grand à la bataille d'Issos (Iskenderun actuelle) près du fleuve Pajas (Pinaros dans l'Antiquité).

[69] Alexandre le Grand ou Alexandre III de Macédoine, fils de Philippe II de Macédoine. Alexandre le Grand est né le 21 juillet 356 à Pellas, en Grèce et est mort à Babylone (Irak), le 11 juin 323 avant J.-C à l'âge de 32 ans. Il a anéanti l'immense empire Perse Achéménide et s'est avancé jusqu'aux rives de l'Indus. Il a fondé plus de 70 cités portant presque toutes le nom « *d'Alexandrie* ».

[70] Michel Legrand « *Big Mike* » est un compositeur, musicien et arrangeur français né le 24 février 1932 à Paris. Il est le fils du compositeur Raymond Legrand et de Marcelle Der Mikaëlian, sœur du chef d'orchestre Jacques Hélian d'origine arménienne. Michel Legrand est passionné de Jazz et a remporté 3 oscars pour ses musiques de films comme « *Les demoiselles de Rochefort, les parapluies de Cherbourg* » ». Il est marié à l'actrice Macha Meril depuis 2014.

— Et profite-en pour te plonger dans les livres, pour autant que tu saches ce que c'est !

Stan fait demi-tour, ouvre la porte au moment même où se dresse devant lui l'analyste financier, Francis Genetelli. Continuellement embarrassé, ce spécialiste de la finance ne sait plus quoi faire. Stan le dévisage en rigolant.

— Heu, monsieur Magenta m'a... enfin, je viens le...

— Entre Fabrice, entre, laisse sortir l'autre béotien et entre, ordonne Francis.

Stan passe devant en lui soufflant au passage :

— Fais gaffe, il est en rogne ce matin.

Gauche et ne sachant trop quelle attitude adopter, l'analyste financier, un grand et beau gaillard d'une trentaine d'années aux cheveux bouclés noirs comme le jais, à l'allure apparemment sûre de lui, hésite.

— Entre, entre, répète Francis.

En réalité, c'est un homme timide et assez renfermé, son visage pourtant avenant n'inspire pas grand-chose : il avait la tête à lire avec passion « Maisons et Jardins ».

Francis l'accueille avec un grand sourire en lui indiquant un fauteuil.

— Ne fais pas attention, Fabrice, Stan est dans un de ses jours « sans ».

Finette sort de sa cachette et vient dire bonjour au nouveau venu qu'elle aime bien. Machinalement, il lui caresse la tête. Francis s'installe en se frottant les mains.

— Bon, alors tu as du nouveau ?

Stan ouvre soudain la porte et lâche.

— Mac Corkindale, moi je sais qui c'est ! C'est ce fameux acteur anglais qui a incarné le héros dans la série Manimal ! ([71])

---

[71] *Manimal* est une série américaine de 7 épisodes qui a connu un énorme succès dans les années 1980. Jonathan Chase, le héros principal, était interprété par Simon Mac Corkindale, acteur et producteur Anglais né le 12 février 1952 à Ely en Angleterre et décédé le 14 octobre 2010 dans une clinique de Londres. Il est aussi très connu pour son rôle de Simon Doyle, le fiancé épris d'amour de

L'agrafeuse vient s'écraser sur la porte que Stan a juste le temps de refermer. Il s'appuie dessus, souffle longuement en s'épongeant le front, écoute rapidement puis son sourire ironique disparaît d'un coup. Il consulte sa montre et file à toutes jambes. Il a beaucoup de choses à faire.

— Il est malade ! Qu'est-ce qu'il lui prend ?

— Est-ce que j'ai la tête d'un psy, Fabrice ?

— Euh... non, mais...

— Alors mettons-nous au travail. Quelque chose sur ce cabinet d'avocats ?

Soudain renvoyé sur son terrain de prédilection, l'analyste financier change totalement d'attitude et ouvre son dossier.

— Alors voilà : le cabinet Young, Stanford et Baxter. est bien implanté à Dover ([72]), dans l'État du Delaware. Gros portefeuille avec des bureaux un peu partout aux États-Unis et dans toute la sphère d'influence anglo-saxonne. S'occupe principalement de transactions commerciales et immobilières pour richissimes hommes d'affaires à travers le monde. Le cabinet gère également toutes les affaires d'un grand nombre de sociétés et principalement le côté investissements. Je vous ai préparé une liste non exhaustive de leurs clients, tenez.

Ajoutant le geste à la parole, Fabrice tend la feuille noire de noms que Francis saisit. Il la consulte rapidement sans s'attarder plus. Son esprit est accaparé par tout autre chose : l'avocate !

Anticipant la question, l'analyste financier reprend la parole :

— Quant à cette étrange Mademoiselle Angélique Lardernois-Briard, elle s'occupe bien de toute la partie essentiellement judiciaire. Elle est vraiment avocate. Née à Honfleur d'un père neurochirurgien de réputation mondiale et d'une mère magistrat. Elle dirigeait le tribunal de Rouen.

Linnet Ridgeway (interprétée par Loïs Chiles) aux côtés de Mia Farrow, dans « *Mort sur le Nil* » en 1978.

[72] Capitale du Delaware, elle a été fondée en 1683 par William Penn. Le territoire lui avait été accordé par le roi Charles II d'Angleterre.

— Rien que ça ! Comme quoi, l'habit ne fait pas le moine. Quoi d'autre sur cette charmante personne ?

— Parcours exemplaire, elle a fait ses études avec un certain Grondin… Emmanuel Grondin, j'ai pensé que cette information vous intéresserait.

— Et comment ! Quels liens exacts ?

Genetelli fait un signe significatif en tapotant le bout de ses deux index.

— Tiens donc, ces deux-là sont amants, quelle très curieuse coïncidence ! Tu en sais plus sur ce sympathique procureur ?

— Oui, il a une carrière en forme de météore et a, semble-t-il, un bienfaiteur qui l'aide à gravir les échelons plus vite que tout le monde.

— Qui ?

Genetelli hausse les épaules avec une mine attristée.

— Malheureusement, ça, je ne le sais pas. Je sais simplement que c'est un très haut fonctionnaire extrêmement bien placé et tout particulièrement très prudent.

— Tu m'étonnes. Tout ça ne me plaît pas. Ça sent le coup monté. Essaie d'en savoir un peu plus, veux-tu ? Ça risque d'expliquer pas mal de petites choses. Pour l'avocate, d'autres informations ?

— Elle se révèle très impliquée dans les problèmes de justice. Tendance passionaria, vous voyez ? Puis elle disparaît des radars et on la retrouve aux States où elle est engagée dans ce prestigieux cabinet du Delaware. Je n'ai rien d'autre.

— Qu'a-t-elle à voir avec Gilles Levesque ? Enfin, je veux dire quels liens peut-il bien avoir avec elle ? C'est complètement dingue cette histoire. Il faudrait en savoir plus sur cette période « hors radars ».

— J'ai creusé un petit peu. En fait, elle agit pour le compte d'une toute petite société d'investissements installée à Jersey ([73]), la plus grande île anglo-normande. En réalité, une simple boîte aux lettres.

---

[73] Jersey est la plus grande des îles Anglo-Normandes avec 118 km² et près de 100 000 habitants. Sa capitale est Saint-Hélier. C'est une

— Ma question reste pourtant la même.

— Et elle risque de rester longtemps sans réponse, car cette société dite offshore n'a strictement rien à voir avec votre ami journaliste. Elle est simplement le donneur d'ordres et ne fait que payer les honoraires exorbitants de cette avocate, très cotée au demeurant. C'est une pointure dans son domaine.

— Je n'en doute point. Sais-tu ce qu'elle veut à mon ami ?

— Je me suis un peu renseigné : en fait elle lui a carrément expliqué qu'elle avait le pouvoir de le faire sortir de prison en l'innocentant...

— Et en contrepartie ?

— Ça, je ne sais pas, mais ce qui est sûr, c'est que ce n'est pas gratuit. Je crois que votre intuition était bonne dès le début. Elle doit travailler pour des mafieux qui ont besoin des accréditations de votre ami pour s'introduire dans la triple exposition.

— Déduction logique, mais ce que je ne comprends pas, c'est pourquoi faire tout un cirque pareil pour en arriver à ça ? Pourquoi faire compliqué quand on peut faire simple ? Il y avait mille autres moyens pour entrer en possession de ces accréditations. Tout ça ne me plaît pas, ça cache certainement autre chose, mais quoi ? Voilà une avocate internationale payée rubis sur l'ongle par une société totalement anonyme puisqu'offshore... Ça sent le pognon sale et la magouille. Qu'y a-t-il véritablement derrière ?

Genetelli hausse les épaules. C'est en dehors de ses compétences.

— Fabrice, renseigne-toi sur cette société de Jersey, je veux tout savoir sur elle et surtout qui paye et qui donne les ordres. Remonte le plus loin possible.

L'analyste prend soigneusement des notes. Il relève la tête.

— Ce sera tout monsieur ?

Francis lève un doigt en signe d'attente et imprime plusieurs courriels avec de nombreuses annexes.

---

dépendance de la Couronne Britannique. Elle ne fait pas partie du Royaume Uni ni de l'Union Européenne mais y est associée.

— Non ! Voici des informations que Jean-Georges vient à l'instant de m'envoyer d'Écosse. Je veux tout savoir sur ce Darius Mac Corkindale : situations financière, matrimoniale, patrimoniale, tout. La totale !

— La totale ! Ça va prendre du temps.

— Tu n'en as pas !

— Comme toujours. OK, je m'en occupe. Euh... vous...

— Oui, Fabrice ? Non, je n'oublie pas de t'ajouter quinze jours sur tes congés, tu le mérites amplement.

— Merci. Je peux ?

— Oui, ce sera tout pour l'instant.

Genetelli parti, Francis fait un premier point sur la masse de dossiers et de renseignements qu'il vient de rassembler. Le plus important : savoir qui est qui et qui fait quoi, ensuite tenter de découvrir les liens qui unissent tous ces différents protagonistes. Quelque chose le dérange considérablement, c'est la présence de ce cabinet d'avocats spécialisés dans le blanchiment d'argent et la gestion de fonds dans les paradis fiscaux. Où est la connexion avec Gilles ? La logique veut que ce soit en relation avec la triple exposition, ce qui implique automatiquement qu'un gros coup est en préparation, mais pourquoi faire compliqué quand on peut faire plus simple, beaucoup plus simple ? Cette question le hante. Francis ne comprend pas ou plutôt ne comprend que trop qu'il y a encore quelque chose de plus terrible en préparation derrière, la connexion avocate/procureur en étant la preuve flagrante. En effet, elle indique à l'évidence que le « coup » vient de très, très loin et a dû être planifié depuis longtemps, plusieurs années même. Mais pourquoi ? Et surtout par qui ? Ce qui reste certain, c'est que celui qui manigance tout dans l'ombre a des antennes particulièrement bien placées et terriblement efficaces. Ce doit être probablement quelqu'un qui a le bras très long. Ça ne va pas simplifier les recherches.

FRANCIS TOURNE EN ROND ! ...

Il est près de 15 heures quand Francis décide de faire une pause. Il a épluché tous les dossiers laissés par Stan, et tout en commençant à avoir une idée un peu plus précise de ce qui est en train de se tramer, il ressent pourtant comme une impression d'inachevé. Pire, il n'est pas satisfait. La marge d'erreur est trop importante. Trop d'inconnues restent encore en suspens. Trop de liens restent à découvrir.

Le cas du policier Philippe Blachère l'intéresse au plus haut point. Force lui est de constater que Stan a fait du bon boulot, mais même en épluchant en totalité la carrière de ce flic sans relief, l'enquêteur reste sur sa faim. Rien ne ressort d'une vie de flic aussi terne qu'insipide. Ce type vit vraiment aux crochets de la société en se contentant de se laisser porter par les évènements en prenant grand soin de ne pas trop s'investir.

Partant de là, Francis pensait logiquement pouvoir comprendre son attitude débile et même ostensiblement contraire aux principes mêmes de la logique. Ce parasite ne peut pas être braqué comme ça sans une excellente raison.

Malheureusement, Francis n'en trouve aucune. Rien au niveau bancaire, aucune grosse rentrée d'argent qui aurait pu indiquer une tractation pour « services rendus ». Rien ! Tout au plus a-t-il découvert qu'il a été nommé à la tête de l'enquête ouverte contre Gilles

Levesque par un certain Chabrier. Renseignements pris, ce dernier est un gars d'Interpol.

Interpol ? Qu'est-ce qu'Interpol vient maintenant faire dans cette histoire ? Soudain, il claque des doigts. Stan n'a-t-il pas parlé d'un de ses copains qui y bosse ?

Francis fronce les sourcils, cherchant à se remémorer les paroles exactes de Stan à cette occasion. Brusquement, son visage s'éclaire : « *Le Dragon est l'emblème d'une redoutable organisation criminelle dirigée par un type totalement insaisissable dont on ne sait strictement rien du tout. Il écume les cinq continents et vole les grandes fortunes avec un goût très prononcé pour les bijoux, les émeraudes et les diamants* ».

— Voilà ce qu'il disait, l'ami Stan. Ça se tient plutôt bien. Si Interpol a nommé Blachère à la tête de cette enquête, c'est parce que ce Chabrier craint un coup de force de la part de cette organisation criminelle qu'il doit traquer depuis qui sait combien de temps, ce qui est confirmé par les cadavres tatoués retrouvés ici et là. Et cela prouve aussi que les trois meurtres commis à Bellegarde et incriminés à Gilles sont bien l'œuvre, en coulisse, de ce gang qui espère ainsi faire pression sur lui. Procédé compliqué mais logique. Pourquoi pas ?

Francis se tait. Une nouvelle question le tracasse. Si tel est le cas, c'est d'un cador dont on a besoin, alors pourquoi nommer en première ligne une brèle comme ce Blachère ? Astuce ou ? ... Eh oui, ou alors ce Chabrier en sait plus qu'il ne le prétend et il a mis cet imbécile en avant uniquement pour noyer le poisson. Pour faire croire à ce gang de dragons qu'il n'a pas été démasqué, mais alors...

— Cela revient à dire que ce Chabrier et ses équipes sont aux aguets non loin, prêts à tomber sur les membres du dragon quand ils attaqueront la triple exposition, conclut Francis à voix haute. Ça va faire du barouf !

L'idée le séduit et ce serait bien dans le genre de la « maison » de monter un plan de ce genre.

L'enthousiasme de l'enquêteur est toutefois terni par une autre explication... une explication plus vicieuse, plus malsaine mais éminemment brillante. Francis la retourne dans tous les sens et se dit qu'il vaudrait mieux ne pas la perdre de vue.

Dépité, l'enquêteur s'aperçoit que plus il avance, plus il se heurte à tout un tas d'autres questions aussi inattendues qu'inexpliquées. Mais inexpliqué ne veut pas dire inexplicable.

Francis s'étire longuement, l'esprit en ébullition. Il ne sait plus quoi penser. Quelle est la bonne piste ? Interpol est-elle en embuscade ? Le gang du Dragon va-t-il réellement s'attaquer à la triple exposition ? En a-t-il vraiment les moyens ? Qui est son mystérieux chef que personne ne connaît ? Une idée lui traverse soudain l'esprit. Moyens ? Lord Mac Corkindale. Lui les a. Patron mystérieux ? Lord Mac Corkindale ou plutôt quelqu'un qui se cache derrière lui. Ça se tient.

— Ouuuais, ça se tient, ça se tient ! ... Mais comme toujours, ce n'est qu'une supposition, car je n'ai absolument aucune preuve concrète en main. Tout au plus ai-je seulement la preuve de l'existence de ce gang du Dragon grâce aux deux cadavres cramés dans la BMW et aux deux autres types qui ont bien failli m'éliminer, définitivement, et qui sont, eux aussi, déjà morts depuis plus de six ans... Je ne vais pas bien loin avec ça. Reste à explorer la piste de Jersey. Là, je trouverai probablement ceux qui ont les moyens de financer une opération de ce genre. Mais Gilles là-dedans, simple pigeon ou dois-je y voir autre chose ? Et ce mystérieux tireur d'élite à qui je dois la vie ? Qui est-il ?

Francis interrompt son raisonnement. Quelque chose le contrarie depuis le début. Il se remémore les explications de Listernac concernant les collections retenues pour l'exposition. Mécaniquement, il reprend son bloc-notes sur lequel il a consciencieusement noté la liste de toutes ces merveilles : émeraudes, diamants, perles...

Il la consulte à nouveau en s'attardant plus longuement sur le chapitre des perles :

- *La perle d'Abernathy* du nom de celui qui l'a découverte en 1967. Perle d'eau douce naturelle trouvée dans un fleuve d'Écosse. Elle a été vendue en 1992 et la somme est restée inconnue.
- *La perle de* la *Vallée d'Arco*. Offerte par Marco Polo à l'empereur de Chine Kubilai-Khan (1215-1294). Perle blanche avec des reflets roses et bruns. Une splendeur.
- *La grande perle Rose*. Estimée à plus de neuf millions de dollars. C'est la plus grosse perle fine d'Ormeau (ou Haliotis. Mollusque marin) jamais trouvée. Elle a été découverte à Pelaluma, (Comté de Sonoma), en Californie, en 1990, dans une rivière.
- *La perle de Gogibus*. Découverte au 17ème siècle près des côtes des Indes Occidentales. La légende veut que le Roi Philippe IV d'Espagne (1605-1665) l'ait acheté à un marchand du nom de Gogibus qui la portait comme décoration sur son chapeau.
- La *Huerfana* (l'Orpheline en espagnol). Trouvée dans un lit de coquillages dans le Golf de Panama. C'est l'une des plus belles pièces de la couronne d'Espagne.
- La *Peregrina* (le pèlerin en espagnol). Découverte le long des côtes de Panama au 16ème siècle. Célèbre par sa forme en poire et sa couleur blanche très lumineuse. Elle fut donnée au Roi Philippe II d'Espagne (1527-1598), puis elle passa de mains en mains jusque dans celles d'un marquis anglais : Lord d'Abercom En 1969, Richard Burton l'offrit à sa femme Élisabeth Taylor pour un prix défiant toute concurrence ([74]).
- *La perle de Charles 1er*. Réputée comme perdue ou détruite. À sa décapitation, en janvier 1649, la perle qu'il portait toujours à l'oreille gauche lui aurait été dérobée. Remercions le Comité de Pilotage qui a réussi à la retrouver.

[74] Le célèbre acteur Richard Burton l'a acheté pour 37 000 dollars en 1969. Actuellement son prix est estimé à 11 800 000 dollars.

- *La perle de Charles II.* Elle a été donnée au Roi d'Angleterre (1630-1685) par un habitant des Canaries, la légende veut qu'elle ait disparue avant d'être retrouvée en 1961.
- *La perle de Gresham.* Elle a été offerte par un marchand du nom de Gresham à la Reine Élisabeth. La légende veut qu'elle ait été cachée dans un pain grillé offert à la reine pour étonner l'ambassadeur d'Espagne. Elle aurait été avalée avec un verre de vin.
- *La perle Pérégrina* (l'Incomparable en espagnol). Curieuse histoire que la sienne. Elle est très controversée par les Français qui ne cessent de la réclamer comme faisant partie de la couronne française sous le nom de la « reine des perles » ou Pelligrina. Les descriptions sont identiques mais les Espagnols affirment que la Pérégrina a été découverte sur les côtes d'Amérique du Sud. Ils affirment également que la Pelligrina des Français aurait été emmenée en Russie après le pillage des joyaux de la couronne en 1792 et rebaptisée là-bas « la perle de Zozima ». La ressemblance entre les deux perles est remarquable et à ce jour le mystère demeure toujours. Actuellement, la Pelligrina aurait disparu de la circulation pour reparaître en 1987 chez Christie's sous le nom de « Perle de Jomon » en souvenir de la période japonaise appelée ère de Joman. Quelle que soit cette perle, son origine est toujours inconnue.

Subjugué par un tel étalage de joyaux auquel il ne s'attendait pas, il continue à tourner les pages et découvre d'autres modèles de perles qui le laisse pantois :

- La perle *Beauty of Océan* ([75]). Elle a été trouvée en Mongolie et présentée en Chine en 2010. Particularité exceptionnelle : elle pèse six tonnes pour un mètre soixante de diamètre.

[75] Authentique. Prix estimé : 139 000 000 de dollars.

• *La perle de Lao Tseu* ([76]). Elle a été découverte aux Philippines en 1930. C'est la plus grosse perle blanche jamais trouvée.

• La perle *The Baroda Pearl* ([77]). Collier composé de soixante-huit perles. Il provient d'une collection privée d'un Maharadjah Indien. Vendu en 2007.

• La perle *The Big Pink Pearl* ([78]). Découverte en 1990. Elle est la propriété de la compagnie perlière Pacific Coast Pearl en Floride.

Francis a le tournis. Les chiffres dépassent tout entendement. Il refuse de lire plus avant car les millions de dollars dansent devant ses yeux. Le *Double Strand*, collier de cent vingt perles, le *Cowdray Pearl* plus de trois millions de dollars. Le plus petit collier vaut près d'un million de dollars.

Francis se redresse et repose la liste guère avancé tout en se perdant en conjectures. Comment protéger efficacement toutes ces splendeurs ? Qui serait assez fou pour tenter un tel casse ? Néanmoins, il enrage car il est certain de passer à côté d'un élément essentiel. Il essaie de mettre le doigt sur ce qui l'agace depuis le début et soudain, il sourit d'une oreille à l'autre. Il attrape la liste, sa calculette et additionne le montant de toutes les collections. Sidéré par le chiffre atteint, Francis réalise qu'il faudrait être complétement fou pour vouloir dérober autant de pierres précieuses. D'abord, parce qu'elles sont invendables et que même au marché noir, le voleur aurait un mal fou pour trouver preneur. Certaines marchandises, de par leur simple aura légendaire ne sont pas négociables. De plus, à peine dérobées, le coupable aurait immédiatement toutes les polices du globe sur le dos. Un truc à y laisser sa peau en moins de temps qu'il ne faut pour le dire. Alors question : pourquoi planifier une attaque simultanée sur trois salles d'exposition impliquant des hommes

---

[76] Authentique. Poids 6,3 kilos. Prix estimé : 93 000 000 de dollars.

[77] Authentique. Lors d'une vente aux enchères, ce collier a été vendu pour la somme de 7 100 000 dollars.

[78] Elle a 470 carats. Prix estimé : 4 700 000 dollars.

expérimentés et aguerris appuyés par une logistique très coûteuse pour courir au final un risque pareil ? L'enjeu n'en vaut pas la chandelle ! Et même si le voleur arrivait à passer entre les mailles du filet, que ferait-il de ces fabuleuses pierres ? Les regarder seul le soir dans son petit coin secret ? Aucun intérêt ! Alors quel est l'objectif réel ?

Francis réfléchit rapidement et une idée se dessine petit à petit :

— Et si ! ... et si le but recherché était tout autre ? et si tout cela cachait simplement l'arnaque la plus vieille du monde ? ...

Francis a peur de deviner. C'est si colossal, si dingue que... Il peaufine son raisonnement parce qu'il ne s'agit pas de se tromper, puis s'exclame après un temps infini :

— Non ! Ce n'est quand même pas ça ? ...

Francis secoue la tête ayant du mal à concevoir son hypothèse comme réellement valable. C'est si gros, si dantesque, si effroyable et à la fois si parfaitement et très intelligemment pensé qu'il a du mal à l'admettre. Reste à démonter cette possible machination diabolique. Comment s'y prendre ? Comment faire ? L'argent ? Et oui, pourquoi pas !

Agacé, ulcéré de n'arriver à rien de concret, vexé de tourner en rond, machinalement, il prend la liste laissée par Genetelli et la parcourt à nouveau sans idée arrêtée, laissant son esprit vagabonder.

<u>LISTE DES PLUS IMPORTANTS CLIENTS</u>
<u>DU CABINET YOUNG, STANFORD & BAXTER</u>

DENZL & Cie
LUXEUIL & Cie
GROSEILLE LE MANTEC Ltd
MONTCLAR BV
GRUPPEN SCHWARTZ Ltd
BRASERETE & Cie
HOFFMANN, LUTZ & DARCOLE AG

IMPRESA FALEGNAME Spa
FLYING AWAY SA
COMMUNQUE BELLA & Cie
MAESTRO & Cie
WAYNE, WIDMARK, HUDSON & Cie
PACIFIC EASTERN Ltd
GREEN INVESTMENTS Ltd

Maintenant écœuré, Francis lâche la liste et la repousse d'un geste lent. Il se sent impuissant, battu et cela l'énerve. Pourquoi n'a-t-il pas l'une de ses intuitions dont lui seul a le secret ? L'absence de Stan ? Quand même pas, même s'il doit reconnaître que son absence lui fait mal. C'est fou ce qu'un iconoclaste comme lui peut manquer. Ses facéties, ses pitreries, son rire absurde, ses réparties à deux balles. Soudain, il réalise que jamais le silence ne lui a fait aussi mal à la tête.

Machinalement, il regarde Finette qui, depuis son divan, le regarde fixement et il croit deviner ce qu'elle pense. Elle pense exactement comme lui ! Francis se secoue, voilà qu'il parle aux chèvres maintenant, mais que lui arrive-t-il ?

Il songe à téléphoner à Stan, mais se ravise. Ce n'est pas la peine d'avoir fait tout ce cirque si c'est pour le rappeler même pas deux heures après son départ. Il aurait l'air fin, ah ça c'est sûr ! On en entendrait parler pendant des mois. Et puis il l'a bien cherché ce charlot !

Il réfléchit, prend le cadre de Myriam et contemple longuement son fin et beau visage espérant que cela l'aide à trouver l'inspiration.

— Tu me manques, mon étoile ! murmure-t-il sans pouvoir retenir quelques larmes qu'il ne prend même pas la peine d'essuyer. Personne ne le voit, et quand bien même, il s'en fout.

Il en a marre, marre de tout. Pourquoi bosser s'il n'y a rien au bout ? Pourquoi se lever le matin si ce n'est que pour constater toujours et encore l'inanité de sa vie ? L'absurdité de son existence ?

Ses rêves se sont brisés, ses espoirs ont été déçus, à coups d'interrogations, ses valeurs se sont petit à petit diluées dans ce fleuve tumultueux, loin d'être tranquille, qu'est celui de la vie. Il a perdu ses illusions à cause des déconvenues et des trahisons...

— On se calme, Francis ! Tu es encore en train de partir à la dérive, tu as autre chose à faire.

Sans le vouloir, encore une fois, le visage de Stan s'impose à son esprit. Il se souvient de ce qu'il lui disait l'une de ces innombrables fois où ils s'étaient engueulés au sujet de sa vie sentimentale gâchée. Ne disait-il pas : « *N'oublie pas que celui qui vit dans le passé, finit toujours par se retrouver seul !* ». Sur le moment il avait rigolé, mais maintenant, il réalise que ce diable de Stan n'avait peut-être pas totalement tort. Ne s'abrutissait-il pas dans un passé révolu ? Ne s'enfonçait-il pas dans une spirale sans fin qui ne pouvait que l'entraîner vers la solitude et le chagrin ? Ne se complaisait-il pas avec une délectation aussi morbide qu'impalpable dans une espèce de nombrilisme négatif, voire suicidaire ? Quelle force serait capable d'enrayer sa fuite vers le passé ? Sa peur d'affronter le futur ?

Stan disait : « *Il y a toujours un soleil qui t'attend près de toi !* ».

— Le soleil ! répète-t-il lentement. Ouais, le soleil. En ai-je seulement un qui m'attend ?

Finette bêle, se rappelant à son bon souvenir. Francis tourne la tête et sourit. Il sait qu'elle s'adresse à lui :

— Qu'est-ce que tu en penses, toi, hein ? Tu es bien d'accord !

Brusquement, il se lève et gagne la baie vitrée qui donne sur la route menant au pont Butin. Il se traite de débile. S'il continue ainsi à s'apitoyer sur son sort, il ne deviendra que l'ombre de lui-même et pourtant la vie vaut la peine d'être vécue. Il envie l'espace de quelques secondes la vie de fêtard de Stan. Lui ne se casse pas la tête avec des questions existentielles. Il profite de tout, de chaque moment, sans essayer d'en expliquer les sens cachés ou non. Aurait-il raison ? Pour vivre bien est-il besoin de renoncer à se poser des questions ? Même un minimum ?

Francis secoue fortement la tête.

— Non, c'est totalement hors de questions. Il faut savoir, chercher jusqu'à ce qu'on trouve un sens à tout ce que nous faisons et à tout ce que subissons, ne serait-ce que pour comprendre ce qui nous arrive et en tirer les enseignements qui permettront d'avancer, de grandir, sinon, nous ne sommes plus que de simples « animaux » en quête de l'essentiel quotidien : bouffer, boire, baiser ! Je ne me contente absolument pas de ça.

Comme pour lui donner raison, Finette ([79]) bêle. Francis sourit en la regardant tendrement, puis se reprend et retourne s'asseoir. Le boulot n'est pas fini. Il prend son bloc et note les résultats de ses conclusions.

1/- Blachère : un parfait con, mais un con manipulé par ce Chabrier.
2/- Les 5 cadavres du gang du Dragon : tous anciens militaires, déserteurs ou en fin de contrat. Tous identifiés mais tous sont DÉJÀ morts depuis plusieurs années. Cela désigne une organisation quasi militaire et j'en arrive au :
3/- Gang du Dragon. Puissante organisation extrêmement bien structurée, particulièrement efficace et aux moyens illimités.
4/- Son patron ? Probablement un intouchable comme ce Lord Mac Corkindale ou l'un de ses proches. Sûrement le même type qui a satellisé ce Grondin, en faisant de lui sa marionnette de manière à ce qu'il puisse le manipuler le moment venu. Et ce moment, c'est l'incarcération de Gilles Levesque, mais pourquoi ? Tout cela pour un simple leurre, ça semble irréel.
5/- Un tel déploiement de moyens pour, au final, ne viser qu'une triple exposition, implique que son organisation était connue depuis longtemps. Qui aurait eu accès à autant d'informations en amont ? Quelqu'un de haut placé et sûrement partie prenante dans le milieu des diamants. Mais qui et pourquoi ?

---

[79] Pour la petite histoire, Finette existe réellement et vit dans la maison de sa maîtresse à Saint Germain-sur-Rhône. Elle adore le lait dans un grand bol.

6/- Les moyens financiers illimités : Jersey et son paradis fiscal. Le fric !

Francis réfléchit en se tapotant le menton avec son bloc-notes.

— C'est par là qu'on doit commencer. Si on arrive à tirer un fil, même minuscule, on pourra remonter toute la pelote jusqu'au grand criminel qui dirige tout dans l'ombre ([80]). Francis sourit à cette évocation et par association d'idée pense au grand naturaliste que fut John Muir ([81]). Son fil ce sera celui de l'argent, le nerf de la guerre. Par Jersey et par cette avocate, on doit y arriver ! ... En tout cas, ça dédouane absolument Gilles de tous ces meurtres. Il s'est trouvé là au mauvais moment et au mauvais endroit. Le pigeon idéal.

Francis reprend son écriture en parlant à voix haute.

7/- Quant à l'Écosse, ce doit être là-bas que se trouve le « siège social » de cette multinationale du crime.

8/- Le noyé ? Probablement un flic qui ne devait pas être loin de découvrir la vérité. Il l'aura payé de sa vie.

L'enquêteur se frotte le menton. D'autres questions se posent : ce mystérieux tireur d'élite ? La triple exposition ? Listernac et son groupe de Huns ? Et surtout, comment empêcher ce qui va probablement être le casse du siècle ?

Francis retombe dans sa morosité et lance le bloc-notes sur le bureau. Il n'a que des suppositions, des impressions, des sensations, mais rien de concret, rien de tangible, rien de nature à faire bouger des forces de

---

[80] Selon le proverbe de John Muir : « *Lorsqu'on tire sur un fil de la nature, on découvre qu'il est attaché au reste du monde !* ».

[81] John Muir, né le 18 avril 1838 en Écosse et décédé à Los Angeles d'une pneumonie, le 24 décembre 1914. Certains proches affirment qu'il serait mort de tristesse suite à la construction d'un barrage sur la *Tuolumne* dans une des vallées du Yosémite. C'est le premier grand naturologue moderne et farouche défenseur de la nature et de sa protection. Ses livres et ses essais dans ce domaine sont encore de nos jours très lus. Son action a contribué à sauver la vallée du Yosémite. Il a très fortement influencé l'émergence du mouvement environnemental moderne.

police qui ont, actuellement, bien d'autres chats à fouetter avec l'organisation de cette exposition ; sans compter la venue du Premier Ministre et de toute sa bande de pique-assiettes.

Brusquement, il prend son Perfecto et se dit qu'une petite balade à l'air frais lui serait bénéfique. Très vite, après avoir laissé plusieurs consignes à l'accueil, il grimpe dans sa Vanquish et quitte rapidement Genève.

L'AMI DE L'AMI ! ...

Girod,
hameau proche de Chêne-en-Semine,
36 impasse de la Bidole,
15 heures

Stan fait la moue tout en déambulant, mains dans les poches de son jeans, dans le salon de son ami et professeur de self défense, Jean-Raymond Escurier.

La quarantaine placide, les cheveux en bataille, les lunettes sur le bout du nez, sa tenue sport en tire-bouchon laisse deviner une amorce de petit bedon fort sympathique. D'ailleurs l'homme préfère dire qu'il a une belle surface de caresses, ce qui fait l'admiration de Peggy, son épouse, et hurler de rire ses gosses. Mais comme le dit le proverbe : « L'habit ne fait pas le moine ».

Jean-Raymond est un excellent professionnel et un professeur hors-pair. Se mettant au niveau de tous, il excelle dans l'enseignement de son art qui n'est pas, contrairement à ce que pensent beaucoup de gens, un art de combat, mais seulement un art de se défendre donnant une assurance et une détermination rares dans la vie de tous les jours chez qui le pratique.

— Tu m'as l'air plutôt fatigué ! fait le professeur en surveillant son élève du coin de l'œil.

— Je suis fatigué.

— Et préoccupé aussi, je dirais.

— L'assurance va rembourser ta BMW au moins ? demande Stan sans enthousiasme.

— On attend ! Tu sais, avec ces gens-là, on est jamais en retard pour payer mais quand c'est à eux de passer à la caisse, alors là...

— C'est à toi toutes ces culottes ? Et toutes ces chaussettes ?

Le maître de Goshindo ricane tout en tenant contre son torse une pile de linge qu'il essaie d'étendre tant bien que mal.

— Au cas où tu ne l'aurais pas remarqué, on est six à la maison. Un homme, une femme et quatre enfants. Et depuis peu, on a même un petit-fils : Enzo !

— Ah ben oui !

— Toi, tu as la chance de vivre sans te poser de questions, alors profite-en bien car le jour où tu seras en couple, pour de bon, tu verras les choses autrement.

Jean-Raymond s'interrompt et dévisage longuement son élève.

— Tu en fais une tête. Que se passe-t-il encore ?

— Ben, je me demande si j'ai bien fait.

— Bien fait quoi ?

Comme libéré, Stan se réveille et rapidement raconte à son professeur ce qu'il a été obligé de faire pour éviter à Francis de, peut-être, retomber dans le drame.

Au bout de plusieurs minutes, visiblement soulagé, Stan, goguenard et pas peu fier de lui, se redresse en toisant son professeur.

— Tu as vu à quel point que quand je réfléchis, je suis un cerveau.

Jean-Raymond pose délicatement sa pile de linge, réfléchit quelques secondes, poings sur les hanches, et s'approche de Stan.

— Tu veux que je te dise ?

— Ouais.

— Tu n'es qu'un imbécile.

Le sourire béat de Stan disparaît d'un coup.

— Bon ! Ça fait toujours plaisir.

— Tu as tout faux, Stan ! On ne t'a jamais dit que la connerie c'est la décontraction de l'intelligence ? Eh bien permets-moi de te dire que sur ce coup-là tu es vachement décontracté. Réfléchis deux secondes. Tu crois avoir découvert un truc particulièrement inquiétant susceptible de plonger ton ami et patron, ce Francis, dans un chaos moral épouvantable. Tu ne crois pas qu'il aura deux sous de jugeote et ira contrôler la vidéo ?

— J'ai pris mes précautions. Je l'ai modifiée de telle sorte qu'il ne trouvera rien.

— Et tu crois que ça suffira ?

— Ben oui.

— Eh bien non, ahuri.

— Ahuri, ahuri, merde, tout le monde me dit ça.

— C'est que ça doit probablement être vrai, alors.

— Pourquoi ? J'ai fait ce qu'il y avait à faire.

— En prenant la fuite ? C'est là où tu te trompes : en empêchant ton ami de découvrir la vérité, même si tu le fais pour son bien parce que tu as peur de le blesser, non seulement tu ne l'aides pas, mais quand il découvrira le pot-aux-roses, crois-moi, il va te voler dans les plumes comme j'ai rarement vu, et t'en voudra tellement qu'il se peut qu'il ne te fasse plus jamais confiance à l'avenir. Tu piges ?

— Tu veux dire que j'aurais dû laisser faire et...

— Exactement. En crevant l'abcès immédiatement, en lui parlant franchement, certes, ton ami serait retombé dans la déprime, et encore ce n'est pas certain, mais surtout il aurait pu compter sur toi pour l'aider dans cette douloureuse épreuve. C'est à ça que servent les amis, les vrais.

— Tu crois ?

— J'en suis sûr ! Ça s'appelle l'intelligence du cœur. Crois-moi, en agissant comme tu l'as fait, quand il le découvrira, il va t'en vouloir à mort et te le reprochera tout le temps. Considère même que s'il consent à te garder dans sa société tu auras du bol. Tu as agi lâchement.

— Je ne suis pas un lâche ! se défend Stan.

— Dans ce cas présent, si. Tu aurais mieux fait de tout lui dire. Et d'abord comment es-tu aussi sûr ?

— Justement, je ne suis sûr de rien.

— Pourtant tu es quasi certain que tu ne t'es pas trompé ?

— Que oui ! J'ai même fait des comparatifs avec les différentes balles qu'on a récupérées et celles que j'avais aux archives.

— Et ?

— Elles correspondent.

— Alors où et le problème ?

— C'est que n'importe qui aurait pu utiliser l'arme parce qu'on ne l'a jamais retrouvée à l'époque. Et c'est une arme de professionnel. Une putain d'arme de tireur d'élite !

Jean-Raymond se tait en faisant la moue. Il reprend son linge qu'il étend à nouveau.

— Évidemment. Enfin même s'il persiste un doute, tu aurais quand même mieux fait de tout lui raconter. Finalement, c'est lui que ça concerne et c'est à lui de se faire sa propre opinion, quoi qu'elle lui coûte.

— Je n'avais pas vraiment pensé à ça.

— Ahuri !

— Oh, ça va !

— Je suis d'humeur taquine.

Les deux hommes se taisent.

Stan regarde son professeur étendre sa pile de linge qui semble sans fin, puis rageusement attrape une bouteille de Tequila qui trônait près de la plaque de cuisson et se sert une solide rasade sous l'œil inquiet du professeur.

Stan fait claquer sa langue et se rapproche de la baie vitrée qui donne sur la vallée moutonnée. Au loin, il aperçoit la route qui descend sur Vanzy et se souvient soudain qu'un type y avait fait le grand plongeon, il y a quelques mois, juste avant les vacances de Noël. Son regard vagabonde. Sur sa droite, en contrebas, il regarde le cabanon que son professeur a construit. Il en a fait son atelier. Par association d'idées, il pense à ce mystérieux tireur d'élite. Pour entretenir un tel fusil, il lui faut un atelier, un endroit, même rudimentaire, mais avec tout le nécessaire pour entretenir un tel engin. Il y a peut-être une piste à creuser dans ce sens, se dit-il en esquissant un large sourire. Et quel meilleur endroit pour le faire tranquillement en se cachant de tous si ce n'est à...

— Tu es bien songeur ?

Stan se retourne et se rapproche de son professeur.

— Non, non, non, ça va, répond-t-il en prenant à nouveau la bouteille que stoppe Escurier au passage.

— Tu crois que tu n'as pas fait assez de conneries ?

Stan hésite puis sourit en reposant la bouteille. En effet, cela ne sert à rien.

Bien sûr que cela ne sert à rien. Mais qu'est-ce qu'ils ont tous ces bonhommes à se mettre la tête à l'envers dès que ça ne va pas comme ils le veulent ?

— Heu, je peux te demander un grand service ?

— Si c'est pour me taper encore, désolé, je suis très *short* en ce moment.

— Non, ce n'est pas ça. Je voudrais que tu puisses filocher Francis quelque temps. J'ai peur qu'il ne lui arrive un sale coup. On est sur une affaire merdique à souhait et j'ai comme l'impression que ça va flinguer tous azimuts dans pas longtemps.

— Tu ne peux pas t'en charger ?

— Si, mais le Francis est un gars très rusé. Il me connaît comme sa poche et...

— Il te repérera immédiatement. Tu voudrais que j'aille me faire trouer la peau à ta place. Sympa !

— Non, non, simplement le suivre et m'avertir si par hasard... et j'interviendrai. Je ne serai jamais très loin. C'est le moins que je puisse faire. Je lui dois tout !

— Tout ! Ça fait beaucoup ! Tu dois drôlement y tenir à ton Francis.

— Plus qu'à ma propre vie.

Jean-Raymond dévisage avec attention son élève. Il se rend bien compte que ce n'est pas de l'esbroufe.

— J'ai la niche du chien à refaire. Si tu me payes le bois et le grillage, je suis ton homme.

— Ah merde ! Tu es dur en affaires.

— Eh, que veux-tu, nous vivons dans un drôle de monde.

— Bon, c'est d'accord, mais faut commencer tout de suite.

— Quoi, là, maintenant ? Tu ne manques pas d'air, toi. Bon, d'accord. Mais comment connais-tu tous ses déplacements ?

— J'ai mon antenne au bureau. Il y a une nénette à l'accueil qui n'a rien à me refuser. Elle m'adore !

— La pauvre !

MAGENTA EST SUIVI ! ...

Bellegarde-sur-Valserine,
fin d'après-midi,
17 h 46

Francis se promène sans but précis sur la Place Carnot. Le nez en l'air, il observe les façades des habitations alentours et en particulier celles derrière lesquelles ont été commis ces trois horribles meurtres. Il essaie de deviner comment le gang du Dragon va s'y prendre pour cambrioler les trois expositions en même temps, car il ne pourra le faire que simultanément.

Organiser un attentat, vrai ou faux, contre le Premier Ministre lui semble très plausible. Ça s'appelle une manœuvre de diversion. Pendant que tout le monde courra après des fantômes et que la panique sera à son comble, les voleurs auront tout le loisir de s'emparer des diamants et autres émeraudes. Mais si l'idée est bonne, comment, dans la pratique, s'y prendront-ils ? Placer un ou plusieurs tireurs dans les appartements des trois femmes serait logique, mais la réaction des forces de l'ordre serait telle qu'ils n'auraient aucune chance de s'en sortir vivant. Des kamikazes ? Pourquoi pas, c'est bien dans l'air du temps et les membres du gang n'ont pas l'air d'avoir froid aux yeux. Seraient-ils aussi prêts à se sacrifier pour permettre à leur chef de s'emparer de tous ces millions ?

Francis est plus circonspect. Il voit mal des voyous comme ceux-là se transformer en kamikazes. Ce ne sont pas des fanatiques. L'explication doit être ailleurs et...

L'enquêteur s'immobilise et claque des doigts.

— Ouais, la voilà l'astuce ! murmure-t-il, et ça peut expliquer beaucoup de choses. Un flingueur ne passera jamais inaperçu, même déguisé, parce qu'il y aura des contrôles très serrés de partout. Par contre, quel genre de type laissera-t-on facilement entrer ? Un flic ou un pompier ? Je dirais plutôt un « flic ». Qui soupçonnera un policier d'aller et venir dans l'un des trois immeubles ou même un par immeuble ? Personne ! Surtout s'il est connu ! Connu comme... Blachère !

Du coup, Francis se demande si, au lieu de le voir comme un appât, comme il le pensait au début, il ne serait pas de mèche avec le gang du Dragon ? Passer pour un demeuré pour endormir ses collègues et les enquêteurs, puis s'introduire sous un prétexte ou un autre dans l'un des appartements le jour du discours. Rien d'impossible pour lui, c'est un jeu d'enfant même. Il est connu ! Ensuite, il n'a plus qu'à faire feu et sortir tout tranquillement en faisant croire qu'il poursuit un hypothétique tireur ! Ça ce serait une véritable astuce. Et pourquoi pas ?

Voilà une explication qui a au moins le mérite de tenir la route. Il doit partir à la retraite, il a donc besoin d'argent. Il joue son rôle de flic obstiné, coffre Gilles en déclarant à qui veut l'entendre et contre vents et marées que c'est lui le coupable, est d'une simplicité enfantine pour lui. Du coup, les soupçons se portent ailleurs et on « oublie » Blachère et le gang du Dragon qui a alors toutes latitudes pour préparer son casse en parfaite tranquillité. Mais l'avocate alors ? À quoi rime ce double emploi ? Si Blachère suffit, pourquoi impliquer Gilles en lui envoyant cette émissaire mafieuse ? Un plan « B » ? Précaution indispensable dans le cas ou Blachère faiblirait ou changerait d'avis ? Pourquoi pas, c'est envisageable et crédible vu l'intérêt colossal que représente cette montagne de diamants. Ou alors autre écran de fumée ? Pourquoi pas non plus ? Ça expliquerait l'ineptie de toute cette manœuvre absurde.

Sans compter que ça obligerait les enquêteurs à se concentrer sur tout un tas de pistes différentes avec comme unique résultat de les égarer encore un peu plus.

Génial !

Mais cela implique que si ce Chabrier d'Interpol l'a expressément nommé à ce poste, c'est que lui aussi fait partie de ce gang du Dragon ! Élémentaire mon cher Watson ! On comprend mieux pourquoi ce gang diabolique réussit depuis tant de décennies à éviter les pièges de toutes les polices du monde.

Encore génial !

Francis reconnaît que cette explication machiavélique le séduit beaucoup, mais comment le prouver ? Il enrage, il a toujours des impressions et des suppositions, mais encore rien de concret. Il reprend sa marche tout en découvrant un nouveau problème, ce qui ne fait qu'exacerber sa frustration. Il soupire avant de se concentrer à nouveau.

Ceci posé, après avoir vu toutes les mesures de sécurité prises par Listernac et son Viking, il semble absolument impossible que les voleurs puissent s'emparer de tous les diamants en un temps record. Francis tourne le problème dans tous les sens sans parvenir à une explication logique et satisfaisante. C'est réellement impossible... à moins ! ... Eh oui, à moins que...

À moins que Blachère, encore lui, ne soit la cheville ouvrière de tout un plan mûrement réfléchi et diabolique. De par sa fonction, il peut aller et venir à sa guise. Son enquête sur les trois meurtres sur le lieu proche d'une triple exposition et d'où sera prononcé le discours du Premier Ministre, l'autorise à s'intéresser aux dispositifs de protection des diamants. Sa démarche, logique, ne mettra jamais la moindre puce à l'oreille de ses collègues. Il aura ainsi accès à tous les dispositifs et à toutes les mesures de protection, surtout les plus secrètes ! Ensuite ? Eh bien, rien de plus simple que de transmettre tous ces renseignements à quelqu'un qui en a absolument besoin pour s'introduire dans les trois endroits réservés aux expositions. Encore un jeu d'enfant ! Et qui, mieux que personne, peut le faire ? Blachère ! Qui peut réceptionner ces informations sans susciter la moindre méfiance ? L'avocate, puisque logiquement elle doit s'entretenir avec le policier chargé de l'enquête sur son « client », ce qu'elle a déjà fait d'ailleurs.

Francis sourit, ça tient drôlement la route mais encore une fois, comment le prouver ?

Brusquement, il se retourne, ça fait un petit moment qu'il a l'impression d'être suivi. Déjà, quand il s'est garé rue de la Liberté, non loin du réparateur de pneus, en fermant la portière de sa voiture, il lui avait semblé apercevoir un type qui le regardait avec une curiosité appuyée. Ce gars buvait tranquillement une bière à la terrasse du bar située en face de la rue Jean Jaurès. Il s'était levé à son arrivée. Ce simple mouvement avait suffi à éveiller ses sens. Ce type le surveillait. Pourquoi et pour le compte de qui ? Il avait ensuite descendu tranquillement la rue Jean Jaurès pour rejoindre la rue Bertola ([82]) qui donnait accès à la Place Carnot, mais il ne l'avait pas aperçu. Un doué ou prenait-il ses délires pour des réalités ?

Francis scrute longuement la place en tournant sur lui-même. À part des promeneurs, des touristes nez en l'air, des hommes et des femmes pressés de regagner leurs véhicules et quelques employés municipaux en train de garnir des parterres de fleurs non loin de la statue qui fait face au collège, il ne voit rien qui confirme ses soupçons. Tout a l'air tranquille. En se retournant brusquement, en général, il y a toujours quelqu'un que ça surprend, pas longtemps, une demie seconde, mais c'est suffisant pour le repérer. Là, il n'a rien vu de tel. Ou ce type est un sacré professionnel, ou il s'illusionne encore.

---

[82] Joseph Bertola, Maire de Bellegarde-sur-Valserine de 1912 à 1932, date de son décès. Auparavant, cette rue s'appelait rue Palézo du nom du ruisseau qui longeait à l'époque la rue. Elle fut rebaptisée rue Pierre, Marie, Philippe, Aristide Denfert-Rochereau en 1906 avant de devenir rue Joseph Bertola en 1932.

Curieux quand même !

Francis hausse les épaules et poursuit son chemin. Il gravit rapidement les six marches qui le séparent de la rue Parmentier. Il s'immobilise en face du numéro 22, entre la laverie automatique et le cabinet vétérinaire. Il lève la tête pour tenter d'apercevoir le dernier étage, là où habitait la Rousselet. Il essaie de deviner le positionnement d'un éventuel tireur et se rend compte de la vue imprenable qu'un flingueur aurait sur le collège. Même un bleu ne pourrait pas louper son tir sur le Premier Ministre.

L'enquêteur se tourne totalement et scrute la façade en vis-à-vis, celle où a été assassinée Magali Colberti. De toute évidence, de chez elle aussi, la vue sur le collège est imprenable. Deux tireurs, épaulés à un troisième, placé, lui au dixième étage de l'immeuble faisant face à la place, il est indéniable que les coups porteraient de manière particulièrement efficace. Deux créent une diversion en arrosant la foule et les officiels et le troisième vise tranquillement le Premier Ministre.

Imparable !

Un sacré carnage !

Francis va se tourner sur l'immeuble « le Grand Lamartine », quand il aperçoit le type qu'il avait entrevu au bar. Il vient de dépasser le monument aux morts et se dirige vers l'un des bancs publics juste en bas des marches accédant à la rue Parmentier. L'homme s'assoit lourdement. Il fait mine d'observer les fleurs du petit bosquet. Mais son allure est loin d'être celle d'un amateur de beaux végétaux et il ne trompe personne avec sa tête aux traits tirés et pas rasé. Francis l'observe à la dérobée et quelque chose le gêne. À sa dégaine, il a plus l'allure d'un poivrot que d'un loubard ou même d'un flic.

Même s'il ne faut pas se fier aux apparences, Francis ne peut se départir de cette curieuse impression. Qui est-il vraiment ? De toute façon, il n'y a pas trente-six solutions pour le savoir. L'enquêteur prend une profonde inspiration et décide de laisser faire, histoire de voir jusqu'où cet inconnu va le suivre. Il veut marcher ? Soit, alors on va se promener et on verra bien s'il a le mollet sportif. Quand on aura trouvé un petit coin « tranquille » on fera plus ample connaissance.

Sa dotation en patience se trouvant extrêmement limitée en ce moment, il n'entend pas laisser les choses en l'état. D'abord si on le suit, c'est que quelqu'un veut en savoir plus sur lui, c'est donc qu'il est sur la bonne voie. Un des membres du Dragon ? « On » voudrait savoir où il en est ? Le surveiller ou attendre le moment favorable pour le descendre ? Un vrai flic ? Ou encore une tierce personne ? Peut-être ce mystérieux tireur qui semble vouloir le protéger de toute agression ? Il va vite être fixé. Instinctivement, Francis porte la main à son arme pour se rassurer. Rapidement, il arme le chien.

Mieux vaut être prêt en cas de bagarre.

Mécaniquement, tout en marchant, il regarde tout autour de lui, cherchant les indices d'une autre présence. Si ce type est un pro, il doit nécessairement avoir une équipe de soutien non loin, prête à intervenir si ça dégénère. Mais Francis ne voit rien qui pourrait confirmer son intuition. Un solitaire ?

— On va bien voir, murmure-t-il en prenant la direction du haut de la place, vers la rue Lamartine.

Du coin de l'œil, il aperçoit l'inconnu se lever, l'air de rien, et se mettre tranquillement dans son sillage.

Francis sourit. On va rigoler ! se dit-il.

Arrivé devant l'agence d'assurance Aviva, il s'immobilisc net comme hypnotisé par les annonces alléchantes de l'assureur. La vitrine faisant plus ou moins office de glace, l'enquêteur distingue son suiveur ralentir et faire mine de consulter le ciel. Francis sourit largement : un bleu !

Rapidement il se faufile à pas décidés dans la ruelle des Arts, dépasse la Place Jeanne d'Arc où bavassent pas mal de personnes et rejoint la rue de la République par l'étroit passage. Là, il est un peu plus soulagé. Avec la foule, l'inconnu ne tentera certainement rien contre lui.

Faisant mine de musarder, Francis monte et descend la rue semblant uniquement préoccupé par les vitrines des magasins. L'inconnu est toujours derrière lui, mais sans jamais trop s'avancer, ce qui fait réviser son opinion à l'enquêteur. Pas si bleu que ça, finalement. Tout à coup, il aperçoit un second bonhomme, la quarantaine placide, casquette à la gavroche sur la tête. Lunettes.

— Tiens, tiens, tiens ! Eh bien voilà qui n'est pas banal. Mon suiveur est suivi. Cette journée va finalement être intéressante.

Brusquement, Francis traverse la rue de la République sous le nez d'un bus et emprunte la rue Poncelet, sur sa gauche. Il la descend rapidement puis tourne ensuite à gauche et s'engage résolument dans la rue du Dr. Jean Malet. Son suiveur n'est plus en vue. L'aurait-il semé ? Aussi facilement, ça m'étonnerait ! se dit-il. Il s'arrête et attend mais rien ne se passe.

Presque vexé, l'enquêteur reprend sa marche vers la Place Henri Dunant.

Il n'a pas fait trois mètres qu'il découvre son suiveur, mais devant lui. L'inconnu a anticipé sa manœuvre et a rejoint la Place Dunant en passant par le passage de l'Esplanade.

Francis est surpris. Finalement, il est loin d'être un manche. Un bon point pour lui. Mais il sait qu'il a été repéré sinon, il ne se serait pas fait aussi ostensiblement voir. Que cherche-t-il ? Comment pouvait-il savoir qu'il lui retomberait dessus justement à cette hauteur ?

Francis se creuse la cervelle et comprend soudain que l'inconnu a deviné qu'il allait sur tous les sites de la future triple exposition. Après la Place Carnot, il était logique d'imaginer l'enquêteur se rendre au niveau de la Tour « A ».

— Décidément, c'est très loin d'être un con, conclut Francis en se disant qu'il vaudrait peut-être mieux se méfier et ne surtout pas prendre cette histoire à la légère.

CONTACT ! ...

Francis passe devant son suiveur sans lui prêter attention. Arrivé à la Tour « A » devant laquelle s'affaire encore et toujours une kyrielle d'ouvriers solidement protégés par une flopée d'agents de sécurité aux visages fermés et graves, l'enquêteur observe attentivement les allées et venues. Il tient à se faire une idée plus précise de la situation. Il s'avoue impressionné par les mesures de sécurité mises en place et le luxe de précautions qui entoure les derniers préparatifs.

Ayant vu ce qu'il voulait voir, il fait demi-tour et jugeant avoir assez traîné, remonte la rue du Dr. Malet. Son inconnu sur les talons, Francis accélère le pas, tourne soudain à droite dans la rue Viala. L'homme se met à courir, tourne à son tour dans la rue mais s'arrête soudain : Francis n'est plus en vue. Vexé, l'inconnu regarde tout autour de lui, mais il ne voit pas sa cible. Il s'avance, s'immobilise, sursaute au moment où une personne sort en riant aux éclats d'Ecoplâtre, un bureau de rénovation de bâtiment juste sur sa droite. Il reprend sa respiration, emprunte la rue Alphonse Baudin toujours sur sa droite qui se finit en cul de sac et se retrouve très vite derrière les façades noircies par le feu des bâtiments donnant sur la rue de République. Les toits sont effondrés et tout est à l'abandon. Des gravats ici et là témoignent de la violence de l'incendie qui a failli mettre le feu à tout le quartier ([83]). L'inconnu avance encore, inquiet. Il longe quatre garages solidement fermés. Au bout de l'impasse se trouvent les locaux de la Tribune Républicaine. Non, il n'est quand même pas aller là-bas ! pense-t-il. Sur sa gauche, il avise, juste après les box, le portail d'une cour intérieure. Il hésite, puis passe devant.

Soudain, une poigne de fer le soulève du sol et l'inconnu se retrouve violemment plaqué contre le mur intérieur crasseux et couvert de mousse de la cour avec le canon d'un Glock 19 sous le nez.

— Vous êtes en avance, on ne sort les ordures que demain matin ! ironise Francis qui a tout de suite senti une forte odeur d'alcool sur l'inconnu. Il le cerne tout de suite.

Ce mec n'est pas fiable, pense-t-il.

— Stop ! Ce n'est pas ce que vous croyez, balbutie le suiveur.

— Ah ? Et qu'est-ce que je dois croire ?

— Je peux ? questionne l'homme. Dans ma poche.

— OK, mais avec la main gauche et seulement le pouce et l'index.

L'inconnu hoche la tête et avec des gestes lents et mesurés, sans quitter des yeux le canon du pistolet qui le suit, il récupère ses papiers.

— Papattes en l'air et on ne bouge pas un cil. Un seul geste et je t'explose. *Clear ?*

— *Clear !*

Francis foudroie son suiveur en se calant bien sur ses jambes, menaçant toujours son adversaire, et prend lentement le document tendu. Tout en le surveillant, il lit à voix haute :

— Raphaël Levrat !

— Ouais, je suis un flic... enfin un ex flic. Je crois qu'on peut s'aider mutuellement.

Francis comprend mieux l'odeur d'alcool. Encore un aigri qui en veut à la terre entière tout en ne faisant rien pour s'en sortir.

---

[83] Cet incendie s'est déclaré le 14 juillet 2015. Il n'a heureusement fait aucune victime grâce à l'intervention rapide des pompiers.

— Et tu crois que c'est en me suivant comme un toutou que tu vas y arriver ? Tu as tout faux ! Mauvaise pioche mon gars.

— Écoutez Magenta, on pourrait peut-être se parler sans être obligés de se flinguer, non ?

Francis tique. Il connaît son nom.

— Tu sais qui je suis ?

— Votre réputation n'est plus à faire.

— Épargne-moi ces platitudes.

— Même à la rue, je reste toujours un flic. Quand j'ai découvert que vous vous occupiez de l'affaire Levesque, il fallait absolument que je vous vois. Elle est probablement liée à une autre nettement plus dangereuse. Je ne savais pas encore comment vous contacter. J'étais en train de boire une bière au bar quand je vous ai vu vous garer tout à l'heure. J'habite au 19 de la rue Jean Jaurès, juste plus bas, je vais souvent dans ce bistrot pour réfléchir.

Réfléchir ou picoler ? se demande Francis qui sait qu'il n'a rien à craindre de cet individu fourvoyé sur la mauvaise pente. Il n'a plus la niaque !

— J'ai donc sauté sur l'occasion, ce n'est pas plus compliqué que ça.

— Et pourquoi tu cherches à me contacter ?

— Il se trouve que nous chassons le même gibier.

— Tiens donc !

— Lord « X », ça vous dit quelque chose ?

Francis ne répond pas immédiatement. Sans cesser de braquer le dénommé Levrat, il s'interroge. Ce type a beau être alcoolisé, il a l'air d'en savoir beaucoup. Trop à son goût.

— Éclaire ma lanterne, se contente-t-il de dire.

— Vous êtes bien là pour empêcher le cambriolage de la triple exposition ?

— Ce n'est pas impossible, mais ton Lord « X », c'est quoi, ou plutôt qui ?

— Je peux baisser les bras ?

— Non ! Alors ?

— Vous avez entendu parler de ce type qui s'est envolé juste avant la descente sur Vanzy, en novembre dernier, et a fini cramé dans sa voiture ?

— Possible. Pourquoi ?

— Le conducteur n'était autre que ce Lord « X » que tout le monde prétend maintenant, preuves à l'appui, mort. Mais moi...

— Tu penses au contraire qu'il est encore vivant et que ton obstination a causé ta déchéance.

— Exact ! Vous comprenez vite, vous.

— Qui est-ce ?

— La tête pensante du gang du Dragon.

— Les tatoués ?

— Exact ! La pire organisation criminelle que le monde ait jamais connu.

— Rien que ça. Sur quoi tu t'appuies pour en être aussi sûr ?

— Je lui colle au cul comme une sangsue depuis des années, je sais comment il agit, comment il réagit, comment il prépare aussi minutieusement ses coups. Sa mort n'est qu'un leurre, une putain de diversion, tout comme le piégeage du journaliste.

— Tu as les preuves de ce que tu avances ?

— Non, mais mon intuition me suffit.

— Optimiste à ce que je vois ! Ce n'est pas avec ça que tu feras bander un tribunal. Une intuition n'est jamais une preuve. Il te faut du concret et du concret en béton, j'en sais quelque chose.

— J'en aurai ! J'étais tellement près de lui qu'il n'avait pas d'autre choix que de disparaître. CQFD ! J'ai épluché tout le dossier de sa « mort ». Je suis certain que c'est une mise en scène et que l'astuce est là, sous mes yeux, mais...

— Tu n'as rien trouvé, bien entendu. Et s'il n'y en avait pas justement ? Tu as aussi envisagé cette possibilité ?

Levrat s'anime.

— C'est impossible ! Il devait à n'importe quel prix rompre l'étau que je resserrais sur lui. Officiellement déclaré « mort », les recherches s'arrêtaient d'elles-mêmes et c'est ce qui est arrivé. Cela lui a donné toute la tranquillité et le temps nécessaire pour préparer le plus fabuleux casse du siècle.

— La triple exposition !

— Exact. J'étais à deux doigts de le serrer, mais on ne m'en a pas laissé le temps.

— Ex flic, hein ? Interpol, je me trompe ?

— Non.

— Chabrier, ça te dit quelque chose ?

— Lequel ?

— Parce qu'il y en a plusieurs ?

— Ils sont deux : Paul, le père, une saloperie sans nom. Un carriériste qui s'est donné comme mission l'éradication totale et absolue de tous les contrevenants internes. Ce type est parti en croisade, il se prend pour un saint protecteur et salvateur, mais ne fait que pourrir et détruire tout ce qu'il touche. Il est en train de déstabiliser l'organisation et de la rendre obsolète.

— Ton bienfaiteur si j'en juge par le ton de ta voix.

— On mène une sale guerre et tous les coups sont permis pour la gagner.

— Peu déontologique tout ça. Et l'autre ?

— Thierry, le fils. Il est en guerre ouverte contre son père. C'est l'un des rares à m'être resté fidèle. Je lui ai tout appris et il faisait partie de mon équipe. C'était même mon adjoint direct.

— Faisait ?

— Eh bien disons que sans cesser de travailler pour Interpol, maintenant il me sert aussi d'informateur et m'aide officieusement dans ma recherche de Lord « X ».

— C'est si important que ça ?

— Quand je lui aurais mis la main dessus, à cette ordure, je pourrais retrouver mon honneur et recommencer à vivre en paix, mais pas avant. C'est impossible.

— Je vois. Lord Darius Mac Corkindale, ça te dit quelque chose ?

— Je peux baisser les bras ?

— Non !

— Rancunier.

— Prudent.

Levrat a du mal à maintenir ses bras en l'air, mais Francis n'en a cure.

— Une idée ?

— Non, ce nom ne me dit rien du tout.

— L'île de Jersey ?

L'ex flic hésite puis se ferme et affecte une moue étonnée.

— Non plus.

— C'est curieux, j'ai l'impression du contraire !

— Si nous collaborons, je vous donnerais tous les détails.

— Tu n'es pas en position de négocier.

— Je peux vous être très utile, Lord « X » est armé et très dangereux.

Francis sourit curieusement et balade son arme au ras des yeux de l'ex flic qui se met à loucher au fur et à mesure que le canon froid de l'arme se rapproche.

— Tu crois que je suis quoi, moi ?

— Vous n'y arriverez jamais seul. L'échiquier est tellement grand que vous ne voyez même pas jusqu'où il s'arrête.

— Mais toi oui, bien sûr. Seulement, c'est moi qui tiens le flingue et c'est toi qui t'es fait baiser. J'ai même l'impression que c'est une manie récurrente chez toi.

Levrat se fâche.

— Vous osez m'insulter ?

— Regarde-toi et tu comprendras !

Raphaël Levrat se rend compte de son état. Être en permanence entre deux vins n'arrange pas sa situation et surtout ne le rend pas particulièrement fiable. Il n'inspire pas la confiance.

L'enquêteur le laisse se calmer tout en réfléchissant à toute vitesse. Son esprit de synthèse est en mode accéléré et il commence à entrevoir plusieurs scénarii possibles. Par association d'idées, il décide de partir à la « pêche ».

— Maintenant, mon gars, je te repose ma question, mais différemment : Angélique Lardenois-Briard, c'est quoi ?

— Qui ça ?

Francis sourit. La réponse a fusé tellement vite mais avec tant de nervosité qu'il sait que l'épave ambulante ment.

— Pourquoi refusez-vous d'en parler ?

Levrat se rend compte qu'il n'arrivera à rien. Il soupire longuement.

— Peut-être parce que ça ne vous regarde pas.

— Maintenant si, réplique Francis en baladant son arme sous le nez de l'ivrogne en herbe.

— C'est une maîtresse délicieusement baroque.

Francis ricane.

— Ce n'est jamais la question qui est indiscrète, c'est seulement la réponse. Tu l'as rencontrée à Jersey ?

— Oui, j'enquêtais sur les finances de Lord « X », car il est financé par une société basée là-bas, ça j'en suis absolument convaincu. Seulement je ne suis pas arrivé à savoir laquelle. Je n'ai qu'une vague idée.

— C'est toi qui l'a draguée ou...

— C'est elle. C'est une brillante avocate. On s'est rencontrés dans un pub alors que j'étais en planque.

— Et ce qui devait arriver arriva.

— Le coup de foudre. Vous ne devez pas savoir ce que c'est, vous !

Un voile assombrit soudain le visage de l'enquêteur. L'image de Myriam s'impose à lui. Il ricane, une idée vient de lui traverser l'esprit qui expliquerait bien des choses.

— Ça vous fait rire ?

— Avec les traînées, ça ne traîne jamais. Tu t'es fait avoir mon gars. Et dans les grandes largeurs.

Interloqué, Levrat fronce les sourcils.

— Je ne comprends pas.

— Grondin, le procureur Grondin, ça te dit quelque chose ?

Levrat fronce les sourcils. À son air, il semblerait que « oui ».

— Ce connard ! J'ai eu souvent affaire à lui dans le cadre de mes enquêtes concernant Lord « X », mais c'est un drôle de type. Pas facile à travailler et il me mettait plus des bâtons dans les roues que...

— Tu savais que ton avocate se le tapait ?

— Angélique ? Vous plaisantez, elle m'avait dans la peau.

— À chacun son eczéma, répond Francis en se rappelant ce que lui avait dit Stan à propos de Myriam.

Lui non plus n'est pas exempt, se rend-t-il compte. En un éclair il s'imagine à la place de ce pauvre Levrat. Et s'il était en train de glisser, lui aussi, sur cette voie aussi douce et attirante que malsaine et suicidaire dont on ne revient jamais ? Lui aussi titille le Gin. Certes pas au point de se mettre minable comme l'épave qu'il a devant lui, mais ça commence toujours comme ça. On ne s'en rend pas compte, on croit maîtriser, pouvoir s'arrêter comme ça, d'un simple claquement de doigts. Et puis après ! ... D'un coup, Francis réalise qu'il a peut-être devant lui sa propre image. En est-il arrivé à ce point ? Y a-t-il des différences entre les deux hommes ? L'absence de Myriam l'a-t-elle conduit à cette extrémité au point qu'il ne s'en rend même plus compte ? Est-il encore temps ?

— Ce type avec...

L'ex flic est atterré. Il a visiblement beaucoup de mal à digérer l'information. Un coup de massue n'aurait pas été différent. Tout tourne dans sa tête et il se sent perdre totalement pied. En revanche, agissant comme un électrochoc dans celle de l'enquêteur, la « machine » se remet soudain en marche de façon implacable.

— Manifestement, tu ne sais vraiment pas tout sur ton Lord « X ». Tu en es même très loin.

— Qu'est-ce que vous voulez dire ? Pas que...

— Oh que si !

— Ce n'est pas possible, elle ne peut pas travailler pour lui !

— Eeeh si... et son amoureux aussi probablement. Quels étaient tes rapports avec Grondin ?

— Service/service, rien d'autre.

— Tu ne l'as jamais senti « télécommandé » ?

— À la réflexion, maintenant que vous me le dites, ouais, c'est très possible. Des rumeurs circulaient sur le fait qu'il était inféodé à un grand ponte. Mais dans ce business, ils sont tous plus ou moins aux ordres de quelqu'un et...

— Il y a une grande différence entre être dans un camp et être aux ordres, le petit doigt sur la couture.

— Vous divaguez !

— Jobastre ! ([84]) Mais dans quel monde tu vis ?

Francis scrute l'ex flic avec une certaine pitié. Levrat semble se ratatiner sur lui-même. Il est visiblement anéanti et ne réalise que maintenant à quel point il a pu être manipulé. Lui qui se croyait inflexible, non corruptible, maître de tout et de tous s'était fait berner en beauté. Lui qui avait toujours raison, qui était LE chef, le patron indiscuté parce capable de gérer toutes les situations, n'avait jamais rien vu venir.

Drapé dans ses certitudes, isolé dans ses convictions, il avait délibérément refusé d'écouter les nombreux avertissements de ses collaborateurs. À voler seul trop haut dans les cieux on finit toujours par ne plus rien entendre et ne plus rien voir. Ne dit-on pas que nul n'est plus aveugle que celui qui refuse de voir ?

Il laisse tomber ses bras, Francis, sans baisser sa garde, recule légèrement. L'homme lui déplaît. Il n'a jamais supporté les perdants, pire : les types comme ce Levrat qui se laissent glisser vers l'abîme tout en rejetant la faute sur tous les autres sans chercher à faire son autocritique, seul moyen permettant d'avancer et de comprendre. Mais encore faut-il être humble et accepter de se tromper, de se remettre en question. Un fier-à-bras comme ce flic ne pouvait certes pas le faire.

Levrat semble tituber. Francis fait un pas, prêt à tout, mais il laisse faire car il a devant lui un type au bout du rouleau, écrasé par sa naïveté, par sa certitude d'être mieux que les autres, d'être au-dessus des autres, d'être supérieur et de détenir la vérité, mais qui réalise tout à coup qu'il s'est planté tout le temps. Ceci dit, Francis devine quand même qu'il n'a pas totalement tort dans ses déductions.

Mais un type qui se laisse dominer par ses émotions et ses sentiments ne peut plus raisonnablement réfléchir pour trouver les connexions et faire les liens nécessaires à la résolution d'une enquête.

Levrat s'écarte lentement. Francis décide de le laisser filer. Il ne lui servira à rien et ne serait qu'un boulet.

— Une dernière question, fait-il.

---

[84] Un jobastre est un mot dérivé de l'Occitan signifiant un « fou ».

Levrat s'immobilise et tourne un visage défait sur l'enquêteur.

— Oui ?

— Le type un peu grassouillet avec des lunettes et une casquette vissée sur la tête genre Gavroche, que j'ai repéré à plusieurs reprises dans ton sillage, c'est à toi ?

Levrat est étonné. Manifestement, il ne capte plus rien et s'en fout. Il a décroché. Il hoche lentement la tête en ajoutant un « non » qui n'est qu'un murmure, puis fait demi-tour et disparaît.

Parking de la Place des Déportés

Deux types, nez dans le moteur d'une voiture apparemment en panne, jettent des regards furtifs en direction de la rue. L'un des deux donne soudain un petit coup de coude à son acolyte.

— Voilà Levrat !

— Lui, on s'en fout. Il est cuit. C'est l'autre qui nous inquiète. En quelques jours il a découvert ce que Levrat n'a jamais pu faire en plusieurs années. Faut le descendre !

— Tu es fou ! On s'est plantés une fois et le grand patron a décidé maintenant de le laisser faire. Finalement, il va même servir ses plans.

— Ouais, en attendant, il a quand même deux types à lui à Ewich House et aux dernières nouvelles, ils posent tout un tas de questions.

— Et alors ? Même s'ils arrivent à trouver quelque chose, ils finiront au fond d'un lac, comme l'autre.

LE POT A FU ! ...

Restaurant « Le Pot a Fu »,
33 rue Lafayette,
19 h 58

Finalement, Francis n'a pas eu le courage de rentrer. Attablé à « *La Colonne* » devant plusieurs cafés, il a passé de nombreux appels pour obtenir par ses connaissances à l'Intérieur les renseignements dont il a très vite besoin, en particulier le dossier de l'accident mortel de ce Lord « X » qui semble tant tenir à cœur à l'ex flic.

Pour oser se dresser seul contre tous, soit ce type est un doux barjot suicidaire, soit il a de très solides raisons pour le faire, et par expérience, Francis sait ce que cela signifie. Combien de fois cela lui est-il arrivé ? Heureusement, à chaque fois, il avait toujours réussi à convaincre les autres, mais là... Quelque chose lui dit que ce pauvre Levrat est tombé sur vraiment plus fort que lui.

Rassuré de ce côté, il a ensuite donné ses ordres et pris des nouvelles de ses collaborateurs en planque autour de l'avocate. Là, rien de nouveau, mais il a dans l'idée qu'une très prochaine petite visite chez elle pourrait lui apporter beaucoup d'informations.

À planifier et *rapido* !

Francis regarde sa montre. Son estomac crie famine. Il demande la carte qu'il consulte rapidement puis n'étant pas convaincu en se rappelant ce que disait Stan à propos du « *Pot a Fu* », décide d'y aller pour vérifier par lui-même. Il se lève, paye ses consommations et sort.

Il a décidé de manger à Bellegarde avant de gagner sa maison de Saint Germain-sur-Rhône. Il n'a rien d'urgent à faire au bureau et il a envie de prendre un peu de recul. En réalité, se rendre au bureau pour y être seul lui fait peur et il doit bien avouer que l'absence de Stan le déprime. Ça l'étonne, l'agace en même temps et ça, il a du mal à l'admettre.

Affairé maintenant à déguster son entrecôte Montbéliarde de trois cents grammes après avoir hésité avec un filet mignon à la moutarde du plus bel aspect, il essaie de mettre de l'ordre dans ses idées. Il aime ces moments de solitude et a coutume de dire en souriant : « Rien que moi, mon intelligence et la communauté du crime ! ». Il sourit en regardant autour de lui. Le cadre lui plaît. Ambiance sympathique, service rapide et très correct, cadre très vieux bistro parisien. Pas de carte, il suffit de consulter les nombreuses ardoises fixées aux murs pour la connaître. Francis découvre ici et là de nombreux objets très connus qui sont autant de délicieux clins d'œil à Hergé et Edgar P. Jacobs ([85]), que Jean-Michel - le patron qui l'observe du haut de son bar - aime tout particulièrement.

Francis en revient à sa préoccupation première. Tintin et le professeur Philip Mortimer attendront bien encore un peu.

Un point est acquis : ce Lord « X » est très probablement vivant et s'apprête à exécuter le casse le plus fabuleux du siècle. D'abord, éplucher attentivement le dossier de son « accident » et tenter de découvrir l'astuce qui lui a permis de se faire passer pour mort.

---

[85] Hergé, de son vrai nom Georges Rémi est l'inventeur et le talentueux dessinateur Belge de Tintin. Né en 1907 à Etterbeek et mort en mars 1983. Edgar Félix Pierre Jacobs, né en mars 1904 à Bruxelles et décédé en février 1987, à Lasne. Dessinateur célèbre pour sa collection « *Blake and Mortimer* ».

Ensuite, une fois découverte et en espérant que cela sera suffisant pour les faire bouger, prévenir les autorités de l'imminence de ce casse pour qu'elles prennent toutes les dispositions nécessaires.

— Ça, c'est loin d'être gagné ! laisse-t-il tomber en se resservant un copieux verre de Côtes du Rhône.

Pour finir, mettre surtout la main sur cette avocate aux ordres de ce truand. Grâce à elle, l'enquêteur espère remonter la filière. On ne se méfie jamais assez des femmes, la preuve avec Levrat.

Il imagine ce qui a du se passer.

L'ex flic a dû être repéré alors qu'il enquêtait à Jersey - ce qui prouve que l'île est probablement liée à l'affaire - et ce mystérieux Lord « X » lui a mis dans les pattes son atout charme afin de savoir où il en était pour pouvoir anticiper ses manœuvres. Ça explique comment il a toujours pu échapper aux investigations de Levrat, sans compter qu'il a dû certainement stipendier des informateurs au sein même de la police et d'Interpol. L'argent fait tourner le monde, c'est bien connu ! Ce Chabrier par exemple. Il serait intéressant d'examiner les dossiers de ces deux charmants fonctionnaires.

Francis est prêt à parier qu'il devrait y trouver dans l'un des deux, des informations aussi intéressantes qu'étonnantes. Finalement, pense-t-il, dans cette affaire tout le monde se tient. Stan ne disait-il pas que c'était un redoutable gang, alors de là à penser que tous soient des membres du Dragon avec une mission bien particulière dévolue à chacun, il n'y a qu'un pas que l'enquêteur se sent prêt à franchir, mais il sait que le temps joue contre lui. La triple exposition va très bientôt ouvrir ses portes et les truands ne vont certainement pas attendre le dernier jour pour agir. Trop dangereux pour eux !

Il ressasse son raisonnement et n'y trouve rien à redire dans l'immédiat. Passant du coq à l'âne, l'enquêteur repense soudain à ces copeaux de bois et à la facture à l'en-tête d'une menuiserie de la région. Qu'est-ce que cela peut bien vouloir dire ? Qui dit copeaux de bois, dit travaux de bois, Lapalisse n'aurait pas dit mieux. En l'occurrence, que fait-on en bois ?

Stan les a trouvés à Montanges, et dans ce château, il va y avoir une exposition de diamants fabuleux et uniques au monde. Et dans quoi met-on des diamants ? Dans des présentoirs ! Et en quoi les construit-on ? En bois pour partie.

Francis claque des doigts tout en s'en voulant de n'avoir pas compris plus tôt et sort son portable. Il appelle son bureau, exige de parler à Genetelli sur le champ et l'exhorte à lui fournir au plus vite tout ce qu'il peut trouver sur la « Menuiserie Artisanale du Grand Crêt d'Eau ».

— Je veux tout ! Bilans, direction et personnel, état financier, niveau d'endettement, carnet de commandes, fournisseurs, gros clients, forme juridique, et surtout s'il y a eu des embauches récentes, des absences inexpliquées ou des remplacements de dernière minute. Et *fissa* ! ... Ah, et n'hésite pas à me rappeler à n'importe quelle heure, je suis chez au moi à Saint Germain, je vais y bosser toute la nuit. Au boulot !

Fébrile soudain, il raccroche les yeux dans le vague. Si ce qu'il imagine est exact, il sait maintenant comment le gang du Dragon va s'y prendre. Diabolique ! se dit-il.

LE GANG DU DRAGON ! ...

Saint Germain-sur-Rhône,
Les Crêts,
maison de Francis Magenta,
vendredi 22 avril,
4 h 57

Le bruit d'une voiture arrivant lentement le fait lever la tête. Francis consulte rapidement sa montre. Qui peut venir à cette heure-ci ?

Rapidement, il s'éjecte de son fauteuil, saisit son arme et éteint la lumière avant de se glisser vers la fenêtre donnant sur le jardin. Doucement, il écarte le voilage neuf et aperçoit le véhicule entrer avec mille précautions dans le jardin. L'enquêteur sourit : pour conduire aussi doucement ce ne peut être que... Il s'interrompt, surpris et regarde à nouveau sa montre.

— À cette heure-ci, il est fou ! s'exclame-t-il.

Rassuré sur l'identité de l'arrivant, Francis rallume et se précipite sur l'entrée et éclaire le jardin.

Une fois sur le perron, souriant et appréciant tout particulièrement le fait que son analyste se soit personnellement déplacé, il l'invite vivement à entrer.

— Je sais que je t'avais dit de faire *fissa*, mais de là à ce que tu sois venu en personne, là... j'avoue être impressionné, surtout connaissant ton aversion pour la conduite.

— C'est important, monsieur.

— Installe-toi, fais comme chez toi. Ça c'est certain, j'ai tout de suite compris que si tu venais en personne, cela devait revêtir une importance primordiale. Un verre ? Vu l'heure, un petit remontant te fera du bien : Armagnac ? Cognac ? Calvados ?

— Heu, un jus d'orange si vous avez, volontiers.

Francis rigole.

— Oh oh ! À ce que je vois, tu prends des risques.

Fabrice Genetelli sourit timidement tout en restant planté au milieu du salon avec son éternel air emprunté, ne sachant pas quoi faire de sa grande carcasse.

— Ne reste pas debout, installe-toi, je te prépare ça tout de suite.

Ajoutant le geste à la parole, Francis se rend à la cuisine en espérant avoir encore du jus d'orange. En général, ce breuvage est plutôt assez rare chez lui, mais enfin...

Genetelli regarde tout autour de lui, puis s'assoit sur la pointe du divan, genoux bien serrés et pose sa grosse serviette sur ses genoux.

Quelques minutes plus tard, l'enquêteur revient avec un sourire triomphant en brandissant une bouteille.

— Et un jus d'orange, un !

Francis le sert et après lui voir tendu son verre se fait plus sérieux.

— Alors, du neuf ?

— Oui monsieur. Ça n'a pas été sans mal, mais j'ai pu retracer de manière assez représentative les affaires de ce Lord Darius Mac Corkindale. En tenant compte des variables d'ajustement et des différents vecteurs de...

— En clair !

— Euh ! ... En clair, Lord Mac Corkindale est à la tête d'une organisation tentaculaire qui a des ramifications sur toute la planète. Un véritable monstre ! C'est très simple, le soleil ne se couche jamais sur son empire. Il est très actif dans le monde de la finance, de l'agroalimentaire, des transports maritimes et surtout dans celui de l'assurance, son grand dada, sa passion dévorante, bien avant la collection des figurines écossaises. Il vise le leadership mondial et ne s'arrêtera pas avant de l'avoir obtenu. D'ailleurs dans ce domaine, il rachète actuellement tous azimuts et n'hésite pas à lancer des OPA ([86]) particulièrement agressives. Tu es d'accord, tout va bien, tu lui résistes, tout va mal. Sa puissance financière est absolument sans limite. C'est phénoménal ! Il est impitoyable et prêt à tout pour y parvenir. Tous les moyens sont bons... même les illégaux ! ... Mais il est intouchable !

— Je vois ! Un sacré coco !

— Oooh oui alors, il vaut mieux être dans ses petits papiers, sinon... Autrement, il fréquente les plus grands de ce monde, influe sur bon nombre de politiques internationales, notamment en Europe, au travers d'une nébuleuse de fondations et autres organisations non gouvernementales. Il a ses petites et grandes entrées de partout et en particulier dans... je vous le donne en mille !

— Le monde très fermé des... diamantaires !

— Exactement. Sa fortune est fabuleuse et...

— Concentre-toi sur les diamants.

Genetelli boit une petite gorgée.

— C'est frais, lâche-t-il.

— En général c'est comme ça que c'est meilleur. Alors ?

— Lord Mac Corkindale a hérité d'un très lointain cousin d'un nombre incalculable d'actions dans les plus grands consortiums miniers du monde, lui assurant ainsi une position dominante dans presque tous les conseils d'administration.

— Il s'en occupe personnellement ?

— Oh non, il a depuis longtemps laissé les rênes de cette activité, comme de tout le reste d'ailleurs, à l'un de ses lieutenants...

— Chabrier, par hasard ?

Le visage totalement incrédule de Genetelli se passe de commentaires. Francis sourit et a l'impression de deviner ce qu'il pense. Genre : « Pourquoi j'ai bossé, moi, si le patron a tout découvert ? ».

---

[86] OPS pour Offre Publique d'Achat.

L'analyste boit longuement et se ressert.

— Comment vous avez...

— Comment j'ai deviné ? Oh c'est très simple, je suis sur ce dossier depuis des heures. À force de recoupements et après avoir éliminé tout le « possible », il ne reste plus que « l'impossible » et...

Genetelli l'interrompt.

— Excusez-moi, mais on ne s'est pas compris. Je ne sais pas du tout qui c'est ce lieutenant. J'ai tout simplement été surpris par le fait que vous, vous ayez pu le trouver sans mes informations, et voilà, je... Désolé.

Francis est dépité. Il s'est emballé un peu trop tôt.

— Pas de quoi, Fabrice. Dommage, l'idée était assez séduisante.

Genetelli est gêné. Il a l'impression d'avoir gâché la fête. Il observe son patron perdu dans ses pensées.

— Vous voulez que... que je fouille plus avant sur ce type ?

— Oui, répond Francis après un temps de réflexion.

— Et... excusez-moi, mais comment en êtes-vous arrivé à cette conclusion ?

— Oh ! Tout simplement j'ai cherché à qui pouvait profiter le crime. On a un gars, Raphaël Levrat, qui pourchasse un certain Lord « X » et au moment où, d'après lui, il est à deux doigts de le coffrer, ce Lord disparaît dans un accident de voiture. J'ai trouvé la coïncidence plutôt curieuse.

— Le type dont vous m'avez parlé ?

— Exact. Voilà une mort qui tombe fort à propos. Je me suis fait envoyer le dossier par des amis et j'ai passé la majeure partie de la nuit à l'éplucher. J'allais abandonner quand j'ai remarqué un petit détail, un tout petit détail.

Francis se lève, gagne la table jonchée de documents divers et prend une pile de photos qu'il trie rapidement avant d'en ressortir une qu'il montre à Genetelli.

— Regarde bien ce cliché pris par la gendarmerie lors des constatations d'usage.

L'analyste se tord la tête mais ne voit absolument rien de suspect.

— Regarde bien l'arrière de la semi-remorque. Je te précise que c'est une surbaissée, tu comprendras toute l'importance de ce détail dans une seconde. Donc, elle était garée au bord du parking. Rien d'anormal, il y en a régulièrement, mais regarde bien l'arrière, sur le sol.

— Eh bien, je ne... il y a des marques.

— Exactement ! Il y avait de la neige, et les marques indiquent sans l'ombre d'un doute que l'arrière de la semi a été ouvert.

— Ça n'a pas pu être fait avant l'accident ou bien après ?

— Non, j'ai vérifié. Ce jour-là, il neigeotait durant la période où s'est passé l'accident. Si le hayon avait été ouvert *avant* l'accident, on ne verrait plus les traces *après*. Logique ! Or elles sont bien visibles, ce qui veut dire qu'elles ont été faites *pendant* le crash et personne n'y a prêté attention parce que cela n'éveille pas l'attention, sauf...

— Sauf... si vous cherchez quelque chose de bien particulier.

— En l'occurrence, le moyen d'escamoter une Audi lancée à grande vitesse. Ce Lord « X » est un génie. Il a lancé sa voiture au maximum, puis après être entré dans la nappe de brouillard, probablement faite à dessein, il s'est engouffré dans la semi grâce à des rails d'accès. On voit bien les traces sur la photo même si elles sont atténuées par la neige qui tombe, et on comprend tout l'intérêt d'avoir affaire à une surbaissée : la pente est moins accentuée, d'où gain de temps et grande facilité pour s'y introduire. Une fois le hayon refermé, ses complices n'avaient plus qu'à lancer l'autre Audi, préalablement descendue et prête à démarrer. Si ça se trouve, tout a été fait en parfaite synchronisation.

— Il a sacrifié un de ses hommes pour ça !

— Je ne crois pas. Ce type a certes démontré être sans pitié, mais je ne pense pas qu'il sacrifie gratuitement un de ses pions. Ce n'est pas professionnel. S'il le fait, c'est uniquement parce qu'il n'a plus besoin d'eux ou tout simplement parce qu'ils ont merdé. La sanction tombe alors. Redoutable et efficace. Pour en revenir à la voiture, elle devait être sûrement radiocommandée et au volant il ne devait y avoir qu'un pauvre type ramassé dans un bistrot ou ailleurs. Comme ses empreintes étaient inconnues, Lord « X » a joué sur du velours. Il suffisait de garnir la voiture-leurre des diamants du dernier casse et d'y ajouter quelques documents incontournables pour vraiment faire croire à sa mort. Et si cela ne suffisait pas aux enquêteurs, Chabrier se chargeait d'assurer le service après-vente. C'est ce qu'il s'est passé, d'ailleurs. Levrat n'a pas été dupe et Chabrier, qui se trouve fort opportunément être son supérieur, n'a eu qu'à le virer de son poste. Le tour était joué. Il n'avait plus qu'à se concentrer sur la préparation du casse de la triple exposition.

— Mais c'est... c'est monstrueux !

— Ça c'est certain. Après l'enquête, ils n'avaient plus qu'à revenir chercher leur remorque, l'accrocher et partir comme si de rien n'était. Personne ne se serait inquiété de sa disparition. Un chauffeur parmi d'autres routiers.

— Mais, enfin, le motard est pourtant bien arrivé tout de suite après, il aurait logiquement dû les voir et...

— Non, il est arrivé quelques poignées de secondes après. J'ai vérifié. Une poignée de secondes suffisantes pour escamoter l'Audi, refermer et lancer en même temps la voiture-leurre. C'est faisable à plusieurs. Ça a dû demander des heures de préparation et une organisation quasi militaire. Une opération calculée au millimètre. Du cousu-main.

— Pour réaliser ce tour de passe-passe, ils devaient être plusieurs. Ils ne pouvaient pas filer tous ?

— Non, on les aurait certainement repérés, mais au contraire, en se mêlant aux badauds, très nombreux d'après les témoignages, ils ont eu tout le loisir de filer sans être le moins du monde inquiétés.

— Machiavélique !

— N'est-ce pas, ajoute Francis. Tu en sais plus sur la direction de l'empire de Mac Corkindale ?

Revenu sur terre, Genetelli s'active en farfouillant dans sa serviette.

— J'ai trouvé ça !

Il brandit une liste dactylographiée et en semble très fier.

— C'est les noms de toutes les grandes sociétés qui chapeautent l'intégralité de son empire.

LISTE DES GRANDES SOCIÉTÉS QUI MANAGENT L'EMPIRE MAC CORKINDALE

GRUFFY DIESEL & Cie
TECHNOLOGIK & Cie
GROSEILLE LE MANTEC Ltd
SCHALLENBERG BV
ATD Ltd
CASELLI & Cie
TEEVOR, LUBICH & BLINDMAN
IMPRESA COSTRUZIONE LEGNA Spa
AÏOLI, GRECCO, TRUMANN SA
TECHNIKS & Cie
MODERN'STYLE & Cie
SPENDID LIFE & Cie
PACIFIC INVESTMENTS Ltd
GLOBAL INVESTMENTS Ltd

Francis consulte le document avec intérêt, mais son esprit est focalisé sur autre chose : le fric ! S'il parvient à décortiquer le cheminement de l'argent, du financement de ce gang diabolique en mettant la pression sur l'avocate et surtout en démontant le système élaboré et en place à Jersey, il est de plus en plus persuadé d'arriver à son but. À partir de là, tout sera limpide et il pourra agir en conséquence. Mais le facteur temps va très sensiblement réduire sa marge de manœuvre.

Francis se redresse, étouffe un bâillement et ajoute en se secouant :

— Fabrice, il faut absolument suivre le chemin du fric. Colle-toi immédiatement sur tes recherches sur Jersey. Qui finance la boîte ? Qui rétribue l'avocate ? Qui donne les ordres ? Par où transitent les fonds ? Priorité absolue ! Prends mon PC, je vais te donner les codes d'accès.

— Vous pensez que…

— On a déjà la certitude que ce Lord « X » n'est pas mort. S'il a monté toute cette mascarade, ce n'est certainement pas par pur plaisir, mais bien parce qu'il a un objectif très précis et qu'il fera tout pour l'atteindre. Reste à savoir comment il va s'y prendre et quel est le but ultime de son action. Jusqu'à maintenant, on s'est royalement fait balader. Tout le monde ! Policiers, enquêteurs, flics, douaniers. Tous ! On est tous tombés dans le panneau ! Le triple meurtre : bidon ! Le possible attentat contre le Premier Ministre : bidon ! Je ne suis pas loin de penser que l'intervention de cette avocate est elle aussi bidon ! Toutes ces manœuvres sont des leurres.

— Je ne vous suis pas.

— Fabrice, en agissant ainsi, il a focalisé l'attention de tout le monde sur ce qu'il voulait que l'on voit.

— Ces crimes !

— Exactement. Mon ami Gilles n'a pas été choisi au hasard comme je le pensais au début. De par sa profession, c'est quelqu'un de connu dans la région. Quand la population a « découvert » avec obligatoirement « stupéfaction » qu'il était impliqué dans ces crimes aussi odieux, elle n'a pas cherché plus loin. Sous le coup de l'émotion, avec les inévitables « pour » et les non moins inévitables « contre », antagonismes et polémiques accentués par les interventions de Sorgia FM et des autres médias écrits - ce qui est logique et naturel - cela n'a fait que permettre à cette histoire de « grossir » démesurément. Résultat ?

— On ne regarde pas ailleurs !

— Encore exact.

— Mais alors le Premier Ministre ? L'avocate ?

— Lord « X » ne peut pas se permettre de ne jouer sa carte sans un, voire deux jokers dans sa manche. De fait, il a anticipé les réactions des enquêteurs, nous en tête, en glissant habilement l'idée - pas si illogique - d'un possible attentat sur la personne du Premier Ministre. On avait donc un deuxième « nonosse » à ronger avec le même résultat.

— On ne regarde pas ailleurs.

— C'est pareil pour notre avocate. Lord « X » savait parfaitement ce qu'il faisait en la jetant dans l'arène. Il savait que nous aurions fait, à un moment ou à un autre, le raisonnement que j'ai fait : à savoir qu'il y a une « magouille » contre la triple exposition.

— C'est pourtant bien le cas, non ?

— Tout à fait, mais c'est si insidieux, si flou, si difficile à démontrer, que ce diabolique criminel réussit à ajouter à la confusion des esprits, éloignant encore plus loin les regards. Et même si on n'adhère pas à ces probabilités, on ne peut pas ne pas en tenir compte. Machiavélique !

— Mais nous... enfin je veux dire, vous, vous avez découvert le pot-aux-roses.

Francis prend une profonde inspiration.

— Ça, rien n'est moins sûr. Je n'ai fait qu'énoncer une hypothèse, certes aussi logique que parfaitement valable, mais est-elle réellement plausible ? Il n'y a que cette Angélique qui nous permettra de faire la part des choses avec une certaine marge de certitude. On a donc intérêt à lui mettre la main dessus au plus vite.

— C'est démentiel.

— Trois fausses pistes ! La cerise sur le gâteau pour enterrer encore un peu plus les gogos et les crédules que nous sommes. Toute cette histoire n'est pas qu'une combinaison fortuite d'éléments matériels, mais relève bien d'une planification intelligemment menée et depuis très longtemps. Le seul et unique objectif immédiat, ce sont les collections, toutes les collections ! Mais les voler pour les revendre, ce que logiquement tout le monde va croire, je n'achète pas : elles sont trop voyantes, c'est de la marchandise « morte », il ne trouvera jamais un seul acquéreur ni une seule personne pour les négocier, quand bien même il aurait le plus grand et le plus efficace réseau au monde de négociants au marché noir. Les escrocs ne sont pas fous. Leur seul leitmotiv c'est : « Pour vivre heureux, vivons cachés ! » Jamais ils ne se fourvoieront dans une opération aussi risquée. C'est une certitude !

— Mais c'est vrai, ça ! Je n'y avais pas pensé. Ces collections sont si connues qu'à la seconde même où elles seront volées elles brûleront les mains du cambrioleur ! Il voudra s'en débarrasser au plus vite. Il faut bien qu'il les revende s'il veut récupérer un minimum de retour sur investissement. Mais qu'est-ce qu'il cherche alors ?

— L'arnaque la plus vieille au monde. Voilà ce qu'il y a en filigrane derrière tout ce cirque.

— Vous voulez dire la fraude aux...

— Je veux dire, oui ! Ça ne peut être que ça ! Mon petit Fabrice, à ce sujet...

— Je n'aime pas quand vous m'appelez comme ça, patron, ça ne présage jamais rien de bon.

Francis sourit sincèrement.

— J'ai besoin d'être sûr de mon idée. Donc, il faut qu'au plus vite tu me donnes la situation exacte des sociétés concernées. Je pense qu'il ne doit pas y en avoir plus de douze ou quinze dans le monde. Si j'ai vu juste, les plus faibles sont en grand danger.

Genetelli hoche la tête mécaniquement, la mine sombre.

— Ok, je m'en occupe

— Merci. C'est vraiment capital ! Mais en attendant j'espère qu'avec le peu d'éléments que nous avons en main, j'arriverais à retarder le lancement de cette triple exposition avant qu'elle ne devienne le triple casse du siècle. Si je gagne ne serait-ce qu'un ou deux jours, ce sera toujours ça de pris.

— Très franchement, monsieur, avec l'arrivée du Premier Ministre, vous y croyez sérieusement ? Tout est déjà planifié.

— Ça ne coûte rien d'essayer. En attendant d'aller faire la causette avec cette Angélique - je veux la confondre avec le maximum de biscuits dans ma besace - j'attends le meilleur de toi. Fonce sur Jersey ! Trouve-moi tout ce que tu peux. Je veux savoir qui tire les ficelles derrière cette société fantôme. Tu as carte blanche et je triple tes vacances.

Le visage de Genetelli s'illumine soudain. Comme sortant d'une longue léthargie, l'analyste s'anime, se rue sur le PC de son patron et en claquant des doigts, ordonne d'un ton péremptoire :

— Codes !

Francis sourit mais s'exécute tout de suite. Genetelli se met immédiatement au boulot, mais subitement, au bout de quelques secondes, il se retourne vivement et commande :

— De l'eau, des coquillettes, deux personnes !

Francis le regarde avec tendresse et stupeur avant d'éclater de rire. Alors que l'analyste, comme transformé, se remet à pianoter sur l'ordinateur à une vitesse folle, l'enquêteur est secoué par des hoquets de rire, un rire qui lui fait du bien. Il se dirige vers la cuisine, n'en revenant qu'à peine de la façon d'être de son collaborateur. Finalement, non seulement il l'aime bien mais il l'admire. Sacré pistolet !

Quelques minutes plus tard, alors que la pendule égrène cinq coups à son cadran, l'air souriant et décontracté, Francis, mains dans les poches, s'approche de son analyste en plein travail. Il se penche lentement et murmure tout en lui glissant une feuille à côté du clavier :

— Sauce bolognaise !

— Génial !

— Quand tu auras deux minutes, fouille-moi aussi les vies professionnelles des cinq membres de ce Comité de Pilotage.

Genetelli s'interrompt et tourne un visage surpris sur son patron tout en prenant mécaniquement la feuille de papier.

— Eux aussi ?

— Lord « X » ne peut certainement pas agir sans avoir obligatoirement des complicités internes. Pour avoir tous les renseignements utiles sur les systèmes de sécurité et tout le barnum, il n'y a que des personnes haut placées qui soient en mesure de les lui fournir.

— D'accord, mais Listernac et ses adjoints ?

— On n'a rien sur eux. Mylène vient de m'envoyer un mail à ce sujet : elle n'a rien trouvé de rédhibitoire à leur encontre. Je lui ai demandé quand même de creuser, on ne sait jamais, mais dans l'immédiat, en l'absence d'autres informations, on se concentre sur ces cinq types « au-dessus de tous soupçons ».

— Et Blachère, on laisse tomber ? On attend ?

— Oh non, surtout pas, parce qu'attendre n'est pas une option, je préfère avoir toutes les cartes en main. J'aime aussi avoir une théorie alternative et j'ai horreur des surprises, surtout qu'en général, elles se transforment toujours en plomb et je n'aime pas ça !

— Tout ce que vous me demandez, patron, ça va me prendre pas mal de temps.

— C'est malheureusement ce qui va nous manquer. Combien ?

— Trois bonnes semaines… au minimum.

— Je t'en donne deux ! … non négociable !

ASSAUT ! ...

Haute-Savoie, route de Pyrimont,
au bord du Rhône,
près du pont métallique de Surjoux,
mercredi 11 mai,
3 h 28

Contrairement à ce que Francis avait ordonné, et malgré l'engagement total et soutenu de Genetelli et de son équipe, le temps avait volé à une vitesse hallucinante.

L'enquêteur tournait en rond comme un lion en cage, houspillant continuellement son personnel, se faisant dur avec tout le monde, n'épargnant personne ni lui-même d'ailleurs. Sa volonté de démasquer ce diabolique criminel devenait une véritable obsession, d'autant plus que l'absence de Stan le rendait encore plus insupportable si ce n'est inabordable.

Intérieurement, Francis refusait d'admettre que l'absence de son ami le rendait plus agressif et nerveux. Il s'en voulait de s'apercevoir que ses facéties, son ironie permanente de plus ou moins bon goût, et même son rire absurde lui manquaient. Cela lui faisait du mal, mais il était tellement orgueilleux qu'il refusait de se l'avouer. Nombre de fois, il avait pris son téléphone et composé le numéro de son ami. Mais à chaque fois, il se ravisait au tout dernier moment, refusant d'être celui qui « plie ». Il imaginait déjà la réaction goguenarde de son fier-à-bras d'ami. On en entendrait parler pendant des mois et des mois. Et ça, c'était absolument inenvisageable. Question de préséance. Après tout, le patron, c'était lui !

Il se sentait seul, totalement seul. Par association d'idées, son esprit tourmenté dérivait dangereusement vers des souvenirs nostalgiques : le visage de Myriam s'imposait alors à lui avec une force qui le torturait sans cesse. Souvent, il effaçait le visage de cette femme qu'il avait aimé à la folie et, à chaque fois, le visage de Levrat se superposait, comme une malédiction, comme la sueur d'un vieux par-dessus défraîchi qui vous colle à la peau. Cela lui faisait peur, car il avait l'impression de se voir en lui. En était-il arrivé à ce point ? Avait-il devant lui la pâle copie de ce qui l'attendait s'il se laissait envahir par ses émotions et son chagrin ?

— Stan, Stan, Stan mais pourquoi n'es-tu pas là ? enrageait-il.

L'idée de boire un bon coup venait l'ensorceler.

Combien de fois avait-il fermé la porte de son bureau et sorti sa bouteille de Gin favori ? Pendant de longues minutes il restait immobile face à un verre vide, écartelé entre l'idée d'admettre que Stan avait raison et celle, ensorcelante et souriante, mais malsaine et suicidaire de se laisser aller, de s'abandonner à cette ivresse qu'il tenait dans sa main. Il regardait alors la bouteille ouverte, il pouvait sentir la douce effluve de l'alcool qui comme un cri muet l'appelait tendrement. Un verre ! Un seul, ça t'engage à quoi ? À en prendre un autre, puis un autre et encore un autre jusqu'à ne plus pouvoir les compter. Au final tu te retrouves comme un con, comme ce Levrat qui était devenu une épave humaine, rongé par la colère, la haine, la vengeance et l'alcool.

— C'est ça que tu veux ?

Francis sursauta en s'entendant parler à voix haute. En une demi-seconde, il eut l'impression d'entendre et de voir Stan. S'il était là, il se ficherait de sa tête à un de ces points.

Chassant ses idées noires, Francis rangea vite sa bouteille. Il fallait se battre. Il devait se battre, car il faut toujours refuser de devenir ce que l'on fuit.

Il allait se battre !

Alors Francis se plongeait dans le travail à s'en rendre malade. De l'Écosse, pas de nouvelles, Jean-Georges et Stéphanie parcouraient la région en quête de renseignements sur leur mystérieux noyé à en avoir le tournis. Obligé de ronger son frein, Francis les exhortait à se « bouger », mais il est toujours difficile d'aller plus vite que la musique.

Ici, à Genève au moins, quelques éléments venaient éclairer un tableau bien morose. Du côté de la surveillance permanente de l'avocate, qui était une priorité absolue pour Francis qui guettait sa proie comme un chat aux aguets, c'était le *Satu quo.* Angélique Lardenois-Briard faisait beaucoup d'effets de manche. Comme il l'avait effectivement anticipé, elle avait carrément mis le marché en main à un journaliste stupéfait et totalement déconnecté qui ne comprenait plus grand-chose, sauf qu'il allait être le dindon d'une farce.

Ce qui étonnait Francis, c'était la manière ostentatoire de l'avocate de procéder comme si les conséquences de ses actes n'étaient que secondaires. En effet, son approche était si évidente, tellement visible que c'en était risible. N'importe quel juge ou homme de loi aurait senti venir le coup fourré. Alors ? Était-elle en mission commandée ou bien ? ... Francis passa des nuits et des nuits à tenter de se faire une idée précise de son rôle. Sa façon de faire ressemblait à s'y méprendre à celle utilisée pour impliquer Gilles Levesque. Dans les deux cas, celui qui tirait le ficelles en coulisses donnait l'impression de se fiche totalement des conséquences, c'est à peine s'il prenait le soin d'avancer masqué. L'avocate jouait un rôle, Francis en était certain, mais lequel ? Et quelle place avait-il dans l'échelle d'importance de ce fameux Lord « X » ?

Cette attente interminable était impossible et plus le temps passait, plus Francis, exaspéré par ces lenteurs et ces atermoiements, se sentant pris au piège dans un infernal étau, quasi certain que la situation allait lui échapper s'il n'agissait pas, le rendait particulièrement ingérable. Tout le monde faisait le gros dos, car tous savaient que tant que leur patron n'avait pas de réponses aux questions qu'il se posait, cela allait très vite, chez lui, tourner à l'obsession totale. Il fallait agir ! Même si Genetelli lui avait concocté des solides et très intéressants dossiers sur les sociétés écran qui géraient en coulisse les affaires tentaculaires de Lord Mac Corkindale, même s'il avançait notablement sur Jersey et cette fameuse société-fantôme donneuse d'ordres, l'enquêteur restait sur sa faim. Il lui en fallait plus, beaucoup plus ! Énormément plus !

Son objectif : l'avocate !

Par elle, qu'il considère comme le maillon faible de toute la machiavélique toile d'araignée tissée dans l'ombre, Francis reste persuadé qu'il pourra rapidement démonter toute cette infernale machination qui se trame dans l'ombre. Par elle, il est certain de savoir qui en est l'instigateur, parce que même s'il sait vaguement pour quoi elle a été mise en place, il ne sait toujours pas par qui.

Il devenait donc urgent de précipiter les choses.

Un matin, ses hommes en planque devant chez elle, l'avisèrent d'un changement notable dans son agenda. En effet, au lieu de se rendre à la prison pour voir son « client », contrairement à son habitude quotidienne, elle n'avait pas bougé, se contentant de passer une quantité d'appels téléphoniques. À voir l'agitation relevée par ses guetteurs, il se préparait quelque chose d'important. Francis n'allait pas attendre pour le voir et comprit tout de suite que c'était maintenant ou jamais. La voilà l'occasion qu'il attendait ! Il ordonna et planifia immédiatement une attaque pour la nuit même. Il fallait à tout prix s'emparer de cette femme pour la faire parler.

La nuit est sombre, mais de temps en temps la lune vient faire des clins d'œil entre quelques nuages, ce qui permet à Francis et à ses hommes de s'approcher assez facilement de cette maison bâtie au ras du Rhône, juste au bord de la route, et savamment protégée par la forêt. Elle est plongée dans le noir. Méfiant, il s'attend à tout et a donné des consignes strictes. Il ne s'agit pas de se faire repérer, cela anéantirait tout son plan. En effet, si l'avocate arrive à échapper au piège tendu par l'enquêteur, il n'aurait presque plus d'arguments à opposer à Listernac quand il ira le voir. Il ne se leurre pas, il sait qu'annuler la triple exposition est quasi impossible. Sa seule chance c'est d'apporter à Listernac, à ses trois vikings et aux membres de ce comité de pilotage, assez d'éléments concrets, assez du moins pour qu'ils doutent, ce qui permettrait de repousser l'évènement de quelques jours, le temps nécessaire pour faire des vérifications approfondies. À ce moment-là, et seulement à ce moment, Francis sait qu'il aura une toute petite chance d'empêcher ce qu'il sent pourtant comme irréversible. D'un autre côté, il ne peut pas rester les bras croisés en attendant que ça se passe sous son nez. Ce n'est pas dans sa nature de se contenter de n'être qu'un simple spectateur.

Quelques secondes plus tard, alors qu'il est au pied du pont métallique ([87]) et que la maison de l'avocate ne se trouve plus qu'à une trentaine de mètres sur sa gauche, Francis sent comme une menace diffuse autour de lui. Déjà, à plusieurs reprises, de légers bruits insolites l'ont alerté : il se pourrait qu'il ne soit pas seul au bord du Rhône. Probablement une bestiole nocturne, mais une petite voix lui murmure qu'il doit s'agir d'une bestiole à deux pattes. Question d'expérience. À cette heure, ce n'est certainement pas un touriste, donc... Mais alors se pose une autre question : qui ?

---

[87] Le Pont de Surjoux/Pyrimont est un pont métallique dit « *en treillis* », c'est-à-dire unique. Il est utilisé comme pont routier. Il permet le passage du Rhône entre Surjoux dans l'Ain et Challonges en Haute-Savoie. Il ne faut pas le confondre avec le Pont de Chanay, dynamité le 19 juin 1940 par les Français pour ralentir les Allemands qui déferlaient alors sur le pays. Le pont de Surjoux a été construit en 1954. Il est composé de 3 travées de, respectivement, 20,43 mètres, 40,50 mètres et 24,43 mètres pour une longueur totale d'environ 95 mètres. Sa largeur de 2,75 mètres permet une circulation à deux sens.

Francis repousse à plus tard la réponse. Il consulte rapidement sa montre et essaie d'abord d'apercevoir sa seconde équipe qui doit, normalement, selon le timing, approcher par la route de Pyrimont juste en face de lui en provenance de Challonges, tandis qu'une troisième ne doit pas être très loin de la maison en train de descendre par les bois. Prise entre trois feux, Angélique Lardenois-Briard n'a logiquement aucune chance de lui échapper. Une fois capturée, il se fait fort de lui faire dire ce qui lui manque pour enrayer la machiavélique manœuvre qui est en train de se refermer sur Bellegarde-sur-Valserine et sa triple exposition.

Le crachotement métallique de son talkie-walkie ([88]) le sort de ses réflexions. Il a l'impression que c'est la seule chose que l'on entend à des lieux à la ronde. Francis répond immédiatement.

— Alors ? Où en êtes-vous ?

— *Équipe 1 en place. On est à quelques dizaines de mètres de la maison, sur notre droite. On a déjà repéré un trou dans le grillage.*

— Parfait. Ne bougez pas avant mon signal.

— *Compris.*

— *Patron, ici équipe deux. On vient d'arriver sur l'arrière de la maison. Tout est tranquille, pas âme qui vive. On est prêts.*

— OK, attendez aussi mon signal.

L'enquêteur coupe la transmission et jette un regard sur sa gauche, légèrement en retrait vers la route qui descend de Franclens. Par signaux optiques, il aperçoit sa quatrième équipe chargée de verrouiller l'unique possibilité de fuite de l'avocate et de ses complices éventuels. D'après Jacques, il y en aurait huit, mais sans certitude. Huit, pense-t-il, ce n'est pas beaucoup, mais c'est déjà trop, à mon goût.

Francis sourit faiblement. Tout se met en place parfaitement et toujours aucun bruit du côté de la maison. A priori, personne n'a été repéré, mais l'incertitude sur le nombre exact de « méchants » le dérange. S'ils sont du même gabarit que ceux qui lui ont

[88] Au Québec, on dit « Walkie-Talkie ».

tendu l'embuscade dans le Bois des Roches, il faut s'attendre à du sport de haut vol. Il consulte sa montre. Un bruit tout près le fait s'aplatir au sol. Cette fois, ce n'est pas une bestiole. Le Glock 19 de Francis a jailli dans sa main. Il arme rapidement et se coule le long d'une espèce de fossé lui permettant de contourner le probable individu qui n'est pas bien loin. Il est bien décidé à en savoir plus.

Soudain, la radio crachote à nouveau. Francis frappe l'air du poing et répond immédiatement. Au même moment, le bruit d'une fuite juste devant lui indique qu'il a été repéré.

— Oui, dit-il, énervé.

— *Patron, on a un problème : trois personnes sont en train de s'approcher aussi de la maison et à voir leurs façons de faire, elles ne sont certainement pas invitées. Qu'est-ce qu'on fait ?*

Francis Magenta réfléchit vite. D'où sortent ces trois nouveaux arrivants ? Qui sont-ils ? Que veulent-ils ? Si ça doit canarder, va falloir drôlement surveiller les alentours.

— Tu peux me les décrire ?

— *Affirmatif ! Y a une nana : grande, blonde, queue de cheval ample, athlétique. Une sportive, et drôlement armée. Ensuite il y a un grand mec. À sa tronche ça doit être un flic, mais je n'en jurerais pas. Il a un visage fin genre grand hidalgo de la belle époque. Tu connais ?*

— Non, et le troisième ?

— *Grand, traits tirés, tignasse en pétard, costaud, pas rasé…*

— Traits tirés, tignasse en pétard, pas rasé, reprend en écho Francis. Il n'en connaît qu'un seul : Levrat !

— *Qu'est-ce qu'on en fait ?*

— Rien pour l'instant. Contentez-vous de me les surveiller et tenez-moi au courant de leurs moindres faits et gestes

— *OK, patron !*

Mécaniquement, Francis a coupé la communication. Il s'interroge. Qu'est-ce que Levrat vient foutre ici même s'il en a une vague idée ? Qu'il ait découvert où se cachait sa maîtresse ne l'étonne pas, c'est un flic après tout, en revanche ce qu'il s'apprête à faire l'inquiète beaucoup plus car quand on marche aux sentiments, on ne fait que des conneries et on va droit au casse-pipes. Cette andouille est tellement ulcérée de s'être fait cocufier dans les grandes largeurs qu'il veut régler ça au flingue.

— Mauvaise pioche ! murmure l'enquêteur. Tu vas te faire sauter la cervelle et tu auras vraiment tout perdu, cette fois.

Francis s'approche de la bordure de la route. Il faut absolument empêcher cet abruti transi d'amour de se faire buter, d'abord parce que c'est inutile mais surtout parce qu'il est bien capable de lui abattre sa « chérie d'amour » sous ses yeux et alors là, adieu preuves et confessions !

Il n'y a plus qu'une solution : précipiter le mouvement en attaquant !

Francis se redresse, porte son talkie-walkie à sa bouche pour donner ses ordres lorsqu'une longue rafale d'arme automatique déchire la nuit.

— *Patron, ici équipe 1. Les trois arrivants nous ont grillé la politesse. Ils viennent d'entrer dans la maison sans qu'on les voit, ça flingue de partout.*

— Je ne suis pas sourd ! À toutes les équipes : go ! Allez-y ! Empêchez ces trois abrutis de se faire descendre et surtout d'arriver jusqu'à l'avocate. Équipe 4, restez en couverture au niveau de la route de Volland. Coupez la route à tout fuyard.

L'enquêteur se redresse et va pour se jeter en avant pour traverser la route et rejoindre ses équipes lorsqu'il entrevoit une ombre se jeter sur lui. Il a à peine le temps de réagir. L'inconnu lui tombe dessus. Les deux hommes roulent au sol. L'attaquant ne semble pas décidé à le laisser rejoindre ses hommes et se contente de le ceinturer très fermement, ce qui étonne Francis. Que se passe-t-il ?

Francis tente de se dégager mais l'homme est manifestement un connaisseur et s'y entend en prises de judo. La bagarre dure quelques courts instants, jusqu'au moment où l'enquêteur, d'un violent coup du bassin dans le ventre de son agresseur, parvient enfin à se défaire. En même temps il se baisse, saisit une des jambes de l'homme et la tire en avant de toutes ses forces. Déséquilibré, l'agresseur bascule en arrière en criant, Francis se retourne à la vitesse de l'éclair, plaque son pied sur son torse, et braque résolument le canon de son Glock à trois centimètres du nez de son agresseur à terre, il est prêt à tirer.

— Nom de Dieu, vous auriez pu me tuer ! Pourquoi ne pas... Vous êtes qui ? L'un des nôtres, l'un des leurs ou l'un des autres ?

Francis dévisage intensément l'inconnu et croit le reconnaître. Lunettes, grassouillet, casquette à la gavroche : le type qui suivait Levrat ! Il ne comprend plus.

Soudain !

— T'affole pas, il est avec nous, dit un homme en surgissant de derrière un fourré.

Francis se retourne vivement, prêt à tirer, et aperçoit Stan. Il est à peine étonné.

— Toi ici ! J'aurais dû m'en douter ! Je te croyais en vacances ? Qu'est-ce qui t'amène ici ?

— Mon bon cœur !

Francis secoue tristement la tête et ricane tout en relâchant son étreinte. Jean-Raymond Escurier se redresse en se massant la poitrine.

— Vous savez vous battre, vous ! laisse-t-il tomber en connaisseur.

— Merci. Et toi d'où tu sors ?

— De derrière ces arbres !

Francis souffle bruyamment mais laisse courir, ce n'est vraiment pas le moment de s'engueuler. Finalement, au fond de lui-même, il est content de le voir. Il renifle bruyamment et s'approche soudain de son ami.

— Tu as bu, toi ! Des trucs illicites ?

— Ah non ! Seulement quand j'éjacule, pourquoi ?

— Ah ça suffit de faire le mariole ! On verra ça plus tard. Pour le moment on a une avocate à coincer. Vous, je ne sais plus comment... tirez-vous d'ici, ça va faire chaud dans le coin d'ici peu.

— Vous plaisantez, pour une fois que je vois autre chose que Columbo, je ne vais pas m'en priver, rétorque le maître en Arts martiaux en se frottant les mains.

Francis hésite, mais devant le visage gouailleur et amusé de Stan, il comprend qu'il est inutile d'insister... pour le moment.

— OK ! Toi, on réglera nos comptes plus tard ! Et vous, vous restez avec nous, mais ne vous éloignez pas d'un mètre. Collez-nous au train. Je plonge au sol, vous plongez, on dégage, vous dégagez ! *Clear* ?

— Parfaitement *Clear* !

Alors que la fusillade redouble d'intensité, les trois hommes traversent la route, longent la clôture de la maison d'où s'échappent ici et là les petits jets de flammes des coups de feu, et après avoir scruté les alentours immédiats, se ruent vers l'entrée.

— À moi ! hurle Stan, déchaîné et presque amusé, en dépassant tout le monde.

— Tu es fou ! Reste là ! N'y va pas seul, l'exhorte Francis.

— Si on me bute, je deviendrais un héros et tout le monde parlera de moi !

— Quel con ! laisse tomber l'enquêteur, furieux. Il va se faire descendre cet ahuri. Il a bu ou quoi ?

— Ça, ce n'est pas impossible, suggère timidement Escurier.

— Et vous l'avez laissé faire ? s'énerve Francis.

Le professeur hausse les épaules, l'air impuissant.

— Je pense que vous connaissez beaucoup mieux votre ami que moi. Donc vous savez certainement quand on peut lui tenir tête ou non. Ce que je sais en revanche, c'est qu'il a un gros problème à résoudre.

— C'est lui le problème.

— J'avais cru remarquer. Ceci dit, il est toujours comme ça ?

— Pire !

Francis sort un second pistolet de sa poche revolver qu'il tend à Escurier.

— Vous savez vous en servir ? Attention, ce n'est pas un pistolet à eau.

— Oui, on les collectionne à la maison depuis 1944, suite à un léger différent avec des boches égarés en France. Toute une histoire, répond le professeur avec un petit sourire qui en dit long.

La réponse satisfait le privé.

— OK, alors tenez-vous prêt !

À toutes jambes, arme au poing, Stan se jette sur la porte qui cède sous l'impétueux assaut dans un bruit de bois brisé.

Francis et Escurier le rejoignent et les trois hommes font ensemble irruption dans un vaste hall. C'est un miracle que personne n'ait tiré sur le privé. Avec l'infernal fracas qui noie l'étage, personne n'a rien entendu. Deux portes au fond sur la gauche. Un escalier en face qui mène à l'étage d'où de violentes rafales se font entendre ponctuées d'éclairs, de bris de bois et d'appels de ralliements. Une légère fumée blanche plane au-dessus du trio en provenance de l'étage secoué par des explosions.

— Oh putain, c'est la dernière fois que j'ouvre une porte avec l'épaule ! se plaint Stan en se massant vigoureusement.

Au même moment, un énergumène armé d'un fusil d'assaut se penche du haut de l'escalier et découvre le trio. La réplique est immédiate : il est abattu par Francis qui en profite pour appeler ses autres équipes pour savoir où elles en sont et faire le point. Les nouvelles ne sont guère engageantes : Levrat et ses deux amis qui sont entrés par une porte dérobée que l'ancien flic connaissait visiblement bien, sont en mauvaise posture. Mais moins que les hommes de l'enquêteur qui piétinent lamentablement devant une bande de fous furieux bien décidés à ne pas les laisser aller plus avant. Quant à l'avocate, d'après Jacques de l'équipe 1, elle serait toujours ici, planquée quelque part. Francis n'aime pas ça, elle est décrite comme une passionaria, donc... elle est capable de provoquer le pire.

Francis cherche une solution alors que Stan, qui a réussi à se hisser on ne sait trop comment sous un déluge de plomb en rampant dans l'escalier, arrose tout ce qui passe devant son canon en semblant ignorer la dangerosité de sa situation très précaire.

Une explosion secoue l'étage qui le fait précipitamment battre en retraite au milieu de l'effondrement du plafond de la pièce qui n'a pas résisté à la déflagration. Des hurlements inhumains se mêlent à l'assourdissant bruit. Les hommes du Dragon préfèrent-ils partir en beauté que de se rendre ? Francis voit dans cette explosion la marque de l'avocate. Il craint le pire, mais devant l'impossibilité de poursuivre, décide, la mort dans l'âme, de battre en retraite et commande à ses équipes d'en faire autant.

Le trio arrive à peine à la porte que Stan vient de fracturer qu'une seconde explosion secoue la maison sur ses bases, illuminant le secteur.

— Dehors ! hurle Francis en bousculant Stan et son ami.

À peine sortis, ils se mettent à courir à toutes jambes alors qu'un immense nuage de fumée âcre s'échappe puissamment de l'entrée. Des flammes jaunes et légèrement bleutées s'élèvent très haut, transformant le manteau noir du ciel en un mélange bizarroïde de couleurs sans cesse changeantes.

Quelques secondes plus tard, la façade semble s'affaisser sur elle-même avant de voler littéralement en éclats en projetant des myriades de débris dans tous les sens avec une force terrifiante. De gros morceaux tombent dans le Rhône dans un bruit sourd et puissant.

— À terre ! Vite !

Quelques rescapés, semblables à des fantômes ou à des sinistres silhouettes mouvantes au gré des flammes qui dansent tout autour d'elles, sautent par les fenêtres en tiraillant au hasard pour se frayer un passage jusqu'à la route. De son côté, avec cette sensation de courir sur un sol mouvant, le trio réussit tant bien que mal à s'extraire du tourbillon de débris qui inonde maintenant la route qu'il traverse par miracle.

Un genou à terre, près de la pile du pont métallique, Francis essaie d'apercevoir quelque chose dans ce décor flottant et éphémère, mais l'intensité du brasier qui déchire toujours plus une nuit qui revient sans cesse à la charge, l'empêche de distinguer quoi que ce soit.

Il prend contact avec ses hommes.

— Tout le monde va bien ? hurle-t-il dans sa radio.

— *Équipe 1 : bien !*

— *Deux : bien !*

— *Trois : bien !*

— *Quatre : bien. Quelques égratignures, mais tout est OK !*

Tout à coup, alors que la culasse du Beretta de Stan cogne à vide, un des membres du Dragon replié le long de la berge, sort de son abri et se jette sur Francis qu'il attrape par les cheveux lui tirant la tête en arrière en s'apprêtant, de la main droite, à l'égorger comme un goret. Jean-Raymond a vu le danger, il n'a que quelques secondes pour intervenir. Il se précipite sur l'agresseur et lui assène un très violent coup de pied circulaire qui le cueille en plein visage. Déséquilibré, le tueur hurle de douleur en lâchant sa lame et bascule sur le côté gauche. L'homme est entraîné et pendant que Francis essaie de reprendre son souffle, il bondit sur ses pieds et se rue sur Escurier qui, anticipant la manœuvre, pare l'attaque en bloquant sa course d'un violent coup de coude au menton.

— Va te faire foutre et crève, et pas forcément dans cet ordre !

L'agresseur, stoppé net, recule d'un bon mètre et le professeur d'Arts martiaux en profite pour lui coller un terrifiant coup de pied frontal qui le touche en plein torse, lui coupant net la respiration.

L'homme titube, part en arrière et finit par rouler au sol, sonné et désorienté, jusqu'à Stan qui a, entretemps changé de chargeur. Le tueur tatoué ne semble pas comprendre ce qui se passe et va pour se relever lorsqu'il est solidement stoppé par Stan qui lui colle le canon de son arme dans une narine.

— Tsss, tsss, tsss, tsss ! Tu sais que tu as bien failli abattre mon ami ? C'est pas gentil ça, parce que des amis je n'en ai qu'un et j'y tiens.

Le malfrat se débat comme un diable mais rien n'y fait. Il comprend seulement à cet instant en voyant une curieuse lueur briller dans les yeux de Stan qu'il est coincé et fichu.

Jourdan fronce les sourcils et scrute le visage tuméfié du tueur.

— Eh dis donc, tu sais que tu lui as pété la trachée avec ton coup de pied circulaire ?

— Désolé, je ne savais pas que ça se pétait, répond Jean-Raymond en s'approchant.

Stan dévisage le flingueur et ricane en montrant ostensiblement ses dents bien serrées.

— Tu sais, je serais un homme bien si je pouvais te pardonner, continue-t-il, attristé.

— Et ? susurre le tueur dont la peur commence à déformer le visage.

— Eh ben non ! répond Stan en pressant la queue de détente.

La tête du tueur éclate comme une pastèque. Francis est étonné par la réaction de son ami.

MAIS QUI EST-IL ? ...

— Qu'est-ce qui t'a pris ? On pouvait le faire parler.

— Pas envie.

Francis n'apprécie pas la réponse. Il a bien envie de lui expliquer deux ou trois petites choses, mais le temps manque et il y a urgence car la fusillade s'est déplacée de l'autre côté de la maison, en direction des bois qui montent vers Challonges.

— Allons-y ! commande l'enquêteur. Il va bientôt faire jour, ça va nous aider.

Déjà au-dessus du Rhône tout proche, des lambeaux de brume commencent timidement, ici et là, au hasard d'une cime d'arbre, à se découvrir au travers des tentatives d'une aube incertaine qui sait qu'elle sera au final victorieuse.

Les trois hommes traversent en courant le nuage de poussière qui s'étire depuis les restes de la maison effondrée sur elle-même et se précipitent sur leur gauche. Ils grimpent aussi vite que le leur permet le terrain assez pentu et se dirigent en fonction du bruit. Manifestement, plus haut, droit devant, ça cartonne sévère.

La nature se réveille, les arbres semblent se figer, le ciel s'éclaircit par à-coups, l'air se rafraîchit. La vision s'améliore petit à petit et les formes deviennent plus perceptibles.

Tout à coup, le trio s'immobilise. Les tirs ont stoppé net. Les trois hommes se dévisagent, se demandant ce qui se passe.

— Allons-y ! Go ! ordonne Francis en reprenant son ascension.

Il n'a pas fait deux mètres que Jacques de l'équipe 1 arrive en descendant droit sur lui.

— Patron ! On est là ! On tient le terrain ! Tout est sécurisé !

— L'avocate ?

— Morte. Je l'ai trouvée à vingt mètres d'ici, derrière ces arbres, là. Une balle dans le dos.

Francis fronce les sourcils. Une balle dans le dos ? Cela indique qu'elle a été descendue alors qu'elle s'enfuyait. Curieux, se dit-il. Aurait-elle été abattue par un de ses complices craignant qu'elle ne se mette à table ? Hypothèse intéressante, seulement Francis n'achète pas. Le peu qu'il sait de cette femme ne l'incite pas à la voir comme une lâche et à décamper au premier coup de feu.

— Curieux, curieux, répète-t-il en se caressant le menton.

— J'ai trouvé ça sur elle en la fouillant.

Francis prend le document que Jacques lui tend.

— Un billet d'avion ?

Soudain, plusieurs tirs très proches les font se jeter au sol.

— Sécurisé, hein ?

Francis tente de discerner quelque chose dans ce petit jour naissant, mais à part quelques bancs de brume qui s'étirent sans fin entre les arbres tel des serpents monstrueux, il n'aperçoit pas grand-chose.

Le dénommé Michel, l'adjoint de Jacques, arrive à son tour. Il se laisse tomber au sol à côté de son patron.

— On a un blessé grave.

— Qui ?

— Sais pas. En tout cas, il n'est pas de chez nous, je crois que c'est l'une des trois personnes qui se sont introduites dans la baraque.

Rapidement, Francis se redresse et grimpe la pente. Michel lui indique le chemin. Quelques secondes plus tard, l'enquêteur aperçoit plusieurs de ses hommes qui surveillent le périmètre. Au milieu, un homme est à terre. Francis reconnait tout de suite Levrat. Il replace son arme dans son holster et s'agenouille près de lui, mais d'un coup d'œil exercé comprend qu'il n'en a plus pour longtemps.

— Calmez-vous, ce n'est rien, on va vous tirer de là, dit-il pour le rassurer.

— Vous... vous tra...tracasser... pas... pour... pour moi. Je suis arri... arrivé au bout...

— Ne parlez pas, respirez lentement, ça va aller.

— Vous... vous l'avez eu... cette... cette... salope ?

Francis fait « oui » de la tête. Levrat sourit faiblement. Il est pâle, la sueur perle sur son visage où la mort tisse son masque. Il geint. L'enquêteur lui tient la tête. Lentement, l'ex flic lui fait signe de s'approcher. Francis baisse la tête et approche son visage de sa bouche alors que le mourant s'accroche désespérément à son bras.

— Surveillez... surveillez... la... la... la marmelade ! N'ou... n'oubliez pas... la... la marmelade !

Un ultime soubresaut. C'est fini.

Visiblement déconcerté, Francis se relève lentement. Il contemple le cadavre et a du mal à réaliser qu'il y a à peine quelques heures, il parlait à ce type. Il secoue la tête. Encore un pauvre type battu par la vie, anéanti par ses démons, assassiné par ses convictions et ses certitudes absolues.

Machinalement, il met la sécurité de son holster. Son regard est fixe. Stan s'approche.

— Qu'est-ce qu'il t'a dit ? Tu en fais une gueule !

— Surveillez la marmelade !

— Quoi ? Il t'a dit ça ? Ça ne veut rien dire !

— Pour toi, peut-être, mais sûrement pas pour lui.

— Mais il était dans le coltard ! Enfin, zut, tu ne vas pas donner du crédit à son délire et...

— La ferme !

— Bon.

— Où sont ses deux acolytes ?

— La blonde et l'hidalgo ? Disparus, patron, répond Jacques. On ne les a pas revus depuis qu'ils s'étaient retirés de la baraque.

— Où a-t-il été touché ?

— Dans le dos patron. Deux bastos !

— Lui aussi, décidément, c'est une épidémie.
— Qu'est-ce que vous voulez dire ?
— Rien, une simple idée, mais une idée qui ne me plaît pas du tout.

Sept minutes plus tard, après avoir donné ses directives, Francis, désorienté, silencieux et perdu dans ses réflexions, arrive près de la maison d'où s'élèvent encore plusieurs colonnes de fumée. Au loin, sur la route de Volland, la sirène des pompiers se fait entendre. Machinalement, il regarde les dernières flammes dévorer la maison et se dit qu'ils arrivent un peu tard. Pourtant, il ne s'est pas écoulé beaucoup de temps. Si le feu a pu détruire à ce point la maison c'est qu'elle devait être... piégée. Donc, les hommes du Dragon se montrent particulièrement féroces et déterminés à ne pas se rendre. Mais une question le tarabuste : qui a abattu l'avocate ? Car il n'en démordra pas, elle a été descendue pour l'empêcher de parler, pas parce qu'elle s'enfuyait. Il en est certain.

Malheureusement, il n'en aura jamais la preuve formelle : ses hommes n'ont pas réussi à coincer un seul de ces tueurs. Tous ou presque ont réussi à filer, d'une façon ou d'une autre. Sur les huit que Jacques avait comptabilisés, sept sont au tapis. Où est le huitième ? Probablement loin d'ici.

L'enquêteur fouette l'air de son poing, vexé, déçu. Son opération est un fiasco. Que va-t-il raconter à Listernac pour le convaincre de repousser sa triple exposition qui ouvre ses portes dans seulement quinze petits jours ? Il n'a malheureusement que peu d'éléments à lui soumettre, à part quelques cadavres et une maison en ruines. Pour Listernac ce sera un fait divers comme les trois assassinats de Bellegarde, et pourtant... cela devrait quand même l'inciter à se poser des questions !

Alors que ses hommes se dispersent le long du brasier pour essayer de sauver ce qui peut encore l'être, Francis traverse la route et rejoint le tablier métallique du pont. Il s'y adosse et se laisse glisser au sol, l'esprit en ébullition. Stan et Jean-Raymond sont en retrait et attendent. L'enquêteur prend une profonde inspiration en se redressant vivement. Il a besoin de bouger. Il met ses mains dans les poches et marche le long du Rhône.

Stan et Jean-Raymond le suivent des yeux.

— Quel con ce Levrat, il aurait mieux fait de se faire muter, au moins il n'aurait pas été buté ! Ça rime !

Le professeur d'Arts martiaux regarde son élève avec un certain étonnement.

— Tu sais, je commence à comprendre ton patron.

Jourdan éclate de rire en tapant vigoureusement sur l'épaule de son professeur, atterré maintenant.

— Tu m'étonnes ! Si je m'étais écouté, je me serais licencié !

Le rire reprend de plus belle. Francis a besoin de calme pour réfléchir et le fait savoir haut et fort. Stan se tait et le regarde, s'apprêtant quand même à lui répondre.

— Attention ! Là ! hurle-t-il soudain en voyant le huitième et dernier membre du Dragon surgir comme un diable de la rive et foncer droit sur Francis, ivre de rage et de fureur.

L'enquêteur s'immobilise, totalement surpris.

Stan sort son arme.

Tout à coup, un coup de feu déchire le silence et stoppe net l'élan du flingueur qui, une balle dans la tête, tombe sur le côté. La réaction est immédiate : les hommes des quatre équipes se ruent vers leur chef. Tous regardent en direction de la berge opposée pour voir qui a tiré et quelques-uns traversent déjà le pont en courant pour tenter de le retrouver.

Qui a tiré ?

— Tu n'as rien ? Ça va ? demande Stan en tenant fermement son patron qu'il palpe frénétiquement tant il a eu peur.

— Ça va, ça va ! Tu peux me lâcher maintenant.

— Ça venait d'en face et au bruit...

— J'ai moi aussi reconnu ce bruit. Le même que celui qu'on a entendu dans le Bois des Roches !

— Ouais, le même. Ton ange gardien était ici et t'a une fois de plus sauvé la mise. Depuis l'autre rive, faut le faire ! Il y a au bas mot une centaine de mètres. Sans grande visibilité à cause de cette brume, en pleine course et en pleine tête, c'est un vrai crack, ce type !

— Crack ou pas, nom de Dieu, mais qui est-il ? Et surtout, pourquoi ne se montre-t-il pas ? Que veut-il ? ou plutôt que me veut-il ?

16 minutes plus tard

Bien entendu, les quelques hommes partis mettre la main sur ce tireur invisible reviennent bredouilles. Tout au plus ont-ils découvert l'endroit probable où ce mystérieux flingueur devait se tenir. À plus de vingt mètres de la rive. Une sacrée distance !

Seul un tireur particulièrement expérimenté pouvait réussir un tir pareil.

Mais qui est-il ?

Les pompiers finissent de noyer la maison sous un déluge d'eau. Heureusement les flammes n'ont pas attaqué les bois attenants et c'est une chance.

Stan fanfaronne aux côtés de son professeur qui s'en moque éperdument.

— Tu sais comment on peut nous qualifier Francis et moi ? Eh ben on serait comme qui dirait l'effet kiss-cool, par opposition aux flics qui seraient plutôt, eux, l'effet casse-couilles.

Jean-Raymond, avec la tête du type qui se demande ce qu'il fait là, dévisage curieusement Stan sans trouver quoi répondre.

Que répondre du reste ?

— D'ailleurs les voilà, moi je me tire, ajoute Stan en ajoutant le geste à la parole alors que son patron va à leur rencontre.

Francis est en train de discuter avec le commandant de gendarmerie, mais son attention est retenue par son ami qu'il voit du coin de l'œil remonter le pont métallique.

— Un instant ! s'excuse-t-il en se dirigeant vers le pont devant lequel il s'arrête.

Stan est près de l'autre rive. Il s'immobilise aussi et se retourne. Les deux hommes, immobiles, se regardent longuement. Aucun des deux n'ose faire le premier pas.

— Monsieur Magenta, s'il vous plaît ! ordonne d'une voix forte le gendarme. J'ai besoin de vous ici ! On n'a pas fini !

Francis fait un geste discret. Stan ne semble pas le voir. Il ne bouge pas puis d'un coup se retourne et disparaît à pas pressés sur l'autre rive pour rejoindre son véhicule.

— Bourricot ! Mais qu'est-ce que tu as donc dans la tête ? murmure Francis, furieux.

Saint Germain-sur-Rhône,
maison de Francis,
20 minutes plus tard

Francis et ses hommes ont quitté les lieux après avoir aidé les gendarmes à retracer le déroulement des faits. Le professeur d'Arts martiaux, estimant n'avoir plus sa place, se retira discrètement. Blasé, le major qui ne rêve plus maintenant que d'une bonne mutation dans un endroit où il ne tomberait pas à chaque fois sur Magenta, les laissa repartir sans cacher son hostilité envers ses privés qu'il retenait comme des fauteurs de troubles patentés. De vulgaires mercenaires. Mais il avait des ordres, des ordres venus de très haut. Donc...

Francis leur a offert des rafraîchissements et des boissons chaudes. Tout en vérifiant leurs armes, peu parlent mais tous revivent encore l'action.

— Faites un effort, les gars, le moindre détail peut avoir son importance, commande Francis en se resservant une tasse de café chaud.

Il est perplexe et inquiet avec cette sale impression de passer à côté de quelque chose de capital. Son instinct le prévient qu'il y a « autre chose », mais ça l'agace de tourner en rond.

— Qu'est-ce qui vous chagrine, patron ? demande Jacques en s'approchant de lui.

— Plusieurs choses : d'abord ce billet d'avion que tu as découvert dans les affaires personnelles de l'avocate. Elle allait partir demain matin pour Jersey via Londres. Cela veut dire qu'elle avait donc terminé sa mission ici et qu'elle rentrait au bercail. Alors pourquoi l'abattre ?

— Oui, en effet, ça n'a pas de sens. À moins que ce ne soit une balle perdue. Vous savez, ça cartonnait sévère cette nuit. C'était Stalingrad là-haut. Ça tirait de tous les côtés. Entre les truands, nous et Levrat... alors...

— C'est possible, l'ennui c'est que seulement deux personnes ont été abattues dans le dos et je te parie que l'analyse des balles confirmera qu'elles l'ont été par la même arme.

— Vous voulez dire... qu'il y avait un type, là-haut, chargé en particulier de les flinguer ? C'est délirant ! Qu'est-ce qui vous fait penser à ça ?

— Une simple intuition, Jacques, c'est calculé mais du diable si je sais pourquoi.

— Patron, pour moi, c'est soit une balle perdue, soit ce Levrat et la greluche qui se sont tirés dessus. Lui a tenté de la buter, c'est bien ce que pensiez, non ? Et elle aura tourné les talons pour fuir. L'ex flic l'aura eu.

— Possible aussi, mais lui alors ?

— Après l'avoir flinguée, il aura certainement voulu rejoindre ses deux amis et dans un dernier sursaut, l'avocate a pu tirer alors qu'il lui tournait le dos.

— Possible aussi. Je reste toutefois persuadé que c'est beaucoup plus tordu que ça.

— C'est vous le patron.

— Oui, mais toutes les suggestions sont bonnes et je suis preneur, je n'ai pas la science infuse et vous pouvez, tous, avoir une idée intéressante, c'est ce qui fait la force de Mondial Protection. Va te reposer maintenant, tu en as bien besoin.

— Merci patron.

Francis regarde Jacques s'éloigner sans pouvoir se départir de son idée première. Lord « X » fait le nettoyage par le vide. Quand il n'a plus besoin de quelqu'un il l'élimine. Simple et brutal mais terriblement efficace. Pas de crainte de voir quelqu'un se mettre à table ensuite.

L'enquêteur se tapote les lèvres en se concentrant. Si son raisonnement est le bon, l'avocate a joué un rôle secondaire dans le plan démoniaque de ce Lord « X » : balader les enquêteurs et l'opinion publique avec son histoire de mettre le marché en main au journaliste. Ça ne tient pas la route un tel scénario. Ses échanges de coups de fil repérés par Jacques et son équipe ? Tout simplement, l'ordre de décrocher car Lord « X » a estimé que son rôle était terminé, d'où le billet d'avion : elle rentrait chez elle ! Jusque-là, ça se tient, mais pourquoi la descendre ? Parce qu'il n'en avait plus besoin et que l'importance de son objectif final est si tentaculaire que Lord « X » ne peut pas prendre le risque de voir l'un de ses pions lui échapper ? Ça se tient aussi ! Donc, il y avait bien quelqu'un *chargé* de l'éliminer. Mais qui ? Et *quid* de Levrat ? Dommage collatéral ? Occasion unique de se débarrasser d'un flic, même si ex flic, trop proche de la vérité ? Ça se tient aussi.

Soudain, Francis fronce les sourcils. Levrat ! Eh oui, comment se fait-il que justement cette nuit, il se soit pointé chez sa maîtresse ?

— Question pertinente, dit-il à voix haute.

Il s'est écoulé presque trois longues semaines entre le moment où il est tombé sur Levrat à Bellegarde, un Levrat revanchard et probablement obnubilé par le fait de demander des explications à son ex, mais avec certainement l'idée bien arrêtée de la descendre pour se venger. L'homme est au bout du rouleau, qu'importe un crime ! Il n'est plus à ça près. Discutable mais évident dans la situation présente. Seulement comment est-il arrivé chez elle la même nuit que Francis et ses hommes ? Hasard ?

L'enquêteur sourit. Tout le monde sait que le hasard n'existe pas. Quand quelque chose arrive par hasard ce n'est jamais par hasard. Cela signifie une chose : Levrat connaissait l'emplacement de la maison depuis le début et a attendu que Magenta y soit pour faire passer son crime pour une erreur de tir durant la fusillade.

Francis bloque son index sur ses lèvres. Tout ça se tient à condition que son raisonnement soit le bon.

Quoiqu'il en soit, il devient très urgent de contacter Listernac. L'assassinat de l'avocate est le signe évident qu'une phase est terminée et que l'ultime partie du plan de ce Lord « X » va être très vite appliquée. La triple exposition n'a jamais été autant en danger que maintenant, et elle commence dans une quinzaine de jours.

Francis ne sait pas comment faire. Voir Listernac est en effet primordial, mais il connaît assez ce genre de personnage pour savoir que sa mise en garde restera malheureusement lettre morte. Par association d'idées, l'enquêteur repense aux dernières paroles de Levrat : « surveiller la marmelade ».

— Nom de Dieu, mais qu'est-ce que cela peut bien vouloir signifier ?

Francis a beau chercher, il ne voit aucun lien proche ou éloigné pouvant avoir trait à l'affaire. La marmelade ! ... Stan aurait-il raison ? Levrat délirait-il ? Possible, mais pas certain d'autant moins qu'il s'agit d'un ex flic de grande qualité. Même à l'article de la mort, son esprit restait totalement tendu vers l'affaire, il a donc indiqué quelque chose d'extrêmement important, mais en rapport avec quoi ? Ou avec qui ?

L'enquêteur enrage ne de rien pouvoir faire d'autre que de collecter des éléments sans avoir aucune réponse valable aux nombreuses questions qui se bousculent dans sa tête. Pour la première fois, il se sent las, dépassé et impuissant.

— Nooooon, ce n'est pas possible, il va se produire quelque chose, quelque chose qui va renverser la situation, ça ne peut pas être autrement, ou alors c'est à désespérer de la justice.

Francis s'interrompt, amer.

— La justice ! ... Dans quel état es-tu, ma pauvre ! dit-il en constatant que tant que l'homme restera faible face à toutes les manœuvres d'intimidation et sous le charme de l'argent-roi, cette pauvre justice n'aura ni paix ni partialité.

En demande-t-il trop ou ? ... Francis ne sait plus quoi penser.

— La marmelade, la marmelade, mais nom de Dieu, qu'a-t-il bien voulu me dire ?

LISTERNAC FAIT LA SOURDE OREILLE ! ...

Bellegarde-sur-Valserine,
Hôtel de Ville,
bureau d'Arthur Listernac,
vendredi 13 mai,
9 h13

Francis Magenta a eu toutes les peines du monde pour se garer. Une foule dense et compacte déambule dans les rues de Bellegarde. À voir les tenues de certains affublés d'appareils photos, il n'est pas difficile de comprendre que la triple exposition attire déjà un grand nombre de curieux et de badauds.

Bon pour le commerce, mais pour le reste ? S'inquiète-t-il en se frayant un passage dans la rue de la République noire de monde. Les bus, plus connus sous le vocable de Tub ([89]) ont toutes les peines du monde à avancer et les chauffeurs sont au bord de la crise de nerfs, sans parler des livreurs qui n'arrivent même pas à faire leur travail correctement.

Francis arrive juste à temps à son rendez-vous. Une hôtesse d'accueil toute pimpante et souriante le précède

[89] TUB pour Transports Urbains de Bellegarde. Équipés de véhicules Citaro de la marque Mercedes. Ils allient confort et économie d'énergie.

en trottinant délicieusement. À chaque pas, ses couettes blondes tressautent.

— C'est ici, dit-elle d'une voix à faire chavirer le dernier des hommes.

Elle lui ouvre même la porte. Francis la franchit rapidement, tant il espère en cette réunion de la dernière chance. Mais en une demi-seconde, rien qu'à voir les têtes des cinq membres du Comité de Pilotage serrés en rangs d'oignon derrière un long bureau, il comprend que c'est loin d'être gagné. Seul Listernac, souriant et accueillant comme à son habitude, le reçoit avec amabilité.

— Monsieur Magenta, c'est toujours une joie que de vous revoir. J'avoue cependant que votre insistance à vouloir nous rencontrer à la veille de l'un des évènements les plus marquants de toute l'histoire de notre ville, a été ressentie comme particulièrement déplacée par quelques-uns d'entre nous. Mais ne gâchons pas la fête. Je ne voyais pas de motif réel de ne pas vous recevoir, d'autant plus que les derniers évènements qui ont malheureusement endeuillé notre belle ville - je veux parler de ces trois meurtres odieux - même s'ils n'ont pas encore été solutionnés ont dramatiquement prouvé vos peurs concernant la triple exposition. À ce titre nous ne pouvons que vous remercier. Mais maintenant je vous prierai seulement d'être concis, rapide et surtout porteur d'éléments nouveaux, solides, propres à nous faire réévaluer notre position. Vous n'ignorez pas ce qui se passe en ville, en ce moment, j'espère ?

— Oh que non. À ce que j'ai pu constater, vous êtes envahi par les touristes.

— Envahi est bien le mot. Les hôtels sont complets et les restaurants ne désemplissent pas. C'est excellent pour l'économie et vous verrez que cette triple exposition aura un retentissement phénoménal qui dépassera même, et de loin, les frontières de l'hexagone. Le Premier Ministre nous fait savoir qu'il attendait cette manifestation avec une impatience peu commune. Un honneur pour nous ! Mais venons-en au fait.

— Bien sûr.

Rapidement et de façon claire, l'enquêteur relate les nombreux et tragiques évènements qui ont marqué ces derniers jours en mettant l'accent sur l'impérative nécessité de différer au plus vite l'ouverture de la triple exposition, au moins quelques jours afin de faire de plus amples vérifications.

Mais plus Francis parle, plus il voit les mines de ses interlocuteurs s'assombrir. Manifestement, il gêne et son auditoire est loin de partager ses craintes.

— Nous en avons assez entendu, s'écrie Stéphane Rinck, l'un des cinq membres du Comité et l'un des plus influents d'ailleurs.

Listernac calme l'ambiance.

— Voyez-vous, monsieur Magenta, l'organisation d'une telle manifestation est un travail de très longue haleine et les efforts consentis pour arriver à son triomphe, parce que cela en sera un, n'en doutez point, ne peuvent plus être ternis par une quelconque « probabilité » de cambriolage. Je me suis fait remettre le rapport de la gendarmerie suite à « l'incident » de Surjoux. Il est particulièrement éloquent à plusieurs titres. Même si je reconnais vos talents et votre très grande expérience en la matière - vous aviez d'ailleurs anticipé ce cambriolage et cela est tout à votre honneur - je me permets de le rappeler et mes amis ici, en sont également parfaitement conscients...

— Mais ?

— Mais maintenant que tout danger est écarté, eux comme moi ne comprenons pas votre insistance à vouloir encore stopper l'inauguration de l'exposition.

Stupéfaction de Francis.

— Tout danger n'est pas écarté...

— Mais bien sûr que si, reprend Listernac dans un sourire condescendant qui exaspère l'enquêteur.

— Voyez-vous, cher monsieur, les gendarmes ont acquis la certitude que cette avocate et les huit hommes qui l'entouraient étaient sur le point, effectivement, comme vous nous l'aviez signalé, de cambrioler l'exposition. Ce sont eux qui sont à l'origine des trois meurtres et qui ont semé ce doute dans les esprits. D'ailleurs, nous allons au plus vite faire en sorte que monsieur Gilles Levesque soit libéré car son séjour en prison n'a que trop duré. Mais nous serons intransigeants sur un point : il devra se soumettre à un contrôle judiciaire. En effet, certains codes d'accès retrouvés dans la maison incendiée laissent à penser qu'il aurait pu collaborer avec les cambrioleurs, ceci restera à établir.

— Gilles Levesque est victime d'une machination !

— Je serais assez enclin, personnellement, à vous suivre sur ce point. Néanmoins, la présence de ces documents parmi les papiers des cambrioleurs nous pose un problème. Comment les ont-ils obtenus ? Il est donc nécessaire, par acquis de conscience d'en savoir plus... Ceci n'est pas négociable.

— Mais ouvrez les yeux, vous allez tomber dans le panneau vous aussi. Il y a mille et une façons de s'emparer de vos codes et...

— Monsieur Magenta, je vous en prie, n'insultez pas nos intelligences !

Francis se tait, abasourdi par l'outrecuidance de Listernac. Il ne le voyait pas comme ça.

— Je reconnais que vous aviez raison sur toute la ligne : cette dramatique mise en scène servait bel et bien de leurre pour égarer les policiers et la gendarmerie. Heureusement, grâce à vous cette tentative aussi risible qu'inutile a pu être enrayée. Elle était d'ailleurs vouée à l'échec. Imaginer faire pression sur Levesque pour lui soutirer les codes d'accès aux différentes salles d'exposition - ce qu'ils ont peut-être réussi à faire - mais c'est grotesque et proprement pitoyable au niveau raisonnement. Comment n'ont-ils pas imaginé une seule seconde que les mesures de sécurité étaient nettement beaucoup plus importantes ? Il ne s'agissait pas de fracturer un vulgaire coffre-fort de Casino de seconde zone. C'en est même vexant ! Enfin... il est fort regrettable malheureusement que trois jeunes femmes aient dû faire les frais de cette mascarade. Les gendarmes ont retrouvé quantité de documents expliquant, dans le détail, cette manœuvre ainsi que des plans extrêmement détaillés des salles d'exposition. Sans compter que du matériel ultramoderne pour cambrioleurs aguerris et expérimentés a été également découvert dans les ruines de la maison incendiée. Tout cela indique sans l'ombre d'un doute qu'ils allaient passer à l'action. C'est irréfutable. Finalement, voyez-vous, c'est grâce à vous si cette bande de malfaiteurs a pu être réduite au silence. Vous me permettrez juste de vous faire une remarque : peut-être auriez-vous mieux fait de signaler cela à la gendarmerie afin qu'elle puisse faire son travail. Cela n'aurait pas abouti à un tel bain de sang.

Francis est sidéré. Il s'attendait à tout mais pas à ça. Non seulement pour Listernac, les cambrioleurs sont éliminés mais en plus c'est grâce à Francis !

L'enquêteur tente encore de convaincre son assemblée que le danger n'a jamais été aussi présent et qu'il devient urgentissime de prendre des mesures radicales.

Listernac perd son sourire devant son insistance et un léger tic de la main laisse présager que le point de non-retour n'est pas loin d'être atteint.

— Écoutez-moi, monsieur Magenta, nous avons été jusqu'ici particulièrement patients et, vous en conviendrez, avons tendu une oreille plus que polie et attentive à vos allégations. Mais maintenant que tout danger est écarté et que nous avons toutes les preuves que les auteurs de ce probable cambriolage sont bel et bien réduits au silence, vous comprendrez que nous avons bien d'autres choses à faire, en particulier veiller à ce que la manifestation altermondialiste qui vient d'être autorisée se passe dans les meilleures conditions, sans compter la gestion de ces milliers de touristes ni celle des innombrables problèmes de stationnements qui sont un véritable casse-tête. Que voulez-vous, l'exposition n'est pas encore commencée qu'elle déchaîne déjà les passions.

— C'est justement dans des moments comme celui-là qu'il faut redoubler de surveillance, car justement, tout cela découle d'un plan mûrement réfléchi. Je peux vous aider et je me...

— Monsieur Magenta, comme je viens de vous le dire à la seconde, nous avons bien d'autres choses à faire qu'à continuer à écouter vos délires. Excusez-moi du vocabulaire employé, je ne pensais pas en arriver à cette extrémité et vous m'en voyez très peiné, mais à ce stade, il me semble utile de vous mettre une fois pour toutes les points sur les « I » afin qu'il n'y ait plus d'ambigüité entre nous. À vous écouter, il y aurait une organisation occulte prête à dévaliser les trois sites d'exposition. C'est parfaitement et totalement ridicule !

— Ce n'est pas une probabilité, c'est un fait.

— Alors où sont vos preuves ?

— Je n'ai hélas rien d'autre que ce que je viens de vous expliquer.

— C'est bien ce que nous vous reprochons. Les évènements de Surjoux, comme je viens à l'instant de vous l'expliquer, nous indiquent qu'une tentative de cambriolage allait effectivement avoir lieu, mais c'est tout. De plus, les cambrioleurs sont tous morts.

— Ils vont vous attaquer.

— Je me répète : où sont vos preuves ?

Francis ne répond pas.

— Monsieur Magenta, vous n'apportez strictement aucun élément tangible et probant permettant un tant soit peu de réévaluer la situation, et moi comme tous ces messieurs travaillons en permanence sur des faits et des preuves bien réelles, pas sur d'hypothétiques probabilités, donc... en l'état actuel des choses, nous vous remercions de bien vouloir nous laisser maintenant travailler. Nous apprécions à sa juste valeur l'énorme travail que vous avez fait et qui démontre une fois de plus votre très grand professionnalisme, soyez-en convaincu, mais je crois que maintenant votre présence n'est plus souhaitée ici. Si vous voulez bien me suivre.

Ajoutant le geste à la parole, Listernac prie l'enquêteur de bien vouloir quitter la pièce.

Francis hésite, puis devant la froideur du regard fermé de Listernac, comprend qu'il n'y a plus rien à faire.

— Soit ! Juste un mot.

— Le dernier alors.

— Ils sont mon problème maintenant et moi le leur.

Listernac esquisse un vague sourire et se contente de ricaner. Manifestement il n'imprime pas mais rétorque :

— Un conseil : à trop vouloir faire en sorte que ce que vous rêvez devienne réalité, vous allez sombrer dans la névrose, faites donc attention, c'est mauvais.

Le ton est légèrement ironique mais suffisamment pour faire mal, et Francis encaisse... sans broncher.

Il s'apprête à défendre sa position, mais il sent bien qu'il n'a plus la côte et qu'il est inutile d'insister. C'est un combat perdu d'avance. Les jeux sont faits, la soif de pouvoir et d'argent les rend tous, comme toujours, aussi aveugles qu'arrogants. La cupidité est un puissant moteur. Il fait oublier les plus élémentaires des précautions. Francis enrage en se sentant terriblement seul. Il soupire et fait demi-tour. Listernac claque des doigts et l'hôtesse d'accueil qui attendait dehors arrive en trottinant avec un sourire commercial figé d'une oreille à l'autre.

— Raccompagnez donc monsieur Magenta jusqu'à la sortie, je vous prie. Il a terminé.

La porte se referme aussitôt sur un Francis autant dérouté qu'ulcéré. Il se retrouve soudain face à une charmante marionnette toute menue d'une vingtaine de printemps affublée d'une tenue vantant les mérites de la triple exposition. Elle le regarde avec un sourire béat en papillonnant des yeux. Si ce n'était pour la gravité de la situation, il éclaterait de rire, mais c'est la mort dans l'âme qu'il quitte l'Hôtel de Ville pour être très vite happé par la foule compacte des touristes.

Sans trop savoir quoi faire, dépité et ulcéré d'avoir été traité en simple domestique, Francis remonte la rue Bertola et se rend sur la Place Carnot noire de monde. Il y a presque plus d'appareils photos que de touristes. Il sourit. Voir ce ballet est assez cocasse. Il se fraye un passage parmi les badauds dont la grande majorité regarde en direction du Collège Louis Dumont devant lequel le grand podium destiné à recevoir le Premier Ministre et toute sa clique est en train d'être achevé. Plus loin, le long de la rue Lamartine, l'enquêteur aperçoit plusieurs cars de CRS et trois camions de l'armée. Et de fait, il peut voir ici et là des militaires armés qui patrouillent, l'œil acéré et la main sur leur arme automatique. Cela lui rappelle que la France est toujours sous Vigipirate et que l'état d'urgence a été prolongé. Du coup, il se demande comment diable Lord « X » va s'y prendre pour dérober les trésors de la triple exposition.

Les mesures de sécurité n'ont jamais été aussi drastiques... et si tout avait été planifié depuis le début ? Et s'il avait également ancipité cette situation ?

Mécaniquement, il regarde tour à tour les trois façades qui cachent les appartements des victimes. La distance est idéale et même un apprenti flingueur ne pourrait pas rater sa cible. D'un autre côté, à en juger par le déploiement de force - visible - comment diable pourrait faire un *sniper* pour se déplacer et s'installer sans éveiller l'attention ? A fortiori trois. Un kamikaze ? Et pourquoi pas ! Francis se secoue, voilà qu'il se met à délirer. Lord « X » n'a pas du tout le profil d'un kamikaze et ses hommes, même s'ils ont prouvé être capables de se battre jusqu'à la mort n'iront jamais de leur plein gré au casse-pipes. Non, il doit y avoir autre chose.

Jugeant inutile de rester plus longtemps ici, Francis décide de rentrer au bureau.

MAGENTA N'AVANCE PAS ! ...

Siège de « Mondial Protection »,
11 h 52

Francis n'a pas faim. Son air bougon et sa tronche des très mauvais jours font que tout le monde s'écarte. Un collaborateur fait même mine d'avoir oublié quelque chose pour entamer un demi-tour parfaitement exécuté.

— Qu'on ne me dérange pas ! rugit-il en entrant.

Passé le dépit, c'est une colère noire qui l'envahit. Se sentir impuissant alors qu'il est persuadé d'avoir raison, le met dans un état d'énervement difficilement concevable.

La porte de son bureau claque violemment, mais cela n'entame pas le trottinement joyeux de Finette dont les petits bêlements trahissent une joie non feinte de retrouver enfin l'un de ses maîtres. Rapidement, elle vient se coller contre sa jambe et son bout de queue frétille comme jamais. Même Zoupette est heureuse. Elle est sur le bureau du patron sur le dos et s'étire langoureusement en miaulant doucement.

Francis s'immobilise, son visage s'éclaire timidement quelques secondes. Machinalement, il caresse la tête de la chèvre qui en redemande, mais rapidement il l'éconduit gentiment puis assez fermement. Il n'a pas le cœur à jouer. Zoupette a senti le coup. Elle se propulse sur ses quatre pattes, regarde avec inquiétude son maître s'asseoir lourdement à son bureau et quand elle le voit se mettre la tête entre les mains, préfère sauter au sol avant de ramasser un quelconque objet « volant non identifié ».

On pourrait même croire que Francis pleure, mais peut-être n'est-ce qu'une illusion. Il se redresse en reniflant, scruté par Finette, étonnée et inquiète de le voir comme ça si désemparé. Et l'autre qui n'est même pas là pour le réconforter. Ah tu parles d'un maître ! Grande gueule, mais jamais là quand il le faut. La chèvre manifeste bruyamment sa réprobation réussissant ainsi à tirer un sourire à l'enquêteur qui en a bien besoin.

L'espace d'une seconde, il envie la chèvre et rêve même de revenir sur terre transformé.

— Mais bougre d'âne, à quoi penses-tu ? dit-il à voix haute en prenant le cadre de Myriam.

Il le repose vivement. La peur de replonger dans des souvenirs encore vifs n'est certes pas ce qu'il y a de mieux à faire pour le moment.

Machinalement il range son bureau, la tête ailleurs et le cœur gros. Que faire ?

— On va bosser, décide-t-il, c'est encore le meilleur remède que je connaisse pour faire passer les déconvenues.

Francis ricane, car il ne peut s'empêcher de penser à ce qui va se passer d'ici quelques jours à peine. Il pense à Listernac et finalement, si ce petit morveux arrogant s'en ramasse une il l'aura bien cherché. Le côté sauveteur des causes perdues qui anime Francis lui susurre qu'il devrait quand même tout faire pour enrayer la diabolique manœuvre de ce Lord « X », ce phénoménal criminel que personne ne connaît et qui tire les ficelles dans l'ombre depuis le début.

Il est impératif de trouver le maillon faible !

Brusquement, il appuie sur son Interphone :

— Fabrice !

— *Patron ?*

— Amenez-moi tout de suite tout ce que vous avez sur notre affaire.

— *Maintenant ?*

— Bien sûr, pourquoi, vous avez autre chose à faire ?

— *Ben, c'est que j'allais sortir pour manger et…*

— Plus tard !

Francis a déjà retiré son doigt de l'Interphone.

Il est bien décidé à s'immerger à fond dans les dossiers parce qu'il en est sûr, quelque chose lui a échappé, un détail, un truc tout bête qu'il a sous les yeux depuis qui sait combien de temps. Il sent monter en lui une volonté de revanche inextinguible et gare à qui se mettrait en travers de son chemin.

Huit minutes plus tard, poussant un petit chariot chargé de dossiers de couleurs différentes, l'analyste financier fait son apparition.

— Il y a tout ça ? s'étonne Francis.

— Oui, c'est que vous avez demandé beaucoup de choses et…

— Fais-moi une synthèse avant que je me plonge dedans.

— Ah ! Heu !

— Bon, sur les trois victimes, on a quoi au juste maintenant ?

Content que son patron reprenne l'initiative, Fabrice prend le lourd dossier relatif aux trois femmes assassinées et le lui tend en faisant un bref commentaire :

— Les trois victimes ont toutes été assassinées par le même tueur. Mode opératoire et mise en scène parfaitement identique dans les trois cas.

Francis hoche la tête tout en lisant. Il laisse passer un peu de temps avant de reprendre :

— Tu m'as aussi apporté le dernier dossier que je t'ai demandé sur les concurrents de Mac Corkindale ? Il est capital !

— Oui patron. Tout est là. Bon, c'est plutôt succinct vu le peu de temps que vous m'avez laissé pour le faire, mais c'est je pense assez représentatif.

— Ce qui m'intéresse, c'est essentiellement le poids financier réel, leurs influences et la solidité supposée ou véritable de ces sociétés.

— Vous devriez avoir tout ça dedans, mais je ne comprends pas ce qui peut vous intéresser à ce point dans...

— Fabrice, rappelle-toi de ce que je t'ai dit l'autre nuit concernant l'objectif réel de ce Lord « X » !

Genetelli ouvre grand les yeux.

— Parce que... parce que vous croyez toujours que tout ce cirque aurait été mis sur pied uniquement dans ce but ?

— Dans ce seul et unique but, mon cher Fabrice, oui, j'en suis intimement convaincu. Dans l'immédiat, j'ai vraiment besoin de trouver quelque chose, rien que pour me prouver que je peux encore...

Francis s'interrompt, soudain conscient qu'il risque d'en dire trop sur ses émotions.

Fabrice fait mine de ne pas avoir compris et n'insiste pas. Il se tait en regardant discrètement et furtivement sa montre.

— Tu as faim à ce point-là ? questionne Francis qui consulte un dossier, l'air de rien.

Paniqué et vexé d'avoir été surpris, Fabrice Genetelli bredouille des excuses inintelligibles qui ne font que l'enfoncer encore un peu plus.

La maladresse légendaire de son analyste fait sourire son patron. Il redresse la tête et le regarde avec gentillesse.

— Allez file ! Mais reste à ma disposition cet après-midi, il se peut que j'aie besoin de toi.

— Merci patron !

Francis le regarde décamper en souriant. Sa gaucherie maladive le réconforte. S'il se bat, au fond, c'est pour que des gars comme lui puissent vivre dans un pays ou la justice fait son travail correctement. À cette évocation, son sourire disparaît mais quelque part cela le renforce dans sa conviction qu'il ne doit pas baisser les bras.

Brusquement, il attrape le premier dossier de la pile et l'ouvre en s'asseyant.

RAPPORT N° 1 LES VICTIMES

Brigitte ROUSSELET, 49 ans, née le 4 avril 1967 à Nantua (01).
Jacqueline PORTILLO, 52 ans, née le 2 septembre 1964 à Lancrans (01).
Magali COLBERTI, 46 ans, née le 13 mai 1970 à Thenay (36).
Aucun lien de parenté entre elles. Au niveau professionnel, associatif, bancaire, relationnel, là aussi, absolument aucun lien entre les 3 victimes. Le seul lien commun, c'est leur proximité d'habitation, ce qui laisse présager une éventuelle probabilité d'attentat à l'occasion de la visite du Premier Ministre.

Francis arrête sa lecture, ces données ne l'intéressent pas, il les connaît par cœur et ne peuvent pas lui apporter beaucoup d'informations. Par contre, il cherche le rapport relatif au profil du tueur.

RAPPORT N° 4 PROFIL TUEUR

Homme entre 35 et 40 ans. Type caucasien. Célibataire, méticuleux, athlétique, organisé. Sûrement pas à son coup d'essai. Mise en scène typique d'une personne qui recherche à reproduire une scène vécue dans sa vie d'adolescent ou d'enfant. Probablement en rapport avec la religion. Mais on ne peut rejeter la thèse du malade mental. De plus, la thèse de la possible préparation d'un attentat contre le Premier Ministre n'est pas à exclure. Trop d'indices militent en ce sens et ce faisceau de présomptions nous interdit d'ignorer cette éventualité. À ce jour il est non identifié et court toujours.

Francis s'interrompt et fait la moue. Il ne croit pas à la première partie de la description. Le simple fait que les trois victimes habitaient dans le même périmètre contredit nécessairement cette thèse. Un psychopathe qui recherche à reproduire une scène de sa vie se fiche éperdument de l'endroit où peuvent bien vivre ses victimes. C'est le genre de type qui frappe au hasard sous l'effet d'une impulsion, d'un phénomène déclencheur. Par contre, l'hypothèse de l'attentat retient encore toute son attention, même s'il la trouve de plus en plus tirée par les cheveux. Il y autre chose derrière, mais quoi ?

Rapidement, il repose ce rapport et prend celui du mystérieux correspondant qui lui semble nettement plus prometteur car, à la réflexion, il s'aperçoit que lors de leurs nombreuses réunions, ils en ont très peu parlé. S'agirait-il de ce fameux maillon faible ?

RAPPORT N° 7 L'HOMME AU TÉLÉPHONE

On peut raisonnablement admettre que cet homme n'est pas le tueur, quoi que l'inverse puisse être aussi admis. Ce mystérieux correspondant ponctue tous ses appels par : « *Tic-tac, tic-tac, tic-tac !* ». Sa voix est falsifiée et totalement non reconnaissable. À ce jour, son identité est absolument inconnue et même s'il téléphone à nouveau, le résultat serait invariablement le même. Il se pourrait qu'il s'agisse d'un proche du tueur qui ne pourrait trouver de l'excitation qu'en annonçant les meurtres à venir. Si ce cas est avéré, le niveau de proximité entre les 2 hommes est exceptionnellement rapproché. Il se pourrait alors que ce soit 2 frères abandonnés très jeunes par leurs parents. N'a plus fait parler de lui depuis la découverte de la 3ème victime, Magali Colberti, ce qui est inquiétant. À ce jour, cet homme reste non identifié et court toujours. Il fera reparler de lui. Attention !

Francis n'est pas satisfait et l'exprime en grognant longuement, ce qui oblige Zoupette à ouvrir un œil avant d'aller dormir plus loin.

— Mais qui est le charlot qui m'a fichu un rapport aussi débile ? s'exclame-t-il.

Il tourne et retourne le document pour en trouver le nom de l'auteur. En le découvrant, il ne cille même pas. Cela ne semble pas l'étonner.

— Encore ce con ! laisse-t-il tomber. Mais quelle formation a-t-il suivie ?

Il jette violemment le rapport et se concentre sur son raisonnement.

Ce mystérieux correspondant est, d'après lui, tout sauf un déséquilibré. Pour l'enquêteur, compte tenu de la situation et des derniers évènements, il est clair qu'il s'agit d'une partie d'un plan mûrement réfléchi. Les appels sont le fait de quelqu'un de parfaitement équilibré, particulièrement intelligent même, et qui agit en suivant une logique admirablement bien établie et finement calculée. Les appels sont destinés à créer la psychose, rien de plus. C'est sûrement le même homme qui a assassiné ces trois pauvres femmes. C'est donc bien la preuve évidente qu'un plan à très grande échelle est en train de se développer sous son nez et qu'il ne lui reste que très peu de temps pour y faire face. Mais où est le maillon faible ? Comment le découvrir ?

Francis est sûr qu'il ne peut le trouver que dans cette masse de documents et de rapports, mais le temps passe, file, vole. Il a l'impression que le temps s'est affolé et que plus rien ne peut plus ni le ralentir ni même l'arrêter.

Il grogne à nouveau. Il ne lui reste plus que quelques jours pour agir avant la grande inauguration, le samedi 28 mai !

RAPPORT N° 22 LA MENUISERIE

Concernant la « Menuiserie Artisanale du Grand Crêt d'Eau », les recherches faites concernant les dernières embauches effectuées par cette société établissent qu'en effet, deux intérimaires ont bien été engagés afin de faire face à l'important surcroît de travail occasionné par l'organisation de la triple exposition. Il s'agit de messieurs Vittorio Buonamici et Pascal Letourneur. Les deux hommes ont été affectés à la fabrication des présentoirs devant recevoir les perles et les diamants qui seront exposés au château de Montanges. Ils ont quitté leur travail le même jour et ensemble. Depuis, leur patron ne les a plus jamais revus et n'a plus eu de leurs nouvelles. Malgré les nombreuses recherches, ces deux personnes restent totalement introuvables à ce jour.

Francis sourit en coin. Enfin, il tient un embryon d'élément confortant sa théorie. Ces deux anciens légionnaires retrouvés morts carbonisés dans la BMW, étaient donc bien embauchés sous couverture dans la menuiserie chargée de fabriquer les présentoirs et notamment ceux destinés au château de Montanges. Il est maintenant évident qu'ils ont dû très probablement trafiquer certains d'entre eux. Mais comment et pourquoi ? Lord « X » les a ensuite éliminés suivant toujours sa même ligne de conduite : une fois mort, aucun risque de parler. Il a même poussé l'abject en faisant en sorte que leurs morts puissent lui servir pour piéger Francis et ses collaborateurs dans ce tristement célèbre Bois des Roches. Aussi diabolique qu'impitoyable. En tout cas, cette façon de faire confirme l'exécution de l'avocate. Une fois son rôle terminé, elle aussi n'avait plus d'utilité et devenait automatiquement un danger ! Effroyable raisonnement. Il ne doit y avoir aucun témoin en état de pouvoir parler. Radical et parfaitement efficace !

Les êtres humains ne seront donc jamais autre chose que des pions ?

Désespérant !

RAPPORT N° 31 FAMILLE CHABRIER

Paul CHABRIER, le père, 67 ans, né le 1er août 1949, à Lyon. Parcours universitaire brillant. Ancien avocat pénaliste en droit international des affaires. Devient conseiller spécial du Ministre de l'Intérieur dans les années 1970. Homme à poigne, pétri de règlements et de justice. Carriériste affiché. Devient grâce à ses réseaux et connaissances, contrôleur général et conseiller spécial du corps de police avant d'accéder à la présidence d'Interpol. Épouse décédée dans un accident de la route. Il a été fait mention, à l'époque, d'un suicide. À ce jour on ne lui connaît pas de liaison sérieuse. Vit essentiellement entre Suisse, Lyon, Paris, les USA et l'Irlande. Passionné d'Art et grand collectionneur en la matière.
Thierry CHABRIER, le fils, 38 ans, né 17 mars 1978, à Lyon. Brillantes études d'architecture avant de quitter bruyamment le domicile familial suite à de très graves désaccords avec son père, ci-dessus énoncé, qu'il qualifie de tyrannique. Fait l'école de police et intègre la prestigieuse équipe d'enquêteurs d'Interpol dans laquelle il deviendra le bras droit du commissaire Raphaël Levrat. Divorcé 2 fois. Serait en liaison avec une de ses collègues : Delphine Ginet-Bouquet. Actuellement en disponibilité suite aux agissements de son père qui n'a pas accepté son attachement à son ancien patron : Levrat.

RAPPORT N° 32 — LORD Darius MAC CORKINDALE

Darius, Angus, Stephen Mac Corkindale, 71 ans, né le 6 avril 1945. Fils de James et Margareth Mac Corkindale. Il est le 14ème descendant de l'une des plus grosses familles d'Angleterre. Fortune colossale. Son groupe est présent dans tous les pays du monde. Mécène à ses heures, passionné de modélisme et de figurines, essentiellement écossaises. Sa collection fait autorité dans ce domaine. Ses 3 fils assurent la continuité des affaires familiales. Passe son temps à voyager principalement aux USA, en Afrique et en Asie. Possède plusieurs magnifiques villas dont la principale se trouve au Bahamas. Seule ombre au tableau : il aurait violemment écarté un demi-frère, issu d'une liaison malheureuse de son père avec une domestique ou une roturière fortunée. Ce frère illégitime serait venu demander des comptes et sa part. À l'époque, 1969, les tabloïds anglais en ont fait leur choux-gras mais l'affaire sombra rapidement dans l'oubli.

RAPPORT N° 15 — LA LISTE DES VOYAGEURS

La vérification de toutes les listes de voyageurs en provenance d'Angleterre n'a strictement donné aucun résultat. Soit le noyé voyageait sous un nom d'emprunt, soit il est arrivé et est reparti d'Angleterre par un tout autre moyen que l'avion. Ou alors, il s'agit de quelqu'un d'autre qui n'a strictement rien à voir avec l'enquête et qui se trouverait toujours en Angleterre. Toutes les investigations lancées pour découvrir son identité sont, à ce jour, restées à l'état de recherche. Il n'y a aucun voyageur manquant sur les listes.

RAPPORT N° 16 — ÉTUDE DES CINQ MEMBRES DU COMITÉ DE PILOTAGE

L'examen approfondi des cinq membres du Comité de Pilotage de la triple exposition n'a révélé aucun indice susceptible d'ordonner une mise sous surveillance ou de nature à ouvrir une recherche plus détaillée. Stéphane Rinck, Louis Montbellant, Hervé Chaumontet, Guillaume Pouchard et Alban Bavarien sont résolument au-dessus de tous soupçons. Ces 5 personnes sont honorablement connues et rien dans leur dossier respectif n'est de nature à déclencher une poursuite d'investigations accrues.

Désabusé et écœuré, Francis repose lentement le rapport, les yeux dans le vague. Rien ! Il n'a rien ! Absolument rien de tangible, rien à quoi se raccrocher pour faire avancer son affaire. C'est à désespérer.

Par simple acquis de conscience, il consulte distraitement les rapports sur les autres investigations qu'il a demandées, en particulier sur les sociétés du monstrueux groupe appartenant à Lord Mac Corkindale. Mais là aussi, à part une montagne de documents particulièrement bien argumentés il ne retient rien qui soit de nature à lui indiquer, ne serait-ce qu'un tout petit début de piste. Totalement abattu cette fois-ci, impuissant, il commence à se dire qu'il est peut-être trop vieux pour ce genre d'activité. Pourtant, il en est sûr, l'élément libérateur se trouve là, dans tous ces documents, au milieu de ces rapports. Pourquoi n'arrive-t-il pas à le cerner ? Que lui manque-t-il encore pour l'individualiser ? Se trompe-t-il totalement ? A-t-il affaire à quelqu'un de nettement plus fort que lui ? À cette idée, il sent une colère sourde et irrépressible l'envahir. Pêché d'orgueil ? Lui tellement habitué à réussir ne supporterait-il pas l'échec ?

— Mais quel échec, bordel ?

De rage, il balaie son bureau envoyant tout ce qui s'y trouve dessus par terre dans un bruit indescriptible. Impassible et bien à l'abri, Zoupette ouvre toutefois un œil et se retourne : elle l'avait prévu ! Quant à Finette, elle se contente de bêler en guise de réprobation en lui tournant ostensiblement le dos.

Voyons, ce sont des choses qui ne se font pas !

Un amusant signal sonore lui indique qu'un message est arrivé sur sa messagerie. Instinctivement, Francis l'ouvre et la consulte. Il lit et se met à sourire.

— Enfin, ils rentrent ces deux-là ! s'exclame-t-il en apprenant avec un vif contentement le retour du Gascon et de la belle Angevine pour lundi matin.

Les « vacances » en Écosse sont terminées et à voir la fin du message, il semblerait qu'ils aient aussi d'excellentes nouvelles, ce qui ne serait pas du luxe.

— Parfait !

ENCORE UN ! DÉCIDÉMENT ! ...

Saint Germain-sur-Rhône,
Bois des Roches,
dimanche 15 mai,
10 h 23

Claire Vuichard aime à se promener dans le Bois des Roches, théâtre de tant d'évènements dramatiques. Le printemps pointe son nez et la bibliothécaire de la commune profite d'un peu de répit pour s'imprégner de cette nature naissante qu'elle adore. Les couleurs changent en permanence, devenant toujours plus scintillantes et plus ensorcelantes. Les bruits enthousiasment les sens et déchaînent les passions. Ici et là, la nature résonne de sa renaissance. Des animaux invisibles courent partout, s'enfuient ou jouent. Là ce sont des oiseaux qui volètent dans l'air chaud, allant d'une branche à une autre en saluant l'arrivée timide mais certaine des beaux jours. Ailleurs, c'est l'odeur entêtante des arbres qui se réveillent et celle de la sève des jeunes pousses qui défient le temps en paradant.

Claire a besoin de s'enivrer de ces senteurs, elle a besoin d'emplir ses poumons d'autre chose que de la fumée de cigarette.

Par association d'idées, elle regarde la sienne comme si elle la découvrait au même moment tout en se disant qu'il faudrait quand même qu'elle arrête son cancer ambulant.

Claire s'immobilise et renifle bruyamment. Ça, ce n'est pas une odeur naturelle, se dit-elle en regardant à nouveau sa clope. Elle presse le pas en direction de cette curieuse odeur qui n'est pas sans lui rappeler... Oh mon Dieu, non, pas encore elle !

Cette fois-ci, elle court droit devant elle et soudain, au détour d'un bosquet, aperçoit un petit nuage bien noir qui s'élève comme par magie. Écartelée entre espoir et peur, elle hâte le pas, trébuche mais ne tombe pas.

Brusquement, elle s'immobilise, horrifiée.

En tremblant, elle prend son portable alors qu'un bruit aussi sinistre que très caractéristique perce ses tympans.

— Alain ! hurle-t-elle.

— *Oui, qu'y a-t-il ?* demande le Maire soudainement inquiet en reconnaissant la voix de la bibliothécaire.

— On... on en en a... encore un !

— *Mais nom de Dieu, pourquoi hurles-tu ? Et de quoi parles-tu ?*

— Il y a une voiture qui crame ici et il y a un type dedans !

— *Quoi !*

11 minutes plus tard

Rapidement sur les lieux, les pompiers arrivent à maîtriser le feu qui était en train de dévorer la voiture. Le corps est ensuite sorti de l'habitacle. Le feu ne l'a pas totalement consumé, une chance que la bibliothécaire soit passée par là à ce moment. Les gendarmes réussissent à trouver ses papiers et surtout son identité :

— Major !

— Vous avez quelque chose ?

— Oui, venez voir, on a son identité.

— Quelle est-elle ?

— C'est un certain Listernac, Arthur Listernac ! Une balle dans la nuque : c'est une exécution.

— Major ! crie un autre gendarme le nez dans le coffre.

— Qu'est-ce que vous avez trouvé ?

— Du lourd. Regardez !

Ajoutant le geste à la parole, le gendarme lève bien haut plusieurs petits sacs contenant une poudre particulièrement blanche.

— Il y en a pratiquement plein le coffre !

Le major s'approche, prend l'un des paquets et le soupèse avant de regarder le contenu de l'arrière de la voiture à moitié calcinée qui est effectivement presque plein à ras bord de drogue.

— Eh bien, voilà un trafiquant qui ne nuira plus à personne, maintenant, conclut le Major qui toutefois fronce les sourcils. Ça ne colle pas.

C'est bien la première fois qu'il voit autant de drogue « abandonnée » dans une voiture.

Brusquement, il sort son canif et perce un des paquets. Avec prudence, il goûte le produit du bout de la langue.

— C'est du lait en poudre ! s'exclame-t-il.

Anticipant l'ordre, le gendarme immobile devant le coffre en fait autant. Il perce plusieurs paquets au hasard et invariablement, la même réponse tombe : lait en poudre !

— Bon, eh bien maintenant, c'est clair. Listernac a essayé d'enfumer ses acheteurs, l'ennui c'est qu'ils se sont rendus compte de l'arnaque. Dans ces cas-là, la sentence est immédiate.

— Et je pense que le fait de retrouver son corps ici est certainement à rapprocher du meurtre des deux frères retrouvés brûlés au même endroit en octobre dernier. Qu'en pensez-vous ? demande un des adjoints au maire. Ils étaient sûrement de la même bande.

— Pas de conclusion hâtive, voulez-vous, même si c'est effectivement une possibilité. En tout cas, c'est ce qui semble le plus logique.

— Listernac, Listernac, reprend Alain Lambert, le Maire, que cette nouvelle contrarie sensiblement. Ce n'est pas ce type qui était chargé de l'organisation de la triple exposition de Bellegarde ?

— Eeeeeeeeh, mais oui, tu as raison, ajoute Claire Vuichard. Et c'est même dans à peine une dizaine de jours. Tu parles d'une nouvelle ! Vont être contents, tiens !

— Au fait, monsieur le Maire, je ne vois nulle part votre encombrant administré ? déplore le gendarme, inquiet quand même.

— De qui parlez-vous ?

— De ce Magenta. Dès que ça explose, que ça brûle ou que ça flingue par chez vous, il n'est jamais très loin celui-là.

L'INDICE LIBÉRATEUR ! ...

Siège de « Mondial Protection »,
lundi 16 mai,
9 h 47

Ravi et heureux de retrouver le sol français, Jean-Georges fait une entrée quasi triomphale dans les bureaux de Mondial Protection. Non seulement ça se voit, mais ça s'entend aussi beaucoup !

Légèrement en retrait, Stéphanie, les traits tirés après un voyage épuisant mais tout sourire, entre aussi. Elle est heureuse d'être revenue même si cela se voit moins.

Même le ciel semble approuver ce retour en faisant miroiter un soleil grandiose, promesse de bonheur et de joie.

Francis, manifestement content, vient droit sur eux et leur serre la main longuement et chaleureusement, plus que d'habitude même ce qui met la puce à l'oreille de Stéphanie.

— Alors qu'avez-vous de si important à me dire que vous ne pouviez pas me communiquer ni au téléphone ni par mail ?

— Stan n'est pas là ? demande la belle Angevine.

— Je vous expliquerai plus tard. Suivez-moi.

Quelques minutes plus tard, après avoir calmé les ardeurs de Finette, heureuse de retrouver une partie de son petit monde, le trio est installé dans le bureau de Francis.

Avec l'air de celui qui va vous en boucher un coin, le rugueux Gascon, souriant et satisfait, fait durer le plaisir avant de vite répondre en voyant l'exaspération poindre petit à petit sur le visage de son patron :

— On a enfin réussi à identifier notre noyé. Ça n'a pas été sans mal, mais heureusement que quelques gars de notre agence de Londres sont d'origine écossaise, ça nous a drôlement aidés à faire parler les gens du cru.

— Bon, et alors ? dit Francis, pressé d'en savoir plus.

— Alors notre noyé s'appelait : Arthur Listernac !

Le Gascon pose en même temps un épais dossier sur le bureau de Francis qui semble soudain s'être statufié.

Consternation !

Jean-Georges ne comprend pas. Il ne sait pas quelle attitude adopter. Son sourire suffisant disparaît et il a la sensation d'avoir complétement loupé son effet. Il est même déçu.

— Cache ta joie !

— Tu... tu es sûr, absolument sûr et certain de son identité ?

— Comme je suis là, aujourd'hui, devant toi. Ce mec s'appelait Listernac, Arthur Listernac. Citoyen Hollandais de souche française, demeurant à Rotterdam. Spécialiste des organisations d'expositions consacrées aux diamants et autres perles hors de prix. Une pointure exceptionnelle dans son domaine. Il travaillait en solo et parcourait le monde pour cela. On a même eu son épouse au téléphone. La pauvre était sans nouvelles de lui depuis le mois d'octobre dernier, et les flics du coin étaient totalement largués. Ils parlaient même d'une fugue liée à sa profession. Qu'il serait allé refaire sa vie ailleurs. Paraît que ça arrive souvent. Tu imagines sa tête quand on lui a annoncé la nouvelle ?

— J'imagine surtout celle qu'elle fera quand on lui apprendra qu'il est mort... deux fois !

— Pardon ?

En terme concis et précis, Francis, qui a été avisé de la mort brutale d'Arthur Listernac il y a seulement quelques heures, le plongeant dans un abîme de consternation, raconte à ses deux collaborateurs ce qui s'est passé durant leur absence.

Atterrés, sidérés, avec l'impression d'avoir bossé pour rien, le Gascon et l'Angevine se dévisagent longuement, désemparés, frustrés même, car maintenant il s'agit de savoir lequel des deux cadavres est bien le vrai Listernac.

Heureusement, les documents ramenés par Jean-Georges permettent de lever très rapidement le doute, ce qui fait dire à Francis :

— On s'est tous magnifiquement fait cocufier par cet usurpateur. Mais du coup, tout s'éclaire et tout s'explique. Sous un prétexte fallacieux, le vrai Listernac a dû tomber dans un piège tendu par Lord « X » et ses hommes. But évident : prendre sa place afin d'être aux manettes pour superviser l'organisation de la triple exposition, ce qui confirme définitivement que l'objectif est bien de faire main basse sur tous les immenses et fabuleux trésors qui y seront exposés. La version qui veut que le cambriolage ait été stoppé par la mort de l'avocate et de ses huit « hommes » à Surjoux est une fable totale bien dans l'esprit de tous les leurres qui ponctuent cette enquête depuis le début. On a affaire à un être démoniaque qui a tout planifié depuis longtemps jusque dans les moindres détails.

— Donc, comme tu disais, il faut s'attendre à une attaque en règle.

— Comment vont-ils s'y prendre ? Je n'en sais rien, mais c'est maintenant une certitude absolue. Fidèle à sa façon de faire, Lord « X » élimine ses pions une fois qu'ils ne lui servent plus : les deux anciens légionnaires, l'avocate et maintenant Listernac, quoi que pour lui, subsiste quand même encore un doute.

— Peut-être a-t-il précipité le mouvement quand il a su que nous avions réussi à découvrir la véritable identité du noyé mangeur de figurine ? De toute façon, ce qui est sûr, c'est que c'est en Écosse que se trouve le quartier général de cet infâme meurtrier. On a donc logiquement été espionné tout le temps de notre enquête là-bas. CQFD !

— En éliminant Listernac, Lord « X » nous coupe l'herbe sous les pieds, reprend Francis, maintenant reste à savoir pour quel camp le Viking et ses deux Huns travaillent-ils ?

— Fort logiquement, ajoute Stéphanie, ils doivent rouler pour ces salauds. Je ne vois pas d'autre explication.

— On va très vite être fixés réplique le Gascon en ouvrant le dossier. Listernac bossait seul. Son bureau de Rotterdam m'a envoyé sa fiche complète, on va bien voir s'il y avait des collaborateurs.

Instinctivement, Francis et la belle Angevine se sont rapprochés tandis que Jean-Georges épluche ses documents.

Il finit par secouer la tête en reposant le dossier.

— Non ! C'est bien ce que je vous disais, ce type travaillait en solo, ce qui veut dire que les trois lascars qui gravitent dans son sillage sont des usurpateurs aussi et qu'ils font partie du gang du Dragon. Cette affaire est vérolée depuis le début.

— Depuis beaucoup plus longtemps que ça, à mon sens.

— Que veux-tu dire ?

— Mon très cher Gascon, répond malicieusement Francis, j'ai une petite idée qui risque d'en épater plus d'un. Laisse-moi seulement le temps de la finaliser.

— Il faut très vite les empêcher de mettre leur plan à exécution, reprend Stéphanie, il faut vite avertir le Maire et...

— C'est trop tard ! L'inauguration se fait vendredi soir en huit, en grande pompe avec Premier Ministre, bal, feu d'artifice et tout le barnum. J'ai même la liste exacte des personnalités qui y participeront. Une avalanche de noms ! J'ai déjà essayé, vendredi, de les prévenir mais cela n'a servi strictement à rien. J'ai gentiment mais fermement été renvoyé à mes chères études.

— Oui, tu nous l'as expliqué, il y a un petit instant, mais tu avais affaire au faux Listernac et maintenant tu as de solides éléments à avancer. On doit encore pouvoir stopper la mascarade.

— La gendarmerie est absolument certaine que Listernac, outre ses fonctions d'organisateur, était aussi un passeur de drogue. Il profitait de ses nombreux déplacements pour trimbaler sa saloperie. L'argumentation est absolument imparable.

— La nôtre aussi, merde ! enrage le Gascon en bondissant sur ses pieds

Avec des gestes rapides, il s'empare à nouveau du dossier qu'il a patiemment construit avec sa compagne et crie presque :

— Merde, on a là toutes les preuves de l'usurpation d'identité, fonçons les voir et on les leur colle sous le nez, ils seront bien obligés de prendre des mesures ou au moins de faire des vérifications.

— Fort logique, sauf que tu connais comme moi la rapidité de notre chère administration. Avant que les pandores aient des résultats tangibles et parfaitement exploitables, il y belle lurette que le casse aura eu lieu, sans compter que le Viking fera tout pour nous mettre des bâtons dans les roues. Je vous rappelle que c'est lui qui est aux commandes et qui a toutes les faveurs des officiels. Lord « X » le sait parfaitement et il joue là-dessus. Son calcul est terriblement risqué, mais il sait qu'il a une chance plus que raisonnable de gagner. Il a mis trop de moyens en œuvre pour s'arrêter maintenant. Et Dieu seul sait combien d'autres coups fourrés il nous réserve encore.

On frappe à la porte. Le trio tourne la tête en chœur. Fabrice Genetelli ouvre doucement et glisse sa tête.

— Je peux ?

— Entre Fabrice, entre ! le prie Francis.

L'analyste entre doucement saluant de la tête avec toujours ce même air emprunté. Comme s'il avait peur de déranger en permanence.

— J'ai du nouveau, murmure-t-il.

— On t'écoute, dit Francis en le priant de s'asseoir.

Genetelli hésite sur le choix d'un fauteuil. Le Gascon s'approche alors et l'assoit de force dans l'un des nombreux fauteuils.

— Heu... eh bien... voilà, j'ai réussi à récupérer le rapport balistique de la fusillade de Surjoux.

— Et ?

— Vous aviez raison, patron. L'avocate et Levrat ont bien été abattus par la même arme, l'analyse des balles est formelle.

— Ce qui veut dire qu'il y avait bien un flingueur chargé de les éliminer tous les deux. L'avocate car son rôle était terminé, et Levrat peut-être parce que trop près de la vérité.

— Il y a cependant quelque chose qui me gêne, reprend Genetelli, les sourcils froncés.

— Quoi ?

— On a retrouvé l'arme qui a servi à les abattre sur le corps de l'un des huit truands, seulement...

— Seulement ?

— Patron, j'ai beau étudier la disposition des trois cadavres ainsi que le timing, ça ne colle pas. Le type sur qui on a retrouvé le flingue était mort *avant* de - ce qu'on veut nous faire croire - pouvoir abattre Levrat et la femme.

Francis est perplexe. Il s'approche de son analyste, contourne le fauteuil et pose ses mains sur le dossier, ce qui le met mal à l'aise sous le sourire amusé de Stéphanie.

— Si je te suis bien, tu penses que le type qui a buté l'avocate et l'ex-flic s'est débarrassé de son arme pour faire croire à un règlement de comptes entre membres de la bande ?

— C'est un peu ça, oui, répond timidement Fabrice, tête relevée en louchant sur son patron pour essayer de le voir.

— Et tu en penses quoi ? questionne le Gascon.

— Qu'au fond, ça ne change pas grand-chose : ces deux-là étaient déjà comptabilisés parmi les morts, par contre ça modifie une donnée, mais une donnée essentielle : l'identité du tueur !

— Je ne comprends pas.

— Stéphanie, si elle ne revêtait aucune importance, le flingueur serait reparti avec son arme comme il était venu, ce qui serait tout à fait logique. Si « on » a fait retrouver l'arme du double crime, c'est parce qu'on veut couper court à toute enquête à ce sujet, ce qui implique automatiquement que « on » ne veut à aucun prix que nous puissions remonter trop loin.

— Mais c'est diabolique !

— L'enjeu est véritablement exceptionnel, c'est ce qui explique cette détermination et cette ruse permanente qui caractérise ce Lord « X ».

— Mais qui c'est nom de Dieu ?

Fabrice Genetelli lève bêtement la main. Tous les regards se concentre alors sur lui.

— Tu sais qui c'est, toi ? s'étonne le Gascon.

— Non, mais il y a un autre élément troublant...

Francis le regarde de dessus.

— On t'écoute.

— Une de nos équipes est revenue de là-bas il y a peu de temps. Les gendarmes ont réellement passé tout le secteur au tamis, il n'y a pas un centimètre carré qui leur ait échappé. Tout a été fouillé dans les moindres recoins et ils ont trouvé un début d'escalier qui donne accès aux sous-sols de la maison incendiée. Tout ce qui est autour a brûlé ou s'est effondré, mais l'escalier, lui, est resté parfaitement intact.

— Et alors ?

— Après le passage de la gendarmerie, nos hommes sont descendus et ont découvert une grande pièce solidement construite et même entièrement blindée. Au fond, ils ont trouvé une immense chambre-forte d'un genre inconnu. Après examen, il s'agit d'un modèle hors du commun. On a fouillé dedans : ce coffre-fort géant était totalement vide, mais les mécanismes de fermeture et d'ouverture sont encore parfaitement opérationnels. À mon avis, les cambrioleurs ont juste eu le temps de le vider avant de se faire descendre les uns après les autres.

— Et où serait le contenu ?

Genetelli hausse les épaules.

— Ça, je n'en sais rien. Ce sera donc à vous de le déterminer, répond-t-il d'une voix légère, trop content de n'avoir pas à résoudre cet épineux problème.

Les enquêteurs se dévisagent, cherchant à comprendre l'utilité de cette insolite découverte. Seul Francis arbore un sourire narquois.

— Qu'est-ce qui te donne à rire ? demande Jean-Georges qui n'a pas du tout envie de rigoler.

Il n'aime pas quand son patron se donne des airs de tout savoir mieux que les autres.

— Rien, c'est simplement que cette information bien anodine arrive à point nommé pour conforter ma petite idée.

— Arrête de faire des cachotteries. À quoi penses-tu ? On a l'air de deux cons, nous, là. Ce n'est pas chic !

— Et si ce coffre-fort géant n'avait rien eu dedans ?

— Mais comment ça ? s'étonne Stéphanie. C'est tout sauf logique ! On ne construit pas un tel machin pour le laisser vide.

— Exact ! rugit Francis dont le visage s'illumine.

Il pointe son index sur elle.

— Tu as tout à fait raison. Cette chambre forte était vide parce qu'elle l'a toujours été... pour le moment !

— Mais c'est débile ! s'insurge Jean-Georges.

— Non ! Pas si on prend en compte le fait qu'elle a été spécialement conçue et fabriquée uniquement pour recevoir le prochain produit... d'un triple casse !

ASTUCE CRIMINELLE ! ...

Stéphanie et son compagnon restent bouche-bée jusqu'au moment où le Gascon en souriant lentement, se lève et agite longuement devant lui son index en signe de négation tout en s'avançant vers son patron.

— Francis, je ne te suis pas sur ce coup-là.

— Pourquoi ?

— OK, admettons que Lord « X » a de longue date prévu, conçu et réalisé cette imposante chambre-forte, mais elle n'a maintenant plus aucun utilité. Elle ne lui sert plus à rien.

— Pourquoi ?

— Mais parce que tout le monde l'a vue et même la gendarmerie est au courant de son existence.

— Et alors ?

— Comment ça « et alors » ? s'énerve le Gascon. L'intérêt d'un tel coffre-fort c'est d'être construit dans un endroit discret, inaccessible et surtout inconnu de tous, là, c'est très loin d'être le cas. Ton raisonnement ne tient pas.

— Si !

— J'y crois pas. Tu persistes. Alors à mon tour de te demander « pourquoi » ?

Francis sourit longuement, sûr de son fait, tapote doucement ses doigts entre eux et prends le temps avant de répondre, agaçant le Gascon qui aime quand on va droit au but.

— Tout simplement parce qu'étant donné que tout le monde est maintenant au courant de son existence, quand aura eu lieu le casse, personne n'aura l'idée de venir voir ce qui se fricote dans ce coin. C'est un véritable coup de génie !

— Tu veux dire que... que...

— Oui, je veux dire que Lord « X » a justement fait en sorte que son coffre-fort géant soit découvert pour le dédouaner définitivement, pour l'exclure totalement du jeu. Logique ! En favorisant l'attaque de la maison où se trouvait l'avocate, il savait très bien que son repaire serait découvert et qu'importe le nombre de morts. De fait, la gendarmerie ayant tout fouillé et bien évidemment trouvé le coffre, pour elle maintenant le dossier est clos. Quand toutes les forces de police perdront leur temps à courir après des cambrioleurs qu'ils supposeront - logiquement - roulant à toute vitesse pour s'éloigner au plus vite de Bellegarde, jamais ils n'iront imaginer que ce qu'ils recherchent avec tant de frénésie - parce que croyez-moi, ça va faire un sacré barouf - se trouve à moins de quarante kilomètres dans une cachette qu'ils auront eux-mêmes fouillée avec soin quelques jours avant.

Jean-Georges croise ses mains dans le dos et se met à marcher de long en large, tout en jetant à plusieurs reprises, de rapides coups d'œil scrutateurs sur son patron qui attend, l'air amusé. Il soupèse le pour et le contre, loin d'être convaincu.

— C'est loin d'être con, même drôlement loin ! dit Stéphanie, admirative.

Le Gascon s'immobilise, regarde furieusement sa compagne qu'il estime maintenant être « passée à l'ennemi » et entend bien défendre encore sa position.

— Mais c'est débile, on ne va pas planquer autant de fortunes dans un endroit connu et ouvert au vent !

— Il ne s'agit pas de « planquer », mon ami, mais de stocker.

Jean-Georges semble statufié. Il se demande si son patron ne se fiche pas de lui, alors que la belle Angevine rit sous cape.

— Planquer ou stocker, quelle différence ?

— Oh, il y en a une ! Une sacrée même !

— Alors ça, va falloir que tu m'expliques et tu as intérêt à être convaincant, parce que je n'achète pas.

— D'abord, je suis d'accord avec toi si on avait affaire à une enquête « normale ». Mais voilà, ce n'est pas le cas. On est même loin du compte. Tu es d'accord avec moi pour dire que depuis le début, tout n'est que leurres et enfumage ?

— Jusque-là, oui !

— Donc, faire découvrir la chambre forte pour l'éliminer par la suite de l'enquête est bien dans l'esprit général qui a permis l'élaboration de ce plan démoniaque ?

— Hum... hum... OK, je te suis aussi sur ce point, mais je n'irai pas plus loin. Il faudrait être totalement cinglé pour planquer des diamants d'une telle valeur dans un endroit connu des services de police, et je...

— Pas planquer ! Stocker !

— Mais bon Dieu, quelle différence ! rugit le Gascon qui s'énerve visiblement beaucoup. Un mec qui vole des fortunes semblables va vite obligatoirement les planquer dans un endroit totalement secret pour pouvoir tranquillement les négocier après.

Francis sourit.

— Un voleur normal agirait comme cela, c'est juste.

— Alors ?

— Alors ! Notre Lord « X » est tout, sauf un voleur « normal ». Donc, oui, la différence est capitale, car il ne veut pas vendre, il veut acheter !

Jean-Georges devient rouge de colère, sert les poings et s'immobilise à nouveau.

— Calme-toi, conseille Stéphanie.

— Que je me calme ! Alors que... et d'où sors-tu cette brillantissime idée ?

Les deux hommes s'affrontent du regard. Le Gascon prêt à en découdre, Francis calme et souriant, sûr de son fait, amusé même.

— Si vous me permettez, monsieur Damestoy, je crois que monsieur Magenta fait allusion à ce dossier ! explique timidement Genetelli.

Le Gascon se retourne brusquement sur lui et le fusille du regard. Si même Fabrice a compris plus vite que Jean-Georges… Alors là !

L'analyste semble rapetisser sur lui-même tout en désignant du bras le chariot surchargé de dossiers qu'il avait amené.

Jean-Georges a de la peine à se contrôler. Stéphanie, parant à une éventuelle explosion de colère, se lève et vient gentiment enlacer son compagnon en tapotant tendrement son épaule. Le Gascon se détend, prend une profonde inspiration et s'approche du chariot.

— Celui-là ?

— Oui, oui, répond dans un murmure l'analyste.

Jean-Georges le fixe comme pour bien comprendre, puis saisit le dossier en soupirant. Il jette un regard circulaire sur les autres et lit à voix haute :

— État des compagnies d'assurances.

Perplexe, le Gascon se tourne vers Francis et en montrant du doigt le dossier ajoute :

— Ça ! C'est ça qui t'aurait donné cette brillante idée débile ?

— Parfaitement ! Lis le rapport calmement et on en reparle après. Tu vas vite comprendre.

RAPPORT SPECIAL N° 52 — SITUATION FINANCIÈRE DES SOCIÉTÉS ÉVENTUELLEMENT IMPLIQUÉES

Deux particularités européennes se distinguent irrésistiblement dans les domaines de l'assurance et de la banque. Ce sont le développement de la bancassurance et la très forte présence des sociétés mutuelles ([90]). En Allemagne, on compte 4 gros groupes : Allianz, Hannover RE, Munich RE (Réassurance) et Gruppendefenz (le plus fragile). En Belgique, ils sont 3 : AG Insurance, ING et Belfius. En France (groupes dépassant les 2 milliards d'euros de CA) : Axa (91 500 M€), CNP assurances (26 500 M€), Prédica (Crédit Agricole-18 000 M€), Generali (13 500 M€), BNP Paribas (13 000 M€) les assurances du Crédit Mutuel (8 000 M€) et Mareva (7 000 M€) (très fragile). En Italie, on en compte 4 : Fondiaria, RAS, Roma Insurance et Italiaélite Sai (les 2 dernières très fragiles). Au Luxembourg, il y a 5 groupes :

[90] Authentique.

Foyer, la Luxembourgeoise, Lombard, Luxedefense et Bardelle Insurance (toutes 2 très fragiles).

Le Gascon s'interrompt, lassé par cette lecture pour le moins rébarbative.

— Bon ! ... Et alors, qu'est-ce que tu veux que ce panégyrique des assurances mondiales m'apporte ?

— La réponse, mon cher ami, tout simplement la réponse.

Le Gascon ne comprend pas. Il reporte son regard interrogateur sur le rapport.

— Je vois que quelques-unes... et même beaucoup finalement, aux quatre coins du monde, ont une situation financière délicate. Ce n'est pas la première fois et malheureusement ce ne sera certainement pas la dernière fois. Elles ne sont pas les seules dans cette situation.

— Non, ça c'est certain, mais ce sont les seules à assurer... des diamants, des émeraudes et des perles ! Tu commences à piger ?

De perplexe à furibard, le visage de Jean-Georges commence petit à petit à s'illuminer.

— Alors ce serait ! ... balbutie-t-il.

— Oui, c'est ! La plus grande arnaque à l'assurance qui soit. En fait, c'est encore plus vicieux. On est tous obnubilé par les montants fabuleux des diamants et autres émeraudes qui seront exposés. Tout le monde, et c'est légitime, se dit : « Si on les vole ! ... ». On répond invariablement : « Bah, y a les assurances ! ». Bien sûr qu'elles sont là pour ça. Seulement Lord « X » n'a jamais eu l'intention de voler toutes ces fortunes pour les revendre, mais pour faire main basse, en coulisses, sur le maximum de sociétés d'assurances !

— Pourquoi ?

— Parce qu'une fois qu'elles auront payé les objets assurés et non retrouvés, ces sociétés déjà en difficultés le seront encore beaucoup plus, certaines seront même aux abois, et pour Lord « X », il sera alors très facile de les racheter.

— Mais ces sociétés se réassurent derrière !

— Oui c'est sûr, mais les sommes engagées sont si colossales que beaucoup d'entre elles n'ont pas les reins assez solides, et certaines ont même fait l'impasse sur cette couverture. Les « propositions » miraculeuses de Lord « X » tomberont donc au meilleur moment.

— En es-tu si sûr ?

— Formel ! J'ai étudié les contrats des sociétés les plus fragiles. Toutes ont des diamants ou des émeraudes assurées à Bellegarde. Ce n'est pas un simple hasard.

— En effet !

— On peut même imaginer qu'il aura le culot de revendre en douce, à des prix défiant toutes concurrences, les objets volés à leurs légitimes propriétaires qui se garderont bien de faire étalage de ce genre de transaction puisqu'ils auront palpé des deux côtés. C'est pour ça que je parle de « stockage » et quel meilleur endroit que celui-ci ? Un endroit déjà fouillé, examiné et répertorié par les forces de l'ordre. Jamais elles n'auront l'idée d'y revenir. Sans compter que je suis certain que Lord « X » a très probablement prévu l'éventualité d'une nouvelle fouille. Je suis sûr qu'il y a un double fond ou un mécanisme de ce genre. Il est peut-être téméraire, mais il n'est pas fou !

— Et n'oublions pas qu'une fois volée, toute cette marchandise est invendable du fait de sa renommée et de son immense valeur, ajoute Genetelli. Monsieur Magenta a raison.

— N'en rajoute pas, toi, clame Jean-Georges.

— C'est d'ailleurs en constatant l'inutilité d'une telle vente, même secrète, que je me suis mis à chercher une autre raison. Une raison valable. Une très bonne raison ! Rappelez-vous dans quoi le groupe Mac Corkindale se distingue tout particulièrement : les assurances. Son empire règne sur la planète entière et il ne s'arrêtera pas jusqu'à ce qu'il se soit emparé de tout le domaine mondial de l'assurance.

— Mais je ne comprends pas, comment va-t-il s'y prendre ?

— C'est très simple. Constatant que tous ses efforts étaient vains en agissant par OPA ([91]), il a donc conçu un autre plan particulièrement audacieux et démoniaque : rassembler en un seul endroit le maximum de bijoux, de diamants et d'émeraudes pour ensuite les voler.

— Pas si simple !

— Au contraire, c'est ce qu'il y a de plus simple à faire, car il suffit de tout organiser dès le début. On n'est jamais mieux servi que par soi-même ! Lord « X » le sait très bien. Il a donc minutieusement préparé son coup depuis des années. Il a répertorié les compagnies fragilisées, financièrement parlant, et qui assuraient ces bijoux. Il a donc tout organisé pour que ces mêmes bijoux soient rassemblés au même endroit et pour être sûr de réussir son coup a lui-même organisé la sécurité en ayant bien pris soin, avant, de disparaître pour relâcher la pression autour de lui. Quoi de plus facile ensuite pour tout voler ? Une promenade d'enfant. Seulement, pour camoufler tout cela, il fallait monter un redoutable pare-feu, un enfumage tellement opaque que personne ne pourrait découvrir l'objectif réel de cette affaire. Les trois meurtres, le possible attentat, l'avocate, la maison incendiée, on s'est tous fait avoir. Et ce n'est pas loin de réussir en totalité.

Un silence se fait, chacun assimilant ces informations qui éclairent d'un jour totalement nouveau ce que certains considèrent comme une simple enquête policière. Une enquête qui va beaucoup plus loin !

---

[91] Une OPA ou Offre Publique d'Achat est une offre d'acquisition du capital d'une entreprise « cible » payable au comptant à un prix fixé. Un temps déterminé est fixé pour l'achat. Si l'acquisition n'a eu lieu dans ce temps imparti, l'OPA est automatiquement annulée. Ce système a été mis au point par un Anglais, Sir Sigmund Warburg, en 1945, pour dynamiser l'économie européenne. Il y a 2 types d'OPA, l'amicale et l'hostile. La 1ère OPA a eu lieu en 1959. La 1ère OPA hostile en France a été faite en 1960 par BSN sur Saint-Gobain, leader dans le domaine du verre. Ce fut un échec et BSN devint par la suite le groupe… Danone.

— J'ai calculé que si le coup réussit, dit Genetelli en interrompant ce lourd silence, le groupe Mac Corkindale va devenir majoritaire dans plus de quatre-vingt pour cent des compagnies d'assurances mondiales : une très mauvaise nouvelle pour les assurés.

— Mais enfin, c'est qui ce dingue ? rugit le Gascon.

— Ça, si je le savais, tout serait plus simple.

— Francis, on ne va pas rester les bras croisés, il faut faire quelque chose, intervient Stéphanie.

— Oui, mais quoi ?

L'enquêteur sourit soudain.

— Pas de panique. J'ai une idée. Maintenant que l'on sait où sera déposé le butin, il est inutile de s'exciter. Il nous suffit d'aller attendre bien tranquillement Lord « X » à son coffre-fort et le tour est joué.

— Tu veux dire qu'on va les laisser faire ?

— Je n'ai pas d'autre solution, mon cher ami. On ne peut pas couvrir les trois expositions, c'est totalement impossible, il y a trop de monde et un tel service d'ordre sera plus gênant qu'autre chose. Il nous sera impossible d'agir efficacement. Non, laissons-les faire leur casse et regagner la maison incendiée. À nous alors d'entrer en jeu. Ils ne s'attendront certainement pas à nous voir leur tomber dessus et la surprise est notre meilleure alliée. Les chances sont de notre côté. Mais je t'avoue que si je connaissais l'identité exacte de Lord « X », je me sentirais nettement plus à l'aise, je m'attends à tout de la part de ce démon.

— Et si tu te trompes ? ... S'ils s'enfuient au diable vauvert et ne viennent pas à la chambre forte ?

— C'est un risque à courir.

— Un risque à plusieurs milliards de dollars !

LORD « X » ! ...

— Mais c'est complétement débile, ce truc ! s'écrie Stéphanie, les yeux dans le vide.

— Cette histoire est débile parce que Lord « X » l'a rendu débile. Il l'a voulu ainsi mais c'est au contraire un trait de génie et une organisation d'une intelligence hors pair. Ce type est un démon égocentrique et narcissique. Il lui faut le sentiment de puissance, de domination, d'être toujours le maître. D'être celui qui décide de la vie ou de la mort de ceux qui l'entourent. C'est ce qu'il a fait avec tous ses complices jusqu'à maintenant et il ne s'arrêtera pas maintenant.

— Ça t'avance à quoi de savoir ça ?

— Parce que c'est à cause de ce sentiment de toute puissance qu'on va le faire tomber. Il est tellement sûr de lui, sûr de son fait, il méprise tant ses semblables qu'il a oublié que tout géant tombe un jour ou l'autre de son piédestal. Et ce jour est arrivé !

— Tout cela est joliment bien dit, mais ça ne te dit toujours pas qui il est !

— Hélas, non ! Ça pourrait grandement nous aider de connaître son identité.

Un silence s'installe à nouveau, chacun essayant de trouver le meilleur moyen pour découvrir l'identité de ce criminel de génie.

Plusieurs minutes passent sans qu'il ne se passe rien. Finette, intriguée par un tel calme, s'approche avec précautions puis voyant que tout semble comme d'habitude fait rapidement demi-tour pour regagner son divan, rassurée.

Mécaniquement, Jean-Georges repose le dossier qu'il tenait à la main puis en regardant le petit chariot, consulte les autres.

— Tiens, tu en as un aussi sur ce mystérieux tireur d'élite ! s'exclame-t-il en se retournant sur son patron.

— Oui, il m'a quand même semblé important de savoir qui est ce type. Il m'a sauvé la vie par deux fois et on n'a strictement rien sur lui. Sauf Stan qui a préféré prendre du recul. Je suis sûr qu'il sait quelque chose... quelque chose qu'il ne devrait pas savoir, seulement vous le connaissez : quand il fait sa tête de bois, il n'y a rien à faire. Même la menace du licenciement n'y a rien fait.

— Exact, monsieur, d'ailleurs l'analyse des restes de la balle qui a occis le huitième truand au pont de Surjoux a été tirée par le même fusil. C'est bien lui qui était là aussi, précise Genetelli.

— Je comprends mieux ton attitude, maintenant dit Stéphanie en hochant la tête.

Plus terre à terre, le Gascon passe déjà à autre chose en prenant un nouveau dossier, celui de Raphaël Levrat.

— Tu en as même fait un sur ce policier... enfin ex-policier. Tu as découvert quelque chose ?

Francis hausse les épaules tout en prenant comme à son habitude un crayon à papier qu'il manipule nerveusement, faisant sourire ses autres collaborateurs.

— Non, malheureusement, tout ce que je sais avec certitude c'est qu'il était probablement le seul type le plus près de ce Lord « X ». Il n'a pas tenu la distance. Paix à son âme.

Jean-Georges est plongé dans la lecture du rapport. Il redresse la tête au bout de quelques minutes et se tourne à nouveau sur Francis.

— Et tout ce qu'il t'a dit c'est « Marmelade ! ». C'est débile ce truc ! Ça ne veut rien dire.

— Si ! Ça veut dire « confiture » en anglais, ajoute Stéphanie, amusée. Et de la « Marmelade », on en a drôlement bouffé en Écosse. Mais effectivement quel intérêt ?

Francis hausse fortement à nouveau les épaules et son agacement est palpable. Il suffit de voir à quelle vitesse, il fait tourner son crayon.

— Qu'est-ce que vous voulez, reprend-t-il, j'ai beau me creuser les méninges, je n'arrive...

Soudain il s'immobilise, stoppe net son geste alors que petit à petit son visage s'illumine.

— Qu'est-ce qu'il y a ? demande Stéphanie.

— Tu viens de dire le mot « confiture » ?

— Oui, mais je ne vois pas...

Brusquement, en souriant largement, l'enquêteur bondit sur ses pieds, contourne son bureau et dépose un bruyant baiser sur le front de la belle Angevine.

— Pour un peu je t'épouserais ! Tu es géniale !

Ébahie, elle le regarde foncer vers le chariot. Le Gascon recule pour le laisser passer.

Fébrilement, l'enquêteur cherche un rapport bien particulier, alors que le Gascon et Genetelli haussent ensemble les épaules avec des regards d'incompréhension.

— Ça y est ! s'écrie Francis en levant bien haut un document.

— Quand tu as dit « confiture », je me suis soudain rappelé que dans la liste des sociétés du groupe Mac Corkindale et dans celle des sociétés dont s'occupe le cabinet d'avocat du Delaware, il y en a une qui revient dans chacune d'elle. Son nom est tellement anodin que je n'avais même pas fait le rapprochement.

— Laquelle ? demande l'air interrogateur l'analyste, visiblement intéressé. Dès qu'on touche à son travail...

— Groseille le Mentec ! déclare-t-il triomphalement.

— Groseille le Mentec ? répète bêtement le Gascon.

— Mais réfléchissez donc ! On fait de la confiture avec la groseille.

— Ça ce n'est pas un scoop.

— Non, mais si confiture se dit bien « Marmelade » en anglais, il n'y a certainement aucun hasard à trouver ce nom par deux fois dans l'enquête que nous menons. Levrat était proche de la vérité et il devait avoir de sérieux doutes à propos de cette société. À Surjoux, il a simplement voulu me mettre sur la piste qu'il suivait : « Groseille le Mentec ! » ou... « Marmelade ! ».

Comme pris de frénésie, Francis traverse de long en large son bureau, frappant de son poing droit sa main gauche pour appuyer ses commentaires. Brusquement, il s'immobilise, se retourne et pointe un index accusateur sur l'analyste qui, machinalement et de peur, se tape le torse du doigt.

— Fabrice, colle-toi immédiatement sur mon PC et trouve-moi au plus vite tout ce que tu peux sur cette société Groseille le Mentec. Vite, le temps nous est compté.

— Je ne te comprends pas, reprend le Gascon, tu espères trouver quoi ?

— Un nom ! Le nom de Lord « X » !

— J'ai compris. Tu vas éplucher toutes les listes des membres directeurs, membres d'honneur, les donneurs d'ordre, les actionnaires.

— Exact.

— Tu oublies une chose : quand bien même tu le trouves, qu'est-ce qui te garantit que ce sera bien le bon « candidat » ?

Alors que Francis pousse durement son analyste à son bureau, il tourne un regard décidé vers le Gascon. Son sourire fait presque peur. Jean-Georges comprend que son patron est plus que décidé à faire exploser la vérité et que rien ne l'arrêtera.

— Je crois avoir assez bien cerné la personnalité de Lord « X ». Sa certitude d'être au-dessus de tout le monde le poussera à venir lui-même sur les lieux du casse qu'il a commandité.

— Tu plaisantes !

— Oh que non ! C'est plus fort que lui, il veut être présent pour assister à l'épilogue de son plan. À cet instant précis, il se sentira effectivement le plus fort. Je suis prêt à te parier tout ce que j'ai là-dessus. Ce génie criminel sera présent parmi les officiels, c'est une absolue certitude.

— OK ! Alors dans l'hypothèse où on découvre sa véritable identité, on n'aura plus qu'à aller le cueillir à ce moment.

— Ooooh surtout pas, réplique Francis en pressant Genetelli de s'activer. Parce que même s'il vient savourer son triomphe, il n'est pas complétement fou au point de venir les mains dans les poches. Par contre, quand il se sera rendu à sa chambre forte, il baissera automatiquement sa garde, et c'est à cet instant qu'il nous faudra taper. Là, et seulement là on aura une petite chance de le coincer sans coup férir.

Le Gascon réfléchit et acquiesce de la tête.

17 minutes plus tard

— Alors, tu as trouvé quelque chose ? s'inquiète Francis, maintenant impatient.

— Une seconde, une seconde, je... Là, oui, regardez, j'ai ce que vous cherchez : Groseille le Mentec Ltd est une société basée au Luxembourg. C'est de ce pays que les ordres de paiement sont transmis à leur succursale de Jersey. Elle appartient à un fonds de gestion privée dont le siège social est aux Bahamas...

— Où on y trouve, comme par hasard, le siège du groupe Mac Corkindale. On les tient, on est sur la bonne voie !

Tout le monde se précipite sur Genetelli, même Finette arrive en trottinant, intriguée par ce remue-ménage inhabituel.

— Imprime ! ordonne l'enquêteur.

L'analyste s'exécute et plusieurs feuillets sortent de l'imprimante. Francis les arrache les uns après les autres.

— Alors ? fait Stéphanie.

— L'enquêteur lit à voix haute. Finette s'est glissée parmi les autres et a posé sa tête sur son bureau. Elle le regarde intensément. Les autres retiennent leur souffle.

— Le fonds de gestion privée des Bahamas est quasi anonyme. Par contre ses administrateurs ne sont autres que... le cabinet d'avocats Young, Stanford et Baxter. On y est, les amis, on y est !

Francis poursuit sa lecture. Il se redresse soudain, comme aiguillonné.

— Qu'est-ce qu'il y a ?

— Je l'ai ! Le voilà ! annonce Francis. On retrouve son nom comme administrateur principal du département d'audit légal qui gère en particulier le fonds de gestion : son nom : Chabrier ! Paul Chabrier.

— Le grand manitou d'Interpol !

— Eh bien voilà qui explique beaucoup de choses et notamment l'éviction de Levrat, ajoute Stéphanie.

Francis fronce les sourcils, se rappelant soudain quelque chose.

— Qu'est-ce qui se passe encore ?

— Vite ! La liste des officiels qui seront présents à l'inauguration. Vite ! Il me la faut, ordonne l'enquêteur en claquant des doigts.

Genetelli s'active, trouve la fameuse liste et la tend rapidement à son patron qui la lui arrache presque des mains.

Francis l'examine et son visage s'illumine. Il tape le feuillet du revers de sa main.

— On le tient, ce salopard ! Paul Chabrier sera bien présent parmi les officiels lors de l'inauguration du samedi 28 mai.

— Génial ! s'exclame le Gascon. On va pouvoir lui présenter la note !

Stéphanie est moins convaincue.

— Une seconde, les amis, ne nous emballons pas. Bon, OK c'est lui Lord « X ». Mais Francis, comment penses-tu t'y prendre pour le coincer ? Il peut frapper n'importe quand ? On ne va pas passer toutes nos nuits à le guetter à Surjoux ?

— Il va frapper le premier soir, samedi 28 mai.

— Tu es bien sûr de toi ?

— Parce que c'est ce que je ferais si j'étais à sa place. Votre enquête en Écosse a dû l'obliger à se séparer de Listernac plus tôt que prévu, c'est une certitude. Un assassinat à quelques jours de l'inauguration, c'est toujours mauvais : on pose des questions, on s'interroge, et ça il n'en veut absolument pas. Il lui faut le calme. Même si les autorités ont mis l'affaire sous cloche, pour le moment, elle va obligatoirement remonter à la surface. Lord « X » ne va donc pas attendre que ça arrive. Il va frapper le soir même de l'inauguration et nous on sera à Surjoux pour le coincer.

— Mais il y aura le Premier Ministre, ses gardes du corps, une foule d'enfer et un tel déploiement de flics... je veux dire qu'il faut être cintré pour tenter un coup pareil.

— Au contraire ! Personne ne s'apercevra de rien, vous allez voir. Faites-moi confiance ! En attendant, Jean-Georges, sors-moi une carte détaillée de la région, je veux qu'on étudie tous les circuits d'accès à Surjoux. Fabrice, toi, fouille à fond la vie de Chabrier, je suis certain qu'on n'a pas tout découvert, notamment ses connexions avec le groupe Mac Corkindale.

LE CASSE DU SIÈCLE ! ...

Bellegarde-sur-Valserine,
tribune du Premier Ministre,
cour du collège Louis Dumont, Place Carnot,
samedi 28 mai,
19 h 54

La Place Carnot est noire de monde, même les rues adjacentes sont remplies d'une foule joyeuse et curieuse. Des haut-parleurs disséminés un peu partout dans les rues de la ville diffusent une musique gaie et entraînante. Ici et là, les vendeurs ambulants de pizzas et autres burgers ne savent plus où donner de la tête.

Partout au milieu de cette foule bigarrée, une multitude de policiers et de militaires en armes patrouillent pour assurer une sécurité maximale. Les flonflons du bal arrivent aux oreilles au gré des petites rafales d'un vent chaud et réconfortant.

Ce soir, c'est la fête !

Mais si Francis a raison, ce sera aussi la fête à neuneu !

Sur la tribune installée dans la cour du collège, les derniers techniciens finissent de vérifier les connexions qui permettront au Premier Ministre de prononcer son discours. Pour l'heure, c'est le défilé incontournable des officiels dont tout le monde se fout éperdument. Ils assurent la première partie, comme on dit dans le show bizz.

Au milieu de la foule, Jacques observe attentivement le va-et-vient sur l'estrade. Francis lui a expressément recommandé de surveiller les déplacements de Paul Chabrier.

Le Maire entouré de son conseil municipal, prononce un vibrant discours vantant les mérites de Bellegarde son savoir-faire, son travail et bla-bla-bla. Les gens applaudissent mécaniquement puis le défilé commence. Présidents de Communauté de Communes, de départements, d'associations, secrétaires de ci, secrétaires de ça, députés, sénateurs, sénateurs honoraires, tout y passe !

En arrière-plan, entouré des représentants de la gendarmerie et des pompiers, Jacques a aperçu sa cible : Chabrier est là, droit comme un « I » avec semble-t-il une satisfaction évidente sur le visage. On pourrait se méprendre sur son interprétation.

21 h 18

Un frémissement se fait sentir dans la foule quand enfin le présentateur annonce la venue du Premier Ministre. Des banderoles « pour » et d'autres « contre » se lèvent bien hautes et s'agitent frénétiquement. Des cris s'entendent, des applaudissements, des huées même et des sifflets. Beaucoup !

Jacques tient Francis au courant de chaque développement.

21 h 22

Dans le collège où déambulent une myriade d'agents de sécurité, le Viking fait son tour de ronde, disant un mot ici, glissant une recommandation là. Mains croisées dans le dos, il se promène dans les couloirs. Tout à coup, resté seul, il s'engouffre rapidement dans le local technique où est installé le puissant groupe permettant de renouveler l'air dans la chambre forte enterrée sous la tribune ministérielle.

Rapidement, il referme derrière lui, saisit un immense tuyau flexible et l'équipe d'une fibre optique après avoir mis sous tension le minuscule propulseur qui anime soudain le tuyau. On dirait un serpent préhistorique qui se tortille sur place. Le Viking vérifie rapidement son dispositif, puis attache solidement un robuste sac en velours au goulot de nettoyage du groupe, avant d'en faire le tour et de débrancher le tuyau qui le relie. À la place, il glisse l'autre tuyau. À l'aide d'un joystick, il commande doucement son tuyau mobile qui s'avance lentement mais régulièrement dans le profond goulet qui accède au coffre où sont stockés les diamants et les émeraudes.

Pendant qu'au-dessus, à cinq ou six mètres, le Premier Ministre s'égosille à persuader une foule que plus rien ne peut convaincre, le tuyau mobile s'approche se sa cible. L'œil rivé sur son écran de contrôle, le Viking suit les évolutions de son tuyau grâce à sa fibre optique. Soudain, il s'immobilise, la trappe qui ferme l'orifice se présente à lui. Il sourit, relance son tuyau qui vient heurter le petit grillage. Une fois, deux fois... le grillage cède - c'était prévu - et tombe dans la chambre forte.

Immédiatement, grâce à sa vision à distance, le Viking fait entrer son tuyau et le manœuvre à droite, jusqu'au premier rack chargé de diamants. Il appuie alors sur un bouton de sa console et inverse la puissance du moteur du groupe. Du coup, au lieu d'envoyer de l'air, il aspire tout ce qui se trouve dans la pièce hermétique et acoustiquement isolée. Les diamants sont littéralement aspirés et s'écoulent dans le tuyau avec un certain bruit. Mais comme au-dessus les décibels déchirent l'air...

Rapidement, avec une maîtrise absolue de son engin, le Viking dirige son engin de rack en rack pour continuer son travail d'aspiration.

Régulièrement, il surveille le temps, car son timing est étroitement planifié.

C'est l'heure !

21 h 43

Le Viking interrompt son travail, inverse la marche du propulseur et fait revenir le tuyau qu'il récupère assez vite et le replie là où il l'a trouvé. D'un bond, il s'approche du sac de velours lourdement chargé. Avec précautions, il le défait et l'attache solidement non sans avoir jeté un œil gourmand sur son contenu étincelant.

Il ricane puis remet tout en place. Très vite, il s'approche de la porte, vérifie que personne ne circule puis sort comme si de rien n'était, avec son butin qu'il a caché dans une serviette noire.

Il contourne le couloir, salue un vigile qui patrouille et sort dans la cour intérieure transformée pour l'occasion en un immense parking. Là, d'autres vigiles l'aperçoivent et l'accostent gentiment : ils le connaissent. Le Viking plaisante quelques minutes avec eux, puis les laissent à leur travail et se dirige vers une grosse limousine noire de fonction bardée de cocarde bleu blanc rouge. Il vérifie que personne ne le regarde et ouvre subrepticement le coffre pour y glisser très vite sa serviette avant de refermer.

Satisfait, il se redresse : c'est le moment d'aller se goinfrer au frais de l'État !

Place Henri Dunand
01 h 49

Le Premier Ministre est reparti, mais les officiels sont encore presque tous regroupés à l'Hôtel de Ville, où le Maire avait préparé un magnifique buffet en leur honneur. Dès que c'est gratuit ! ... Paul Chabrier ne cesse de féliciter les organisateurs de cette magnifique exposition qui fera date dans les annales. Il salue tout particulièrement le Herr doctor Harrald Van Rickshammerschein pour sa grande efficacité.

Dans la rue, la foule est plus clairsemée mais la musique est toujours aussi forte. Les badauds ont encore les yeux qui brillent des mille et une couleurs que le superbe feu d'artifice a fait naître. Les flonflons du bal résonnent encore de loin en loin. Quelques rares voitures commencent à circuler au pas. Des rires et des éclats de voix s'entendent ici et là.

Dans la Tour « A », les vigiles de garde dans le PC discutent en commentant la réussite de cette extraordinaire fête.

— T'as vu, on entend encore bien la 'zique !

— Je l'entends, je ne la vois pas, débilos !

— Quand je pense qu'on est là à se faire ch…

L'alarme retentit soudain. Un bruit à réveiller les morts.

— Là, regardez ! Un voleur au quinzième ! hurle le préposé à l'écran vidéo.

Dans le couloir, un homme masqué court. Il arrose les caméras qui y sont fixées. Aussitôt l'écran se brouille et devient inutile.

— Le salaud, il a cramé nos caméras.

— Bloquez les ascenseurs et les escaliers, tout le monde après lui, j'appelle le patron !

En moins de temps qu'il n'en faut pour le dire, la douzaine d'hommes se rue à l'extérieur du PC pour arrêter ce fou qui a eu le tort de s'attaquer aux diamants.

— Il est coincé, il ne pourra pas sortir d'ici ! lâche l'un d'eux, confiant.

Au même instant, les puissants projecteurs installés dans la rue par le Viking s'allument et illuminent la Tour. Autour, plusieurs vigiles scrutent la façade à l'aide de jumelles.

Le responsable appelle son collègue en train de fouiller tout le quinzième étage.

— Alors, tu l'as ?

— *Négatif ! On fouille. Te tiens au jus ! Et toi tu as quelque chose ?*

— Négatif aussi, on a braqué tous les projecteurs sur l'immeuble. On n'a rien !

C'est la stupeur. L'infernale sirène a cueilli tout le monde par surprise. Déjà des vigiles se regroupent pour aller prêter main forte à leurs collègues.

— Que se passe-t-il donc ? demande Paul Chabrier, atterré.

— Un casse en cours à la Tour « A », monsieur, on vient de m'avertir, il vaut mieux que j'y aille, répond le Viking.

Le patron d'Interpol tape solidement l'épaule de son interlocuteur.

— Allez-y, moi je pense qu'il est grand temps que je regagne mon hôtel, dit-il dans un sourire complice.

Alors qu'un sous-fifre tente de calmer le début de panique qui s'empare de tout l'aréopage stupéfait, Chabrier, prétextant ses nombreuses obligations se glisse vers la sortie tandis que le Viking, à grand renfort de gestes et de paroles, se dirige vers la Tour en folie.

02 h 01

— Tu as vu quelque chose ?

— Négatif ! répond l'un des vigiles, mitraillette au poing.

— Les deux patrouilles, en courant, viennent de se rejoindre après avoir fouillé tout le quinzième étage. Ils regardent autour d'eux, cherchant l'erreur. Qu'ont-ils loupé ?

— La salle des diamants, vite ! commande le chef.

En courant, la petite troupe fait irruption dans la grande salle où se trouvent les bijoux.

Stupeur !

— Vide ! Le présentoir est vide ! s'écrie le premier arrivé. Diamants et émeraudes ont disparu !

— Putain, mais comment ? ...

— Regarde ! Le verre a été découpé au laser, il est presque totalement fondu !

— *Fred !*

Le responsable porte sa radio à son oreille.

— Ouais, tu as quelque chose ?

— *D'ici j'ai repéré un joli filin qui pend de la salle panoramique du restaurant, au seizième. Ton type est passé par l'extérieur, le long de la façade ! Pas froid aux yeux !*

Incompréhension !

— Mais on l'a vu dans le couloir d'accès, nous ! crie-t-il en sentant la panique le gagner.

En troupeau, les vigiles grimpent à toutes jambes à l'étage supérieur et déboule dans le restaurant plongé dans le noir.

— Là ! crie l'un des agents en montrant la fenêtre ouverte.

La masse des vigiles se précipite sur l'ouverture pour découvrir un dérouleur de filin autonome commandé à distance, fixé à la base de la fenêtre.

— Merde alors ! Vous avez vu ? On se croirait dans « Haute-Voltige » ([92]). Ça vaut une blinde ce bazar !

02 h 10

Quelques minutes plus tard, après avoir fouillé le restaurant dans tous les recoins, la fine équipe est redescendue.

— On n'y comprend rien, patron, on a fouillé tout l'étage, nulle part on a trouvé la trace de ce voleur, c'est de la sorcellerie.

— La sorcellerie n'a rien à voir là-dedans, répond le Viking, sérieux comme un pape, en train de vérifier l'état du présentoir désormais tristement vide.

Il hoche mécaniquement la tête avant de s'approcher de la vitre également parfaitement percée et examine le travail du monte-en-l'air.

L'un des innombrables commissaires de l'exposition est aussi présent. Il est livide. Un vigile arrive avec un curieux objet à la main.

— Qu'avez-vous trouvé ? demande le Viking.

---

[92] Ou *entrapment*. Film américain de Jon Amiel réalisé en 1999 avec Catherine Zeta-Jones, Sean Connery et Ving Rhames.

— Cette chaussure assez spéciale. Elle se termine par une sorte de grosse ventouse.

— Faites voir.

Il l'examine soigneusement. Tout le monde attend son commentaire.

— Voilà comment le voleur a pu découper aussi parfaitement bien le verre de la fenêtre. Avec cette chaussure-ventouse il s'est solidement arrimé à la façade et a pu travailler en toute tranquillité. Il était quasi immobile.

— Mais comment a-t-il fait pour passer à travers les barres métalliques. L'espace est tellement étroit qu'un corps d'homme ne peut pas passer sans automatiquement déclencher les alarmes…

— Celui d'un homme non, mais celui d'une femme très menue oui, précise le Viking.

— C'est effarant ! laisse tomber le commissaire la main sur la bouche, horrifié par l'audace du cambrioleur.

— OK, patron, OK, mais par où est-il, où est-elle, repartie ? Que le voleur arrive à descendre, je veux bien, on voit le filin. Mais pour remonter ? Y a quand même pas loin de vingt mètres à grimper. C'est infaisable en si peu de temps, même avec l'aide d'un moteur. Fred et ses hommes l'aurait automatiquement aperçu à l'extérieur grâce aux projecteurs. Il était cuit !

Le Viking fait mine de réfléchir longuement tout en retenant difficilement son hilarité.

— Quel autre endroit n'a pas été sécurisé du fait de son étroitesse de passage ?

— Le vide-ordures ! s'exclame soudain un garde.

Aussitôt tout le monde se précipite dans le couloir qui mène au vide-ordures. Avec rage, un vigile l'ouvre et effectivement il découvre un filin qui pend, dérisoire, dans le vide.

— On s'est bien fait baiser, éructe-t-il.

— Mais on l'a vu dans ce même couloir et…

— Et en fait, il a fait semblant d'en venir pour vous entraîner sur une fausse piste, explique le Viking qui jubile intérieurement. En réalité, il venait de la salle des diamants et a détruit les caméras pour que vous ne le voyiez pas faire demi-tour pour s'engouffrer dans le vide-ordures.

— Mais bon sang, à l'écran, il avait bien la stature d'un homme costaud.

— Combinaison renforcée ! Ça fait toujours cet effet. Elle a dû la jeter aussi dans les poubelles.

— Alors filons en bas, on doit encore...

— C'est trop tard, il y a belle lurette qu'elle a dû filer.

— Tant pis ! Faut quand même essayer.

Ajoutant le geste à la parole, le chef des vigiles désactive nerveusement les alarmes des escaliers et des ascenseurs avant de se précipiter dans les marches suivi par sa petite troupe.

N'y tenant plus, fébrile, paniqué, le commissaire de l'exposition se plante devant le Viking et se dresse sur la pointe de ses petits pieds en le menaçant.

— Tout cela est de votre faute ! éructe-t-il. Vous allez en entendre parler, et comptez sur moi pour vous soigner. Quelle incurie !

Le Viking ricane. L'avorton ne lui fait pas peur du tout, bien au contraire.

Aux sous-sols

Déchaînés, les vigiles font irruption dans les sous-sols en renversant tout, fouillant chaque recoin avec une rage indescriptible, taraudés par la peur d'être rendus responsables de ce fiasco qu'ils n'arrivent pas à s'expliquer.

Ils sont en train de tout mettre en l'air, sans bien sûr rien découvrir, quand le Viking fait son entrée.

— Tirez-vous d'ici, il n'y a plus rien à casser. Vous n'avez pas encore compris que vous vous êtes fait couillonner en beauté ? Ce n'est pas ici que vous trouverez votre coupable.

— Mais on a trouvé ce mec ! crie le responsable des vigiles en poussant en avant le SDF prénommé Bruno qui braille comme un cochon égorgé vif.

— Et alors ? Vous croyez sérieusement qu'il a les diamants volés ? Vous les avez trouvés sur lui ?

Le vigile ne répond même pas. Le SDF tient à peine debout tant il est alcoolisé.

Le Viking s'approche de l'épave et tente une question :

— Eeeh toi, tu as vu quelqu'un passer ici ?

— Ben… ouais… y a… y avait une nana… une… nana… grosse comme mes… mes jambes… M'a bousculé et s'est tirée… par… par là ! bredouille l'ivrogne en titubant d'avant en arrière.

— Alors vous autres ? Vous avez entendu ? Ne vous rendez pas plus ridicules que vous ne l'êtes déjà. Allez, cassez-vous et essayez de la rattraper ! Je m'occupe du reste.

Les vigiles se regardent, indécis, gênés.

— On a trouvé la combinaison renforcée. Elle a dû la jeter.

— Ça vous étonne ? Dégagez !

— Allez les mecs, on se casse ! commande pour finir leur chef, furieux.

Restés seuls, le SDF et le Viking, silencieux mais à deux doigts d'éclater de rire, se dévisagent.

— Des problèmes ?

— Non, mon matelas a parfaitement réceptionné le colis, une chance sinon à cette vitesse, les diamants auraient été éparpillés de partout.

— Tu l'as ?

— Oui, je l'ai planqué dans le seul endroit que les vigiles n'ont pas regardé… et pour cause.

Le SDF plonge ses mains dans le tas d'immondices puant juste au bas de la gaine du vide-ordures et en ressort une masse informe, une sorte de gros saucisson solidement ficelé à chaque extrémité.

Le Herr doctor le prend rapidement et le glisse dans ses poches avant de consulter sa montre.

— Notre Ingrid ne va pas tarder à arriver, je te raccompagne.

Deux minutes plus tard, le Viking sort *manu militari* le SDF de l'entrée de l'immeuble bourrée de vigiles sur les nerfs.

Au même moment :

— L'ascenseur ! Là, regardez, il descend !

Aussitôt tous les agents braquent leurs armes sur l'entrée de la cabine qui arrive.

La porte s'ouvre avec un très léger chuintement.

— Mais c'est vide !

— Et alors ! Qu'est-ce que vous croyez ? rugit le Viking. À force de couper les ascenseurs avec ces alarmes, il s'est déréglé. Toi !

— Monsieur !

— Raccompagne ce SDF dehors, on n'a pas besoin de lui ici. Les autres, fouillez-moi le quartier et vite.

La porte de l'ascenseur se referme automatiquement. Le hall d'entrée se vide. La lumière s'éteint.

Tout à coup, la porte de la cabine s'ouvre à nouveau et une femme d'un âge avancé en sort. Sa silhouette s'allonge à l'infini, seulement illuminée par la lumière de la cabine. À peine sortie, elle est stoppée par des vigiles excités et à cran.

Ça hurle de partout.

— Vous allez où ? Qui êtes-vous ?

— Eh bien jeune homme, vous ne me reconnaissez pas, je suis madame Duval, du treizième.

— Je la reconnais ! affirme un des vigiles. Laisse couler.

— D'abord les travaux, maintenant cette sirène. On ne peut plus dormir en paix ici, se plaint-elle d'une voix fluette. Je vais chez mon fils.

À peine a-t-elle dit cela qu'un taxi se range lentement le long du trottoir. À son volant : Hubertus !

Ingrid Hizbrunnen, parfaitement grimée en grand-mère gâteau, s'engouffre à l'arrière, sourire aux lèvres et dit :

— Allons-y, ça a marché comme sur des roulettes. Pensant qu'il me croyait passée par le vide-ordures, je m'étais planquée comme prévu *sur* l'ascenseur. Il faudrait être fou pour imaginer descendre plus de soixante mètres en rappel sans se tuer.

— Mais les diamants et les émeraudes, non !

— Heureusement que notre ami Bruno avait placé son matelas juste en dessous. Tu l'as vu ?

— Affirmatif ! Il vient de sortir. Les vigiles ont bien autres choses à faire que de s'occuper d'un « ivrogne » inoffensif. Allons-y !

Au PC, le Viking donne ses ordres quand il reçoit un appel téléphonique angoissé.

— Oui, j'écoute !

— *Ici le PC du château de Montanges, il se passe des choses curieuses, monsieur. Faudrait que vous veniez voir.*

— J'arrive !

Château de Montanges,
03 h 02

Le Viking s'éjecte de son véhicule et alors qu'il entend le bruit d'un hélicoptère en vol circulaire au-dessus du parc, entre en coup de vent dans le château.

Les vigiles, armes au poing sont presque tous là en train de regarder à travers les grilles en fer forgée de la grande salle, celle qui renferme les deux vases.

Tout est allumé.

— Que se passe-t-il ?

— Regardez monsieur ! Le cristal du présentoir des vases est fendu.

— Fendu ? s'exclame le nouveau venu surpris en s'approchant.

Il regarde à travers les grilles et effectivement il constate que le dessus du présentoir est totalement fendu.

Inquiet, le commissaire de l'exposition s'est porté à ses côtés.

C'est incroyable, Herr doctor, comment cela a-t-il pu arriver ? Une tentative de vol ?

— Mais non, regardez le lustre juste au-dessus. La sphère de quartz s'est détachée. Comme elle est très lourde, elle est tombée sur le point de rupture de la vitrine et cela a suffi à lézarder le verre. Rien de grave ! Elle a dû rouler sous un meuble.

De timides sourires s'affichent sur les visages des vigiles, rassurés.

— On peut entrer, alors ? suggère le commissaire en sortant déjà sa clé.

— Oui, tout à fait, il faut réparer ça rapidement.

Immédiatement, le Viking sort sa clé, la montre au commissaire qui acquiesce de la tête et dans un ensemble parfait, les deux hommes font tourner leurs clés respectives dans les serrures des grilles qui s'ouvrent comme par miracle, désactivant les alarmes et notamment débloquant automatiquement l'ouverture du présentoir.

Au même moment, un énorme bruit de verre brisé résonne alors que la sirène d'alarme martyrise les tympans, tétanisant les vigiles sur place. Instinctivement, ils se retournent et se précipitent dans la direction d'où venait cet inquiétant bruit. Le commissaire, dépassé, trottine derrière eux. Le chef interroge le PC en hurlant pour couvrir le bruit infernal de la sirène.

— Qu'est-ce que vous voyez ?

— *Incroyable, dans la salle... dans la salle... de la perle, le présentoir...*

— Quoi le présentoir ?

— *Il est... il est en train... de... de bouger !*

— Quoi ? Tout le monde avec moi, vite !

Soudain la lumière s'éteint. Ne se voient plus que les blocs de sécurité qui illuminent d'une lueur bien blafarde les couloirs. Les vigiles ont bêtement levé la tête, alors qu'un nouveau bruit plus effrayant se fait entendre. Les agents de sécurité se ruent sur la salle adjacente et s'agglutinent contre la grille en fer forgé pour voir l'unique présentoir - celui qui renferme la si célèbre perle - s'incliner légèrement mais continuellement. En effet, l'un des pieds cylindriques se lève grâce à un petit piston télescopique intégré jusqu'au moment où la perle, par l'effet de la gravité, se met à rouler droit vers la base du cylindre opposé qui, lui, se plie à la même vitesse que le premier cylindre s'élève.

— La... la Perle d'Espoir ! hurle un homme en la désignant du bras.

— Nom de Dieu, elle disparaît dans le cylindre !

La perle entre dans un trou étroit dissimulé juste sous l'éclairage rasant.

Impuissants, ils voient l'orifice se refermer puis, à la même seconde, une petite explosion les tétanise sur place : la partie supérieure du pied cylindrique se sépare de la partie inférieure, comme les étages d'une fusée, et l'explosion active un puissant moteur qui propulse la partie supérieure droit vers les fenêtres. Le verre est immédiatement pulvérisé et le cylindre renfermant l'extraordinaire perle disparaît dans la nuit noire. Le bruit de son moteur s'estompe rapidement, laissant les vigiles sidérés.

— Elle n'a pas pu aller très loin ! hurle le chef des vigiles qui s'est repris. Avec moi ! Dans le parc, elle n'a pas pu aller bien loin.

Le troupeau suit son chef qui s'immobilise devant l'autre salle où se trouve encore le Viking.

— Herr doctor, ne bougez pas de là, on revient tout de suite. Ici, vous ne risquez absolument rien.

— Allez-y, allez-y, moi j'appelle les secours.

À l'extérieur, dévalant le parc, les vigiles assistent avec joie à l'arrivée de l'hélicoptère de la police.

L'EC-135 ([93]) arrive en planant presque. Son rotor anti couple permet de baisser le régime sonore de l'engin et apporte ainsi, entre autre, de grands avantages aux personnels au sol. L'appareil cercle autour d'un endroit bien précis. Le chef des vigiles ordonne de s'arrêter. Inutile de prendre des risques, la gendarmerie est là.

— Chef !

— Quoi ? crie ce dernier alors que l'hélicoptère stationne maintenant au-dessus du cylindre planté dans l'herbe.

— Chef !

— Oui ? Qu'y a-t-il ? répète le chef main à l'oreille.

---

[93] Eurocopter EC-135. Construit par la firme Eurocopter, l'appareil a fait son 1er vol en 1994. Il a été construit à 1 100 exemplaires. Il est équipé de 2 turbines Turboméca 2 GTM Arrius 2 B2 Pratt & Whitney PW 206-B développant 816 CV. Son plafond est de 6 000 mètres. Vitesse maximale : 287 k/h. Vitesse de croisière : 260 k/h. Il peut franchir 650 kilomètres.

De l'EC-135, une silhouette harnachée saute au sol, récupère le cylindre sous les applaudissements des vigiles et après avoir fait une courbette en guise de remerciement - ce qui étonne le chef des vigiles - remonte très vite avec l'objet. L'hélicoptère s'élève alors, tourne sur lui-même et file à toute vitesse avant de disparaître dans la nuit.

— Qu'est-ce que tu voulais me dire ?

— L'hélicoptère. Il n'avait aucune immatriculation !

Commençant à comprendre, il jure et entraîne ses hommes jusqu'au château. C'est toujours éteint. Une fois à l'intérieur, ceux de veille au PC ne signalent rien de suspect, mais le Viking n'est plus là et... les deux vases non plus d'ailleurs.

— Regardez les caméras !

Toutes les têtes se tournent. Elles sont occultées.

Furibard, il se précipite vers le présentoir fêlé et l'examine. Il découvre avec stupeur que c'est une feuille de plastique transparente ayant l'apparence d'une grosse zébrure qui recouvre très exactement le dessus de la vitrine. Machinalement, il relève la tête et regarde le lustre d'où s'est détachée la sphère.

— On s'est bien fait avoir ! Cette saloperie de sphère devait être radiocommandée et au moment choisi, elle s'est détachée pour nous faire croire à une chute accidentelle.

— Mais... dans quel but ? demande bêtement un type.

— Pour nous obliger à ouvrir les grilles, imbécile. Il faut être deux pour le faire et il fallait un puissant mobile pour ça.

— Mais où sont les deux vases ?

— Et d'après toi, ahuri ! Espèce d'andouille avariée ! Ils se sont volatilisés ! Disparus ! Volés ! Les alarmes étaient désactivées, tout comme l'ouverture du présentoir. Tu piges, maintenant, crème d'anchois ? ... Et arrêtez-moi cette fichue saloperie de sirène !

RIRA BIEN QUI RIRA LE DERNIER ! ...

Pyrimont, maison incendiée,
dimanche 29 mai,
04 h 56

— Ils sont tous là ?

— Oui, je viens de les voir. On a Chabrier. Regarde, il se frotte les mains de satisfaction.

— Il y a un peu de quoi. Il faut des couilles pour réussir un triple casse de ce genre.

Francis fusille du regard Stéphanie avant de reprendre :

— Le grand type, là, c'est le Herr doctor. Le Viking ! Et juste derrière, la femme, c'est Ingrid, et l'autre, c'est Hubertus. Quant au jeune en salopette dégueulasse, je l'ai déjà vu, mais je n'arrive pas à... ça y est ! C'est le SDF que j'ai aperçu en visitant la Tour « A ». Comme quoi, tout avait été prévu dans les moindres détails et depuis des lustres. Ce type est un véritable génie du mal.

— Qu'est-ce qu'on attend pour l'alpaguer ?

— Une seconde Gascon, une seconde, je veux bien être sûr qu'il n'y a personne d'autre. On a failli se faire avoir juste au moment où l'hélicoptère est passé pour déposer son paquet.

— En tout cas, tu avais raison. À peine arrivé, Paul Chabrier a sorti une serviette de son coffre puis s'est précipité vers la chambre forte. Il en est ressorti les mains vides.

— C'est donc bien là qu'il avait décidé de stocker son magot. C'est génial ! Pendant que toutes les polices de France et de Navarre le cherchent de partout, personne n'ira imaginer qu'il est là, tranquillement assis, à attendre ses complices.

— Bon, on y va ? À force d'attendre, ils vont nous filer entre les pattes, grogne le Gascon.

De leur planque, Francis et ses deux collaborateurs assistent au va-et-vient des criminels. Manifestement, ils n'ont pas pris de précautions particulières, trop sûrs de leur impunité.

Un peu à l'écart, Jacques qui les a rejoint, attend le signal de son patron.

— Comment vont-ils s'enfuir ? Il y a des barrages pratiquement partout.

— La berline de Chabrier est une voiture officielle. Qui va se risquer à fouiller la voiture du patron d'Interpol ? Et quand bien même, il n'y a rien de suspect à l'intérieur. Non, crois-moi, c'est avec elle qu'ils vont filer tranquillement.

— Alors on y va ? Regarde, ils se dirigent vers la voiture, ils vont se tirer ! grogne à nouveau le Gascon impatient d'en découdre en armant son Glock 19.

— Jacques, à toi ! Les pneus !

Aussitôt, deux coups de feu résonnent. L'avant de la berline s'affaisse lentement. Immédiatement, le Viking et ses complices dégainent leurs armes et courent se dissimuler dans les fourrés. Alors Jacques arrose copieusement la zone, faisant siffler les balles juste au-dessus de leurs têtes, les obligeant à s'immobiliser. En même temps, Francis et ses adjoints bondissent vers les criminels pris par surprise. Chabrier n'a pas bougé.

— Cette fois-ci, c'est fini, Lord « X » ou devrais-je dire... monsieur Paul Chabrier !

Les truands lèvent lentement les mains. Francis s'approche savourant ce moment qu'il n'osait plus espérer.

Chabrier a gardé son air arrogant et supérieur. Il dévisage l'enquêteur comme s'il s'agissait d'une bête curieuse et malfaisante.

Pendant que le Gascon et Stéphanie menottent le Viking et les autres, Jacques est sorti des fourrés et s'avance, mitraillette à la hanche, prêt à tirer.

Francis s'approche de Lord « X », et tout en restant à bonne distance, le scrute longuement. Chabrier ne cille même pas.

— Si vous nous montriez votre cachette ? propose avec malice Francis.

— Soit, mais vous ne savez pas du tout à qui vous avez affaire, mon bon petit monsieur.

En guise de réponse, l'enquêteur pousse rudement Lord « X » en direction de l'escalier menant à la chambre-forte.

Ils en ressortent quelques minutes plus tard, Francis et Jean-Georges les bras chargés.

À l'écart, Chabrier rumine son amertume.

— Je vais vous...

Touché en plein front, Paul Chabrier, alias Lord « X » s'effondre lentement sur lui-même, un air d'indicible surprise sur le visage. Aussitôt tout le monde s'est jeté au sol, cherchant des yeux d'où est venu le coup de feu, un coup de feu que Francis a encore une fois reconnu !

Rien ne se passe durant plusieurs minutes. L'enquêteur se redresse alors, imité par tout le monde.

— C'é... c'était...

— Oui, Stéphanie, c'était encore lui, ce mystérieux tireur d'élite, mais cette fois-ci, je n'étais pas en danger, pourquoi alors a-t-il descendu Chabrier ?

LA FACE CACHÉE DE LORD « X » ! ...

Siège de « Mondial Protection »,
mardi 7 juin,
10 h 12

Confortablement installés, Francis Magenta et Gilles Levesque, pas encore totalement remis de son expérience, évoquent les tragiques évènements qui ont secoué Bellegarde-sur-Valserine.

— Quelle histoire ! Qui c'était alors, le type qui me téléphonait chaque fois la veille d'un meurtre ?

— Les interrogatoires poussés du Viking et de ses complices ont permis aux flics d'acquérir la quasi-certitude que l'auteur de ces coups de fil était le faux Listernac.

— Facile de se défausser sur un mort.

— C'est ce que les enquêteurs ont d'abord pensé, mais le Viking leur a donné tellement d'éléments particulièrement précis, qu'il n'y a plus guère de doute. Le Herr doctor leur a même fait trouver dans l'appartement de Listernac l'appareillage qui lui permettait de contrefaire sa voix. Il y avait ses empreintes dessus.

— Dans ces conditions... C'est enfin définitivement terminé ces « Tic-tac, tic-tac, tic-tac ! ».

— Oui, c'est du passé. Fini ! Tu vas pouvoir oublier ce cauchemar maintenant.

— C'est lui aussi qui a assassiné ces trois pauvres femmes ?

— Ah là, c'est plus compliqué. Les flics ne sont sûrs de rien, toutes les options sont ouvertes. Logiquement, ce devrait aussi être Listernac, mais pour le moment rien n'est moins sûr. L'enquête continue. Ce qui est certain, c'est que la police est persuadée qu'il reste encore entre dix et douze membres du gang du Dragon dans la nature, dont, peut-être, quelques têtes pensantes.

— Ah quand même ! Elle pense les coffrer ?

— Oui. Juste une question de temps. Mais tu sais, dans ce genre d'affaire, il y a toujours un ou deux petits malins qui réussissent à passer au travers des mailles du filet. Seulement, isolés, sans moyens, sans appuis, que peuvent-ils bien faire ? Ils vont disparaître dans la nature. C'est fini pour eux.

Levesque observe une pause, les yeux dans le vide, avant de reprendre :

— À propos de police : Blachère a été débarqué en moins de temps qu'il n'en faut pour le dire. Il est parti à la retraite immédiatement. Quelque part, je l'envie, il n'a plus qu'à taquiner la truite, maintenant.

— Et la triple exposition est un franc succès.

Levesque sourit largement.

— Tu parles. Sauf qu'il y eu deux jours de retard pour l'ouverture totale au grand public, le temps de tout réparer et de remettre les diamants à leurs places initiales. Tout ça c'est grâce à toi. Au fait, ils étaient où ?

— Quand Lord « X » nous a très gentiment ouvert son coffre, il était bien évidemment vide. Mais...

— Un double fond ?

— Mieux que ça : un triple fond ! Dans l'éventualité ou le premier venait à être découvert. Lord « X » était un précautionneux.

— Vraiment démoniaque.

— Et le rodéo de la nuit du vendredi au samedi a été officiellement présenté comme un exercice grandeur nature pour « tester l'efficacité » des forces de l'ordre. Tout le monde a gobé le mensonge des autorités, comme d'habitude. Tu imagines, il y avait des barrages jusqu'au tunnel du Mont Blanc. Un bazar sur les routes ! Du jamais vu ! Lord « X » avait drôlement bien planifié son truc.

— Mais comment le Viking a fait pour voler les vases et s'enfuir sans être inquiété ?

— Très simple. En fait, il a joué sur deux éléments vieux comme le monde. D'abord, il n'y avait plus de courant, donc il a pu se déplacer sans être vu et occulter les caméras.

— Il risquait quand même d'être vu ! s'étonne Gilles Levesque.

— Non. Imagine la scène : pleine nuit, le courant a sauté, la sirène hurle. Les agents de sécurité ont filé dans le parc récupérer le cylindre autopropulsé. Les agents au PC devaient être stressés, c'est logique, et surtout, ils n'avaient pas à surveiller l'intérieur du château puisque leur « patron » était là ! De plus, ils devaient, toujours aussi logiquement, avoir les yeux rivés sur leurs collègues en train de courir dans le parc, ça c'était bien plus important.

— Vraiment démoniaque.

— C'est mot, oui. Le Viking n'a eu qu'à ouvrir le présentoir, prendre les deux vases et partir le plus tranquillement du monde.

— Mais au fait, il y avait aussi le même système d'alarme sur le présentoir de la Tour « A » ? Comment la voleuse a fait pour l'ouvrir sans faire sonner l'alarme ?

— Très simple : l'alarme ne sonnait que si on tentait d'ouvrir le présentoir. La Hizbrunnen ne l'a pas ouvert, elle a simplement fondu le verre avec un laser, donc...

— Fantastique ! C'était donc bien Paul Chabrier le grand manitou ? C'est à lui que je dois tous ces emmerdements ?

— Oui. Mais rassure-toi, tu n'étais qu'un tout petit pion dans son plan.

— C'est vexant !

— Non, c'est rassurant, car ça veut dire qu'à aucun moment tu as été véritablement en danger.

— Soit. On en sait un peu plus sur ce type ?

Magenta repose très lentement son verre de Gin Bluecoat Barrel Reserve, son préféré, en secouant affirmativement la tête.

— Fabrice Genetelli, mon analyste, s'est livré à de très nombreuses et approfondies recherches sur lui. En réalité Chabrier c'est le nom de sa mère. Son père biologique n'est autre que Lord James Mac Corkindale, ce qui fait de lui le demi-frère de l'actuel Lord Darius Mac Corkindale. Quand il est venu chercher son dû après être resté des années dans l'ombre, l'héritier officiel l'a gentiment éconduit avant de lui octroyer, dans le plus grand secret, une bonne place dans l'empire familial mais bien loin de lui. Il avait ainsi la paix et Chabrier mettait la main sur une fortune colossale et des moyens illimités pour patiemment construire sa légende.

— Celle de Lord « X » !

— Exact.

— Mais enfin, il avait pas loin de soixante-dix ans, on ne fait plus le mariole à cet âge-là ?

— Non, mais comme l'argent coulait à flot, il avait tellement d'obligés et d'hommes expérimentés à sa botte qu'il pouvait presque faire tout ce qu'il voulait. Ce qui a été le cas pendant plusieurs décennies.

— Et cette histoire d'assurance ?

— Chabrier était devenu propriétaire de toute la branche assurance du groupe, au dépend d'ailleurs de son demi-frère Darius. Il visait la domination totale du monde de l'assurance et voyait encore plus grand. Par ce biais, il espérait mettre la main sur tout le groupe. Il faisait ce qu'il voulait de Darius tant il était perdu dans ses « mondes ». L'ambition dévorante de Lord « X » l'aura détruit.

— Et pourquoi cette passion pour les diamants, les émeraudes et les objets d'art ?

— Mon analyste est tombé par le plus grand des hasards sur un rapport très confidentiel de l'OCBC ([94]) qui nous éclaire vraiment sur la personnalité particulièrement complexe du bonhomme. En fait,

---

[94] OCBC : Office Central de lutte contre le trafic des Biens Culturels.

madame Chabrier, la mère biologique de Paul, a été durant la Seconde Guerre mondiale la maîtresse secrète d'un certain Kurt Von Behr, colonel Kurt Von Behr. Ce nom ne te dit rien ?

— Comme ça, non, mais... une seconde... Ce n'est pas un des hommes à tout faire d'Alfred Rosenberg ([95]), si je ne m'abuse ?

— En effet. Ça aide d'être journaliste.

— Il a fait quoi ce type ?

— Rien d'extraordinaire, à part piller les musées de toute l'Europe sur l'ordre des nazis pendant la guerre. Comme il était loin d'être la moitié d'un imbécile, Von Behr s'est copieusement servi et a eu l'excellente idée de tout mettre au nom de sa maîtresse et de son fils illégitime. Elle devint ainsi une courtisane de première classe très convoitée d'ailleurs, et le fiston a grandi dans cette ambiance feutrée mais fausse et malsaine.

— Un demi-frère de Paul, donc ! Un second !

— Je te disais que la vie de ce Chabrier était pleine de surprises. Ce fils, né en janvier 1945, juste avant la fin de la guerre, s'appelle en réalité : Jean-Luc Levantec !

— Attends, ne me dit pas que...

— C'est celui-là même. À la fin de la guerre, c'était un tel chaos que le gosse a fini à la DASS. Sa mère, comme on peut facilement l'imaginer, avait quelques gros ennuis avec la justice à cause de ses accointances avec les Allemands, d'où ce changement de nom. On a donc fouillé la vie de ce type. Un curieux bonhomme que celui-ci. Entré très tôt dans la police, il a habilement su jouer avec ses relations tout en se construisant une image de lâche et de servile. Il était invisible, inodore, incolore, le parfait passe-muraille. Mais il tirait aussi les ficelles dans l'ombre. C'est d'ailleurs lui qui a influencé

---

[95] Alfred Rosenberg, né le 12 janvier 1893 à Reval, aujourd'hui Tallinn en Estonie. Il est mort par pendaison après son jugement à Nuremberg, le 16 octobre 1946. Architecte de formation, il est l'un des premiers membres du NSDAP. Homme politique et théoricien du nazisme, il occupait le poste de Ministre du Reich des territoires occupés à l'Est et dirigeait également la très secrète ERR.

et embobiné le Comité de Pilotage pour que la ville de Bellegarde soit choisie pour la triple exposition. Il est devenu très, très ami avec... Paul Chabrier, également son demi-frère. Une lettre de sa mère l'avait mis sur sa piste. Quand les eaux se sont calmées, grâce à son pognon, la mère Chabrier a refait surface et a retrouvé son premier rejeton avec lequel elle a secrètement renoué. Drôle de famille à trois !

— Deux demi-frères ! Eh ben dis donc, elle avait une sacrée santé la Chabrier. Mais côté moralité, ça laisse un peu à désirer.

— Peut-être. En attendant, quand elle est décédée, elle a laissé un fabuleux héritage aux deux mômes. Levantec était faible et vraiment lâche, mais l'autre, le Paul Chabrier, lui avait la rage au ventre. Il connaissait enfin la vérité sur ses vraies origines. Deux fois évincé de ses familles, il en a conçu une rancœur et une haine implacable. Ce qui explique bien des choses, notamment sa haine contre l'*establishment*. Il a su faire fructifier les collections illégalement acquises par Von Behr ([96]). La suite on la connaît.

— C'est incroyable ! Comme quoi la vengeance et l'humiliation peuvent mener à beaucoup de drames.

— Ouais, enfin c'est fini tout ça. Buvons, ça ira mieux !

— Francis porte son verre à ses lèvres tout en ne pouvant s'empêcher de se poser la même et éternelle question.

Une question qui le taraude en permanence tant elle est aussi troublante qu'embarrassante : qui est le mystérieux tireur d'élite ? Un homme du Dragon ou ? ...

---

[96] Colonel Kurt Von Behr. Né le 1er mars 1890 et mort par suicide le 19 avril 1945 avec son épouse. Nazi fanatique de la 1ère heure, il était l'un des bras droit d'Alfred Rosenberg en charge, de 1940 à 1944, au sein d'une unité spéciale et très mal connue appelée l'ERR (*Einsatzstab Reichleiter Rosenberg*), à Paris, de sélectionner, répertorier, collecter et rapatrier en Allemagne tous les objets d'Art susceptibles d'intéresser les nazis.

Francis a bien, maintenant, une toute petite idée sur son identité. Mais elle est si folle, si incroyable, si « impossible », qu'il ose à peine la prendre en compte.

Elle le fait osciller entre peur irrépressible et joie irréfrénable. Seul l'espoir l'empêche de sombrer.

Et pourtant, elle expliquerait bien des choses...

MAIS À LA FIN, QUI EST-IL ? ...

Saint Germain-sur-Rhône,
Bois des Roches,
ruines de l'abbaye d'Aubrac,
samedi 18 juin,
14 h 15

Le ciel est magnifique. D'un bleu étincelant. Il donne toute la mesure de sa magnificence et de sa toute-puissance avec l'impression de le faire avec joie, tendresse et amour. Quant à la nature, elle joue le jeu, se faisant espiègle, mutine, semblant vouloir jouer avec les humains. À coups d'inlassables assauts de couleurs, de senteurs et de bruits, elle démontre sa force, sa beauté et comme de grands bras ouverts invite quiconque à venir la découvrir.

Pour une fois, les marais de l'abbaye ne font pas exception à cette ambiance un peu folle qui prouve que la nature n'a pas fini d'étonner... pour peu qu'on lui fiche la paix.

Francis est au bord de l'eau, mains dans les poches, l'esprit à la dérive. Pourtant il sourit et il est distrait par le comportement de deux petites grenouilles s'amusant à se poursuivre de nénuphar en nénuphar.

La langue française est magnifique, pourquoi quelques crétins bas de plafond veulent-ils sans cesse la rabaisser, la rendre inexploitable et vide ? se dit-il sans trop savoir d'où lui vient cette idée. Un truc vu à la télévision, peut-être !

Il redresse la tête semblant ennuyer la seconde grenouille qui le regarde curieusement avec l'air de dire : « alors, on ne joue plus ? ».

— Qu'est-ce que tu fais là ? dit une voix venue de derrière, des ruines mêmes de l'abbaye à la sinistre réputation ([97]).

Francis Magenta ne bouge pas un cil et se contente de sourire largement. Cette voix lui fait chaud au cœur. Elle lui est familière.

Lentement il se retourne. Stan lui fait face. Ils sont à une dizaine de mètres l'un de l'autre. Il s'observent, chacun essayant de savoir lequel des deux lâchera en premier.

— Je savais bien que tu étais là !

— Tu m'espionnes maintenant ?

L'enquêteur hausse les épaules.

— Pas la peine. Tu as oublié que tous les véhicules de la société sont équipés de GPS.

— Bon, et après ? Maintenant que tu as pu vérifier que le matériel fonctionne correctement, qu'est-ce que tu veux ?

— Quelque chose m'a amené ici.

— Quoi que ce soit, fais attention que ce ne soit pas pour t'y faire mourir.

— On est d'humeur négative. Tu fais la grève de la connerie aujourd'hui ?

Jourdan ne répond pas. Il reste immobile, semblant hésiter entre colère et contentement, et il est un fait qu'il est fou de joie de voir son ami. Mais en réalité, il ne sait pas quoi faire tout en comprenant que si Francis est là, ce n'est certainement pas par hasard.

— Tu ne crois pas qu'il serait temps d'arrêter les frais ? Cette mascarade a assez duré, je crois.

— Qu'est-ce que tu proposes ?

— On n'est pas en train de négocier une affaire, Stan. J'ai une toute petite idée de l'identité de ce mystérieux tireur d'élite, mais toi tu sais très

---

[97] Voir « *Les démons du Vuache* ».

exactement qui c'est. Ma question est donc toujours aussi tragiquement simple : pourquoi refuses-tu de me le dire ?

Stan frappe distraitement le sol pour se donner le temps de réfléchir à sa réponse. Il sait qu'il ne pourra pas passer au travers. Que doit-il faire ?

— Un problème, même le pire, doit toujours être affronté. L'esquiver ou l'occulter ne sert strictement à rien. Un jour ou l'autre, il viendra toujours se rappeler à ton bon souvenir. Crois-moi. Mieux vaut crever l'abcès.

— Mais bougre d'âne, j'essaie de te protéger. Tu ne l'as pas encore compris, ça ?

— Depuis quelques jours, j'en ai eu la confirmation. Mais de quoi veux-tu me protéger ? Je ne suis pas en sucre. Penses-tu réellement que je ne suis pas de taille à entendre certaines révélations... aussi cruelles, surprenantes et redoutables soient-elles ?

Francis a terminé sa phrase avec un drôle d'air. Stan a compris. « J'en ai eu la confirmation » résonne dans sa tête comme un signal d'alarme. Il sait ! se dit-il. Et soudain, il se sent quelque part plus léger.

— J'aimerais que tu oublies tes fantômes et que tu te concentres un peu plus sur le présent. Tu peux faire ça maintenant ?

— Fais-moi confiance.

— Et pourquoi devrais-je te faire confiance ?

— Parce ce que je te le demande.

La réponse désarçonne Stan qui ne s'attendait pas à ce qu'elle soit aussi simple et évidente.

— Tu peux me dire qui c'est ! ajoute Francis en souriant.

— Pourquoi ? Puisqu'a priori tu es au courant ?

— Parce que je veux que toi, tu me le dises.

Stan observe longuement son ami et patron. Il est soulagé mais pas totalement convaincu. Francis va-t-il tenir le choc ? Ne va-t-il pas retomber dans cette apathie suicidaire qui avait bien failli le rendre fou ?

— Soit, tu as raison, on a assez joué. Ton tireur d'élite mystérieux, c'est...

La sonnerie du portable de Francis résonne à la même seconde. Nerveusement, l'enquêteur le sort de son blouson.

— Magenta, j'écoute !

— *Magenta ? … Francis Magenta ?*

— Lui-même. À qui ai-je l'honneur ?

— *À quelqu'un qui ne vous veut absolument aucun bien !*

— Pardon ! … Mais qui êtes-vous ?

— *Tu le sauras bien assez tôt ! … Un jour… Juste avant de mourir !*

— Quoi ! Mais qu…

— *Tic-tac, tic-tac, tic-tac… Tic-tac, tic-tac, tic-tac !*

FIN

Imprimé et façonné en France mars 2016
Dépôt légal : mars 2016

IMPRIMERIE MON ÉDITION - Tél. : 04 66 29 60 80